国王之书

中世纪经典英语文学作品选

沈小龙 牛稚雄　编译

The Kingis Quair

ZHEJIANG UNIVERSITY PRESS
浙江大学出版社

目 录

第一部分　史诗

《忍耐》

导读

14世纪后半期时，一位与乔叟（Chaucer）同时代，来自西北地区的作家创作了一篇短小史诗《忍耐》（*Patience*），不过他的名字并未出现在收藏这首诗的唯一手稿上。这部手稿俗称“珍珠手稿”，编号为Cotton Nero A.x.。手稿上收录的四首诗均没有题目，人们一般把它们称作《珍珠》（*Pearl*）、《洁净》（*Cleanness*）或《纯洁》（*Purity*）、《忍耐》，另外还有记录亚瑟王故事的《高文爵士与绿衣骑士》（*Sir Gawain and the Green Knight*），它们都被认为出于一人之手，都是以当时流行的头韵体（alliterative）写成。学者们认为，《忍耐》的创作年代应是14世纪60—70年代。

看起来，《洁净》与《忍耐》是相辅相成的。《洁净》讲述了大洪水、所多玛（Sodom，索多玛）与蛾摩拉（Gemorrah，哈摩辣）以及贝耳沙匝（Belshazzar，伯沙撒）的宴会等故事，并以此来弘扬洁净美德。而《忍耐》则注重忍耐的美德，并以约拿（Jonah）和鲸鱼的故事来作为示范。诗人采用了中世纪讲道者惯用的手段，以回顾“真福八端”（Beatitudes）[①]开讲，可是这里边并无一个称作“忍耐”的真福，充其量只是其背后的一种品质。诗人在文中说：“节制己心的人（whose hearts are well governed）也有福了。”然后，诗人将自己的命运比作约拿，并开始以正统典型的奥古斯丁看法来反省，为何约拿没有能够接受预定给他的命运。这首诗的四个部分与拉丁文武加大本（Vulgata，即通行之意）所分四章对应，在手稿中每部分的第一个字母都大写并上了色彩。

在英语讲道辞的历史上，很多讲道者都会用细致的故事与描述来支持其讲道，其中最精湛的人会使用诗歌来阐发其说教。《忍耐》的作者便是如此，他将观众的注意力完全聚焦在了八端真福之上，并且给人留下了难以磨灭的印象。不仅如此，作者令诗中的神高度拟人化，口吐神性的格言警句与断语；而约拿本人则是急于说教，又能真心悔改，再加上其最终的失望，所有这些不仅忠实演绎了《圣经》中的约拿，而且重新塑造出了一个有生命力的角色。诗人完全比得上中世纪的一流戏剧家，他通过生动刻画与性格塑造，将《圣经》故事演绎得活灵活现。

① 即所谓的“登山宝训”，其中讲到了8种“有福”之人，参见《马太福音》第5章。中文《圣经》基本参照现代中文译本与思高本，偶然会参照原文以及语境进行修正，《圣经》专有名词翻译会考虑音译的准确性以及普及性，从而在天主教、新教译名中做出选择，并会在首次出现时列出其他译名。

过去的评论家一般会挑出海上风暴的精细生动描述进行一番夸赞，但这其实忽略了《忍耐》这首诗更为重要的成就，即通过排列一系列不堪忍受的场景来突出自己的道德主旨——忍耐美德的重要性。很多人只会记得约拿故事的结局：尼尼微没有被摧毁，令约拿非常懊恼。然而，本诗的作者却将注意力引向了别处：即便是暂时的舒适条件也可能带来苦难。这就体现在对约拿的情感生动细致的描述中。约拿先是“对他四周与身下的枝蔓相当满意/一整天连吃饭都没想起”；很快却因藤蔓的死亡而怒从心头起，恶向胆边生，直接开始辱骂神：“啊，造人的那个，你这是什么手段/单单挑选你的仆人来毁灭？”正是通过这样的对比，诗人带出了他要讲述的道德训诫：人要会忍耐。这种忍耐的根本原因并非是出于人面对神的渺小与无奈，相反，其基础根据恰恰是神的品质，是神在面对人的骄横不羁时，常常因仁慈而隐忍不发，饱含盼望人类悔改的苦心：“若我如你一般性急，就会铸成大难/若我度量狭窄，人类绝不会兴盛/我若展示如此怨恨，如何能被称为仁厚/做好主子，仁慈是必备要素。”这几段画龙点睛般地凸显了“忍耐”的真正意义。最后，神同样对约拿不温不火，而是好言相劝，激励鼓舞，可谓“忍耐”的终极楷模。

《忍耐》原诗中有许多方言特色，采用四行诗形式，每行中有三个词押头韵（alliteratiton），即采用相同或类似的辅音，从而造成重复的特征。这一特征，在译文中无法体现，只能在原诗中赏析了。与手稿上的其他诗歌相比较，这首诗最接近古英语的形式与格调。最令人感到困惑的是：《忍耐》所属的这一组优秀诗歌，本来应当在英语文学发展史上占据一席之地，然而却一直停留在手稿上，历数世纪不为人知，直至19世纪才被人重新发现。

正文

忍耐实属珍贵，尽管总令人不悦。
当人因受羞辱伤害而心情沉重，
容忍可缓解并抚慰撕心裂肺的痛苦：
它能制服邪恶，消解毒怨。

因为，能忍受悲伤之人可于日后欢喜，
但要是对厄运牢骚满腹，只会令其倍增，
所以，最好容忍一时的打击
胜过在苦痛之外再加上不耐烦的表现。

某天我在大弥撒①中听见，
马太讲述师父如何将门徒告诫：
真福八端，个个都有回报
而他一个个将它们解释。

谦卑贫穷之人有福了；

① 大弥撒（High Mass），指在主日和节日举行的旧礼弥撒，全程诵唱，而且礼仪也更为隆重。

他们将永远享有天国。
举止温柔的人也有福了；
他们将拥有整个大地及心内所愿。

哀伤痛苦者也有福了；
因为各国都会给他们带来安慰。
饥渴慕义的人也有福了；
因为白给的好东西将让他们得到饱足。

富有同情心的人也有福了；
因为各种仁慈将是他们的赏报。
内心纯洁的人也有福了；
他们将面见宝座上的救主。

维持和平的人也有福了；
因为他们要被称为天主之子。
节制己心的人也有福了；
如我之前说的，他们将获得天堂。

这就是所有八端真福的教导：
让我们都来爱慕这些美德的贵妇：
贫穷夫人，同情夫人，第三位是补赎夫人，
温良夫人，仁慈夫人，无玷纯洁夫人，

和平夫人，最后还有耐心夫人。
只要有一种便算有福，都能拥有自然更好！
尽管贫穷是我眼下最关切的问题，
我还是想推崇忍耐，但二者都要珍惜。

因为下边要将二者拧成一个主题，
融为一体，先后分明，
掂量它们的智慧，拥有一样的回报。
此外，我确定它们同属一类。

因为，贫穷的存在是反对一切的明证，
她随心所欲到处定居，管你愿不愿意，
把人压迫直至劳苦受罪，
竭力反抗也只能选择忍耐。

因此，贫穷与忍耐实在是一对玩伴。
既然我将二者装备，那就难免受罪，
接受她们，赞美她们，
要好过敌对憎恨，否则只会更为遭罪。

若命中注定必须接受它，
轻视咒骂又有什么益处？
若我的主子乐意让我等候，
或命令我骑马，跑腿替他报信。

埋怨能带给我什么，除了更大的怒气？
若他不理我的愿望，对我忽视，
而我能把痛苦不悦当赏报接纳，
那我便服从了他的命令，赢得好处。

犹大的约拿不也曾经如此抗争命运？
为了确保自己的成功，他却犯了愚蠢错误。
在这里停停，耐心把我等等：
我会按照圣书全部讲述。

一

这事发生在犹大国的境内
约拿被预定为外邦人的先知：
天主的伟大言辞，带来的不是喜事，
庄重的轰鸣响起，传入他的耳中：

“起来，这就动身，
不要多讲一句，踏上尼尼微的大路，
将我的言语在全城处处散布，
至于说什么，到时我会放你心中。

“我很清楚这民族的邪恶，
他们的罪恶如此深重，我不能再宽宥，
这就惩罚他们的罪行与恶毒。

快快赶往那里，给他们传递我的讯息！”

当轰鸣之声骤停，他心里已震惊，
约拿的脑子在燃烧，他内心起了反抗之意：
“若我服从他的命令，给他们带去这种消息，
他们就会将我抓捕，尼尼微就是我厄运的开始！”

“他先跟我说，那些贼子凶恶无比：
若我跟他们说起这讯息，定会抓我毫不迟疑，
把我投入大牢，戴上镣铐，
行刑严拷，再把眼珠往外掏。

“这个讯息可真是绝大喜讯，
尤其要传给无数嗜血仇敌！
要是我那仁慈天主给我这等麻烦，
定是认为我犯下了杀头大罪。

“不管什么危险，我都不会靠近那边，
而是赶紧远遁他乡，逃离他的视线。
我要掉头赶往塔尔史士（Tarshish）躲避几日，
如此消失，他或许不再跟我多事。”

约拿一跃而起，赶到了约帕（Joppa），
走向港口一路苦涩抱怨，

什么也不能让他接受这些讨厌麻烦，
不过创造他的天父已单独决定他的命运。

他说：“我等天上君王高坐云端
荣光耀眼让他无法看见，
我在尼尼微身陷囹圄，身无寸缕，
甚或被恶棍撕扯钉在十字架上。”

他抵达港口，寻找船只，
发现一艘好船非常合适，
和船员谈好价钱一次付清
要他们以最快速度送自己到那塔尔史士。

约拿甲板端坐，船员忙着将滑轮整理，
又升起斜帆（cross-sail），卷起缆绳，
急速将船锚吊起，
将船首桅杆的张帆索系在主桅，

收回导绳，降下巨大主帆，
将它拖到靠港的一面，顺风起航，
他们身后的劲风鼓起了斜帆
将这艘快船急速带离港湾。

此时的约拿成了最快乐的犹太人，

居然能迅速逃离神造危机；
以为创造大地的那位，
无法伤及海上的旅客一名！

啊，愚蠢的伙计，他拒绝受苦，
却大大加深了自己的险阻！
他的小算盘实在可怜，
以为在撒玛利亚[①]找到他的神视线受阻；

而天主的视野如何能受限？
且约拿也常听见《圣经》名句
就是永生大卫王宝座上所言，
被永远载入了《诗篇》：

“你们这些人中蠢货，把实情看看
尽快想个明白：他或许高高在上，
但你们以为，他创造了一切耳朵，自己能听不见？
他也创造了所有的眼睛，怎能自己瞎眼？”[②]

然而，这人鬼迷心窍，无惧打击，
乘着风浪漂向远方的塔尔史士；

---

① 北国以色列都城。由于约拿被命令前往亚述这个灭掉北国的民族，所以这里以撒玛利亚代表他的归属。

② 参阅《诗篇》（94:8–9）。

实在没走出多远他就遭难，
离他的目的地还相去甚远：

因为智慧的主人知晓一切，
时时警醒做事全随心愿。
他将自己亲手形成的力量召唤，
随他郑重呼唤，大风鼓吹更加迅疾：

“盘踞东方的欧洛斯与阿奎隆，[①]
听我号令双双将大浪吹起！”
他的话音未落他们即刻出动，
这一对执行命令毫无延误。

暴风先从东北方兴起，
两股大风竭力吹向大海。
雨瀑排山倒海压制震天雷鸣，
海水被肆虐瑟瑟哀鸣，闻者心悸。

狂飙与昏黑海水搅扰一处，
纠缠起巨浪滔天，
随后又狠狠摔进深渊，那里鱼群栖息，
被四下动荡惊扰，不能稍安。

① 欧洛斯（Eurus）与阿奎隆（Aquilon）是希腊神话中的风神，欧洛斯是东风，阿奎隆是北风，都有不祥之兆的意思。

惊涛骇浪将小船赶上，
约拿也知晓这不是玩笑，
因为船只随巨浪上下打转。
海水从背后侵袭，击碎了船具，

船尾和船舵成了一堆废品。
绳索从中断裂，桅杆也不能幸免，
船帆卷入了大海，那艘小船
被冰冷海水浇灌，船上呼声震天。

他们还是砍断绳子抛下货品；
手忙脚乱急急将一捆捆抛弃，
奋力把那汹汹大海逃避，
损失货物虽然不幸，但最要紧的还是人命。

他们匆匆抛下成捆的货物，
有行李、羽绒褥，还有华丽的裙袍，
塞满的箱子、匣子，包括他们的各种大桶。
一旦风平浪静，只会留下空荡荡的船只。

然而，风暴的鼓噪直升不降，
潮流更加狂野，波涛汹涌不绝。
水手们筋疲力尽，沮丧绝望，
人人都向自己能想起的神明呻吟。

有些郑重向维尔纳古诅咒发愿
有的向圣女狄安娜或向强健的尼普敦，
向马胡德或玛哥格[①]，向月亮与太阳，
反正向所有他们心中爱戴的人物。

随后最聪明的家伙开口，话中满是绝望：
“我相信，船上有骗子、不法之徒，
得罪了他的神明，把我们也牵连进去。
我们都是因他的罪过湮灭！

“我认为每个人都要来抽签，
然后把那个倒霉家伙从甲板扔出，
这样才能清除罪孽，我们应相信
这场大风暴的神明会怜悯幸存的人。”

他们都坚决同意，立刻聚集，
从各个角落爬出来决定命运。
一个舵手急急跳进船舱
找出其他水手去抓阄占卜。

---

① 维尔纳古（Vernagu）是传说中挑战查理曼十二武士的黑巨人；狄安娜（Diana）是古罗马月神与狩猎女神，而尼普敦（Neptune）是海神。马胡德（Mahound）就是穆罕默德的别称；玛哥格（Magog，或玛各）见于《以西结书》第38章，应当是地名或种族名称，其领袖是哥格（Gog）。这里的主旨是，约拿身处于异教徒当中。

他召唤的人都赶忙上去
除了正在酣睡的犹太人约拿。
他为将疯狂海浪逃避
跑到船底：躺在一块木板之上，

缩在龙骨后方躲避老天的怒气，
沉沉昏睡，鼾声不断，口水外溢。
那人狠狠一脚将他踹醒：
“辣古耳[①]捆绑的魔鬼搅你美梦！”

揪着头发，他将约拿拽出，
拖上了甲板，一把摔在地上
心中满是愤怒：他怎么还能
在危急关头如此酣睡香甜？！

众人迅速抽签完毕，
约拿抽到了最倒霉的那支。
喧哗四起，问声急切：
“你个混蛋，干了什么好事？

“你这恶徒，走海路有何企图？

① 辣古耳（Raguel），是次典经书《多俾亚传》（*Book of Tobit*）中的一个人物，希伯来文原义为“神的朋友”。在这里被人提到大概是任何罕见新奇的外文名字都被一般人当作不详的角色。

想让我们用性命赔上你那些罪污？
难道你没神保护，无事向神明祈求？
居然能在性命不保时昏睡不醒？

“你到底来自何方，有何隐情？
不论原因，你到底有什么事情？
在我们眼里，你的恶魔行径早判你死刑，
所以，荣耀你的神明，把你带去！”

“我是希伯来人，”约拿说，“出生以色列国。
我敬奉的神创造了天下万物，
整个世界与穹苍，四面之风与星辰，
还有其中的居民，他只用了一句话完成。

“这大灾是因我而起，
因我得罪了我的神，在责难逃。
所以，把我从排水孔扔出吧，
要不，我坚信，你们也大难临头。”

他向水手示意让他们明白，
他是从上主的眼前逃避。
恐惧随即降临，人人心神不宁，
他们从他面前跑开，不加理会。

海员奔跑去找长桨来划船
因为桅杆早已被打断。
他们拼命想把它拽起，
但实在是无能为力。

咆哮的海水折断了船桨，
他们双手顿时空空如也。
没有希望，也没有救援
随即到来约拿的惩罚判决。

他们首先向先知们服侍的君主祷告
求他开恩不要以为他们有冒犯举动，
手上不会有无辜者的鲜血，
即便他们要杀害的人属于君主。

随即他们便抓住约拿的手足，
毫不犹豫将他抛进了可怖深处：
他才刚被抛出，飓风旋即止住，
水面迅速恢复了平静。

尽管桅杆已断裂在甲板，
迅疾水流还是将他们推动
一直向开阔海面漂流，
直到顺风刮起让他们靠近陆地。

刚刚登上海岸，他们便欢呼高赞，
如同摩西称颂仁慈的上主，
还献上祭品，庄重起誓发愿，
要承认上主为真神。

他们欢欣雀跃，约拿此时却魂飞魄散，
本来不愿受罪，如今却遭此大难，
这家伙被扔进海中的归宿，
若非《圣经》记载，实在难以置信。

二

如今，约拿就是被判溺亡的犹太人，
人们将他狠狠从船上推进了海中。
然而，一头野鲸受命运（Fate）差遣
在深渊不得安歇，刚好游弋船边，

忽然察觉这位投海者向下急坠，
立即滑行过去张开大嘴将他吞噬。
他们还拽着脚时，大鱼已将他罩住。
连牙齿没碰一颗他就滚进了喉咙。

这海中巨兽翻身游走，潜入海底，
停在凹凸错落、怪石嶙峋的海床，
那个家伙就待在腹中，惊慌失措——

遭受这种折磨倒也不算奇特！

因为，若不是高天君王那大能的手
在地狱般的肚腹中将他呵护，
凭借哪条自然法则能够理解，
他的小命能保全如此长久？

是高天宝座之主将他拯救，
尽管在鱼腹中他也很不好受，
在幽暗深处，颠簸翻滚。
主啊，阴冷难熬，苦不堪言！

他的遭遇每个部分都摆在眼前——
从风暴到海涛，接着被怪兽捕去
直接滑过喉咙，就仿佛
一粒灰尘飘入教堂大门，那食道实在宽敞！

他滑到了鱼鳃附近，油腻黏糊，
又在气管里转动，宽似马路，
大头朝下栽入肚里
直到进入大厅般的处所才止住。

在那儿他挣扎起身，四下摸索，
站在大鱼胃里，奇臭无比。

裹在油浆黏污中，如地狱惊恐，
不过，他在那里倒是安全无比。

他到处搜索一个最好地方
搜遍肚子每个角落也一无所获
没有能休憩喘息之地：
到处涌出腥臭液体：可是，天主良善依旧。

他最终得以平静，向上主开口呼求，
“如今，君王啊，怜悯你的先知！
尽管我愚蠢、不忠、心怀诡诈，
但看在你仁慈份上饶了我吧！

“尽管我犯下欺骗之罪，是先知的败类，
可你是神呀，拥有一切的良善：
怜悯你的人和他的恶行，
显露你对海洋和大地的权柄！”

说完这些，他爬到了角落静止不动，
那里不再有肮脏龌龊从身边流过，
他平静舒服地端坐，除了一片黑暗，
就如同他曾熟睡的船舱一般。

他在鱼腹中平静呼吸

一共三天三夜思念上主没有停息，
想他的大能、仁慈，还有节制。
约拿，在远离神的宁静中，在苦难里终于认识了他。

在那深渊洪流中鲸鱼不断巡游
穿越一片片怒涛，心中不悦，
因为它肚里的那片灰尘虽微不足道，
却让它心里沉重，哪怕是庞然大物。

在安全的角落穿过激流，约拿听见
滚滚巨浪拍击怪兽的前胸后背，
先知献上了祷词一篇，
内容如下，说个没完：

“上主啊，遭此大难我向你高喊，
从地狱的胎中发出，你便俯听了我。
我呼唤，你听到了我微弱的哭喊，
将我从深渊引入黑暗的中心。

“你那大水的激流将我包裹；
你那从沟壑与无底深渊的涌流，
还有那无数通道跃出的激流，
汇作洪涛将我四下卷动。

“然而，在海底端坐，我还是要说：
‘在困苦中，我在你明亮的眼前被摔下，
从你眼前被阻断；但我坚信依然
还会进入你的圣殿，不抛弃对你的信念。’

“我被吞没巨浪中，痛苦令我昏厥，
我的身体被四下深渊重重包围；
头顶上完全是旋流之水；
我手足摊开，超越最后一座山尖。

“山脊如堡垒将我严防在外，
让我无法回到陆地，性命全在你手里。
你会拯救你的仆人，睡梦延缓你的公正，
而你仁慈的大能是我所确信。

“因为，当惊恐将我灵魂穿透，
我主宽容的正义跃入头脑中，
我祷告，因着对他先知的怜悯他会聆听，
我的祷词会进入他神圣殿中。

“我和你大能的作为已亲近数日，
但我如今坚信，那些愚蠢的家伙
他们发誓将一生奉献给虚荣
到头毫无所获，不会得到你的仁慈。

“而我虔敬发誓，庄重确认，
若我重获平安，会隆重为你献祭，
为我的好运奉献厚礼，
并执行你的命令：这是我的承诺！”

随后，我们的天父严令那条大鱼
立即将他吐出在陆地。
鲸鱼按照神的旨意转身向岸边游去
把约拿吐在那里，如上主所命令。

他从海里上来浑身污垢——
他真该一块要求把衣服洗净！
他定睛观看，眼前这片土地，
不是其他，正是先前发誓要逃避之地。

三

神的言语再次如狂飙将他责备：
“你是铁心不去尼尼微，不论如何？”
“我会去的，主啊，给我你的恩惠，”约拿如是说，
“去那里让你欢喜，这是我唯一选择。”

“起来，这就去宣讲：眼前就是那地方。
看，我的话已锁在你心底！到了那里就让它出去！”
随后他便起身急急赶路，

当夜就来到了尼尼微城附近，

这座城池宽大宏伟，令人震惊
穿越全城就要三天才行。
约拿行走一天毫不停歇，
也没有向人吐露任何语言。

随后他高声嘶吼，让所有人听清，
他的讯息伴着极大声音向他们诉说：
“当四十天走到末尾之时，
尼尼微将不复存在，从此消失。

“这城市定会灰飞烟灭：
你们都会栽入无尽深渊，
被黝黑的大地吞噬，
所有此地居民都会苦不堪言！”

这些话被复述传播，
城中市民与骑士悉数获知。
巨大的恐怖将他们掌控，如此惊悚，
他们面色如土，心肝颤抖。

可约拿还是不停述说下去：
“神的义怒将尽灭此地！”

然后，人们静静呈现最虔诚祈祷，
因对神的敬畏而内心痛悔。

他们抓起毛衫，粗糙扎入肉里，
用它贴身包裹上身，
将灰土撒在头顶，绝望中哀求
他们的悔改、罪过的补赎能令他满足。

约拿继续在该国高声宣布，直到国王也闻声。
他旋即起身，抛下王座，
撕掉锦衣华服，裸露上身
一头扎入了灰土堆中。

他急令拿来一件粗毛衫，迫不及待穿上，
又在上边缝了麻布片，①呻吟嗟叹。
他就呆呆躺卧灰土中，泪流满面，
诚心敬意哭泣他的恶行。

随后，他急令其官员："快快把人聚集！"
"发出我的亲口谕令：
一切城中的生灵，

① 在《圣经》中，忏悔哀悼时的一个风俗是穿戴麻衣（sackcloth），至于其材料是什么却没有定论，很多学者认为就是粗毛织就的布片或衣物，也可能是粗麻制成；无论如何，只是一种服饰，而在此处，作者误以为这是两种东西。

不论是人是兽，不管男女长幼，

“所有王公、所有祭司，包括众位教长①
必须按照自己所有罪过开始禁食。
禁止婴儿吸吮奶水，尽管这实在让人心碎。
牲畜也不可添加饲料，

“或是出门牧放吃草：
牛不得喂养，马不得饮水。
饥肠辘辘，我们将不停祷告，
这样祷声才能上达那位分施怜悯者。

“现在的一切和将来可能之事，全凭神的命令，
他全善又充满仁慈恩情。
尽管他十分不悦，且威力无边
但也可能在温柔哀怜中发显仁心。

“若是我们停止在不齿罪恶中享乐，
老老实实遵循神设立的正途，
他会压制他的怒焰，消减他的怨恨，
宽恕我的罪行——若我们承认他是真神。”

① 教长（Prelates），指教会中的高层，一般是主教及以上级别的。

所有人都遵从他的命令，抛弃他们的罪行，
按君王谕令完成了他们的补赎罪罚；
神因其良善将他们宽免，诚如国王所言：
尽管他曾发誓惩戒，还是收回了计划的报应。

四

这让约拿本人十分不悦；
他对神暴怒大发雷霆。
这怒火将他内心烧灼令他高呼，
在焦躁中他向高天君王呈上如此祷告：

“我求你，主子（Sire），自己来评理！
我早说过的岂不是变成现实？
就是我还在本国之时，你把我命令，
让我长途跋涉到此城传报你的旨意。

“我本就知道你的度量，
你的温和、你的公义、你的大度恩典、
你对败坏的容忍、你拖延的惩戒。
因为，不论将你如何冒犯，你总有足够仁慈对应。

“我早就确定，一旦我尽力
来威胁这大城内的骄民，
他们定要用祷告补赎将平安换取：

所以，我才急速向塔尔史士逃奔。

“如今，主啊，取我性命，它已经太长久；
快快结束我最后的痛苦，让我死去，
因为离开而丧命对我更加甜蜜
好过继续替你传令还落个伤心。”

我们君主之声随即在他耳中回响，
对着先知毫不客气地指责：
“注意听我，人啊！你愤愤不平
难道只因我的行动，或是我命令你宣告的灾难？”

于是，约拿郁郁起身，
走到京都大城的东边，
想看看这城市落个如何下场，
就在平原选定视野开阔地方。

在那里，他搭起凉棚，竭尽全力，
用的是干草、松针与一堆药草；
因为荒郊野地没什么树丛
能给他遮挡灼热的阳光。

他猫腰入棚，后背露给日头，
满心悲戚，昏睡整个夜晚，

此时，神以宽仁从地上生起，
最美丽枝蔓，缠绕约拿头顶。

大能的上主送来了黎明，
枝蔓下熟睡的人翻身，
然后紧盯翠光莹莹的树叶：
从未有人感到如此舒畅。

因为这植物底部宽敞，上部如穹顶，
四面垂下，宛若精致小屋，
只在北部留出缺口，
如同树林清凉可人。

约拿盯着美丽绿叶，
在凉爽舒适风中摇摆。
阳光直射其上，可没有什么东西，
甚至一粒灰尘都没法碰到里边的人。

他在自己的天堂快乐无比，
懒洋洋半躺其中，向城内观望，
对他四周与身下枝蔓相当满意，
一整天连吃饭都没想起。

一看他的居所，约拿就不禁大笑，

期盼在本乡也能有这么个房舍，
在以法莲山顶或是黑门丘陵，[①]
“我从未想过能有这样好的房子！”

黑夜降临他也变得困顿，
舒舒服服在枝叶下昏睡入眠。
然而，神召来爬虫毁坏它的根茎，
所以，当约拿再次醒来，藤蔓就已枯竭。

接着神又轻轻将西方唤醒，
命令则非鲁斯鼓起热风，[②]
吹跑云朵，让它们无法遮蔽日出，
从而放射耀眼光芒如蜡烛。

然后，约拿从美梦中醒来，
定睛观看他的藤——却早已枯干；
美丽的枝叶萎谢湮灭，
在他睡醒前已被日头烤干。

灼人的气浪涌动，炙热难耐，
温暖的西风吹干了药草，

① 以法莲山（Ephraim）、黑门（Hermon），都是以色列北部的代表性山峰。如前注提到，作者认为约拿来自北国。
② 则非鲁斯（Zephyrus），希腊神话中的西风，被认为是温暖之风。

毫无遮掩的可怜人无处藏身：
他的藤蔓已逝，他哀哭失声。

随即又怒气冲天，高声叫喊：
“啊，造人的那个，你这是什么手段
单单挑选你的仆人来毁灭？
为何是我来把你手创的苦难承担？

“我给自己的抚慰如今被夺取，
就是那让我头顶舒畅的藤蔓；
如今我终于明白，你铁心不让我舒坦：
为何不将我杀死？我命已太拖延。”

上主开口将先知回应：
“你这鲁莽家伙，难道有理这么胡说？
如此迅疾暴怒，只为植物一株？
为什么啊，先知，要为不起眼的东西动怒？”

“绝非不起眼，”约拿回应，“我心甘情愿：
我渴望逃离此世，进入坟墓里。”
天主说：“若它让你伤心，那你想想此事，
我将我的造物捐助，你也不该惊奇。

“你为了一株植物无以复加地暴怒，

可你连一刻都没将它照顾。
它一时就可繁盛，又一时便消失枯萎。
可这就让你如此挂心，情愿为之送命。

“却又将我抱怨，不让我随心所愿，
为那些真心悔改的人施以恩宠。
我从原初材料中创造他们所有，
又精心照看扶助，一刻不断。

“难道我就如此将长期辛苦放弃，
在他们悔改后还将城池毁灭？
如此珍贵之地的灾难会穿透我心，
如今就有许多恶人在城中忏悔哀怨。

“这其中有人疯狂，但也有人无辜，
比如哺乳的婴孩，毫无罪恶，
无知的妇女，混沌不清，
连左右手都不分，更别说这个世界；

或是明白梯子横杆竖杆的区别；
明白一条规则，能分清人的右手
与左手：可因为无知却丢失性命。①

① 这里出现的楷体字部分在文中没有引号，且不是一般的四行，而是三行，其内容也很难和上下文连贯，疑非原文部分。

“此外，城中还有无数牲畜
不会犯错也不应为此受过。
有何道理让我对真心悔改者动怒?
他们称我为王，将我的话信仰。

“若我如你一般性急，就会铸成大难:
若我度量狭窄，人类绝不会兴盛。
我若展示如此怨恨，如何能被称为仁厚?
做好主子，仁慈是必备要素。

“别再这么盛怒，我的好仆从，好好活着!
勿论苦乐，都要勇敢坚忍，
因为谁性急暴怒，撕裂衣服
过后还得坐下将破处缝合填补。”

所以，当贫困为我带来苦难，
我就该心平气和慢慢忍受;
在苦难与补赎中可明示，
忍耐是高贵品格，尽管让人常常不适。

《洁净》

导读

《洁净》（*Cleanness*）是一首1821行的《圣经》史诗，其中采用了出自《圣经》以及宗教传统的三个主要故事以及数个小故事来演绎洁净或纯洁这一主题，这是“登山宝训”中第六端真福（beatitude）所推崇的：“内心清洁的人有福了，因为他们要看见神。”诗歌版本是这样的：

内心完全洁净（pure）的人万事顺遂（fair）：
他们将目睹上主精神愉悦（blithe in spirit）。

（27—28）

诗人用“洁净”来表达两个相关方面：一是生命的洁净，特别是在性方面；一是对神的忠诚侍奉。三个《圣经》的故事，即大洪水（Ⅱ. 193—556）、所多玛和蛾摩拉的毁灭（Ⅱ.

557—1156）、贝耳沙匝的宴席（Ⅱ. 1157—1812），关注的都是在这两方面均不堪的罪人所犯过错及其下场。每个故事都在《圣经》基础上进行极大的发挥，从而能够与诗人的典雅叙事和描述合拍，并符合其教义立场。早期对《圣经》进行英语诗歌改写的作者大多都是为其主题填充了大量华丽辞藻，以至于破坏了原文的崇高立意，而本篇的诗人在改造原文的同时却能保持对《圣经》的忠实。作者进行的改造主要如下：诗化《圣经》的形式；以具体丰富的想象来填充细节，特别是在人物的塑造中；为读者提供教义评述；通过《圣经》其他部分的事例，或自己直接的说教来支持其评述。最显著的是，通过其选材、描述，以及说教，作者选择了《圣经》内涵的一个重要特征，并对其进行深入的表达。

这首诗歌事实上就是一篇宏大的讲道，用了三个主要事例来形成构架，在此框架上构建了整部史诗。在大洪水中，整个世界因为其罪恶而被淹没；在所多玛和蛾摩拉中，一个住在低地的恶民被地狱吞没；在巴比伦，邪恶的王室家族和沆瀣一气的贵族同遭屠戮。随着一个个故事的相继展开，神的报复也越来越具针对性，他惩罚的罪过也越来越倾向于对圣事（sacrament）的违背。与此同时，在散布于全文的讲道说教中，这些罪也被定性，对罪人的惩罚就成为可怕的警告，而那终极荣福直观（beatific vision）以及如何到达荣福的途径也被呈现在读者面前。中心的讲道（Ⅱ. 1049—1156）将所、娥二城毁灭的故事与贝耳沙匝的宴席连接了起来，在这里，它将基督信仰的顶点，即基督本人——神的宝珠（the Pearl of God）置于全诗的核心。在基督内能看到洁净的最高形式，其德行超越诸德，并在圣事内将人牢系于神。

这种圣事的本质可谓特别具有中世纪特色，其中包含的元素无疑属于封建制度的概念以及宫廷爱情。等级、服从天上或地上之主人、维护他们的颜面、绝对的礼节以宫廷仪式，这些都是神性模式的属性，同时融会贯通了《圣经》的戒律。它们都通过洁净之德运作，赋予圣事能力，每个故事又对圣事进行了不同的定义。每一个故事的情节无论大小均呈现如下的特征：

在起初，人神之间那种神圣且注重仪规的圣事得以定义，随后就对人之罪过本性来一个哀叹式的展现："人的心思大多向往邪恶"（518），接下来则描述某个个人或群体如何违背破坏这圣事。神会发怒，费尽思量，并且往往与一个依然保持自己圣事的义人协商来决定，该如何做出报复且保留何种仁慈。随之而来的就是惩罚，往往是充满威力且生动的描述。最后展示的是故事的意义，也以纯净的灵魂来比照被惩罚的罪人，故事一般会以许诺结尾，有时也会描述心地纯净者将享有的荣福直观。

中世纪神职界的学者在阅读解释《圣经》时，自然会希望神的圣言能够表达某种一致且全面的信息，而《圣经》的每一卷都能分有这种和谐的信息。然而，他们发现的却是很多晦涩难明，甚至相互抵触之处，因此他们确信：神以隐语发言。为此，他们设计出了不同方法来进行拆解并抹平彼此的差异与不同。诗人遵循的就是中世纪解经学的标准做法，以四种方式来解读《圣经》。[①]第一种是所谓的“字面”（literal）义或“历史”（historical）义，它给出的就是直白的意义，指向过去；第二种是“预表”（typological/allegorical）义，主要是将《旧约》事件看作《新约》事件的“预像”或“预表”，所以是指向未来；第三种是“奥秘”（anagogical）义，指向天上的事物；第四种叫作“喻像”（tropological）义，主要是从经文中引申出道德指引来，所以可看作指向地上的事物。既然拥有些解读的自由，若是中世纪的学者在自己宗教虔诚的引领下联想过多，那么他就可以将自己或读者带到离《圣经》很远的地方。但是，如果现代读者也愿意进入中世纪所接受的这种象征性解读方式中，那么他只需一些思维的调整就可比较容易地读懂《洁净》，因为诗人采用的四种洁净方法都是为这一贯穿的主题来服务的。

“序言”（Ⅱ. 1—192）：对洁净做了定义，而婚宴的比喻（the parable of the marriage feast）则是为神如何吸引洁净的人进入天堂（heaven）立下了标准方式。对没穿婚宴礼服之人的惩罚不可从字面义理解，因为这会让这个比喻的主人，也就是神，显得惨无人道，这一点要看作譬喻。整首诗中明净的衣着可看作灵魂纯洁的象征，而那个人被惩罚是正当的，因为其褴褛的衣衫表明他既不忠诚也不纯洁。主人的愤怒是正当的，因

① 对此的论述可参阅：G. R. Owst, *Literature and the Pulpit in Medieval England* (Blackwell, 1961), ch. 2, “Scripture and Allegory”, pp. 56–109. 至于诗人如何对之加以应用，可参阅：John Gardner, *The Complete Works of the Gawain- Poet* (University of Chicago Press, 1965), pp. 31–37.

为他准备的是无与伦比的盛宴（Ⅱ. 55—60），并广而告之，且明示参加的要求。这三个行动象征着人神之间正确交往的重要因素。人必须认识到荣福直观，并积极行动去争取；若他行动错误，成为被选择但却拒绝服侍神之人，那么他受的惩罚就会更为严厉："他们的坏要比无知外教人的罪过更应遭谴责。"（76）诗人在"序言"部分的讲道式结尾（Ⅱ. 162—192）中对此进行了阐释：在列出神所厌恶的污秽生活之事例前，他总结道："你所作的行为，肯定就是你穿着的衣装。"（171）

此后是讲述神报复地狱魔头路济弗尔（Lucifer）还有亚当的过渡性短篇（Ⅱ. 193—248）。它有两个目的：说教的目的是向读者显示，在这两个著名的不忠事例中，神减轻了他的愤怒。其艺术创作的目的是要将读者带入那次罪行，以及人的厄运被确定时的那个世界中。在那个初期世界里，诗歌拥有奥秘性解读的潜能。与《新约》世界相比较，即便是其中第三个情节的场景，即《旧约》时代的耶路撒冷和巴比伦也是古老的。

"大洪水"（Ⅱ. 248—555）：挪亚（Noah，诺厄）时代放荡淫乱之罪被看作一切罪恶之母。首先，只要不是将人类传宗接代的种子放入适当之处——子宫，那就是对本性令人发指的违背。与《创世记》的记载一致，诗人表达了一种奥秘性思想，即精子就是人类一代代实现神对人设计的神圣精华要素。如若不能正确利用精子，而是出于不伦或不洁的性事对其滥用，那就会产生各种各样的恶：

钟爱屠戮就是他们的特质，

最恶者就是其中的最强者。（275—276）

方舟（ark）被看作童贞玛利亚的象征。正如玛利亚是承载耶稣圣婴的“容器”，方舟承载的同样是未被腐化的造物，能够躲避神发怒降下的洪水。诗人对这两种容器用了同一个词，但并没有明确地点明这一比较。

在婚宴的比喻中，还有路济弗尔与亚当所受惩罚的短篇中，诗人展现了神的愤怒，以及发怒时他的作为。但在挪亚的故事中却有所不同，在这里我们看到的是神的挣扎、愤怒且不知所措，仿佛是人类的罪过和忘恩负义使他黯然神伤。神转向挪亚（I. 301）一节预示的就是后来转向基督之事：基督将会实现人的救赎，恢复与神的和谐关系。此处的拟人化非常明显，当然这点也体现在史诗的其他篇章中。约翰·加德纳（John Gardner）很好地总结了挪亚故事中那个救恩的时刻：[①]

> 挪亚成为人类与自然救恩的象征，而鸽子则成为方舟所带来之救恩的象征，通过这种方式，诗人精彩地融汇了神性、人性以及自然三种特质。

神许诺将不会再毁灭他的造物，这标志着他接受了罪的不可避免性，并为此而节制自己的愤怒。最后的简短道德劝勉之辞将纯洁的灵魂比作珍珠，这一比喻在本诗以及其他诗中不时

---

① John Gardner, *The Complete Works of the Gawain-Poet* (University of Chicago Press, 1965), p. 66.

穿插出现。

“所多玛与蛾摩拉的毁灭”（Ⅱ. 556—1048）：这个中间部分开始时是一篇过渡连接性质的讲道辞，其中描述了神对降下洪水的悲伤，随后是对招来神之报应的淫荡表达战栗，并且引出了下文的主题。双城毁灭以及贝耳沙匝宴席这两个部分要比大洪水复杂许多。这部分有两个长篇的引子，一个说的是神对亚伯拉罕（Abraham，亚巴郎）的许诺，即其一个后裔将领受土地；另一个则记载亚伯拉罕请求神饶过自己的亲人罗得（Lot，罗特）。从教义角度而言，这些许诺向读者保证了神对人类持续不断的关照，尽管神此时正在酝酿一场令人心悸的毁灭。与此同时，借助亚伯拉罕与罗得，它们也显示了谨守盟约的义人如何在神的计划内协助神实现其目的。在这些死海城市被毁灭的前夕，发生了两件圣事性质的庆典宴席，一件是亚伯拉罕接待“三个男人”，其中一位看上去就是神本尊；另一件事则是罗得接待了“两位天使”。这两件事都是“婚宴”的预表，也是天上庄重盛宴的影子，它们与史诗最后部分的“贝耳沙匝宴席”形成强烈对比，后者只是暴食狂饮、毫无神性的贪饕集会。在亚伯拉罕与罗得家中的两次宴席上，撒拉（Sarah）与罗得之妻这两位女性被蒙蔽视野的情节意味深长。圣职界的反女性主义或许是起因之一，但若果真如此，那么世人却没有将挪亚的妻子包括其中，这点令我们意外。那么较为合理的解读应当是：其主旨是要表明，献身于神者当经受试炼的考验，而撒拉和罗得的妻子都是对神有不忠之举之人，其行为都反衬出了丈夫的忠信。然而，挪亚却有些荒诞不雅的故事流传，比如烂醉，比如民间传说中认为他的妻子爱咒骂责备，这些都不能使人将挪亚看作神的人。同理，诗人也略去了罗得的两个女儿为了传宗接代，趁着其父烂醉之际与他同床的情节。

毁灭的灾难本身与大洪水一样，也预示了审判日时，受祝福者进入永生而罪人降入地狱。亚伯拉罕从远处见证的灾难以及随后对死海的描述均是地狱的象征。

对洁净主题所作的长篇讲道连接起了双城的毁灭以及贝耳沙匝的宴席这两个故事，其开头是给读者的一条解读式的忠告：

> 所有这些都是标志与象征，需要在心中反复思量。
>
> （1049）

然而，在这里，诗人要呈现的内容却是其宗教的核心，与之相比，其他的事物都称得上是“标志与象征”。与此相应，这里的语言风格也有一个突变。在对死海谷地中发生之事的幽暗讲述之后，这里就仿佛是长久最强音之后突现的平和音调。诗人的笔触下呈现的是饱含情感、体现神秘之爱的诗词。他将宫廷爱情诗的技巧应用在了对童贞圣母以及基督之敬礼的民间传统这个新主题之上。为能激发其听众对神圣洁净的向往，这里呈现的竟是完美安和的图景——玫瑰馨香、音乐和弦、纯洁无瑕的珍珠。这是一种不可朽坏的完美，这一点在它和病患自然接触时就一目了然了。基督治愈的能力与他的谦谦君子之风召唤渴求之人。可是，当诗人开始警告人们不要让自己的珍珠——灵魂失去光泽，关入筐匣中时，这种诗意的美好开始褪去，我们不自觉之间又回到了《旧约》那种神震怒惩罚的电闪雷鸣之中。最后一个例证从珠宝比喻转向了被滥用的神圣器具，这也是最长的一个例子。

“贝耳沙匝的宴席”（Ⅱ. 1157—1812）：挪亚的世代由于不洁与不忠而沉没水底这一段有一个前奏，即路济弗尔与亚当因为不忠而遭受惩罚；所多玛与蛾摩拉由于不洁和不忠而被毁这段也有一个前奏，即罗得的妻子被惩罚，撒拉被揭露；而这二者的原因都是不忠。同样，贝耳沙匝与其同伙由于不洁和不忠而遭屠戮这一段也有伴生的例子，即漆德克雅（Zedekiah，西底家）兵败被俘与尼布甲尼撒（Nebuchadnezzar，拿步高）的疯狂，而这也是由于不忠而致祸。不过，这最后一起灾祸的铺陈准备阶段较为冗长繁复：尼氏发疯一事是借但以理（Daniel，达尼尔）之口讲述的，这发生在“墙面写字”（Writing on the Wall）（Ⅱ. 1641—1708）之后，与尼氏征服耶路撒冷一事毫无关联，后者在这一出一开始就出现了。为何要细说耶路撒冷陷落以及将圣殿器物劫掠到巴比伦这个长篇故事呢？这其中有个特殊的原因，即赋予犹太人的七枝大烛台（Menorah）以及其他圣殿器皿特别的神圣性，当后来它们被滥用亵渎时，读者就会将之看作重大的“不洁”，甚至超出了挪亚时代对生命之种的非自然滥用，或是索多玛与蛾摩拉之男人的同性淫欲之不洁。经过了祝圣的圣殿器具可被看作被祝圣之灵魂的隐喻。这样，贝耳沙匝所犯罪过的性质就是强迫圣洁者信仰上的倒退；在整部史诗中，神对信仰倒退者的惩罚要比其他罪人严厉许多。那么，贝耳沙匝就不只是自己不洁、不忠，更是他人不洁与不忠的源头。漆德克雅的罪过就是不忠：他“拥抱可憎之物，敬拜偶像”；尼布甲尼撒的罪则是骄傲。二者均可被视为“倒退者”，但只是不忠而非不洁。

圣殿之中的至圣所（Holy of Holies）就是天堂的隐喻。当尼布撒拉旦（Nebuzardan，乃步匝辣当）将这些器具与装饰物带到巴比伦时，尼布甲尼撒不仅看出了它们自由的价值，而且“庄重地捧起它们，向普世的至高之主，以色列的神献上了赞美”，（1313—1314）“满怀敬意与礼遇”对待它们，从而保留了其神圣之潜能，也在神的眼中受到了宠爱，直至骄傲导致他堕落毁灭。然而，即便是这种骄傲也能通过荒野中的补赎而被洗净。神似乎没有忘记，他曾选择尼布甲尼撒作为其打击漆德克雅的工具。

这里须阐释下贝耳沙匝所设宴席的象征意义。此事发生的城中有 7 条河流，而宫殿四周每一边均为7英里（约11.2千米）长。7这个数字是地上事物的表征，与其相对的是《启示录》第21章中指出的，属天之新耶路撒冷的12这个数字。这场宴席并无神圣性，这可从其宴请宾客皆为贵族一点看出。在婚宴比喻中，所有阶层的民众均得到邀请，虽然在诗中宾客还是要按照等级排位来就座。对那些珍贵物品的描述显明了诗人对神的深切向往；大烛台代表天上之光，当它照耀那墙上所写之字时，神的终极大能也得到了体现：

在那个皇家的宫殿，就在白墙上面，

紧挨着大烛台明亮闪耀的地方，
就在那里，一只灵性之手显现，一支笔紧握两指间。
（1531—533）

贝耳沙匝的王后在这个亵渎的宴会举行期间待在“楼上她的起居区域”，这象征着对诱惑的抵制。她是神的代表但以理出场的工具，因此她自然而然地也就代表了宫廷的美丽，完全遵守宫廷的礼节——之前我们已提到，这也属于洁净的组成部分：

王后陛下，为了缓解其主的迷失，
优雅地飘到了国王跟前。

双膝跪倒在冰冷地面，她躬身开口发言
倾吐智慧言语，低声细语在耳畔。　　（1589—1592）

诗人最后聚焦在了但以理和贝耳沙匝身上，这就让他能够让这最后一幕来对应其第一句话。这首诗开始描述的是真假祭司（Ⅱ 5—16），而它的结尾则是对真祭司的褒扬：他知晓神的心意，也明白对亵渎神之器具的拜偶像者而言，只有毁灭与遭谴的下场。无论从哪里说起，贝耳沙匝都是人需警惕的邪恶之代表，因为他不仅仅邪恶淫荡，不忠于神，而且更是一个“倒退者”——这是因为他的父亲尼布甲尼撒在抚养他的过程中教给了他如何尊敬神。在解决了贝耳沙匝之后，诗人最终只写下了短小精悍的结语和祝福。

我们只有对诗人所采用的教父式解经（exegesis）有所了解之后，才能更好地体会他的诗才，特别是其组织构建的能力。诗人最吸引人之处是其综合能力，他能将精练叙事、生动描述、强劲说服以及冷峻反讽令人信服地合为一体。比如，诗歌的最后33行囊括了一系列不同的表达，从恐怖的死亡到最终的祝福，诗人在极短篇幅内重新阐述了诗歌的道德目的。不仅如此，这其中还包括了诗人的冷笑话：

（贝耳沙匝）大概也无法拥有天上的享受——
他享见我们那可爱之主的日子要长久推迟了！
（1803—1804）

这里的笑点是双关语：对观众而言，见主基督的日子被长久推迟就是要遭受炼狱的长期惩罚，自然是极坏的消息；然而，贝耳沙匝本来就生活在基督降生前500余年，自然是要等待多年了。这种笑话往往以遭罪者的行为做笑料，有落井下石之嫌，所以“冷酷”。其实，婚宴比喻中的主人，是神的象征，也是毫不留情地嘲弄衣着破烂的宾客。尼布撒拉旦攻陷耶路撒冷后，城中遗民的厄运也被无情地拿来描绘。事实上，诗人用一段文字同时对占领者与被占领者进行了戏弄：

可这胜利不足挂齿，因为大军已离去，
殷实之人都跟着总督离开城市。

留下的男人个个饥饿如狼，
一个妇女就能喂饱四个最结实的男性。

（1241—1244）

对那些无法阅读墙上题字的迦勒底（Chaldean，加色丁）人的法师，他也是极尽嘲讽：

他们盯着那些字母毫无头绪
完全如同盯着我左脚靴子上的皮革。　（1581—1582）

这种冷酷的幽默与宫廷礼节的烦琐形成了奇特的搭配，赋予了这些幽默不同的韵味。《洁净》中的宫廷礼节是一种中世纪的美德，其中又加上了基督信仰对仪表的理解以及浪漫爱情的行为风尚。除了胡言乱语的贝耳沙匝外，他的一众臣仆在助兴时均能展现典雅的风范。婚宴比喻中的主人挨桌欢迎接待其人性的宾客，而亚伯拉罕和罗得则认出了其宾客是神，从而与之相应地展示了更高规格的神圣礼节。

神圣礼节就像行动中的仪式，每个动作、每句话均有礼仪的风范。待客本身自然要有仪式性，但最为纯洁的理解则不需要这些修饰性的东西。在不同的危机时刻，我们会看到这种理解的展现，如某人只有精神的支持而别无他物。当亚伯拉罕为他的亲人罗得的性命祈求神时，他展示的也是这种理解：他以非凡的谦恭与坚韧，悖逆神的意愿而动，试图对其进行改动（Ⅱ. 713—780）。神许诺，若能在所多玛城中找到10个义人，就能饶过该城，并且将罗得从城中拯救出来。在此条件下，这种礼节的最终表现是亚伯拉罕让神离去。罗得显示的也是相同的礼仪，但其面对的确实是更艰难的条件：他去和门前的那些同性倾向暴徒交涉，意在保护其神性宾客不受其害：

> 什么！他竟不惧气势汹汹的污秽恶棍，
> 而是跨过大门，孤身闯入凶险中……
>
> 冀望能够以其礼节触动他们的心肠。
>
> （855—856；860）

诗人基于《圣经》中的故事情节设计了罗得的言辞，让他机智地与恶徒周旋，提出以自己的一双女儿来换取宾客的安全与颜面。这当然对任何时代的人而言都是令人不齿的，但在那个原始时代，女儿被看作为财物，对那些能够接受亚伯拉罕奉献亲子以撒（Isaac，依撒格）故事的人而言，这也是可以接受的。不过，在这个过程中，罗得还是维持了那种中世纪的礼节风范：

> 你们肯定是优雅绅士，只是你们的玩笑有些不雅致。
> 让我来教你们一个更为自然些的游戏。（864—865）

诗人通过罗得进入了暴徒的脑海中，从罗得口中说出了“自然”一词，这就是要提醒读者，神所中意允许的只有符合自然本性的性行为。

“自然”一词体现出中世纪人对性行为方面设置的界限与道德价值。《洁净》之作者更是这一思想的典型表率，他的整个思想构架似乎都被对性的恐惧所主导，并且通过两种主要途径来表达。第一种是道德的谴责，比如：

> 他们在肉体上发明了种种肮脏习俗，
> 从彼此身上获得逆性的新知识（unnatural knowledge）。　（265—266）

这之后往往也有视觉的描述，比如：

> 他们肉欲的行径如此龌龊，连魔鬼都看到
> 这个种族的女子们是如此充满诱惑，
> 竟然以人欲方式与其沆瀣一气。　（269—271）

他也以同样方式表述了所多玛的罪人：

> 他们淫荡的方式令我厌恶，
> 实在是肮脏污秽的不伦行径。
> 每个男人都缠上和他一样的男人，
> 肉体相交，如同男女一般。　（693—696）

我们虽然不能一叶障目而忽视全局，但在整部史诗中并没

有一例对男女之间合理之爱的描述，甚至也没有将男女之间的性爱当作哪怕是一个主题，那这就令我们不得不觉得，他对性行为之不洁的看重让他也成为中世纪一类人的代表：他们对爱的理解极其狭隘，耿耿于男女间的性爱，往往会夸大性事方面罪恶的影响与后果。

在诗人的主要论述中，他认为不洁就是最严重、最令神憎恶的罪过。这其实有违于中世纪神学的看法，因为在那里，骄傲才是“七罪宗”的魁首，而淫荡却位列末尾。不过，重要的是我们应当明白，作者如此安排自有其原因，特别是他可以利用已有的《圣经》文献来进行其创作，而这就让我们注意到了诗中神的发言。在这12行诗词中，神在哀叹所多玛与蛾摩拉的罪恶时，称颂了过去那种理想的人性之爱。在此处，神面对的是读者，希望读者能够面对灵与肉之间的永恒对立。这段文字远远超出了宗教作品的范畴，以意想不到的方式，成功地融合了宫廷爱情与基督信仰之爱情的伦理价值。神如是说：

> 我为他们创造了自然方式，秘密地将其传递，
> 在我给人类的命令里，最为神圣的，
> 就是这种无比甜蜜的交合方式。
> 在我的脑海中诞生了这爱人之间的拥抱：
>
> 我为人创下了最愉悦的爱的途径，
> 当真心的二人与对方相连，
> 男人和其伴侣间彼此会大大愉悦

连天堂的纯洁也不一定更加美妙；

前提是，二者尊贵地彼此连接，
通过静默的神秘声音，无法眼见，
爱的火焰跃动燃烧如此炽烈，
地上所有的邪恶都不能扑灭。　　　　（697—708）

细心的读者会注意到，这里的一切都围绕在一个“真”字的周围。对热衷于宫廷爱情的人而言，它所指的大概是情感的深度、强度与持久性，与社会和宗教的规矩毫无瓜葛，这种爱甚至可以容忍接纳不伦之爱。但是，作为这首史诗中的关键词，“真”指的是对神的“真”，即要以忘我的精神忠实严守神的法律。就这一点而言，罗得能够为了神而主动将女儿交到色魔手中可能是最好的写照。诗人希望这种“真”能够主宰人类生命的所有方方面面。与此相应，他的整个宗教信仰都进入了对神所创造的、男女之间理想关系的阐释中。因此，他能毫无障碍地将宫廷爱情纳入以基督信仰为主的元素中，尽管前者的源头是中世纪的异教经典。在他笔下，这种爱的完美形式能够抵挡“地上所有的邪恶”，这也就赋予其一种超越性的伦理价值。不过，我们要看到，诗人对爱的理想化描述也只是更大的、对神之向往的一部分，因此其理念与态度还需放置在更宽泛的语境中去考察，即他对神之愤怒的概念，这一点在整首诗中最为鲜明。

看起来，在古典哲学对灵魂做出的理性、情感、欲望三分中，史诗中的神参与了其中的头两部分，而且它们在神内也如在人内那样，常常彼此对立冲突，就如神在对诗中一系列作恶者产生报复惩罚的欲望时所体现的那样。有一种古代东方的基督教思想将神性分为本体（essence）与能量（energy）两部分。本体部分是理性的，在这里就体现为神将主持公义，但也会顾及仁慈。然而神的能量部分，即他行动的力量又与本性相合，产生公义的怒火，令其有报复的欲望。这样，神就成了这个被内部势力所侵扰之社会的范式。然而，不同的是，神并未堕落，因此不论是其理性还是其情感部分，都不会败坏而产生错误的思想或行为。于是乎，不论我们在神内看到何种程度的情感冲突，只不过是人内在罪恶之程度的反应罢了。不论神以何种方式决定其惩罚，诗人都完全赞同。对他而言，神的愤怒是一种工具，它使人对完善的追求成为可能，因为其义怒能够灭除邪恶。在本诗中，他又对神针对淫荡之罪所发之义怒惩罚最感兴趣。

对神之愤怒的展现进行的描绘是这首诗最吸引人的特征之一。但是在品味这种纯粹的壮观和暴力描述的同时，读者必须牢记，诗人的最终目的是说教，从而不能忽视他在不同情景间加入的、具有教导意义的象征。第一个这样的象征描绘的是造反的天使如何从天堂中遭到驱赶，这乃是大洪水以及所多玛与蛾摩拉二城之毁灭的一个前奏：诗人只用了28行诗词就完成了对这一事件的描述以及神学分析，并在不经意间展现出了诗人最出色的才能。在这里，暴力的即时特效和说教的精确聚焦同时被融为一体：路济弗尔刚刚宣称“要像铺开天幕的上主

（Lord）那样”：

就在他宣称的那一刻，惩罚立即来到；
神严厉地打击了他，将他赶入无底深渊，
神以尊威的法度，为其仁慈保持了平衡。
（213—215）

他应用了具体且为人熟知的比喻来丰富其描述：

黝黑的魔鬼坠落高空天幕，
一击之下就盘旋飘浮，宛如雪片在暴风乱舞，
被抛入地狱魔窟，仿佛蜂巢蠕动……　（221—223）

如同面粉从筛孔中洒落，
可怖的雨瀑从天上向地狱倾泻
弥漫大地四极，处处同一场景。　（226—228）

诗中的第二个大毁灭将人置于神的掌中；魔鬼的坠落仿佛与我们毫无瓜葛，可是我们读到了这些：

每个母亲抱着婴儿冲出房屋，
急急向最高的地域奔跑不驻足；　（378—379）

还有这些：

情人与其情妇彼此看过最后一眼，
从此了断一切，直至永远；　　　　（401—402）

我们需承认，作者是悲剧高手，与其笔下的民众一同受苦，即便我们知道，是他们自己将神所造的世界从天堂变为了地狱。带着婴孩的母亲以及与情妇一起的情人，与那些巨人在一处，他们

如此毁坏了美好的造物
以致让伟大的造物神开始动怒。　　　　（279—280）

大洪水是以一股股的洪流慢慢聚集成势的。有几次，仿佛一切人、动物、高地和山岳都已被淹没，但每当诗人的描述开始看来要转向弱势时，一波新的大水就会出现，而挣扎求生者的新一轮惊恐哀哭求告又再次加强了之前的力度。最终，一波又一波洪流淹没了读者的大脑，只剩下微不足道的一叶方舟在洪水灭顶的星球上随波逐流，最高的山峰已在船底十五肘[①]之下，还有那一个个深不可测的鸿沟。就在这令人眩晕的高度，方舟在漂浮，无依无助：

① 一肘约为45厘米。

方舟在涌动的洪流浪尖起伏，
摸到天上的云朵，身处未知的国度。
随着狂躁的巨浪翻滚随波逐流，
在深渊之上游走，看来危机四伏……　　（413—416）

有时狂风凶猛令其破浪疾进，
有时随水起伏不定，有时后退倒行。
常常翻来滚去，又头重脚轻；
若非神作舵手，它早就该惨遭不幸。　　（421—424）

将神比作舵手看似顺便提及，但却恰好是在诗人即将开始阐释洪水效果的转折点处，随后又描述了洪水退去的场景。他遵循《圣经》故事的情节，在鸽子回归时描绘了田园般的安和场景；又着重书写人与兽重新占据大地时迸发出的生命活力，这段最后这样终结：

每个动物都急急奔赴自己的居处，
剩下四个男人成了世界之主。　　（539—540）

诗中的第三次毁灭要比前两次范围更小，但也更为剧烈。路济弗尔的大军遭驱赶，“可怖的雨瀑从天上向地狱倾泻”（227），大洪水的源头就是这“深渊开裂”，又加上了四十昼夜的暴雨连绵。然而，真正的地狱在所多玛和蛾摩拉爆裂，在天降火雨中吞噬了两座城市。死海的峡谷无疑保留了这一恐怖事件的记忆，直至今日，从其西方的山地俯视它时仍然会令人心生惧意。当然，在毁灭还未被提及以前，就已经有人关注过地表的那块地方。神和两位天使在亚伯拉罕处欢宴后别过了主人，

> 然后他们迅疾起身，准备上路，
> 并一起向所多玛凝神注目。 （671—672）

此处，缓缓形成了不详的悬置张力，神在计划其惩罚，人的反应则饱含情感。路济弗尔和挪亚到底如何感觉，诗中并未提及，不过挪亚在建造方舟、填充船舱时似乎显得比较轻快。但在此处，亚伯拉罕却为罗得与人类要遭受的罪过痛心难过，罗得在看到黎明时分时间紧迫时惊恐万分，对其能力以及能否逃脱神的义怒产生了疑虑。诗中这样描绘四人的逃亡：

> 他们一同奔逃，全身恐慌充斥，
> 畏惧中加速疾驰，从未敢向后看上一次。
> （975—976）

灾难中充斥各种火焰嘶吼，窒息的气味（都是明显的地狱特征），周遭环境的毁灭以一种熟悉的比喻得到了生动描述：

> 悬崖绝壁碎裂纷纷
> 宛若旧书散架书页四散飘落。 （955—956）

这是一种更集中更猛烈的灭顶之灾，但却没有那最后一个灾难，即贝耳沙匝被屠戮故事的那种对个人抗命犯罪的贬损之意。一如其他部分，作者在此处以不同方式推进情节的发展，而在最后一次灾难中，恐怖达到了空前的程度——肉躯之身被撕裂劈斩。在大洪水中被淹没的是整个躯体；在所多玛，也是整个躯体于火中嘶喊；我们没有闻到烧焦肉体的气味，也没有看到地狱中被魔鬼四分五裂之躯体的场景。但在贝耳沙匝宴席的序幕与预像部分，我们却领教了对残暴罪行的残暴惩罚。尼布甲尼撒在击败了企图逃离耶路撒冷的军队之后，

> 在王的面前斩杀了所有王子，
> 又残忍挖出了他的眼珠。　　　　（1221—1222）

尼布撒拉旦的军队攻入了城中后

> 司祭与教长被他们逼死，
> 妇女与姑娘也被剖腹
> 水沟里充斥她们的肠肚。　　　　（1250—1252）

> 揪住祭司的头发，将头颅劈下，
> 杀死执事（deacon），砍倒教士（clerk），
> 将圣职人员（minister）的情妇残酷杀死
> 长刀挥舞，全部铲除。　　　　（1265—1268）

诗中提及的最后一个惩罚这样描述：

> 贝耳沙匝在床头被砸死，
> 他的血和脑浆与床单混杂一处。
> 王的脚踝又被人用窗帘捆绑，
> 倒提着被四处拖拽。
> ……
> 他那天胆敢用圣器来饮宴，（1787—1791）

如是，挪亚那个世代的结局可谓全球性的恐怖；所多玛和蛾摩拉的命运则是地方性的，且与人的情感相关联；贝耳沙匝的下场则是最令人胆战心惊的描述。这些生动和深化的描述，若其对象是惩罚，那可令人生厌；若其对象是美丽神秘的象征物，则可令人愉悦。无论是谁，若按照《圣经》来创造长篇，那就必须不断地从原著中找寻灵感。《洁净》的特点在于，从其论证与描述的质地来看与《圣经》非常相像，但却又有其独特之处。欣赏诗人选择和发挥之才能的最好办法是在阅读诗歌时对照《圣经》原著。在脚注中，译者会给出主要的《圣经》章节。

这部繁复却又极为有条理的《圣经》史诗给我们的最后印象是其不和谐的视觉感。之所以不和谐是因为，其中的明与暗似乎没有很好地彼此平衡。诗人宣称的目的是要“褒扬洁净这高雅风尚”（becoming style），但事实上，其压倒性的主流却是对不洁的批驳，而且他做得是如此投入、不惜代价，完全忘记了需要保持平衡，最终需强调洁净的赏报就是荣福直观。当然，我们可以理解，诗人是在遵循当时流行的讲道风格，即通过谴责相反恶行来褒扬某种美德。可是，不得不指出，在整首诗里，他给读者带来的感触都是人性的邪恶，以及这种信念：

人基本上一心向恶。（518）

在《洁净》中，荣福直观和对真爱的赞誉只能容身于个别角落，充斥全篇的都是诗人对人性之恶的厌恶，以及神之义怒。不过，对灵魂本质洁净的信念还是清晰可见的，尽管是以一种间接的方式得以表达。“毁坏了自我（self）的不法淫秽”（I. 579），隐约被描述为一种外在的力量，它败坏了“温驯的造物”（I. 279），就如同那些“不羁的恶魔”（I. 273），而自我还是有可能保持洁净的。天使对罗得所说的话，也可以用在挪亚一家、亚伯拉罕，或是贝耳沙匝的王后以及但以理身上：“尽管罪恶萦绕四周，你还是神奇地保持了自我。”（I. 923）

诗人鼓励读者，在圣事中与神共融，这样便可在淫荡横扫一切的强势中觅得避难场所，而这圣事的工具便是神父及其举行的礼仪和使用的圣器。神父会走向神的祭台，手持的是圣体圣事（圣餐）中神的躯体。（I. 11）在诗歌的每个阶段中，他都是神之大能的代理者，不论在大灾难之前、之后，还是在进行当中，都令神人之间的盟约得以确立更新。神父的能力在于举行庄重的仪式，在其中神的圣言得到聆听，并为人的益处而得以解读。当大洪水退去时，他也在那里出现，就在挪亚献祭之时：

> ［他］立起一座祭台，庄重地将其祝圣，
> 并将每种祭物都放在上面祭献。
> 这实在美好洁净——而神更不需要其他东西。
>
> （506—508）

彼时，挪亚也听到了神的承诺：他将不再毁掉整个的造物。当神许诺给亚伯拉罕后裔，亚伯拉罕接待神时，神父也出现在那里；在所多玛诸城毁灭前，罗特举行相似圣事的晚餐时，他也在那里出现；他存在于所罗门（Solomon，撒落满）的灵内，因为所罗门以虔诚和勤勉制造了圣殿无与伦比的洁净器皿，给它们赋予洁净的本质，甚至当它们被劫掠至巴比伦之后依然能够为此见证，召来神圣之手写下未来灾难的预警。最终，神父也出现在但以理的形象中，讲述了神最终之惩罚和宽恕的故事，即尼布甲尼撒的境遇，而这个故事是为了表明，贝耳沙匝实在已无望获救。在随后的屠杀场景中，他终于以自己的身份现身，发出最后的警告，给予最终的祝福。这些都出自这样一位诗人，他明白人类无法达至完美，更对淫乱色欲忧心忡忡，从而创下了这首史诗，虽然全局宛若对神之义怒的一场梦境，但也指出了人类能够逃避无法承受之厄运的避风港。

正文

序

婚礼的比喻

谁若将“洁净”奉为典雅风尚，
并身体力行它所要求的一切合理美德，
就能行止得当善渡生活：
要是出言将其反对（utter the opposite）那就意味着灾祸与麻烦。

因为创造万物的那一位会勃然大怒，
怒对那些誓言跟随却内心败坏之人。
想想那些吟咏诵读之人的神圣使命①
他们常在他眼前，就是那些我们称为司铎（priest）之人：②

真正与他相连，他们常常进入他的圣殿；
庄重虔诚地迈向他的祭台，

① 中世纪时几乎只有神职人员受过教育，而且往往要吟咏祷词与弥撒，所以有此言。
② “司铎”是罗马公教（即天主教，下同）对“priest”，即神父的正式称呼。

在神圣的圣体圣事（holy communion）[1]中将他自己的身体举扬。

若洁净之德将他们环抱，他们的回报是多么不可比拟！

然而，如若他们的信德（faith）虚假，罔故礼节（courtesy），

醉心外在荣华，内心败坏腐化，

他们自己就罪孽深重，肮脏不堪，

憎恨神和他的美善礼仪（rite），及其他的义怒不息。[2]

在那统治一切之君王的殿中，他是如此洁净，

他是如此正义的家主，备受荣耀的服侍，

侍者就是天使，内外纯净毫无瑕疵， 【19】

绚烂夺目，披戴耀眼华服。

如此看来，只有一种可能，

即神必定是恼恨弃绝邪恶之事。

基督曾亲自如此将我们训诲，

高赞八端真福（beatitude）和它们的丰富报偿。[3]

---

① 一般被翻作“圣餐礼”，但对罗马公教而言是不恰当的，因为这里用的面饼被视为基督真实的肉体，因此正确的称呼是“圣体圣事”，而广义的communion也可用来指代弥撒圣事。

② 这是全诗中唯一攻击腐败教士之处。

③ 以“真福八端”开始讲道是作者们常用的开场白形式。

我的脑子里想起了马太记下的一段，
如此清晰地将洁净称赞：
内心完全洁净（pure）的人万事顺遂（fair）：
他们将目睹上主且精神愉悦（blithe in spirit）。

他还说，这福乐情景
绝不会被遭受不洁沾染之人看见。
因为那些从内心祛除污秽之人，
绝不能忍受不洁躯体近身。

所以，可不要衣衫褴褛走向天庭，
也不要套上佣工的衣服，满手污秽；
试看世间，哪个高尚富贵之人能容忍，
接待衣衫不整的恶棍？

特别是当他端坐宝位之上，
公卿大臣陪侍两旁，美味佳肴排摆身前。
此时钻进来一个愚人，走向餐桌摇摇晃晃，
身上衣着净是褴褛，百孔千疮，

脚趾外漏，背心（tabard）像破布！[①]　　【41】
无论他是哪个，他们一定将他抛出门外

① 背心（tabard）是农夫常穿的一种无袖衬衣，后来发展为骑士的罩袍。

拳打脚踢，更不用提，
连拖带拽到门槛，一个推搡赶出大门，

还要严厉警示不可回转，
否则不是监狱就是火刑伺候。
如此令他为其破衣烂衫蒙羞受辱，
哪怕他无论言行，毫无冒犯。

若是世间君主对他都如此警惕，
天上君王必定更加严厉。
想想《马太福音》中的富豪，①
为他儿子的婚宴一掷千金，

然后打发众仆去召唤宾客，
令他们穿着最好衣服来赴宴：
“我最上等的牛与猪都已屠宰，
我最肥的家禽已被斩杀，

“都是自养的鸡鸭，还有鹌鹑，
大鹅与鹳鹤：这些统统与野猪作伴，②

① 《马太福音》（22:1—14），但原文中是一位君王，《路加福音》（14:16—24）中才似乎是一位富翁，而且此处的内容也应当是混合了两部福音中各自的细节，去掉了颇为暴力的《马太福音》（22:6—7）。

② 福音中当然没有家禽，更不可能有猪，这里算是情景化的细节。

烘烤得热气腾腾，静待食客。
赶快来我宫中，不然就要冷掉！”

当他们听到主人盛情的召唤，
一个个都找出各种借口来回绝。
一个刚买了块地，信誓旦旦地开言： 【63】
“我必须急赶去看看我的财产。”

另一个也说不行，且把理由提供：
“我一直在操心给阉牛套上行头，
正好刚刚给工人买下几头，不得不赶去
盯着它们耕地：我这是万不得已。”

“我刚娶了老婆，”第三个又如是说，
“原谅我不能赴宴，没法到你的宫殿。”
他们全都这样反对赴宴，如同一人全部回绝，
没有前往宫殿，即便都有义务前去。

这可让这些庶民的主子不悦，
他们的行径令他恼羞成怒：
“他们弃绝我那是自讨苦吃；

他们的邪恶要胜过外教人（gentile）的罪过。[①]

“那么，我的好仆人，你们快去大道旁边，
把全城走遍，不放过任何街巷。
不管是骑马还是步行路人，
不论富贵还是贫民，男人还是女人，

“都客客气气请他们来赴宴，
像贵族那样礼貌地将他们引到我的大厅，
让我们的宫殿高朋满座，喜气盈盈。
那些家伙实在不要脸！他们的下贱令我厌恶不堪！”

他们随即离去，将整个地区查寻， 【85】
带来了山冈上碰到的骑士，
还有马童骑马紧紧跟随，
更有人步行赶来，奴隶与自由人一视同仁。

他们进入宫中，个个都待遇上乘，
有侍从将他们引领，在大殿聚集，
按礼节庄严入座，
排排就座全照个人的级别。

---

① 外教人（gentile），本身指“外邦人”，这里指有贬义的不信者，与heathen同义。诗歌中一个很明显的观点是，神对不尽义务之教徒的憎恨还要胜过不信的外教人。

仆人们向主人汇报：
“看哪，主人，遵照您的吩咐，按照您的谕令，
我们带来了您要我们找的人，全照您的要求，
许多都是外族人士，可还是空出了许多位子。”

主子对臣仆回道：“到处去找找，
去更远的地方，带回更多的宾客。
哪怕是荆棘丛生的荒野山洞里，
把你们能找到的人统统带到这里。

“不论强壮还是弱小，一个不能失落。
勿论健全、病弱、一只眼的，
甚至是全瞎的、蹒跚无助的，
他们要充满我这城堡的边边角角。

“那些只会找借口不来的人，
那些回绝我这次邀请的人，
他们绝不会尝一口我的晚宴，坐在我的宫殿，
哪怕是一息奄奄，也不给他们一口汤饭。”

他话音甫落，仆从们随即涌出，
忠实地履行他的命令；
他们带来各种人等充满了殿宇，

没有两个拥有相同的父亲母亲。①

不论尊卑，个个都颇受礼遇， 【113】
衣装最鲜明显贵的排在最先，
地位最尊贵的就座正台；
品级更低的沿着餐桌一字排开。

每个就座者的地位总能从衣着看出。
依照这一方式，所有参礼之人均受到尊重，
即便没有几个人衣着完全洁白无瑕，②
但最为简陋者也完全饱足，③

不但有肉，还有精彩演艺与满满敬意，
主人该提供的乐趣一样不缺；
上等美酒流动席间，处处荡漾笑语欢颜，
宾客之间其乐融融亲密无间。

惩罚未穿婚宴礼服者

就在欢宴进行中间，主人起意
去查看下席间的诸位宾客，

---

① 原文为：Not sons of a single mother, sired by one father，这似乎是对后来这些宾客出身地位低微的一种戏谑表达。

② 即象征没有罪过。

③ 中世纪流行的一种神学观认为，在天堂，虽然众灵魂等级不同，但每个灵魂都得到十足的满全；从这个角度看来就是完全平等一致的。

不论贵贱均开心致敬，
推杯换盏，好令宾客更加欢喜。

他离开自己的坐席，来到大厅里，
走向长凳上的宾客，祝他们开心，
说完欢迎祝词，继续向下前行，
一桌又一桌，欢快言辞无穷无尽。[①]

可是，当他穿过大厅时却眼见 【133】
有个人未穿节日衣衫，
一个奴仆身上尽是片片破布，
非但不是节日衣服，反而是满身脏污，

他的穿着不能与体面之人为伍。
尊贵主人即刻动怒，心生念头要将其惩处。
眉头紧皱，对他开口："告诉我，
这位朋友，你怎能在这里如此穿着？

"你身上的衣装将这圣日玷污。
你穿这个与婚礼毫不相符！
你怎能到我家里模样如此悲戚，
身上穿着竟是褴褛，赤身裸体？

① 这即是宫廷宴席的常见礼节。

“这是羞辱人的衣服，你这不信神的家伙！
你让我和我的宫廷蒙羞受辱，
居然这等模样就敢到我眼前。
你以为我是个农夫，待见你这身衣服？”①

那个家伙被这番严词震住，
耷拉着脑袋，眼睛紧紧盯着地面，
早已魂飞魄散，知道难逃一劫
像样的话一句也说不出。

主人大声呼喊，
将掌刑仆人召唤：“抓住他，”他发出命令，
“这就将他双手反绑，
脚镣也给他戴上！

“即刻套上枷具，牢牢地锁起， 【157】
打入地牢底部，最痛苦之地，
那里充斥着痛苦的切齿哀号
这才能教会他如何好好地穿着。”

用这个故事，基督将天国比作
宾客如云的盛宴一场。

① 诗人用了eriguat一词，这是一种常见的短上衣。

所有在圣水中领受洗礼之人
都是受邀宾客，不论败坏还是善良。

不过要小心，你该当穿上干净衣着，
好能显示对圣日的尊敬，否则就会横生灾祸，
就在你见到那尊贵君主之时——
他对不洁的憎恨胜过对地狱的厌恶。

那么，你该穿上何种衣装
好能展现耀眼光洁？
你能穿戴的不是其他，就是举止行为；
你此生中内心的真正渴望，

若是宽容温驯，那你会被看作尊贵之人。
你会容装体面，双手双足，
还有四肢躯干都穿起无瑕白衣，
还会见到你的救主，宝座之上威严端坐。

可让人失去荣福（bliss）的罪恶实在太多
它们都将面见救主的福气剥夺：首先是懒惰（sloth）；
还有浮夸吹嘘，高傲自负，
这些能把人直接抛入魔鬼喉中。①

① 在教堂图像以及书本插画上，还有舞台剧中，地狱之门往往被表现为魔鬼的血盆大口。

贪婪、狡诈、阴险复杂，[1] 【181】
伪证、谋杀、嗜酒如命，
偷盗与口角，都能让人受罚。
抢劫、猥亵、闲言碎语，

欺辱寡妇，抢占嫁妆，
破坏婚姻，包庇恶人，
还有叛变、欺骗、专横暴虐，
谣言中伤、制定不公道规矩——

没错，人真能失去一心向往的荣福，
就是因为这些罪过，只能受罪痛苦，
永不能进入造物主的天庭，
更不能亲眼见他，全怪这些万恶习俗。

一

神对路济弗尔和亚当的惩罚

我曾从圣者那里听说，
也曾自己思忖苦读过，
统治诸天的美善君主
难容任何向恶的事物，

翻遍书卷记载，均不如这种，

① 181—192行大致参照的是《加拉太书》（5:19—21）。

即他对自己的造物如此愤恨，
对邪恶罪过曾如此恣意报复，
或曾动过如此暴烈的愤怒，

也未曾如此迅疾出手残酷惩治，　【201】
就在世间犯下玷污身体之愚妄罪过时。
我发现，这时神将恩待宽容抛在一边
猛烈惩罚报复，胸中怒火炎炎。

先看那邪恶魔头（fiend）的首次罪行，
那时他高居诸天，
位列一众美丽天使顶点！
可他却像个奴才，对此恩赐不知感念。[1]

他眼中只有自己习习闪耀，
将其君主抛弃一边，开口妄言：
“我要将宝座升到北辰[2]身边
与创造天穹的上主毫无分别。”

---

①　在作者心目中，高贵的人才会知恩，所以这里用了奴才（thrall）这个形象来形容。

②　北辰（Pole-Star），原文中采用的是tramountayne，是一个意大利语词，字面义是“在群山那边”，即描述位于阿尔卑斯山脉以外的北极星，从而也有“外来的、非文明的”贬损色彩。路济弗尔这番话的源头出自《以赛亚书》（14:13—14），描述的本是巴比伦之覆灭，但在基督信仰历史上逐渐被发展为魔头路济弗尔（Lucifer，原意：手持光明者，即北辰星）从天庭堕落的故事。

就在他宣称的一刻，惩罚立即来到；
神严厉地打击了他，将他赶入无底深渊，
神以尊威法度，为其仁慈保持了平衡，
尽管他天上国度损失了一分的成员。

那魔头因自己的俊美极度膨胀，
那耀眼光明给他的尽是虚荣自负，
他即刻便领受了神的判决：
从天上抛下，密密麻麻、成千上万，

黝黑的魔鬼坠落高空天幕，
一击之下就盘旋漂浮，宛如雪片暴风乱舞，
被抛入地狱魔窟，仿佛蜂巢蠕动。 【223】
四十天之久，魔鬼成群结队涌向一处。①

狂飙风暴肆虐不息，
如同面粉从筛孔中洒落，
可怖雨瀑从天向地狱倾泻，
弥漫大地四极，处处同一场景：

真是灭顶之灾，非凡的惩处。

---

① 魔鬼摔落延续的时间有不同说法，比如弥尔顿说是九天，这可能是受到赫西奥德提到的提坦（Titan）堕落九天的说法。这里作者的四十天可能是为了预示大洪水延续的时间。

可神还未真正动怒，魔鬼也毫无悔意；
他一意孤行，不想将神敬拜，
更不愿祈求垂怜，真正十足自负。

尽管这惩罚也算猛烈，神却只是微微动怒：
尽管魔鬼自招惩罚，却依然执迷不悟。
再看看神的第二次审判——这次落在人的头顶，
全怪他信德的缺乏，

那就是幸福继承者亚当违抗天命的一刻。
乐园本是为他专门建造
让他快乐生活
直到某天，能继承天使抛弃的天上家园。

可是，受了夏娃的怂恿，他竟吞下了苹果，
毒害了所有人类，他的一切后代子孙，
因为此前，神曾命令不许品尝，
为此专门设立惩罚，明明白白。

亚当碰触的就是那颗禁果，
而我等的惩罚便是终结全人类的死亡。
然而，神降下的惩罚按律当属仁慈；

借着一位无与伦比的少女，[①]他后来会把一切修补。

神准备毁灭人类并警示挪亚[②]

神第三次出手令一切生灵毁灭。
他愤懑填胸，极度反感
全因人们放荡不羁地度日
活在世间却不愿受任何管束。

他们身材匀称，容貌俊美，
在造物中最为欢乐幸福，
最为强健，立地顶天，
寿命更是超越一切。

他们乃大地最初的产物，
是我等尊敬的祖先——亚当后人，
神把一切好处统统赐予他们，
为身体所需，全是益处，毫无不足：

这同样也赐予后代子孙。
此后世代再无如此俊美的人民。
唯一的规矩是要他们照看自然
保证它的一切运转都清洁圆满。

---

① 即指童贞玛利亚。

② 这一部分遵循了《创世记》第6—8章的内容。

他们在肉体上发明了种种肮脏习俗，
从彼此身上获得逆性的新知识，[①]
将自己的种子肆意抛洒浪费， 【267】
故意以可耻方式与他人行淫。[②]

其肉欲行径如此龌龊，连魔鬼都看到
这个种族的女子们是如此充满诱惑，
竟然以人欲方式与其沆瀣一气，
发泄淫欲并借她们生下了巨人。[③]

他们是放荡不羁的怪物，地上的大力士，
因其下作行为而远近闻名。
钟爱屠戮就是他们的特质，
最恶者就是其中的最强者。

---

① 逆性的新知识（unnatural knowledge），“知识”或“认识”在《圣经》中常暗喻性行为，参阅《创世记》（4:1）；《路加福音》（1:34）；“非自然”或“逆性”则指非男女之间的“自然”性行为，语出《罗马书》（1:26）。

② 这里加上了一些《罗马书》（1:24—32）中的细节。所谓“浪费种子”就是指非两性之间发生的射精行为，因为中世纪普遍认为，精子中包含了生命的种子，等同于生命本身，因此一切有意不以怀孕为目的的射精行为都是对生命的伤害，都是大罪。当然，这里特指男性同性之间的性行为，从而也就有了下文，即为何魔鬼能够有机可乘，与人类的女儿行淫。

③ 参见《创世记》（6:4），“神的儿子和人的女子结合”。由于《彼得后书》（2:4—10）以及《犹大书》（6）的记载，他们就被认为是堕落的天使。在《上帝之城》中，奥古斯丁认为，天使虽然是精神体，但还是能够与女性交媾的，但神的天使并未犯下这一罪过。伪经《以诺书》（*Book of Enoch*）却提到，天使堕落的缘由恰恰就是因为对人类女子的贪恋。

邪恶迅疾弥漫整个大地，
在人类中间繁衍传递，
如此便毁坏了美好造物
让伟大造物神开始动怒。

他查看每片土地，尽是败坏连天，
每个灵魂都抛弃了美德正途，
此时可怕的怒火正将他试探，
像盛怒中的人类那样，他哀叹：

“我实在后悔造了人类！
我要将这些罪人在其恶行中消灭，
在大地上消除一切有生气的躯体，
不管是人是兽，是鸟类还是鱼类。

“他们要统统死绝，消失于地面。【289】
我悲痛叹息，竟让灵魂在此栖息
竟然造出了他们！若要再来一次，
我定会小心谨慎观察他们的罪行。”

当时世上还有一人
生活正直，顺服听命。
他的日子在敬畏神中度过，
与神同行的他恩典日增：

他的名字叫作挪亚，人尽皆知。
生下三个儿子，个个都已成婚：
长子名闪，次子名含，
第三个最为快乐，名叫雅弗（Japhet，或耶斐特）。

神在盛怒下转向了挪亚，
向他吐露悲伤之辞、惩罚心意：
“地上一切生灵的末日
就在我眼前：我要加速它的来临。

“他们的肮脏亵渎令我厌恶，
他们的龌龊让我心寒，他们的污秽将我激怒。
我要毁掉他们，解我心头之恨，
所有的地方，只要有生灵居住。

“不过，我命你给自己造一艘船，
用树干制作的大箱，要用心计算：
其中为兽类做出隔间，不论温驯或野蛮，
要用泥巴仔细将缝隙封堵。

“将它们逐个连接，从外边钉牢。 【313】
你的大船要按如下尺寸建造：
总长度三百肘不多不少，
宽要五十肘，根根横梁要选好，

“船的高度当有三十肘，
顶上要开出宽大窗户
每个边都要有一肘。
然后再造大门，在船舷上开关。

“船里要多多建造厅堂、隔间，
还有马棚牛圈，紧紧围上栅栏。
我要兴起大水洗刷整个世界
惊涛骇浪压制住一切生物。

“一切行走或飞翔的有灵生物，
世上所有居民都要承受我的盛怒。
不过，无疑我要与你续约，
因你的作为公平正直，满是理性与明智：

“你要和你的好儿子一同登船
以及你的发妻；还要带上
你的儿媳妇；一家八口
就是我拯救的灵魂，其他统统毁灭。

“一切有生命的兽类要携带一双。
一切洁净美善种类一定要带七对，[①]

① 洁净的动物带七对是为了洪水下落后的祭祀考量，避免它们绝种。

若是不洁，那就只带一对。
如是，我将拯救每个门类。

“每一对总是一公一母，【337】
认真将其配对，彼此相悦相合。
一切能找到的食物，要塞满船舱；
给你和你的几个同伴也带足口粮。”

这位善人即刻把神的命令听从，
内心满是危急，不敢为其他事情耽搁。
方舟先有骨架，再有形状，终于完备，
此时神再次来临，开口发言庄重威严。

洪水

“看啊，挪亚，”神说道，“你的工作是否完成？
是否所有地方都小心用泥巴密封？”
“是的，上主啊，正如你所吩咐，”仆人答道，
“一切都遵照你的命令，我都全力以赴。”

“那就进去，”神说道，“也带上你的妻子，
还有你的三双儿子儿媳，不须多言。
我提到的那些动物，也一块引入，
到你一切妥当就绪时，把那门紧紧锁住。

“七日之后，我会突降湍流，
一场风暴雨瀑极其恐怖，
它将清洗这世界一切脏污。
大地上我不留任何活物；

“只有这方舟内的八口，
还有各类的种子我才保留。”
挪亚不敢怠慢，那一夜就开始行动
直到一切装船安顿妥帖，全如上主吩咐他的意愿。

第七天旋即来到；众乘客终于完成集结， 【361】
他们占据了宽敞的船舱，家畜野物同居共处。
深渊随即破裂，河流大水漫灌；
所有的泉眼喷涌激烈。

一切河岸旋即被水弥漫，
深渊之水喷射直达天界。
天上的云朵被撕成碎片，
天幕条条撕裂，大雨冲向地面，

四十日毫无间歇；洪水骤升，
淹没所有树林与平原。
天降之水笼罩世界，
一切活物都在水中湮灭。

大难当前，哀号遍野，
深不可测的激流下，唯死亡得以幸存！
浩浩荡荡，水浪吞噬房屋，
冲开每家门户，把屋中人抓捕。

起先，人们拼命远遁；
每个母亲抱着婴儿冲出房屋，
急急向最高地域奔跑不驻足，
向各山岭奔逃，只要更高，更高……

他们的挣扎纯属枉然，
雨瀑倾泻，大浪滔滔，毫无间歇，
每个深渊终于填满流溢，
最幽深的峡谷也成了水面。

只有最巍峨的高山能探出头来，
人群蜂拥而来，逃避神降天灾；
丛林野兽在水面漂浮无助。
有些人拼命挣扎妄图自救，

有人登上山巅仰头望天， 【389】
绝望等待，悲戚呜咽。
野兔与红鹿急速登跃，
雄鹿、獾子还有公牛，聚集断崖边。

一切都向天上君王哀号，
祈求造物主将他们拯救，
这反而带来更大灾祸——他的仁慈早已停止，
他的怜悯已不向憎恶之人分施。

此时，洪水已盖过了他们脚面，
人人都明白，最终要沉尸水底。
亲友聚在一起欲一同赴死，
共赴黄泉，同蹈阴间。

情人们彼此看过最后一眼，
从此了断一切，直至永远。
当四十天终于过去，已无任何会动的躯体。
大水巨浪已把一切都吞噬，

水面高出所有悬崖十五肘距离，
遮盖了世上最高的山峰。
污泥中的景象惨不忍睹，
那里躺卧一切曾呼吸的活物，生气全无，

只有藏身舱内的英雄和奇特旅伴，
就是常呼唤上主之名的挪亚，
他是神所钟爱之八人中的一员，
又保护他们的方舟，得以幸免。

方舟在涌动的洪流浪尖起伏，
摸到天上云朵，身处未知国度。
随着狂躁巨浪翻滚，随波逐流，
在深渊上游走，看来危机四伏。

没有主桅、后桅，更无帆索，
没有缆绳、绞盘下锚定船，
没有龙骨[①]，没有船舵，
更没有风帆引船入港湾。

有时狂风凶猛令其破浪疾进，
有时随波起伏不定，有时后退倒行。
常常翻来滚去，又头重脚轻；
若非神作舵手，它早该惨遭不幸。

至于挪亚的寿命，我们来确认。
就在他整整六百岁那年，
正好是二月第七日那天，
一切水源开始喷发，大水涌动。

洪水弥漫三个五十天，
灰暗波浪将一切山峰隐藏。

① 龙骨（hurrock），这是一个苏格兰奥克尼（Orkney）本地词，指龙骨的后部。

世上所有成员被大水遮掩，
不论会游，会飞，还是地上行走的。

幸存者被暴风雨折磨不休，
各种生物也同受磨难辛苦。
终于，天上之主改变心情
大发永恒仁慈将他的人记起。

他唤醒一股风吹拂水面，
大片水域便开始回落下沉。
随后他又抽干水池，封堵泉眼， 【439】
命令雨水停歇。潮水旋即退却，

无边的水体消减而分裂。
这样过去了一百五十天，
此间笨重方舟在起伏盘旋
随风浪与水流四处漂泊，

直到一个夏日，降落地面，
终于能在一处峭壁停歇
就是阿辣辣特[1]山脉，位于多山的亚美尼亚，

① 阿辣辣特（Ararat），或亚拉腊山。

它的希伯来文别名叫作“坦尼山”。[①]

尽管方舟高耸悬崖脱离水患，
可洪水依然余势未消，意犹未尽；
大山已然露出了山尖，
船上勇士终于看到地面。

于是他打开窗户挥手召唤
要一个信使去把干地勘探。
来了一只高傲急躁的乌鸦，天生不听话，
浑身上下黢黑如炭，雀鸟之中最为狡猾。

它拍打着翅膀迎风飞去，
直冲九天把情报搜寻。
一眼瞥到了大块腐肉，快活嘶鸣；
正好位于悬崖之上，脱干了水迹。

它鼻中满是腐肉气息，立即俯冲降临，【461】
扑在烂肉之上把肚皮填充。
主人命令早忘得一干二净，
它本由方舟船长亲自选定。

① 坦尼山（Thanes），这并非希伯来语词，反而更像是指苏格兰封建主的专有词，或许诗人有戏谑之意。

乌鸦从那里飞走，漫不经心
只要它能填饱肚腹，哪管他人事情，
而船上的主人一直等待它回归，
狠狠将乌鸦诅咒，一众野兽也加入。①

挪亚还得重新找寻，这一次看上了鸽子，
将这洁白鸟儿带上甲板，祝福又叮咛：
“去吧，我珍爱的鸟儿；为我们找到居处。
飞过晦暗的水面；直到你把干地撞见，

“然后回报给我们，带给我们福分。
那只恶鸟如此不堪，你却忠信到永远。”
它旋即展翅迎风疾飞，
整整一天毫不怠慢，不敢稍歇。

无法找到合适土地让它歇息，
于是盘旋海面将方舟找寻。
日暮西斜时它降落在甲板，
挪亚迅速接住，轻柔把它放入。

第二天他再派鸽子出发，
命它再巡游大水找寻地面。

① 阿拉伯版的大洪水故事中有挪亚咒骂乌鸦的情节。

鸽子翱翔天底，四处侦查
直到夜幕降临，它才回复挪亚。

离船登上洁净的世界

一个夜晚，鸽子在方舟顶上盘旋，【485】
然后落稳船头静静守候。
什么？！它叼回橄榄枝一束，
从头至尾青翠树叶满布。

这是我们上主送来的救恩标记，
他与无助造物的盟约持守坚定。
大难已去，喜悦终于降临，
残缺不全的方舟迎来福音。

清晨来临，快乐美丽，喜逢正月良辰，
一年之中最早之时，初一吉日，
人人笑逐颜开，由方舟向外观看
水面缓缓退却，世界渐渐变干。

他们归荣耀于神，却并未离船登陆，
还须等待关闭他们的那位发令。
神最终来临，言辞令他们喜悦
让他们来到入口，好能将之放出。

他们走到了宽大门前，大门旋即大开。
儿子与父亲一同下来，
妻子们陪同身边，大群野兽身后紧跟，
涌将出来密密层层，急急登上去程。

不过，每种洁净动物，挪亚留下一对；
然后建起祭坛庄严祝圣，
将每种动物都燃烧祭献。
真是清洁美丽——神最为满意。

当动物熊熊燃起，香气随即升腾， 【509】
祭献气味来到上主那里
他能拯救也能摧毁一切，向挪亚说出
秘密话语，宽慰又动听：

“挪亚，我让你知晓，我绝不再如此诅咒
大地以及地上之物，为人类所犯之罪过，
因为我看到，人的灵魂
由于内心思想而陷入错误无尽。

“起初如何，将来亦然，从出生之日便已决定。
人基本上一心向恶，
所以，我将不再因为厌恶而毁灭一切
哪怕对人的堕息反感——直至此世的终结。

“你去生长繁衍，将大地布满，
多多传生后代，给我增光添彩。
四季为你轮转不息——播种与收割；
酷暑与严寒；暴雨与干旱；

“夏季的甘美交织冬季的难耐；
昼夜相继；年复一年不停更迭——
这些都会更替不歇。你要治理这大地！”
他又祝福了动物，因它们给大地赐福。

然后动物便四散而去，分门别类地奔腾。
有羽毛的鸟儿拍拍翅膀，冲向天空，
有双鳍的鱼儿跃进了大水中，
食草的兽类奔向草原，

蛇类钻入了泥土中的巢穴，
狐狸与鼬鼠一头扎进森林，
红鹿驰往高原，野兔窜往高地，
狮子与豹子钻进了洞穴做窝。

老鹰与鹞子冲向高耸的绝壁；【537】
长了脚蹼的禽类跳入了水里。
每个动物都驰往各自的居处，
剩下四个男人成了世界之主。

看哪！人类恶行招来这般惩处
天父降来看顾了自己的造物：
他选出的会精心呵护，却严厉惩戒
违背他命令的罪过，将之坚决消除。

所以，人要当心啊！若你想敬拜
在天庭荣福中统御的君主，
绝不可将自己的躯体玷污，
否则，天下所有的水也不能清除。

阳光下的任何灵魂，不论行径如何善良，
一旦被罪过沾染，哪怕一点肮脏，
一个污点也能让他失去机会
不得面见那位主宰，高坐天上。

能于闪耀宫殿中享此眼福之人，
是那纯洁者，打磨出宝石光洁，
周身上下毫无瑕疵，更无缺陷，
纯洁无瑕，如同珍珠一般耀眼。

二

有关神觉察且惩罚淫荡行为的讲道

当天上大君王追悔莫及，
曾创造出人类遍居大地，

就对人堕落污秽之罪猛烈报复。 【559】
后悔曾抚养他们，遂将生命夺回，

他曾创造的肉身，摧毁于他的怒火。
可是，当一切完成，他又觉得太严苛，
哀伤如水流直击他的心窝，
他主动示好与人订立盟约，

这全赖他的真情与仁爱之心，
即他永不会再因伤心把人类除尽，
为罪过而杀死一切生灵，
直到此世完结之时。

再无罪过能使其撤回盟约，
即使他有时还会降灾惩戒。
最令人战栗乃是：他为同样罪过毁灭一国
那时正值他盛怒之下，人人胆战心惊，

这些都是为同一种恶，那种肮脏罪行，
那恶毒、丑陋、败坏的愚妄行径，
玷污人灵，败坏人心，
令人不再与其救主相见相亲

救主憎恨一切邪恶如同地狱。

没错，天地间没有什么更令他恼怒
胜过毁灭自我的淫荡行径。
那不以罪为耻者，只有一条死路！

可是，人啊，你虽鲁钝，还是要思忖！
你们为自己建造了巴别塔[1]，可别忘记
那给人视觉能力之造物主
自己却视而不见，这岂不怪诞？[2]

那给每个世人塑造双耳者
岂能自己丧失听觉？
绝不要相信这种奇谈怪论！ 【587】
没什么行径如此幽暗而令其无法看见，

没有罪人能如此狡诈逃避，
其行径还未开始便被神洞察。
他乃明察秋毫的神，一切行动之根，
辨识每个灵魂肺腑真心。[3]

当他看见人内在的一切美善，

① 巴别塔（Babel），也译作“巴贝尔”，参阅《创世记》第11章。
② 此处以及以下两行，参阅《诗篇》（94:9）。
③ 原文是《圣经》当中的表达：“肾与心”，（the reins and the heart），英文版将此处改为“情感之源”（seat of the passions）。

心意真实无伪，便会将其高看，
赐予他们隆重恩典，即得见他的真面，
对其他人却严厉惩罚，从大地将他们消灭。

而对那些无耻顽劣的罪人，
他如此憎恶，迅速将他们驱赶：
他绝不会迟疑，即刻就将他们除净，
这从他之前的惩罚便可看清。

亚伯拉罕与三位天使[①]
老迈的亚伯拉罕端坐门前，
头顶常青橡树绿荫遮掩；
浩瀚天空烈日炎炎，
亚伯拉罕在酷热中静心期盼；

枝头树叶习习闪烁，撒下树荫一片。　【603】
随后，他见三旅客沿路而行，端庄威严：
要说他们优雅矫健，俊美无比，
相信我，这个定论毫不过分。

① 601—1012行遵循了《创世记》（18:1—19:28）的记载。这三位访客中一位似乎是上主本尊，另外两位被称作“使者”（19:1），因而传统也称三位为“天使”。在《旧约》中，见到天使等同于见到上主本人，因为一般认为，人是无法直面神的，所以神以天使形象显示给人。

忠诚的仆人本在树荫下躺卧，
乍见这几位遂起身迎接毫不耽搁，
向他们致候如良人敬拜上天之神。
他向三人行礼说：“尊贵的主啊，

“若不堪之人能有幸得到回报，
我虔心恳求你们稍稍休息片刻。
可别到了你可怜仆人的门前——我斗胆请求——
却不在这树下稍微歇歇。

“我这就急急去打来清水一盆
为你们洗去双足的风尘。
请在这树下稍做休息，我立刻就去
拿来些面饼，宽慰你们的心灵。”

“去吧”，这些人开口，“按你说的去做。
我们就在树上靠靠，等你回归。”
亚伯拉罕急赶到撒拉屋里
命令她赶紧，催促她加快速度：

“和好三把面粉，作成糕饼，
快快在炭火之上烘烤妥当。
我再去拿些油脂，你来扇火；
我们这就得做出浓汤一锅。”

他旋即进入牛棚牵来小牛一头
细皮嫩肉；告诉手下剥皮宰杀，
嘱咐他们如何炖熬，又快又好，
但是他自己亲自做侍者来伺候。

亚伯拉罕摘掉头巾亲手张罗；
抓起块洁净的桌布铺设草地，
又放了三块无酵饼，小心谨慎。
接着又拿来黄油放在饼旁，

又为每位斟上足够的牛奶，
再用上好餐具呈上炖肉与浓汤。
而他自己则亲自服侍，典雅端庄，
酸甜美味，倾囊呈上；

宾客中的上主心情欢畅，[①]
对他的朋友欣慰非凡，对饭菜不住称赞。
亚伯拉罕露着头顶，手臂交叠，
服侍在全能的客人身边。

杯盘撤下；三人依旧端坐；
随即一人开口，威仪庄重：

---

① 《创世记》（18:1—3）中可看出，其中的一位应当是上主（Yahweh），一些释经者认为，这里是对三位一体的影射。

“我还会再来你这里，
一定在你离开此世之前。

“然后撒拉会怀孕，诞下一子
成为亚伯拉罕的嗣子，在其父百年后
赢得荣耀财富，成为大民族，
继承我给人类设立的产业。”

此时，藏身门后的女士暗自发笑，
这个疯狂撒拉[①]轻声自语：
“你真的以为我还能生产？
我已如此老迈，我男人同样衰败。”

正如《圣经》明言，二人的确非常年迈，
不论男主还是其夫人，一直没有生育，
撒拉此前多年一直荒芜不妊，
直到那时还是膝下无子。

此时，上主端坐开言：“看！撒拉在笑我，
不信我的话是金口玉言！
她觉得我的双手有做不到之事？
让我再重复一遍我的誓言：

① 疯狂撒拉（Sarah the mad），这大概是作者个人的看法，而非传统上对撒拉的理解。

“我会离去，然后再来，完成我的许诺，
给你妻子撒拉一个儿子、继承之人。”
撒拉随即跳出，开口发言信誓旦旦
说不论他们说什么，绝未嘲笑一点。

“够了，实情并非如此，”上主直接将她否决，
“其实你已笑出了声；不过，还是让我放下此事。”
然后他们迅疾起身，准备上路，
并一起向所多玛凝神注目。

那座城市就在旁边山谷之中， 【673】
距离玛默肋[①]只有二英里路程。
高贵的亚伯拉罕离家护送上主，
陪他聊天，为他引路。

如是，神飘然前行，义人在后跟从，
亚伯拉罕送了神圣客人一程，
走向深陷罪恶的所多玛城，
所犯都是肮脏恶行。天父欲对他们不利，

接着又对服侍他的仆人开口：
“我怎能把心事向忠实的亚伯拉罕隐藏，

① 玛默肋（Mamre），也译作“幔利”，当时亚伯拉罕的居处。

不告诉他半点我内心私藏的意向？
他是众后代子孙的先祖，我特选之人，

“从他那里要兴起各民族，丰富整个大地，
他的所有后人都将蒙受祝福！
我难以忍受的怒气应向他阐明；
我须将整个计划给亚伯拉罕说清。

亚伯拉罕为罗得求情

“所多玛那邪恶之音钻入我耳中，
蛾摩拉的罪恶也令我怒气冲冲。
我要亲自去查看，到他们中间，
他们的行为到底是否如我听到的那般杂乱。

“我无法容忍他们学会的淫荡行径，[①]
他们发现的是最肮脏的肉欲恶行。
男人都找来一如自己的男人伴侣，【695】
肉体相交，如同男女。

“我为他们创造了自然方式，私密中传递，
在我给人类的命令里，最为神圣的，
就是这种无比甜蜜的交合方式。

① 693—712行是作者对《创世记》（18:20—21）的自由发挥，这里对同性罪恶的遣责大概是参照了《罗马书》（1:27）。

在我脑海中诞生了这爱人之间的拥抱：

“我为人创下了最愉悦的爱之途径，
当真心相对的二人与对方联结，
男人和伴侣间彼此会大大愉悦
连天堂的纯洁也不一定更加美妙；

“前提是，二者尊贵地彼此相连，
通过静默的神秘声音，无法眼见，
爱的火焰跃动燃烧如此炽烈，
地上所有的邪恶都不能将其扑灭。

“可这些家伙违背我的诫命，违抗本性，
胆大妄为以不洁的方式媾和取乐。
因他们的肮脏罪行我要严厉打击，
让世界警醒，让人永远牢记。”

亚伯拉罕闻言内心悲切，喜乐瞬间消散，
皆因听到了上主盛怒中的誓言，
他一声长叹而发言：“主啊，蒙您恩准，
是否无罪与纯洁之人也会遭受痛苦？

“我主这是要降下惩罚，
令恶人与善人一同受苦，

将怒气向从未开罪您的人倾泻？
这可不像那创造我们的大主！

“若是这地方能找到义人五十 【721】
就在所多玛与蛾摩拉两座城池，
他们从未侵犯您的法律，却对真理挚爱有加，
且正义理智，对您一直诚心服侍，

“难道他们也要因旁人罪行遭到击打，
领受大众的惩罚？这算什么公义？
从未听闻您会如此行事；如今也不可开此先河，
仁慈良善的神啊，您宽容大度！”

“为了五十义人，”天父说，“还有你的陈情，
如能找到五十人没有这种淫行，
我会宽恕所有的人，向他们开恩，
他们都不会遭受打击，而会毫发无损。”

亚伯拉罕接着说道：“至圣至慷慨者！
天地万物都在您手掌握！
我虽已开口一回，但还望您开恩
让我多说一句，尽管如粪土毫无价值。

“若是五十人里少了五个，

其他都是正义之人，您又会如何定夺？”
“若是五十减去五个，”天父说，“我也不追究众人，
将打击这些城池的手收回。”

“若是这败坏者中还有四十忠信之人，
您是否会突然消灭他们，施加惩罚？”
“若是四十人刚正不阿，我会推迟我的报复，
忘掉我的愤怒，忽略我的意图。”

亚伯拉罕随即谦卑匍匐，忠心谢主：
“神啊，您当受赞颂，盛怒中还如此真诚！
我不过是灰尘泥土，不足挂齿，【747】
敢和统治一切的救主争执！

“但我已向神开口，他赐我洪恩，
对他的宽大，我只能以白痴言论回答。
若是那地方有三十个未遭玷染之人，
我是否能确认，我主会饶过他们的性命？”

良善的神于是如此回复：
“若是那里有三十人，我就抛弃我的愤怒，
收回我已说出的憎恶宣布，
消解我心头之怒，这一切皆因你诚恳求情。”

“若是二十人呢？”正直之人说道，“那您是否还会惩罚？”

“既然你又追问，为此我会对他们开恩：
要是有二十正直之人，我不会给他们降下灾祸，
更要宽恕整个地区犯下的毒恶罪过。”

“尊贵的主啊，让我再说一句，”亚伯拉罕说，
“然后我就不再为那些人陈情。
若是能找到十人忠实把您的法律遵循，
您是否会消消气，让他们有机会改正？”

“准了！”至尊之神如是说。“谢主隆恩！”是另一个的回应，
然后他停止进言，不再求告什么。
神继续沿着绿茵之路翩然前行，
亚伯拉罕只是目送他消失离去。

他正向上主前行之路观望，
忽然高声呼喊，忧心忡忡：
“仁慈的主人，若您念及我，
我的亲人，罗得就住在那个地方。

“他定居在所多玛，侍奉您忠诚谦卑， 【773】
那些让您悲伤的恶魔将他团团包围。

若您要把那城摧毁，但请稍息怒火，
发显慈悲，将您忠顺的仆人救援。”

他随即踏上归途，伤心流泪，
哀悼痛苦将玛默肋返回，
在家里躺卧难眠，悲愤欲绝，
此时，至高者向所多玛派去了密探。

罗得接待二天使

神的讯息即刻传至所多玛，
经由两位英俊天使，当夜就已到达，
他们威仪前行，宛如快乐青年。
罗得此时正靠在他的门前，

就在他宫殿大门前的门廊边，
这是一处豪华住处，高贵如同其主。①
他正观赏街头几个强壮青年玩耍，
突然瞥见二人急速走近，光彩照人：

他们看上去强健结实，两颊白净，
蜷曲的长发光滑如丝；
精致面容如玫瑰盛开；

① 《圣经》上只是间接暗示了罗得的富有，见《创世记》（13:6），不过拉比文献中曾提到，罗得由于舍不得其财产而不愿离开所多玛。

光泽明亮，双眸流波溢彩，

一袭白衣如其飘逸之气。 【793】
二人相貌身材都无可挑剔，
每个环节均完美和谐——他们到底是天使本性。
罗得端坐门前，立刻心知肚明。

他立即站起跑步迎上，
俯伏在地向天使问候，
尊敬开口："主啊，我将你们请求，
在我的屋中稍作停留。

"请到你们仆人家中，我斗胆恳求。
让我给你们打水洗去双足污垢。
我求你们只留宿一宿，
天色大亮时你们再走。"

可他们却说不想在房中休息，
街头脚下的地方就能歇歇，
要在室外躺卧度过此夜，
因为天地就是他们最佳房舍。

罗得恭敬请求坚持不休，
直到二人同意进屋，不再将他反驳。

这个大胆之人立刻将他们带入上房，
府第堂皇，因他富甲一方。

罗得的妻子也全心将二人欢迎，
一双女儿彬彬有礼向他们致敬。
两位少女谨言慎行，还未婚配，
仪容甜美，衣着华贵。

罗得谨慎四下观瞧， 【817】
告诉仆人准备饮食定要谨慎：
“你们上来的食物须是无酵，定要保证，
酵母和盐巴绝不可呈给我的客人。”

可他的妻子似乎并不买账，
内心自言自语：“愚蠢的家伙
居然不要食盐调味：他们看来不在乎，
有人可想吃都不得，这一对儿病得不轻。”

她给每人汤里都加了食盐，
故意违背其主人的告诫，
心怀鄙视将二人伺服，对自己的手段自信盲目。
为何要做这傻事，可怜蠢物？令上主对其盛怒。

二人坐下用餐，旋即有人服侍一边：

客人情绪高昂，尽兴谈天，
欢声笑语直至二人洗手①
桌面与桌腿推到了墙边。

晚餐之后他们落座闲聊，
离就寝还有时间，全城却开始动荡不安。
一切能拿起兵器之人，强弱不分，
统统赶到罗得的城堡要抓走二人。

他们结对成群，堵塞了大门。
看守卫兵发出警报高声呼号。
恶徒们提起棍棒对墙狂打猛敲。
随后以尖利之音高声喊叫：

“罗得，你若真想在这里保住性命， 【841】
就把你接待的两人交给我们，
只为满足我们的欲望，来点爱的游戏，
他们须遵守所多玛风情，如同所有路人。”

什么？他们居然口吐下流龌龊之言！
什么？他们竟尖叫出谬论如此不堪！
直到今日，世上还有污浊气味留驻，

① 在中世纪的餐桌礼仪中，洗手是在餐后而不是在餐前。

都是拜那肮脏东西从他们口中喷出。

罗得举目观看，为这吵闹忧心，
羞耻传遍全身，心也猛地一沉，
因为他知道所多玛人的恶习：
从未有什么令他如此哀伤痛惜。

“哎！”罗得一声长叹急速起身，
从长凳上站起走向宽阔的大门。
什么！他竟不惧气势汹汹的污秽恶棍，
而是跨过大门，孤身闯入凶险中。

他从小门迈出用力把门关紧，
门扇在其身后“哐啷”发出巨响。
随后，他向那些人发言，温和得体，
冀望能够以其礼节触动他们的心肠。

“哦，我尊贵的朋友们，你们的习俗可不太常见！
快不要做这可怕事情，不要搅扰我宾客的安宁。
这种肮脏的行径，会侵蚀你们的德行！
你们肯定是优雅绅士，只是你们的玩笑有些不雅致。

“让我来教你们一个更为自然些的游戏：
我这大宅之中藏有宝物，就是我两个美丽女儿，都是贞洁少女，从未认识男人：
我敢说，论相貌，所多玛城无人更好。

“她们已经成年，可以配给男人； 【869】
与如此可爱之人共眠，实在是美事一件。
我将这两个活泼美丽的女孩给你们；
你们可随心所欲，只是不要动我的客人。”

那些逆贼恶棍随即大声喧嚷
令人恐怖之声几乎把罗得震聋。
“你忘了，你不过是外邦人一个，我们开恩才居留这里？
一个外人、农奴而已，我们这就取你首级！

“谁给你授权来评判我们的笑话？
你来时乡巴佬一个，如今自以为是财阀？”
他们向前冲来把他包围中间，
动手动脚对他产生严重威胁；

然而两位机敏青年迅速出现，
打开小门来到他的身边，
抓起他手将他拽进了门里，
用大木栓紧紧把大门锁闭。

后用咒语将集结的恶棍打击，

众人四下乱撞宛若瞎眼巴雅尔，①
再也找不到罗得的门庭，
整夜乱撞宛若无头苍蝇。

最终个个离去，怒火中烧，
怒气填胸，难以入眠。
而罗得府中的人们却被及时唤醒，
好能逃离世上空前的惨烈灾难。

平原诸城的毁灭

漆黑长夜终于散尽，　【893】
黎明曙光呈现东方。
天使早早将主人唤醒，
充满对神的热情，将他叫起。

罗得一跃而起，心神不定。
二人严峻地告诉他带上所需东西，
“和你的妻子、奴仆，还有可爱女儿；
我们将你请求，让你性命得救。

“急速飞逃此地，免得你遭毁灭，
你全家成员一起，直到山顶再停歇。

① 巴雅尔（Bayard），这是古老法国传说中英勇无畏、力大无比的一匹马，由于其大胆而被称为“瞎眼”，即根本看不见，也不知道什么叫危险。

双脚要疾驰，双眼要直视，
切不可自作主张回望一次。

“脚步不可迟疑，而要急速前行，
直到寻得避难所，一次不可暂停。
因为我们要毁掉整个地区，焚烧一切，
让所有肮脏恶棍惊恐覆灭。

“他们居住的地区也会消失不见。
所多玛会突然陷入深渊，
蛾摩拉之地会被打入地狱的喉咙，
这些人的家园只会变作废墟荒冢。”

罗得大声呼喊：“主啊，这可如何是好？
若我靠双脚奔逃，寻找避难之处，
这如何能逃脱他的愤怒？
他那汹汹气焰，摧毁一切。

“如何才能逃避造物主的盛怒？
他的怒火会将我紧跟，四下包围身前身后。”
天使说：“至高君王并未对你发怒；【919】
他曾说过，要让你从所多玛毁灭中解脱。

“如今，为你选一个避难之所，

派遣我们的那位会因你而将它保留
因你虽被罪恶包裹，却坚守自我实在难得，
也因为你的叔父亚伯拉罕亲自求情。”

“愿我主受爱戴，”罗得说道，“大地四极相同！
这个山谷边有一城市名叫琐珥[1]；
身处圆形小山顶，高高在上。
若你们同意，我愿逃到那个地方。”

“去吧，”俊美年轻人说道，“绝不可停留，
将你的人聚集一处，
沿着你的路，一次也不要回头，
因为太阳升起前，这个城市就会湮灭。”

罗得叫醒了他的妻子和招人喜爱的女儿，
还有两个他想将女儿许配的青年，
可这二人却以为他说笑不愿听从；
尽管罗得敦促再三，他们还是不愿挪动。

天使劝说警告，催促其他人动身，
强迫四人走出家门。
同行者只有罗得、他的爱妻还有可爱女儿；

① 琐珥（Zoar），又译作“左哈尔”。

他们无法拯救城中其他任何一人。

天使牵着他们的手引出城门，
告诉他们急速前行，也通知他们可能的危险：
“为了不让你们和这些恶人一同丧生，
保护好自己，快快逃命！”

他们一言不发，埋头赶路逃命；
时候尚早，天未大亮，已经来到小山之上。
随即神的怒火从天释放：
他唤醒狂风，肆虐八方，

大风狂扫，纠缠一处，
从天边四极刮来，愤怒嘶吼。
云朵在风间盘旋堆积成塔
雷霆闪电在云层间穿梭往返。

雨点倾泻而来，密密麻麻
落下竟然是朵朵火焰，燃烧的硫磺，
一切都在冒烟，气味扑鼻熏天。
这场火风暴突然从四周把所多玛袭击；

它也笼罩了蛾摩拉，融化了它的地皮，

也造访了阿德玛和责波殷，所有四城[①]
个个都沉入火雨中，煎烤焚烧，
它们的居民惊恐哀号。

地狱听闻天上猎犬[②]吠叫
欢喜开心，缓缓打开
深渊的巨大闸门，火焰即刻上窜，
整个地面呈现狰狞可怖的裂痕。

悬崖绝壁碎裂纷纷，
宛若旧书散架，书页四散飘落。
呛鼻的硫磺雨在此处终止，
不论城里郊外，统统塌入地狱中；

深陷其中，人们群龙无首痛苦万分，【969】
此时已明了，人人都在劫难逃。
他们可怖的嚎叫震耳欲聋，
云霄中都回荡着要基督垂怜[③]之声。

① 阿德玛（Admah），也译作押玛；责波殷（Zeboim），又译作洗扁；这四座城池都是属于死海地区的城市，参见《创世记》（10:19；14:2）。

② 有可能是指所谓的“加百列犬”（Gabriel hounds），这是英格兰北部的一种传说：这种犬类成群出现，它们嚎叫的声音预示着死亡与灾祸即将发生。

③ 基督垂怜（Christ to have mercy），在弥撒开始部分有三次呼求神仁慈垂怜的祷词，中间一句是“Christ have mercy”，即“基督，求你垂怜！”此处自然是笔者的诙谐调侃，因为所多玛的毁灭比基督要早千余年。

罗得此时正向琐珥攀登，边走边听。
与他同路的女士们也听得真切，
他们一同奔逃，全身恐慌充斥，
畏惧中加速疾驰，从未敢向后看上一次。

罗得和他的两朵百合——可爱女儿，
一直向前，目不斜视。
但不幸的夫人却把服从不当回事，
要看看这大灾难，瞧瞧那些城市，

于是扭向左肩回头观看。罗得那不驯的妻子，
只回头瞄了一眼，就在一瞬间，
她化作静止顽石，一件幽暗雕像，
如盐如海，至今还在那里矗立。

她的同伴们急急赶路，既未停止也未留意，
直到进入琐珥，他们才坐下把神赞美；
怀着纯真爱心，他们把主大大颂扬
因他眷顾了自己的忠仆，拯救他们脱离了灾苦。

所有被诅咒者都已沉沦，事件已完成，
而琐珥城的居民却一脸惶惑，倾巢冲出，
随即便沉入那火海，灰飞烟灭。
只有琐珥保持无恙，端坐山冈，

还有三个人物，罗得以及他美丽的女儿一双。
他的妻子也已不在，被遗弃在山坡
如一尊石像，却发出咸涩味道，
这皆是因为两种不信的罪过：

第一，她给上主晚餐中掺杂了食盐；【997】
第二，她回头观望，对禁令全然不管。
她杵在那里既像石头，又似盐柱，
平原的牲畜最爱将她舔舐。

亚伯拉罕这天早早起来，
整整一夜都焦虑伤怀，
一直清醒不寐为罗得祷告
从离开上天之主就从未停止；

他即刻便向所多玛张望，
这座世上空前的美丽城市，
如神亲手所建乐园的附属领地；
如今却陷入深渊，漆黑如沥青裹身。

黑暗中升腾红色烟雾，气味浓烈，
灰尘余烬在空中舞蹈翻飞，
如同熊熊熔炉中翻滚矿渣，
全靠下层烈焰的支撑。

一次惨烈的惩罚吞噬了这些地界，
将美丽城镇与人群万物完全熔解。
那四城矗立处成了知名的内海，
黑暗可怖，是死亡统治之处。

阴沉、黯淡、汩汩翻腾，最好不要接近，
如同粪坑臭气熏天，罪恶在那里被消灭，
腐败腥臊，令人作呕。
因此人称“死海”，四季混沌，

因为死亡的作为还在那里延伸； 【1021】
它宽阔而幽深，如胆汁苦涩，
没有任何生物在里边挺得过一时半刻，
它触摸到的水岸统统寸草不生。

扔进一个铅团它会漂浮，
放入羽毛反而沉入水中；
水与土接壤的地界
不见任何绿色，不论杂草或树木。

若想谋害性命将人抛入，
那人即便漂浮一月，
也得缓慢等死直至最后一天，
绝不会沉入水底安然长眠。

海中生物均遭诅咒，岸边也如出一辙：
紧挨它的泥土具腐蚀性质，
其中的明矾、沥青又酸又苦，
石灰与玻璃沫[①]同样酸性十足。

水中冲刷翻滚的如同团团石蜡，
柏油嘶嘶鸣叫，宛若调料匠锅。
这就是海边土壤的情况，
任何骨肉都能蚕食片甲不留。

湖边也有些树木，最会欺骗耳目，
它们发芽生长，开出艳丽花朵，
还有果实最最诱人眼目，
比如柑橘和其他种类，甚至还有石榴，

看着鲜艳、饱满、五彩缤纷，
让人以为会是难得的美味。
可将它们挤压、掰开、咬上一口，
却毫无甜味，随风飘落，只见灰土。

有关洁净的说教

所有这些都需要我们心中反复思忖：
它们见证的就是那邪恶行径和那次大惩罚

① 玻璃沫（glass-gall），即融化玻璃时漂浮在上边的沫状物。

是我们的天父由于该国的败坏而降下。
从这个故事人当得知，他最爱的是美德；

若是我们那彬彬有礼的上主看重洁净言行，
而你也渴望最终抵达他的宫廷，
好能目睹端坐宝座的救主和他美妙容颜，
我只能给你这个最好意见：永保洁净！

科洛皮内尔在撰写他那完美《玫瑰》时①
清楚地写下，那想要成功
获取女士之爱者要“认真观察她，
看她如何行止，她有何喜好：

“在行为和举止上就向这些方向靠拢，
忠实地追随你艳羡的美人。
做到这些，哪怕她起初会对你厌恶，
但最终她会因你的相似之处而爱上你。”

同样，若你口口声声爱你的神，
以仆从的奉献将他钟爱，
那就复制基督的洁净，他的纯洁 【1067】

---

① 指默恩的让·科洛皮内尔（Jean Clopinel de Meung）续写的法国中世纪名著《玫瑰传奇》（*Roman de la Rose*）第二部分，本诗1057—1068行影射到了这一作品。

细磨精研，如同珍珠一般。

看看他如何在那位忠信少女之中孕育，
盛放他的宝匣是多么美丽，[①]
她的贞洁不受损伤，更无任何外力，
而怀孕真神令她的身体更加光洁。

后来在伯利恒，神圣者出生，
尽管贫困，母子分离时又是如何纯净！[②]
没有任何闺房比牛栏更为蒙福，
没有任何城堡比那个马棚更像宫廷，

天下女孩无人能如此喜乐而不须痛苦呻吟。
在那里，最顽劣的疾病都得到治愈，
本是恶臭扑鼻之处却玫瑰花香扑鼻，
悲哀之地却飘荡歌声与慰藉：

因为数位天使弹奏竖琴、排箫等乐器，
拉起三弦[③]与提琴，
还有一切悦乐心情的事情

---

① 宝匣（Casket），即玛利亚本人的身体；这个词一般指收藏珍宝的匣子，呼应下文匣中珍珠，暗喻基督为洁白珍珠。

② 一般认为，玛利亚诞耶稣时没有经历一般生产时的烦琐过程，而是奇迹降诞。

③ 三弦（rebeck），一种古代乐器，形似琵琶，有三根琴弦，演奏似小提琴。

令圣母在生产时保持愉悦精神。

柔弱婴儿诞生如此纯洁
令牛驴一同谦恭下拜，[①]
因为如许洁净只能来自世界之王：
从那领域从未来过一位更为洁净。

既然他来得如此洁净，此后又如此典雅， 【1089】
他对一切邪恶深恶痛绝；
他高贵本性令他绝不可能碰触
任何邪恶、内里龌龊的事物。

可常人厌弃者到他面前，步履蹒跚，比如拉撒路，
还有癫病人、跛脚的，还有四下摸索的瞎子、
中毒的、瘫痪的、化脓高烧的、
痴呆的、浮肿的，最后还有那已气绝的。

他们都向典雅者求助，得到了他的恩宠。
他大方赋予他们治愈，允准他们的祈求；
每次触摸他们就令他们恢复健康
比仙丹妙药还要干净利落。

---

① 天上圣乐、牲畜下拜、无痛生产等情节出自《伪马太福音》（或《马太童年福音》第14章）。

他的手法如此神圣，龌龊之物无法靠近；
神人合一者的触摸亲切美妙，
他手指所用力道恰到好处，
不论切割还是刮刻，都不需用刀，[1]

分开面饼时当然也不需要利器，
因为他的优雅双手能切割得更齐，
能更平滑、更高超将面饼分开，
图卢兹[2]所有刀具都无法比拟。

他是如此洁净且审慎，你想进入他的宫廷，
如何能够不加清洁就进入他的王国？
既然我们都有罪过，都在受苦且邪恶加身，　【1111】
那我们如何能希望亲眼见他端坐殿堂？

没错，师父满怀慈悲，不怕污泥粪土
将你玷污，就在你的人生旅途。
忏悔能让你光洁如初，哪怕羞耻曾将你隔阻，

① 中世纪时，基于《路加福音》（24:35）中提到的擘饼而形成的说法认为：虽然按照中世纪礼仪，弥撒中的面饼需要用刀切割，而不是用手掰开，但基督却不需用刀，所以下文会提到，基督用手掰的面饼比刀切的更整齐，也更符合仪规。

② 这里似乎是将西班牙的托雷多（Toledo）误作法国的图卢兹（Toulouse），因为没有证据表明图卢兹有刀具工业。

补赎让你纯洁明亮，如神的珍珠。[①]

在宝石中只有珍珠称作无价，
尽管用金钱衡量它并非最为贵重。
除了纯净色泽，难道还有其他缘由，
令它尊贵超越一众白色石头？

它光泽奕奕，圆润饱满，
洁白无瑕——只要它是上等真品，
不论岁月与经历如何磨洗，
珍珠还是毫不逊色，尊荣高贵；

即使它偶然不再获得垂青，
深锁匣中光泽逐日消逝，
但只需用酒将其精心洗濯，
它依旧焕发本有光泽，更为洁净。

所以，当人们受卑鄙行径毒害，
灵魂受到玷污，他们都可忏悔
让司铎来打磨，当补赎得以完成，
灵魂亮丽胜过绿玉和成串的珍珠。

① 罗马公教完整的告解（俗称忏悔、神功）圣事包括忏悔的诚意、向司铎告明罪过，完成司铎定下的补赎，这样才能从罪过中完全解脱。

可是要当心，在你接受忏悔圣水的洗濯时，
如羊皮纸板经历清洁打磨，
别再让灵魂遭罪过玷污，
因为你的过犯会招致上主双倍厌恶，

他的怒火会比从前更快升腾，【1137】
他的怒气比你接受清洗前还要高涨。
因为，当灵魂打上烙印圣化属神，
就完全属于上主，任他随意部署；

可若是灵魂向邪恶回转，他会无比厌烦，
如同见到盗贼的行窃与抢劫。
处处留心他的惩罚；神会大发雷霆
专门针对那拒绝恩典，回归龌龊之人。

即便是盆盆罐罐、杯盏盘碟，
哪怕是小小一只托盘，只要曾侍奉过神，
他就禁止它掉入泥沼中沾染污垢，
那永远正义者就是这么憎恨邪恶。

这事在巴比伦，贝耳沙匝时代曾发生，
他突然经受严厉灾祸惩罚，
因为他曾轻慢亵渎圣殿器皿——
这些都曾经专为至尊者效力。

若我能占用你一些时间，我还要说说这个事件，
由于不屑于尊敬这些器皿，他遭的罪过远胜
他那靠武力夺取器皿的父亲——
是他曾把正义信仰的圣物夺取。[①]

三

耶路撒冷失陷

但以理曾在他的对话录中记下，[②] 【1157】
也在他的先知预言中清晰证明，[③]
耶路撒冷的犹太望族与富贵
如何被野蛮击杀遭大难灭顶。

当时的民众对信仰不忠。
他们曾对至高神许诺永属于他，
而神赐予他们恩典，绝大救援，
救他们于所受的无数灾祸间。

可他们对信仰不忠，将其他神明跟从；
这令神大怒，气势汹汹，
甚至出手扶助信假教之人
毁灭那些对真教虚假的混混。

---

① 参见《历代志下》（36:18）。

② 事实上，诗人创作这一段时参照的是《耶利米书》（52:1—26）。

③ 所谓的“对话录”似乎是指《但以理书》（1—6），而“先知预言”可能是指7—12章。

这事发生时，漆德克雅[1]统治着
犹大，他为犹太国王下了定论，
他端坐所罗门宝座上冠冕堂皇，
却忽视对礼仪（courtesy）之主的忠诚信念，

转而拥抱了可憎之事，向偶像叩首，
不再关心他应当服侍的法律。
因此，我们的天父激起了可怕对头，
尼布甲尼撒将他残酷迫害。

他带来无数狂人将巴勒斯坦侵犯，【1177】
挑起争战摧毁城镇房屋。
他骚扰整个以色列，将最好东西劫掠，
他对耶路撒冷城的犹大缙绅展开围攻，

他坚毅的士兵将坚城包围，
四门外都有英勇队长将他们围堵，
整座城市变作被围困的堡垒，
城内强健的斗士抵御这包围。

然后，攻城之战打响，
到处打作一团，屠杀开始蔓延。

① 漆德克雅（Zedekiah），也译作“西底家”，南国犹大最后一任君王，所以下文说为“犹太国王下了定论”。

每座吊桥前，巨大攻城塔在击打，
每天都送上七次进攻毫不间断。

塔上的勇士英勇坚强，
城墙上也搭建起胸墙。①
抵挡一次次进攻，纠缠着坠落；
两年时间保护城池免陷敌手。

经历长期争战，最终守城者不幸
发现食物短缺，饥荒蔓延。
内在烧灼的饥饿带来的伤害
远胜于外在围城者的进攻。

这座辉煌城市不见任何得救希望，
肉食早已耗尽，人无缚鸡之力；
他们被紧紧包围，没有任何出路
哪怕踏出城墙一步去寻觅食物。

众人的国王随即召开会议 【1201】
与他的武士共谋诡计：
他们会趁夜逃离，不惊扰任何人
在被发觉前闯过敌人连营。

① 中世纪时的堡垒有时会建筑木质胸墙，墙上部署士兵防止攻城者爬墙或击毁城墙。

然而墙外哨兵没有上当，
他的呼叫直冲天上：
刺耳警报平原传报。
武士梦惊奔向盔甲战袍，

套上头盔即向战马飞跑，
空气中传响嘹亮号角。
敌人的部队飞驰而去，
紧追逃亡的主子，很快将他们发现，

瞬间赶超，将他们揪下了马鞍，
每个将领都有一人躺卧马前。
迦勒底[①]将领把国王俘获，
缙绅在耶利哥平原被挑落，

作为俘虏被带到强大君主前，
尼布甲尼撒，端坐威严。
他极为开心，敌人均在他的手中掌控！
轻蔑将他们嘲弄，随后将其杀戮。

在王的面前斩杀所有王子，
又残忍将他的眼珠挖出。

① 迦勒底（Chaldean），也译作“加色丁”，《圣经》里对巴比伦人的一种称呼。

把王锁到了宏伟巴比伦城，
打入地牢，挨过他的余生。

看看，至高者如何施展其报复！
对象不是尼布甲尼撒，也不是他手下贵族，
而是高傲的漆德克雅遭受残酷惩罚，
因为他对待上主实在邪恶有加。

若是天父对他友好，如同以前曾将他指导 【1229】
——就是那个转向其他神明的叛逆罪人——
整个迦勒底，包括印度所有国家，
加上土耳其，都无法将犹太人骚扰。

可尼布甲尼撒还不急离开
他要将城池拆除，彻底毁坏。
他命令一位显贵将军前往耶路撒冷，
名叫尼布撒拉旦[①]，将犹太人毁灭。

他本就是统御万众的强人，
骑兵的首领，负责攻击的司令。
他先除去障碍，然后拆毁城垛，
饥渴闯入城中，心中怒火熊熊。

① 尼布撒拉旦（Nebuzardan），也译作“乃步匝辣当”。

可这胜利不足挂齿，因为大军已离去，
殷实之人都跟着总督离开城市。
留下的男人个个饥饿如狼，
一个妇女就能喂饱四个最结实的男性。

但是尼布撒拉旦不会为此而宽容，
将所有居民斩杀剑下。
他们屠戮的少女拥有最姣美面容，
敲出婴儿的脑髓，扔在血泊之中。

司祭与教长被他们逼死，
妇女与姑娘也被剖腹，
水沟里充斥她们的肠肚；
他们仔细不放过任何抓捕之人。

可还是有人未葬身他们的刀剑： 【1253】
而是被赤裸裸塞入马背上的牢笼，
压在身下的双脚也被铐上了脚镣，
野蛮押送巴比伦继续受苦。

他们便如此陷入奴役，这些曾经的贵族，
如今也变得粗鲁，被罚作苦工
负重，拉车，挤奶，
不久前曾是宫中享受的王公贵妇。

圣殿的圣物与器皿被劫掠至巴比伦

即便此时尼布撒拉旦也不愿停手，
而是将军队全部带到圣殿四周；
他们击打门闩，撞破大门，
一口气杀死所有此地服侍之人，

揪住祭司的头发，将头颅劈下，
杀死执事（deacon），砍倒教士（clerk），
将圣职人员（minister）的情人残酷杀死，
长刀挥舞，全部铲除。

如同疯狂强盗，冲向圣物， 【1269】
夺取了圣地所有的饰物——
纯铜镀金的立柱，
提供照明的大吊灯，①

它承载长燃灯火永不熄灭
就在至圣所前，见证奇迹重重。
他们除去蜡烛，卸下冠冕②

① 所谓“大烛台”（the chief chandelier）可能就是指犹太人著名的“美诺拉”（Menorah），即七枝金灯台。这里以及下文作者描绘的都是中世纪大众熟悉的皇家饰品，而不是希伯来人典型的装饰。

② 冠冕（crown），作者脑海中的似乎是某种英国皇家吊灯的装饰，顶部会有一个王冠。

这些都曾在祭坛上方，纯金打造，

还有镀银的杯爵和烤架，
闪光的立柱底座，精美的容器，
巨大圆盘和纯金盘碟，
这些器皿都镶满贵重玉石珠宝。

尼布撒拉旦将这些贵重器物统统抢走，
劫掠了这珍贵圣地，裹挟了它的财富。
奉献宝库中的黄金数目巨大，
还有圣地的容器，他都用筐篮盛下。

他抢劫圣地冷酷无情，
这曾是所罗门历经数年才建起，
用尽他的才智，虔心敬意将其修建，[①]
器皿与服饰都无比纯洁。

利用其知识与技能，满怀对至高者的爱情，
殿宇以及其中饰物是他一手完成。
如今瞬间就被尼布撒拉旦抢走，
城市与圣地一同毁灭，烧为灰烬。

① 所罗门被看作是《旧约》中最具有聪明才智之人。

随后他又遣发骑兵毁掉全境，
侵袭了以色列所有区域，
他的战车部队将首领们拿获，
所有战利品都被带到了国王面前。

将战俘当作战利品呈现—— 【1297】
很多都是当时的名门，
还有豪门公子，大家闺秀，
当地最显贵之人，先知们的子孙，

哈拿尼雅、阿匝黎雅，还有米沙耳，①
以及长于解梦的但以理——
令母亲自豪的儿子不可计数。
尼布甲尼撒如今喜不自禁，

业已征服国王，占据国土，
摧毁了最强劲的军旅，
击垮了一众经师官宦（leaders of law），
连举国最重要的先知们也俘虏。

他最大欢喜来自这些精美宝物，
在他面前熠熠生辉，令他惊异，

① 米沙耳，也译作“米沙利、亚撒利雅”，参见《但以理书》（1:6）。

因为尼布甲尼撒还未见过
如此珍奇宝贵的器皿。

他郑重将之接收，并开口赞颂至高者
就是万主之主，以色列之神；
这等神明，这样能人，这种灿烂器物，
在迦勒底全境都仅有绝无。

他将宝物收藏在戒备森严的宝库，
满怀王室威仪与尊重，执行恰到好处，
并且此后也明智对待，正如你们所知那样，
因为若他对之稍有不敬，定会招来横祸报应。

这位君王英明治理终其一生：
他在征服之地被尊为恺撒，
天下的皇帝，还被称为苏丹；
他的大名镌刻为地上神明，

但以理的言辞令他终于明白
一切好事都出自神，还举出许多例子，
这样，他才得偿善终。
全能者的手段令他内心谦卑温顺。

不过，人人最终都得恓惶面对死亡；

不管多么高贵的主宰，他总要行走地面。
尼布甲尼撒也难逃此劫，
枉他一世英明，最终葬身地底。

然而狂妄的贝耳沙匝，他的长子，[①]
接替他登上王位，统御治理。
自以为全巴比伦最英勇杰出之人，
天下地上，无人匹敌。

因为他继承了伟人留下的荣耀，
就是尼布甲尼撒，他那英明父亲；
迦勒底诸王中无人如此强盛，
但他敬拜的并非真正掌权的天上大君，

而是那些虚假精灵，手造的鬼怪，
用工具雕琢的硬木，只能被人扶正。
他把树干石头称作大神，
表面是披上金银的外衣；

他趴伏在偶像前哭喊求援。
若有好的谋略，他就许下大量奉献，
可要是没有答案，他便怒火冲天，

① 1333—1812行是基于《但以理书》（5）的内容。

抄起大棒把他们砸成碎片。

他那轻浮虚荣的统治就如此延续， 【1349】
充斥骄奢淫逸、令人不齿的行径。
他有个可人且高贵的王后，
又养大批情妇，妄称她们为贵妇。

就是因这些荡妇与奇装异服，
还有他奇特的口味与怪癖，
此人心里思想皆为骇人听闻的事情——
直到天上主宰决定出手干预。

贝耳沙匝的宴席

狂妄的贝耳沙匝有一次心里暗想，
要将他的虚荣以邪恶方式来表彰：
他的愚蠢与败坏还不能让他满意，
整个世界都得见证他的恶行。

在巴比伦，贝耳沙匝开始宣告，
整个迦勒底国上下都听到，
这大国要来一次全国聚会，
就定在某个苏丹的节日。

这宏大宴会要人人皆知

所有国王都要前来赴会，
每个首领都带着骑兵与武士，
都要赶到宫中表达他们的忠诚，

向他献上应有尊敬，参加他的宴饮，
向她的情妇颔首致敬，口称“夫人”。
众多皇族赶来称扬他皇宫的辉煌，
众多贵族也抵达了伟大的巴比伦。

太多狂妄之徒向巴比伦赶路匆忙，【1373】
来到宫中，皆是威仪的皇帝君王，
还有各地的主子，携带各自夫人，
到底有多少实在说不清楚。

那座辉煌城市无比巨大；
天下没有第二个能与之比肩，
它骄傲地位于平原之上，地势绝佳，
七条大河将他团团围住，

城墙伟岸，从上到下
都是精美图案，还有顶部垛口，
之间还有数座耸立的城楼，超过20支长矛的高度，
顶层横建木质平台与护栏。

宫殿被团团包围平原中，
方方正正长度相同，
每边都蔓延七英里整，
苏丹宝座设立正中。

实在是令人骄傲的宫殿，无与伦比，
皆因其工程与外墙的宏伟。
墙内建起高大的房屋；
拱门上的通道战马可以随意奔跑。

当所宣称的皇家盛宴即将开始，
正台上坐满了将相公卿，
宏大石台高耸石阶顶端
贝耳沙匝正襟危坐神情傲慢。

精美大厅里由众武士塞满，
大步流星坐到长桌的后边，
因为正台只为诸位大王预备，
还有他们的情妇，风骚打扮。

众宾客款款落座，宴会开始片刻不耽搁。
嘹亮号角将大厅响彻，
号声沿着墙壁回响连绵；
他们也将斑斓金色旗帜舒展。

上来的烤肉盛放在大盘，
闪光银盘被端到客人面前。
每个盘上架起精美大树，
纸张裁剪而成，金色点缀其上，

狰狞的狒狒与野兽分守树上树下，
树叶间飞翔着美丽的鸟雀，
都是蓝色、青色的彩釉：
骑马之人将盘子给每人送上。

此时传来定音鼓的敲击与长笛悠鸣，
手鼓与塔波鼓[①]也加入了其中；
铙钹和齐特琴发出回响之音，
隆隆鼓声做了它们的背景。

大厅中许多人又得到菜肴，
分享主台上几道美食兴致勃勃，
台上那主人和他那些荡妇趴在桌上。 【1419】
她们给他灌下大量美酒，让他内心火热，

又钻入了他的脑仁，让他恍惚不定，
逐渐失去理智烂醉糊涂；

① 塔波鼓（Tabor），是一种给笛子伴奏的手鼓。

他已在斜眼瞪视身边的那些婊子
以及所有倚墙坐在长凳上的一众侯爵。[①]

接下来，疯狂充斥了他的心田，
邪念攫取了他的理念。
大王命令他的典礼官上前，
告诉他去取出宝箱将它们打开

把他父王带回的器皿拿出，
就是尼布甲尼撒，威震天下，
是他武力征服，从圣殿带出，
就在犹大耶路撒冷，但对它们精心呵护。

“把它们带到桌前，个个斟满，
让这些妇人们舔舔——我对她们如此爱恋！
我要宣告，庄重清晰，不管让谁知晓，
没有哪个主子的财富可与贝耳沙匝匹敌。”

司库顷刻被告知大王的命令，
取出钥匙打开了箱笼的锁头。
许多闪耀器物被抬进了大殿；
精美的白布遮盖许多柜橱，

① 这里对主客位置的描述与前文有些不符，可能是因为作者此处参照了某个中世纪文学作品的场景。

都被靠墙一字排布，
就是耶路撒冷的宝物，闪亮的珍珠。
他们将纯铜祭坛高高放置，
还有精致的王冠，光彩夺目，

它多年前曾被主教亲手祝圣
用野兽的血涂抹赐福——
那是庄严的祭献，香烟缭绕，
就在天上大主面前，谦恭敬献。

如今，它却用来服侍撒旦，黑色魔头，
在跋扈的贝耳沙匝面前，傲慢虚荣。
这件高贵器皿曾高悬祭坛上方，
制作精美，手法玄妙。

所罗门苦苦修建七年有余
用尽上主赐予他的一切智力
锻造了这些无可挑剔的器皿。
其中有精致的容器纯金闪亮

又涂抹蓝色彩釉，还有水罐也如法炮制，
以及配有杯盖的杯盏，铸成城堡形状
城垛下有美丽的扶壁，
还配备了精美的雕刻；

杯盖紧紧扣住边沿
作成了尖塔模样，
数个塔尖俊俏耸立，
全部镌刻了枝叶装饰，

鹦鹉与喜鹊树上栖息，
宛若啄取石榴心无旁骛；
主枝绽放的花朵都是闪耀珍珠，
所有果实全由亮丽宝石制成，

蓝宝石、红玉髓、亮闪闪的黄晶，
贵榴石、祖母绿，还有紫色水晶，
绿玉髓、橄榄石、清亮的红宝石，　【1471】
绿橄榄石、光玉髓①，不过总有珍珠点缀。

水杯与碗盏的边缘
都有三叶草的图案。
金质高脚杯花纹镌满，
酒杯则雕饰花朵，掺杂金色丝线。

在大祭坛之上它们整齐排开。
大烛台也靠机械迅速吊装；

① 原文作pynkardine，不知为何物，可能指一种玉髓。

它那完美雕琢的灯枝众口赞誉，
当然承载一切的黄铜基座也不能忘记，

上边饰有花枝，黄金穗带缠绕，
还有花满枝条，鸟儿在此栖息
都是奇特的飞禽，颜色怪异，
仿佛迎风振翅，毛羽颤栗。

闪耀灯光安置烛碗之中，
还有其他可人光彩，烁烁袭人；
蜡烛都有宽大烛盘承接蜡泪
底座上雕刻着金色猛兽。

灯台不该在那大殿之上白白耗费，
它本应在真理的圣殿中兢兢守卫，
就在至圣所前，在那里至高神
向特选的先知发布灵性圣言。

那位掌控天下者，你尽可相信，【1493】
憎恶这种狂欢，这丑陋的局面，
愚妄之人竟敢操弄他珍贵的宝物
它们曾在他面前备受珍重。

在给他的祭献中一些曾被庄严敷油，

全是端坐高天的他亲自所下的命令。
如今一个板凳上的狂徒竟然从中饮用，
直到烂醉如魔鬼，胡言不休。

于是，天地的造主怒不可遏，
随着他们的狂热沸腾，他也定下了举措，
决定不在激愤中将他们伤害，
而是以奇异之举给他们警示。

宝物被那些酒囊饭袋拿来狂饮，
全按照皇家的标准精心擦拭。
贝耳沙匝狂妄命令众人从中饮酒：
他大声喊道："吞下里头的酒，干杯！[①]"

仆人们急急上前
端起这些酒杯，到众王面前。
其他人又将酒灌入闪亮金碗，
每一个都只服侍自己的主人。

当城堡的仆人将酒杯抓在手中，
贵重的金属回荡响亮之声，
嫔妃们抛开的杯盖叮当作响，

① 原文为"Wassail"，来自"wes hal"，盎格鲁－撒克逊古语，直译是"祝你健康"。

宛若吟咏圣歌时动听的奏鸣。

主台上的那个蠢货狂饮数杯； 【1517】
随后酒杯又端给了君主公卿，
还有嫔妃和威仪骑士，都是为了享受快乐；
每个人都将面前的酒一饮到底。[1]

美酒令主子们都快乐不已，
称颂他们的众神，对其所赐感恩，
可它们不过木桩石头，永不移位，
从不开口，舌头也一动不动——

这些金质的诸神高卢人还在呼求，
巴耳培敖尔、贝里雅耳，还有贝耳则步，[2]
他们对它们虔敬呼唤，宛若天上之主；
然而那赏赐一切者——上主，他们都已遗忘。

墙上现字

惊人奇迹此刻发生，许多人都亲眼看到：

---

① 这种特别的“wassail”风俗要求饮酒者要一干到底。

② 巴耳培敖尔（又译作“巴力毗珥”）是《民数记》（25:3）提到的，以色列人曾敬拜过的一个偶像；贝耳则步（又译作“别西卜”）是非利士人的神，意即“苍蝇的主人”，表示以色列人对假神首领之蔑称，参见《马太福音》（10:25）；贝里雅耳（又译作“彼列”）意味“毫无价值”，等同于撒旦，参见《哥林多后书》（6:15）。

国王首先看在眼中，随后是整个大殿的人。
在那个皇家的宫殿，就在白墙上面，
紧挨着大烛台明亮闪耀的地方，

就在那里，一只灵性之手显现，一支笔紧握两指间。
这是一只奇特大手，正在怪异地书写：
除了握紧的拳头，什么也没有，下部更无手腕相连，
就在白灰之上疾走，写下连串的字符。

当狂妄的贝耳沙匝看到那紧握的拳头，【1537】
内心被巨大的恐慌攫取，
众人看到他的脸色立即停止了狂欢。
这个有力打击令他关节僵硬，

他的双膝发紧，身体也瘫软如泥；
随后他双手出击，打伤自己的面皮，
如公牛嘶吼，发出恐慌的喊叫，
双眼紧盯那手，直到它停止书写，
在裸墙上留下神秘的符号。

它用经师笔触刻完那经文，
如同铧犁将土地深翻，
随即消失不见，逃离众人视线；
而那些字母清晰留驻，白灰上呈现硕大字母。

当国王终于多少恢复能再次开口，
他命令自己身边的学士仔细研读
解释写出的字符，还有它的企图，
“因为那令我恐怖，那些手指如此严酷”。

学士们仔细研读它的意义。
可是，连最聪明的也不能将一个字读出，
也不知这些字符是哪种文字和语言，
更不知这些符号说了些什么事情或讯息。

狂妄的贝耳沙匝几乎发了疯，
派人下去搜索全城
找寻深谙巫术或魔法之人，
明白魔鬼之道，破解歪门邪路者。

“把他们统统召至我宫廷，那些迦勒底教士；
告诉他们这里发生的可怕事情，
高声向他们宣告：‘谁能告诉国王， 【1564】
向他解释清楚这些字符的意思？’

“靠他的解读让我心满意足，
向我揭示它的意图，
就会披戴最华丽的紫色衣服，

他的脖子上也会套上闪亮金领；[①]

“他会成为所有司铎的长上与首领，
在一切尊贵者间，他将排行老三，
在与我同行的人中间，将最为富庶，
仅次于两人之下，排位第三。”

他的命令被传递出去，涌来许多人
都是全迦勒底最最聪明的教士们；
其中有年老的总督，深谙巫术，[②]
还有许多术士与巫师赶到殿中，

解梦的专家、魔学的高手、
方士、幻术师，还有众多魔法师。
他们盯着那些字母毫无头绪
完全如同盯着我左脚靴子上的皮革。

随后王紧抓自己的衣衫，嚎叫如同发疯。
什么！他咒骂自己的教士，称他们贱奴，
让人把那些倒霉蛋儿们即刻绞死；

---

① 紫色衣服是古代最昂贵、最有地位的人才能穿戴的颜色；而中世纪的教士们一般都佩戴白色的衣领，作为教职人员的标记。

② 总督（satrap），这本来是波斯帝国省级行政长官的称呼，但中世纪时欧洲人并不明白它的意思，以为就是“智者”之意。

他如此歇斯底里，几乎完全发疯。

王后在楼上宫中听到了他的咒骂，
当她明白到底是何缘由，
让大殿中变得如此混乱不堪，
王后陛下，为了缓解其主的迷失， 【1589】
优雅地飘到了国王跟前。
双膝跪在冰冷地面，她躬身开口发言，
倾吐智慧言语，低声细语在耳畔：

“尊威大王，”王后道，“世界霸主，
愿你与天同寿！
何必如此失态撕裂了外氅
就为那些无知教士无法解释这字词？

“可你手下就有一人，如我常常听闻，
拥有洞悉一切真理之神的精神。
他有高超属灵技能，答疑解惑，
揭开怪异事件的真谛。

“就是他曾保你父王常年不堕，
以神圣言辞令他从怒火中解脱。
当尼布甲尼撒几乎被迷惑，
那些时候，就是他给你父解答了梦境真意，

“用明智谏言拯救他于阴险命运；
王所有的问题他都能即刻完美解答，
都是仰赖内在之灵的大能
来自统御一切的最荣耀之神。

“借他深邃的神性与明智的决断，
贝耳沙匝呀，你英勇的父亲靠他辅佐而治理；
人们称他为隐秘智者但以理，
他在犹太人的国度被抓捕俘虏；

“尼布甲尼撒将他带回，如今他就在这里，
当地的一位先知，天下无人匹敌。
快去派人进城将他召来，
恭敬地请他解答你的疑惑；

“即便这里刻画的词句晦暗难明，【1617】
他定会说出泥墙之上预示的真理。”
王后的明智谏言即刻被采纳，
很快，但以理就被带到贝耳沙匝座下。

当他来到君王面前，循礼向他致敬，
贝耳沙匝以最客气礼节开言：“先生请看，
您是真正的解读者，人们都如此向我报禀，
是我父王劫掠过的某省的先知，

“在您的心中又有神圣魔法，
能预见真相的神明之灵；
统治一切的神将这灵赐予您，
您能昭示天上君王的秘密旨意。

“这里发生了神奇之事，我最想知晓
墙上刻写的到底是什么意思；
迦勒底所有的教士都不成气候。
若是您有手段将它解决，我定会重重答谢；

“若您能将它念出，再用您的头脑来解读，
先请告诉我，这些曲里拐弯的字母是何物，
然后再揭示给我这其中有何想法，
如是，我保证兑现我对您发的誓愿：

“我会给您穿戴紫衣，完美华服，
将您的颈项围绕，用闪亮的黄金，
排在我身后之人，您将登上第三尊位。
您会成为长凳上的爵爷，名归实质。”

但以理先知即刻将他回应：
“王国的尊贵君王，天上君王将你保护！
众所周知，是上天大主
给你父王带来祝福，确立了他的统治。”

“允许他做了最伟大的统治者，
在天下随心所欲，毫无顾忌：
神愿意让谁顺利，他就一定成器；
他想让谁死去，很快就令他丧命。

“他想提升哪个，即刻就会高升，
或想贬抑哪个，就立刻萎靡不振。
所以，尼布甲尼撒因其大能闻名，
他的统治获得神坚定的支持，

“因为他全心相信那至高者，
完全明了，他的能力都从那位君主得到。
只要是他心中牢记这一信条，
世间就无人能和他权力比肩；

“直至那一天前，他也遭受骄傲沾染，
因为他的辖区如此庞大，他的生命如此辉煌；
他对自己的成就赞叹不已
却完全忘记那天上君主的能力。

“因此，他开始亵渎并埋怨上主，
出言将自己的能力与神相提并论：
‘我是地上之神。我要随意统治，
就像他在天上，借着天使那般统治。

“‘要是他塑造了天穹和地上众人，
那我也建造了巴比伦——最辉煌伟大之城，
用我双臂的力气垒砌了每一块石头：
除我以外，无人能够。’

“他说出的这些话音未落，
大君主的声音便在他耳畔响彻：
‘如今，尼布甲尼撒，你别再口出狂言！
你的权力与尊位即刻就离你而去；

“‘你将离开活人之地，在沼泽存身， 【1673】
徒步荒野与野兽作伴，
吞食野草蕨藓，如同牲畜在平原，
荒野恶狼与野驴将你围观。’

“他随即从骄傲的顶峰跌落，
放弃他那威仪宝座和安逸生活，
被抛入陌生的国家忧心忡忡，
置身丛林之中不见一个亲朋。

“他宛若受了魔咒，觉得自己
就是一头野兽，一头公牛或是阉牛。
他四肢着地爬行，靠吃草为生，
如马匹一般，靠其他牲畜留下的草料生存。

“那个举足轻重的国王把自己当牛；
这样经历七个季节，数个夏天过去。
此时，他体外生出浓密的毛发，
只有露水把他点缀装扮。

“浑身毛发冗长肮脏，令人作呕，
从肩膀到腰间，板结零乱，
纠结一处，乱作一团，直垂地面，
与污泥纠缠不清，仿佛掺杂着墙灰一般。

“他的胡须长过胸口，接触地面，
眉毛粗硬如同荆棘遮盖双颊，
零乱毛发下的双眼空洞无物，
浑身灰暗如同鶱鸟，还有尖利爪子

“弯曲丑陋，如同鸢鸟的利爪；
颜色如老鹰；浑身都是如此。
最终，他心中承认了上主的大能，
他能摧毁王国，或将之重建，都随从他的意愿。

“接着，受够了苦罪，他也恢复了理智；【1701】
他的见识也有了不同，重新把自己认出。
此后他真心爱慕相信上主；
就是他，只有他将一切掌控。

“随即他就被送回，宝座也再次归还，
他的地位很快再次确立。
他的侯爵见他回归都满心欢喜，向他下拜，
他的肤色也恢复了往昔的常态。

“可是你，贝耳沙匝，他的长子与传人，
看到这些征兆却毫不留意。
你内心总是和至高神作对，
自夸亵渎，满嘴狂言将他对付。

“如今，你又以肮脏虚荣将他的圣器玷污，
它们的崇高目的从来就是将他的圣殿光荣；
你却把它们拖到你的公侯前，把酒斟满，
送到你那些女人唇边，真是恶毒瞬间。

“你用这圣器将饮品端给大众，
这些圣器都经历庄严礼仪，由主教之手亲自祝圣，
你用你那狂妄言辞赞美众神，
净是石头木桩的神仙，不能迈出一步。

“就是因为这肮脏不堪之事，上天之父
在这个庄严大殿显示了神奇一幕，
五指紧握的拳头让你的心撕裂，
一支粗大的笔在墙头刻上奇异字符：

“那刻写的句子是这么说的，
我们的天父留下每个符号，我都看得清晰：
MENE，TEKEL，PERES：一句三分。
他以三种方式对付你的放荡不羁。

“我这就快快将这咒语解密：【1729】
MENE是如下意思：‘全能的神
已经将你的王国日子数算清晰，
直到它最后一日，随后就会完结。’

“我再来解读TEKEL，它是这个意思：
‘你辉煌的统治被放上了天平，
仔细衡量，发现不够分量。’
接下来的PERES，实话实说，把你的过错指责。

“我从PERES中看出这些字词，确确实实：
‘你的国家将被撕裂，你会丧失一切；
你的统治将会被夺走，交予波斯；
玛代人将成为这里之主，把你的权能扫荡干净。’”

君王立即下令，给这智者披戴
华丽外衣，正如他先前的诺言。
但以理就穿上了最耀眼的紫衣，
金色的圆领将脖颈缠绕。

君王亲自宣布了谕令：
贝耳沙匝口谕必须服从，
一切君王治下的迦勒底国民听令，
一位尊贵的亲王被列第三位，

除了两人，他高于众生，
他是贝耳沙匝的忠仆，不论城里乡下。
宫中发出的这条谕令迅疾传遍，
主子的仆从都心里喜欢。

可不论他怎样让但以理备受尊荣，白日已逝，
黑夜降临，给君王带来足够的灾祸；
因为，就在暗夜中，新的一天到来前
大难就要降临，全如但以理所预言。

在那辉煌大厅中的盛宴 【1757】
直到日头将落时才完结，
湛蓝的天空显出了灰暗；
美丽一天开始黯淡，雾气升腾
弥漫在草地与下垂的天际之间。

此时，人人向自己家中急赶，
享用晚餐又吟唱寻欢；
深夜时分又找到其他的玩伴。

贝耳沙匝被扶上床，心情愉悦，
美美睡下，却再也没能起来。

因为他的宿敌已在田野聚集：
他们一直都谋划要毁掉此人江山，
突然间在同一时刻聚在一起。
可宫中的人统统毫无知觉。

敌人中有勇猛的大流士，玛代的公爵，
还有波斯人骄傲的王子，印度的波鲁斯，①
还有无数勇士，成群的大军，
选了最佳时机来进犯迦勒底。

他们在黑暗中排列，密密麻麻推移向前，
划过鳞光闪闪的水面，攀爬城垣，
取出长大的云梯，高高竖起，
静悄悄潜入城里，鸡犬不惊。

用了还没有一个小时已全部入城
没有一个卫士惊醒；他们继续前行，
静静来到了王宫近前。　【1781】
虽然突然发起冲击，上万成千。

① 印度的波鲁斯（Porus of India），这是传说中与亚历山大大帝激战过的古印度君王。

军号迸发嘹亮激越：
喊杀之声动地惊天；人人听闻惊恐战栗。
熟睡的人没来得及逃走就遭屠戮，
所有角落都遭遇洗劫，迅猛快速。

贝耳沙匝在床头被砸死，
血和脑浆与床单混杂一处。
王的脚踝又被人用窗帘捆绑，
倒提着被四处拖拽。

他那天胆敢用圣器来饮宴，
如今，水沟里懒卧的狗也比他高贵。

清晨来临，玛代人的主子起身；
勇猛的大流士，那天被拥上王位，
俘获了整个美丽城市，他恢复秩序，
那里所有的侯爵都向他俯首称臣。

如是，一国之沦陷皆因主子的罪过，
还有他的肮脏邪恶，因他轻慢亵渎
神圣殿中的饰物，那些都曾被圣化祝福。
他由于不洁被诅咒，国土因此被俘，

他由于可怕的行径从尊荣中跌落，

从世间的贵胄中被永远驱逐：
大概也无法拥有天上的享受——
他享见我们那可爱之主的日子要长久推迟了！

这样以三种方式，我已向你们展示
在知礼人的心中，不洁能排除阻止
那统治上天的仁慈之神，
激起他的怒火，招来他的报复。

而洁净会令他愉悦，礼节是他所钟爱，【1809】
受礼得当之人将面见他的容颜。
愿我们都穿戴华服前去，得到恩典，
这样就可在他眼前服侍，快乐永无终结！

阿门

《出埃及》

导读

《出埃及》（*Exodus*）是头韵体的古英语英雄诗，记载于著名的“儒尼乌斯手稿”（The Junius Manuscript），现收藏于牛津大学的Bodleian图书馆（编号MS Junius 11），位列古英语诗歌四大手稿中（其他三部为：Exeter Book、Vercelli Book、Beowulf Manuscript）。该手稿上记载了四部古英语长诗，包括三部《旧约》史诗《创世记》（*Genesis*）、《出埃及》（*Exodus*）、《但以理》（*Daniel*）以及一部《新约》史诗《基督与撒旦》（*Christ and Satan*）。《旧约》部分的手稿用罗马数字标注了分部（中译本用汉语数字标注）。手稿本来每页都有插图，但最终只完成了88页。这四篇诗歌被置于一部手稿上，可能是因为其表达的是较为完整的救恩主题。手稿的年代被定在了11世纪初期或之后时段，地点可能是马姆斯伯里（Malmesbury）或坎特伯雷（Canterbury）。该手稿的名字来自首先对之发表研究成果的17世纪荷兰学者儒尼乌斯（Franciscus Junius）。不过，由于儒氏错以为其中的《旧约》史诗出自最早的英语诗人凯德蒙（Cædmon），所以该手稿有时也被称作“凯德蒙手稿”（The Cædmon Manuscript）。

《出埃及》诗载于手稿143—171页上，其情节虽然依赖《出埃及记》（13:20—14:31），但诗人对其素材进行了自由发挥，且采纳了其他许多《圣经》书卷的题材，还有教会礼仪的内容（可能出自圣周六时基督信徒重发受洗圣愿时的礼仪），甚至是拿英雄传说中的元素来进行创作。《新约》和教父对《圣经》的注释对本诗的影响颇为显著，特别是对以色列人与埃及人在红海遭遇时进行的多层次、多重意义的描述。比如，保罗在《哥林多前书》（10:1—2）中就已将穿越红海看作为洗礼的喻像，这自然也预示了救恩。

众多学者的共识是，《出埃及》是最难解读的古英语文本，因为原文有缺失，还有大量的“独词”（*hapax legomena*）——只见于本文中的单词，而繁复叠加的主题与风格也令解释难上加难。对该诗的解读可谓林林总总、异彩纷呈：有些人认为，全文整体是对善恶争斗这一永恒主题的喻像性表现，而又有人以为这是对《旧约》事件通过发挥想象而来的英雄故事，具有多重喻像指涉。从宗教角度来看，我们似乎可将该诗的主题看作“凭借相信与服从得救”：以色列人通过服从上主获得拯救，而基督信徒也要服从神的诫命，对其保持忠信，如是才能进入天国。

尽管很难精确解读《出埃及》，但这并不能掩盖它在盎格鲁－撒克逊时代的光辉与价值，在学者眼中，其篇幅与艺术水准不输于《贝奥武甫》。下文将要列出的只是原文的两个部分——1—134行与447—590行，其内容包括摩西登场、第十个灾难、以色列人逃离奴役、埃及人溺毙红海以及摩西与以色列人的喜乐。结尾描写了以色列人如何在岸边捞取被冲上岸的战利品。

正文

（1—134行）

四十二
听啊，我们已听到，无论远近
整个中土[1]均已得知摩西的命令，
就是那美妙的成文法律，为历代之人颁赐：
在天上给予每个蒙福之人，
经历那危险旅程后，才能获取生命回报，
这是对每个生灵永恒的安慰，
英雄们如此告知我们。有耳的都应当听从！[2]
　　在旷野中，万军的上主（Lord of hosts），
那正义之王，亲自以大能

① 中土（Middel-earth），古代人认为大地介于天与地狱之间，所以可称为“中土”。

② 1—7行基本阐释了本诗的重要主题：以色列人逃离埃及；摩西与神的盟约对所有人类具有永恒意义；将出埃及比作基督信徒灵性的生命旅程。

将他高举，又有许多奇迹，
由那永恒统治者，赐予他掌控。
他受神的钟爱，人民的首领，
清醒明智，军队的司令，
英勇的首领。法老的部落，
神的对头，他以摩西的棍杖惩处，
而那胜利之上主，却委与摩西，
这位英勇领袖，他所有亲族的生命，
给亚伯拉罕的子孙，一片故乡国土。
这一赏赐实在神圣，上主也对他忠信不移，
给予他抗衡恐怖仇敌的一切武力；
如是，他才争战折服一众部落，
众仇敌的首领。这是首次
万军之神向他开口发言，
告诉他许多真正的奇迹，
如智慧上主如何创造世界，[1]
包括大地边缘和天空；
他设立了无敌国度，而自己的名字，
人类此前本不知晓，
包括博学多闻的先祖世代。
神赋予他们真正的能力，
将军队首领推上高位，

① 教会传统认为，摩西创作了《摩西五经》，因此诗人暗示，就是与神的相遇令摩西了解了其中记载的一切事迹——包括自己死亡与葬礼。

在接续旅程中，将法老匹敌。
接着便是那古老的惩罚，
全国的大多数陷入死亡之中，[1]
那些堆积财富者的死亡，哭号绵延不绝，
失去了珍宝，昔日欢乐的庭院生活瞬间不再。
就在深更半夜，他重手打击
那邪恶的压迫者，及其首生的长子，
毁灭了城中居民。杀手四处巡游[2]，
是全民可怕的对头；大地充塞
死者的遗骸；勇士们出发上路。
恐惧四下蔓延，人间喜气消逝不见，
小丑[3]的双手紧紧相握，
大批的百姓获得许可
踏上可憎旅途；[4]敌人痛失至亲。
地狱的神殿，因神性大能来到，
偶像的金身统统坍塌。那是个灿烂之日
光耀中土，当众人得以离去。
在为奴多年之后
埃及人遭受上古诅咒，遭此大难，

① 明显是指埃及国所经历的灾难。

② 杀手（slayer），参见《出埃及记》（12:23）中的“毁灭者”，似乎是神派遣的使者完成了杀人的使命。

③ 小丑（laughter-smith），专职搞笑的角色。

④ 可憎旅途（Hated journey），这是指埃及人的死亡之旅，与53行以色列人的“宝贵旅程”（cherished journey）相对。

因为他们想永远阻止
摩西的亲人，如上主所允许那样，
踏上他们一直期盼的宝贵旅程。
　　军队已做好准备；将领更是英勇无比，
堪称其人民的卓越首领。
与民众一道，他曾穿越无数险阻，
顽敌占据的领域疆土，
蜿蜒险恶小径，未知的路途，
直到他们全副武装，遭遇好战的边境居民——
他们的土地在弥漫云雾中。
边境领地四周皆是荒芜；踏遍四处，摩西
率领军队，穿越边境领地无数。

四十三

两天有余，他们已逃离
敌人的地界，此时光荣的英雄下令，
训令传布全军，整个部队
要在厄堂[1]城镇安营，
在边疆地带，这里有最庞大的队伍。
困难迫使他们踏上北边的路途：
他们知晓，南面是埃塞俄比亚人的地盘，
那是个棕色的民族，在山坡居住，

① 厄堂（Etham），或“以倘”，参见《出埃及记》（13:20）。

受烈日的炙烤。在那里，神圣的主
为人民遮挡酷热
竖起一顶幔帐，隔开了流火的天际，
用神圣的纱巾挡住炽热上空。
那是一片宽敞的云雾，
将天与地齐齐分割，
它引领民众的队伍，消解太阳的毒辣火热，
天空被映照得亮堂堂；英雄们惊异观望，
他们成了最快乐的军旅。这白日的护盾
在空中移动。聪明的神
用一顶船帆遮挡了太阳光线之路，
人们却不见桅杆上的帆索，
那张开扬帆的帆桁[1]
凡人无论如何也无法看见，
更不用说那最伟大的帐幕[2]如何支撑，
就在他以荣光褒奖
那些对上主忠诚之人时。这第三营地[3]
更使人们舒心。整个军队看见

① 帆桁（sailyard），这里将云比作帆当然不符合《圣经》中的云柱形象，但此处是在比附教会，因为教会的流行象征就是一艘在海上航行的帆船。

② 自然是指盛放约柜的帐幕（会幕），参见《出埃及记》（25:9）。

③ 《圣经》记载，以色列人从拉美西斯（Rameses）出发，经苏哥特（Succoth，也译为“疏割”）到了现在扎营的厄堂，参见《出埃及记》（12:37；13:20），这可能是为什么它被称作“第三营地”的原因；同理，下文的营地可能指比哈希录（Pi-hahiroth，也译为“丕哈希洛特”），参见《出埃及记》（14:2），被称为“第四营地”（133行）。

那些神圣船帆如何升起，
正是空中神迹；他们看到，
这些以色列勇士的上主驾临，
万军之上主，为他们划定扎营界限。
他们之前有火云引领
在明亮空中，高耸如两根擎天柱，
均匀地划分——
在圣灵内的光荣服务中，
勇士们的旅程，昼夜轮流。
　　到了早晨，我听到，震耳欲聋，
他们响起嘹亮的号叫，
骄傲高喊战斗口号。整支军队醒来，
英勇的队伍，由荣耀的领袖摩西
指挥他们，这些上主百姓，
全属勇士无敌。他们向前观看
生命的向导为他们备下生命道路。
风帆掌控着旅途，水手们跟随
其后走过海之路。人群欢悦，
军队高呼震天。天上火炬升起
每晚不懈，成就另一个奇迹；
在日落后呈现荣耀的奇景，
火光照耀人们头顶，
一根燃烧的火柱。光芒夺目，
在众勇士上方，形成耀眼光明，

映照他们的盾牌熠熠生辉。阴影瞬间消逝，
左近低垂的夜幕也无法
隐匿阴影藏身之处。天上燃起了明烛；
这位新晋的守夜者必须
驻守军队头顶，防止那荒野的恐怖，
灰暗的荒原恐怖，突然夺取
生命，以那突如其来令人心悸的海上风暴。
这位报信人留着冒火的发辫，
耀眼的射线；用令人恐惧的火
威胁军队，烈焰灼灼，
想要将荒漠中的军队吞灭，
除非他们勇敢并服从摩西。
它在大光中闪耀，盾牌闪烁，
兵士们可见笔直的大道，
军队头顶旗帜飘飘，直到大海的阻隔
在大地尽头，拦腰挡在大军之前，
打消他们前行的切愿。他们设立一座营寨：
疲累的人稍作休憩；仆人们前来
为贵族呈上食品，恢复他们的体力。
军号吹响，水手们撑开
帐篷在山坡之上。这是第四营地，
勇士们休憩之地，紧靠红海岸边。

（135—446行讲述了法老军队追赶而至，在红海边扎营。

以日耳曼英雄史诗特有的方式，该部分讲述埃及人的来临如何在逃跑的以色列人中引发大恐慌。第二天清晨，他们焦虑等候摩西的指示。摩西谈论了神的仁慈，红海分开，以色列人在干河床上通过。362—446行着重讲述了挪亚方舟、亚伯拉罕祭献以撒的故事，以此来显示，神的仁慈与救恩只会赐给服从他且忠于他的人。）

（447—590行）

四十八

人们大惊失色；洪水的恐怖攫取
他们绝望的心，因为大海带来死亡气息。
陡坡上遍洒血迹：
海水吐出血污，浪花搅扰龌龊，
兵器将水填满，死亡升腾迷雾。
埃及人被迫回头，
惊慌中逃奔；他们突遭大难。
锐气尽失，他们只想回到家中；
他们不再狂妄骄矜。厄运当头，
海水卷起了巨浪，没有一个
军人得以还乡；从其身后，命运
用海浪将他们裹挟留下。本来有路的地方
海水却在泛滥，将整个军队湮灭。
后浪推动前浪，风暴大作，
海天一色，大军发出震天哀号；

敌人在惊呼，天空一片铅墨
以垂死者的呼声渲染。洪水变作血色。
水墙坍塌，怒舔天空的
是水中的尸身。英勇者消失无踪，
成群的君王般人物，束手待毙
在海边毫无余地；盾牌闪耀。
海墙在人们头顶高高升起，
海水暴怒咆哮。那支军队从头到尾
必死无疑，无法前行一步，
铠甲将他们锁住。沙滩等待着
必将发生的事情，而滔天波浪，
那永远飘逸不定的冰冷海水，
那摧毁一切的战神，将敌人拖入水中，
这赤裸裸的信使宣告不可避免的灾祸，它将展示
盐水中永不动摇的根基。
蓝天染上了血的颜色。
迸发的海水，可怖的血水，威胁着
水手们的旅途，知道那位真正统治者
借着摩西之手显明了他的意愿：
它那死亡之爪追击扫除大批人群。
洪水沸腾，必死之人倒毙，
海水击打陆地，空气为之震颤。
水墙迸裂，海浪滔天，
海水的高塔坍塌，那位全能者，

那天上王国的守护者，
盟约支柱[1]的守护者，以圣手摧毁了高傲民族。
水墙无法阻拦协助者[2]的路线，
限制海水的意愿，而他毁灭众人，
恐怖令人心悸。大海震怒，
涌起，拍向他们，恐惧丛生，
海的界限开始沸腾，砸向进军的路线
从高天降下，正是神的作为，
如野兽口吐白沫；洪水的守护者击起
肆意妄为的海浪，用的是古老的刀剑，
如是，那致命一击毁灭军旅，
那些罪恶的势力。他们灵肉分离，
被灰暗的洪水大军紧密包围，
臣服于大海展现的势力，
无法控制的强劲波涛。整支军队殒命，
那些遭受打击者，埃及人的军队，
法老和他的人民。法老很快发现，
就在这个神的对头接触海底之时，
原来咆哮大海的守护者要更为有力：
他已决意要用死亡拥抱来制胜，
那咆哮恐怖的拥抱。对埃及人而言

① 盟约支柱（Covenant-pillar），当指火云柱，在作者笔下成为盟约的象征。
② 协助者（Helpers），应当指帮助了以色列人的海浪。

那一天劳作的回报如此之“深”[1]，
因为那整支庞大的军队
没有一人幸存得以还家，
好能汇报他们的厄运，
把守财奴的死讯，告诉他们的妻妾：
海难吞噬了那些强大军队，
包括报信之人。拥有大能的那位
摧残了这些人的傲慢。他们曾与神作对。
此后，杰出的摩西
在海岸上向以色列人宣布
这些圣言圣语，永恒劝谕，
隽永的讯息。这一日的作为被记下，
人们可在经书中找到它，
上主曾发出的每个命令，
在旅途中发出的真言。
若是生命的解读者，内心澄明，[2]
身体的守护者愿意开解，
以圣灵之匙释放丰富美善，
奥秘就得理解，智慧将会涌现。
它[3]的怀中满是明智之言，
它满心期盼进入我们心中，

① 这里有双关反讽意味：沉入海底自然是很“深”的回报。
② 523—526行应该是邀请人以正确方式解读《圣经》的意义。
③ 当指《圣经》，也被称为“神的圣言”。

这样我们不会缺少神的陪伴，
在上主的慈爱中。他要赐予我们的更丰富，
远超作者能够向我们诉说的，
且有更长久的属天喜乐。现时的喜乐不过短暂一刻，
受罪恶侵蚀，遭流徙[1]苦楚，
本是卑贱之人盼望的时期。失去故土，
我们苦涩在这会客大厅暂住。
我们精神焦虑，明白还有一处邪恶之地
一直藏身地下，那里有火焰与毒蛇，
种种邪恶藏身的永恒洞穴大敞其口，
今世的大恶能分享的不过是：
衰老与早夭。此后不同命运降临，
那是最强的大能，统御全地，
是所有行为清算的义怒之日。[2]主将亲自
在集会之地审判众人，
他将引领正义灵魂，
蒙祝福之灵，进入天堂，
那里有光明与生命，以及丰富恩典，
众人欢乐聚集赞美上主，
光荣君王的军队，永远无穷。

① 流徙（Exiles），本指被流放的以色列人，在教会灵修中逐渐成为此世生命的比喻，暗指真正的故乡是天堂。

② 义怒之日（A day of wrath），指末日审判，《圣经》上一般用神愤怒之日来表达。

　　一人如此讲述智慧之言，
这位最温柔之人，充满大能，
声如洪钟。大军静静等候
这位天命之子[1]的意见；他们认出这神迹，
从属灵者口中讲出救恩讯息。他如是向众人发言：
“这人群如此庞大，其领袖多么强劲，
最伟大的援助，来自引领这旅程的那位。
他把迦南支派交给我们，
他们的城镇与财宝，那是辽阔的国度；
如今，上主的众天使将要施行
他早已发誓做出的承诺，
在古老日子向我们的先祖所说：
若你们能遵守这神圣谕令，
将来就能战胜每个敌人，
将那强盛王国全盘占领，
还有勇士的啤酒大厅；你们的光荣将无与伦比。”
　　闻听此言，全军振奋。
胜利号角吹响，旌旗飘荡，
声声令人喜悦。民众站在地上。
那光荣之柱曾将军队引领，
神圣的军队，享受神的保护。
勇士们欢畅庆祝，因他们保存了

① 天命之子（The appointed one），这段描述暗指基督。

性命，从敌人的手中，尽管曾历经致命危险，
他们曾穿越大水的屋檐。他们看到水墙升腾，
所有的水如同血染颜色，他们携带武器从中走过。
逃离军队之手，他们欢唱一首战歌；
军队与民众一道高呼，
他们为这成就将上主赞颂，
用光荣的歌声。其中还有女人，
还有最精锐的军人，同唱战歌
吟咏无数奇迹，歌声振奋惊异。
　　接着，人人可看到埃塞俄比亚女人[1]
在海岸上，黄金使她仪态万方。
他们用手举起项链，
他们欢悦，眼前尽是他们的回报。
他们攫取战利品——奴役的枷锁已被打碎。
海战中存活的人又去共享，
与岸上的支派共同分开那古老的财物，
不论指环还是盾牌。他们合适将之分摊，
黄金与紫衣，那些约瑟的宝物，[2]
人类耀眼的财物。原来的主人躺卧
死亡之处，曾是那最伟大的民族。

---

① 原文在此处为afrisc meowle，很难解读，所以有不同的修补提议以及解读；比如，有学者认为这里的埃塞俄比亚女人，或非洲女人是指摩西的妻子；也有人认为应当是复数，指海岸上的非洲人。还有人认为这是象征性比喻被冲上岸的埃及人的财富。

② 这里可能是指这些钱财本来由约瑟作埃及宰相时积累起来，所以也是古老的钱财，如今算是物归原主的后人。

第二部分　诗歌

《国王之书》

导读

《国王之书》（*The Kingis Quair*，或*The King's Book*）据称出自苏格兰王詹姆斯一世（James I）的手笔，属于半自传体作品，它描述了1406年，詹姆斯在前往法国的路上被英国人俘虏的事件，以及又被后续几位英王囚禁十八年的情形。从诗中可知，作者与三女神会面的场景，其灵感出自波爱修斯的名著《哲学的安慰》。而诗中提到的那位令作者陷入情网的女士可能就是詹姆斯后来的王后，琼·博福尔（Joan Beaufort）。詹姆斯多年在英国宫廷的生活让他受到了很好的教育，比如文中提到了作者敬仰的两位英格兰诗人高尔与乔叟。该诗采用七行诗形式，也是遵循乔叟的“皇家韵脚”（rhyme royal），即ABABBCC格式。这里选入的是重要章节的节选。

正文

一

在那高高蔚蓝天庭，
星辰如火绽放红霞，
宝瓶座里女神金星，[①]
精心梳洗金色长发，
刚刚满身精美披挂，
穿越摩羯座，光芒四射，
北西北[②]，迈向子夜时刻。

二

我正躺卧床上思考，
刚刚从睡梦中醒转，
我的脑中思绪千条，
一片纷乱，不知来源，
无论如何不得再眠；
既然不知如何应付，
只好拿过书来读读。

---

① 女神金星（Citherea），被认为是金星维纳斯（Venus）。也有译本作 Cynthia，即月亮女神狄安娜的别称。结合下文内容，似乎维纳斯更为合适。

② 北西北（north northward），正北与西北中间方向。有人认为这里就是指正北方。

三

书名实在相当匹配，
出自波爱修斯手笔，
讲述那哲学的安慰，
他是高贵罗马参议，
享有世界最高荣誉，
然而掌权真是短暂，
后被贬入穷困灾难。
……

八

我本要秉烛整夜阅读，
双眼却疲累开始闭合；
将书合上放在我头部，
立刻躺下不再耽搁，
脑中对新念头思索，
命运女神将每人决断，
沉沉浮浮，全凭她意愿。
……

十一

辗转反侧，思考驱睡意，
我在清醒中静听凝神，

忽听到晨祷[①]钟声响起，
不愿再躺卧，我便起身。
你猜怎么着？如此逼真，
我脑海中听懂了钟的话语，
它说："伙计，接着讲你的遭遇。"
……

廿二

在我少不更事之年，
大概未到三岁年纪，
不知出于何种因缘，
造化弄人还是神意，
我无奈将祖国离弃，
那是看护我者的意图，
漂洋过海成我的归宿。

廿三

带好所有必须物件，
风向正好，起个大早，
径直登船——不再拖延——
当时毫无灾祸的预兆，

---

① 晨祷（Matyns），即matins，旧时修院中一天要祷告七次，这是一天中最早的祷告，大约在凌晨2点，也被译作"夜祷"或"凌晨祷"。

“珍重！”“圣约翰作主保！”①
伙伴友人如出一声
我们扬帆开启航程。

廿四

风浪中我们颠簸起伏，
悲伤之日逢不幸之事；
我们的反抗于事无补，
简言之，被人武力所制，
全数被俘将自由丧失，
敌人将我们带入异国。
都是命运安排的灾祸。

廿五

在森严坚固的牢狱里，
我找不到安慰与希望，
我生命之线冗长纤细，
第二个姐妹接管手上，②
整整十八年岁月悠长；
直到朱庇特仁慈转变，

① 圣约翰作主保（Sanct Johne to borowe），当地祈求圣约翰保护旅人的祝福语。

② 第二个姐妹（Second sister），指希腊命运三姐妹克洛托（Clotho）、拉刻西斯(Lachesis)、阿特洛波斯（Atropos）中的第二位，这三位都以织女形象示人，第二位专管个人命运之线的编织。

送来安慰解我的灾难。
……

廿八

我想："若是神如此意愿，
让我一生奴役痛苦度过，
什么让他对我如此讨厌
对我限制远比旁人要多？
我孤身一人被众人包裹，
可怜的家伙，无人相助，
却是最需要人的帮扶。"
……

卅

我在囚室独自哀怨，
对快乐与自由绝望，
想来想去身心疲倦，
走到窗前向外观望，
看世界与行人匆忙。
那时无法亲尝欢乐，
观看一番也是不错。

卅一

在哨所高墙围绕中，

角落有座美丽花园，
绿植枝蔓绽放正浓，
围绕成篱，隔出空间，
矮树、山楂掺杂里边，
路人无论多么靠近，
也不会看到其中有人。
……

卅三

端坐绿叶覆盖俏枝上，
欢快的小夜莺在歌吟，
那歌咏之声清晰嘹亮，
为爱而歌，起伏不定，
高墙与花园发出共鸣，
一同伴唱那一段歌词，
甜美和谐，听！吟唱如斯：

卅四

“一起敬拜五月，恋人快来，
因你们幸福日子已开始，
我们同唱：‘走开，寒冬，走开！
快来，夏天！好时光与煦日！’
醒来！幸运者，别不知羞耻，
在爱的喜乐中把头抬起；

感谢爱，将你们仁慈惦记。”
……

卅六

这便是那首小调的内容，
它让我有了如下的思考：
“何种生活让鸟儿成情种？
这如何可能，到何处寻找？
要付出什么代价才能得到？
我确信，这只是假装的欢喜，
人们强作笑颜貌似欢喜。”

卅七

接着我又想道：“无论如何，
爱能有如此高贵的品性，
他真有如此爱人的品格，
如我们在书中所见多情？
他的爱真会忠贞而坚定？”
他对我们的心真能制衡？
或者，这一切不过是美梦？
……

卅九

“我的结论只能是这样：

除非是主，如神统治永远，
能束缚解绑，将囚徒释放。
如此我才求他仁慈恩典，
允许我加入他圣者行列，
甚至也成为众人中一位，
忠心侍奉他，无论是喜悲。”

四十

就在此时我低头观望，
我看到，就在塔楼下边，
悄然出现，令我心欢畅，
一朵花儿最美丽娇艳，
在此之前我从未看见；
最令我惊诧在一刹那，
我血脉沸腾把心融化。
……

四六

让我来将她的形态描述，
来形容她的金发与衣着，
装饰着洁白晶莹的珍珠，
还有粉色宝石闪光如火，
更有许多蓝绿宝石闪烁；
她头上戴一顶绚烂花冠，

红蓝白色羽毛点缀其间。

……

四八

围绕着她那洁白颈项，
装饰着一条精美金链，
红宝石缀饰天下无双，
形状宛若红心在闪闪，
跳动着又如一枚火焰，
在她雪白的喉部燃烧。
真正是绝配，天主知晓！

四九

在五月的美丽清晨散步，
她在白裙外披上了斗篷；
至今我未见过如此尤物，
她的腰带并未系牢紧绷，
却是由于匆忙有些松动。
看她年轻美丽令人欣喜，
可再多说一句就会无礼。

五十

在她内有美丽、青春、谦虚，
还有懿德、富贵、少女品味，——

天主知道我真无法言喻，——
智慧兼宽容、聪颖又高贵，
在每一点上都从容柔美，
不论言行还是形态举止，
大自然无尽宠爱的孩子。
……

六七

她在来回漫步徘徊，
头顶翠绿枝叶婀娜，
她的面庞如雪洁白，
她转身离去的一刻，
我开始苦痛与失落，
见她走开无法跟随；
眼中白昼瞬间变黑。

六八

我如是说：“我生为何？
不过悲惨凄苦造物！
没错！天晓得；我敢说，
无人能承受这痛苦。
为何生死这对苦主，
同在造物之内扎根，
携手让他折磨生存？”

……

七三

直至黄昏，我心憔悴，
如此哀怨痛苦不停。
心智枯竭过度伤悲，
冰冷石头放置头颈，
躺卧在地，昏沉不明，
陷入半睡半醒之间；
让我说说梦之所见。

七四

我突然看见一道闪光
穿过我倚靠的那窗户，
我的房间变得亮堂堂，
它更是穿透我的体肤，
这令我完全失明无助。
此时一个声音对我说：
“别怕，我给你健康与喜乐。”

七五

突然之间这光消失隐遁，
从何处来，就从何处离开；
恍惚间我急速穿越房门，

继续前行，毫无任何阻碍。
刹那间，我的双臂又张开，
如此我被提升到那高天，
就置身于美丽的青云间。

七六

我不断上升一层又一层，
穿越过空气、水，还有火焰，
一直抵达那闪亮十二宫，
十二星座各个习习耀眼，
然后就进入了幸福宝殿，
维纳斯神宫阙，我想高叫，
却忽然不知怎样做才好。

七七

当我不断接近那座宫殿，
看到它似乎由水晶造成，
我被提升到高高大门前，
忽然，迅疾如同念头闪动，
大门洞开，我在须臾之中
被带入殿中，美丽而宽敞，
我见里边人群熙来攘往。

七八

我的意思是，在那个地方，
我看到仿佛地上各民族，
成百万爱侣，他们在世上，
丧失生命，为了爱的缘故；
不过谁想了解他们命途，
大可在不同书籍中找到，
所以我不必在这里叨扰。
……

九四

在不远处设立威严宝座，
端坐者除脸部，羽翅闪亮，
我见是盲目爱神丘比特，
他手持那宝弓，蓄势待放；
囊中三支羽箭斜插身旁，
每支箭头都打磨得尖锐，
不同的金属更明亮俊美。

九五

第一支箭头乃纯金打造，
它以柔和劲道抚平心灵；
第二支由纯银层层围包，

比第一支更为有力强劲；
第三支铁箭可一击致命。
他的金色卷发闪亮飘荡，
头顶桂冠枝叶绿意昂扬。

九六

在一处狭窄的空隙周围，
装饰着无比伤悲的叹息——
它们不为让人心更伤悲，
却令真爱之人内心欢喜，——
我看到维纳斯侧卧床第，
外氅遮掩她雪白的香肩；
欢愉之神就是如此打扮。
……

九八

惊见此景，我心狂跳难平，
完全不知应该如何开口；
最终，我用颤抖细微之声，
双手规规矩矩放在膝头，
开始向她倾吐我心忧愁；
以谦卑态度和哀伤语气，
向清纯靓丽的女神致意。

九九

“爱的女王陛下！恩典星辰！
怜悯的王后，仁爱之行星！
邪念与暴力的抚慰女神，
全靠你的大能大德善行！
愿你开恩接纳不情之请，
我诚意求告，无人可投靠，
我的救援，你这里才得到。
……

一〇二

“虽我对你规矩毫不知悉，
并非故意，而是真的无知，
求你如今开恩变我心意，
让我一片赤心将你服侍，
恕我所有冒犯，将我救治！
借你仁慈恩典将我救援，
或赐我死亡，就在你眼前。

一〇三

“借你那道明亮洞穿之光
引领我满是悲怆的心灵，
再见甜美情景，宛若天堂，

就是我，在石墙围困之境，
今晨幸福中所见的美景：
伊人在我眼前花园漫步。
天后发仁慈！救我于死路！”

一〇四

说罢此话，我灵陷入绝望，
我静默片刻，等待她开恩；
当是时，那清澈美丽眼光，
转向一旁；又过片刻时辰，
她才回眸顾盼，如此可人。
面向着我，俊秀面容传达，
她的善意，就这样开口说话：

一〇五

“少年，你一切悲伤源头，
本女神并不是毫不知晓，
你如今以及过去的请求，
就是你第一次向我求告；
是我的恩典才让你知晓。
我的戒律，你要继续持守，
因我虽严厉，惩罚却温柔。
……

一〇九

“然而，鉴于你的孱弱贫瘠，
不论是智力、素质或力量，
它们如此不堪，无法比拟，
她高贵出身地位与端庄。
相比宛如黑夜之于日光，
或是麻片之于昂贵布匹，
或酸模草之于姣美雏菊。
……

一一二

“但你也看出，我真是有心，
伸出援助之手，将你守护，
我即刻会遣发你的灵魂，
到那密涅瓦女神[①]之居处，
她的命令你要严格顺服，
因此事上她可作你盟友，
如我一样让你心安无忧。

一一三

“由于你不知走哪条道路，

① 密涅瓦女神（Minerve），主管手工艺的罗马女神，相当于希腊神话中的雅典娜，所以也被视为战神、智慧女神。此处其角色宛若《哲学的安慰》中的哲学女神。

更不知哪里是她的宫闱，
我会派遣‘好望’[①]我的忠仆，
他待人友善，不让你伤悲。
他为你指路，直到你返回；
要祈求密涅瓦开恩救急，
给你指引，一切都能顺利。”
……

一二四

我竭力谦恭致谢并敬拜
尽我所能做得淋漓尽致，
随后从维纳斯面前离开，
好望与我二人毫不延迟，
即刻登程赶路；一路无事，
他带领我赶路轻松易行，
直达密涅瓦那壮丽宫廷。
……

一二六

须臾间我已直接被带到，
密涅瓦天后尊驾的面前，
我的向导好望，耐心可靠；
我随即谦恭将女神觐见，

① 好望（Good-hope）。

讲述我此行目的与心愿，
还有整个过程，直到最终，
是维纳斯乐意让人护送。

一二七

密涅瓦的回复明了简短：
“我儿，我已经听清也明白，
如你所述，你的悲伤之源。
你会求得宽慰如你期待，
你的忧郁也会得到解排，
如维纳斯女神对你所说，
我会救助你脱离这灾祸。
……

一三〇

“所有规划中让他[①]占首席，
你等命运在他手中掌握，
你要祈求他能用其美意，
指引你爱，对他呼求不辍，
他是奠基石，是墙的基座，
他永不损坏，信赖不动摇，
他就很快让你实现目标。
……

① 指“美德”（Vertu）。

一三四

“可很多人都是朝三暮四，
假装真爱混充一段时间，
为了取乐不厌绞尽脑汁，
将简单柔弱女人来哄骗，
从而满足自己短暂欲念；
这假装的爱不过是欺诈，
隐藏在那虚伪面具之下。
……

一五〇

“不过，出于尊重与敬意，
如前所说，因维纳斯缘故，
我对你也有同情与怜惜，
为使你从苦痛中得救赎，
我在此给你指引与帮助。
祈求命运女神[①]出手，因为
无望之事她也轻易挽回。

一五一

“这就去吧，你要牢牢铭记
我的话语，来指导你言行。”

---

① 命运女神（Fortune），即罗马女神福尔图娜（Fortuna），其形象往往有象征福祸无常的命运之轮相伴。

"夫人，我会遵命，"说罢随即
我便离去，沿着一线直行，
循一道圣地发出的光明，
密涅瓦所赐，穿过那天空，
我的灵降落一片大地中。

一五二

那里，美丽平原上，我起步，
沿着一条赏心悦目小河，
两岸小花开放鲜艳幸福；
在鹅卵石上面金光闪烁，
清凉的河水欢快地流过，
传入我的耳中，长流不息，
堪称愉悦甜美的交响曲。

一五三

成群的鱼儿在沿岸游戏；
忽左忽右，脊背闪烁蓝光，
它们欢悦嬉戏，浅水游弋，
个个都穿戴美丽的衣装，
珊瑚色鱼鳍红宝石闪亮，
阳光下的鱼鳞散发光泽，
宛如锁子甲，在不停闪烁。

一五四

就在这河岸的下方不远，
我想我看到了一条大路，
笔直排列在那道路两边，
我看到一棵棵青翠树木，
结满果实真正赏心悦目。
除此以外，我突然注意到，
满眼都是各种动物奔跑：

一五五

狮王有母狮陪伴在身边；
猎豹浑身呈现出祖母绿；
小松鼠在上下忙碌疾窜；
干重活的苦力，一头懒驴；
傻傻猿猴；豪猪浑身刺棘；
千里眼山猫；多情独角兽，
象牙般尖角救人免遭毒手；[①]
……

一五八

还有多种奇异兽类奔跑。
我这一时无法全部记起。

① 传说中独角兽遇到贞洁少女会将头依偎少女怀中，用它的角制作的酒杯可化解毒药。

如今重新转回原来目标，
我径直向前，脑海中回忆，
我是从何而来，我的本意，
是找命运女神；到她面前，
向导好望带领，迅如闪电。

一五九

终于，我向周围斜眼观瞧，
看到圆形墙壁包围空间，
在它中心我很快就看到，
命运女神，就站立在那边，
在她脚前，立着一只圆盘——
一只轮子，看那上边攀爬，
无数人群，就在我眼皮下。
……

一六二

在那鼎圆轮之下我看见，
有一可怖黑洞深如地狱，
只看一眼令我浑身打颤；
我又听到，谁要是掉进去，
就绝不会回转，带回消息；
我被恐怖景象震惊吓坏，
四肢僵直，因为已然惊呆。

……

一六五

我也看见，有些人被抛开，
那轮轴将他们投向地面，
猛然之间它又向上猛甩，
让他们再获康宁与平安，
我看到新人群不断涌现，
他们都想爬上轮子顶部，
代替前者，以免轮子停驻。

一六六

终于，在所有人的面前，
众人围绕下，她唤我名字；
我随即屈膝跪倒在地面，
只在瞬间，多少出于羞耻；
而她澂笑，说出调侃之辞：
“你有何事？谁派你到此地？
即刻禀明，告诉我你的心意。

一六七

“从你的样貌我看得清晰，
你的心头真有些麻烦事。
这事恐怕不太随你心意。”

“夫人，”我说，“这都拜爱所赐，
让我身心陷入不可停止，
开恩救我，可怜卑贱宵小，
以大能与力量给我治疗。”

一六八

她说：“你想让我怎样安排，
好让你渴望的心得满足？”
“夫人，”我说，“全靠您的明裁，
大能救我不再昏聩糊涂，
让清泉涌出将这火浇扑，
我焚身难耐啊，命运女神！
请支招，我陷死局难逃遁。”
……

一七二

“以那些人作为教训，”她说，
“从我轮上掉下如球翻滚。
这其中的意义更为深刻，
升到高处却又掉落下沉；
如是，上下都将我意遵循。
别了！”说着将我耳朵拎拽，
如此剧痛，让我随即便醒来。
……

一七五

我接着便准备让自己起身，
脑中思绪纷杂，痛苦迷惑，
我内心作出了如下思忖：
“哦，慈悲的主！你要我如何？
此生何意？我灵何处安卧？
此乃一厢情愿，胡思乱想？
还是来自天上，真实异象？”
……

一七七

我急急迈步到了那窗前，
内心一直思忖那个异象，
一只粉白鸽子突然出现，
她轻盈地落在我的手上，
然后转头直直对我脸庞；
雀鸟的欢欣驱散我悲愁，
为我心带来久违的拯救。

一七八

这美丽鸟儿的嘴里叼着，
一枝康乃馨，它花红枝青，
美丽枝干上用金色写刻，

每个枝头有字母亮晶晶，
字体圆润，愉悦人的心情，
清晰话语，我现在能回忆，
它的内容，我至今都牢记：

一七九

“醒来！醒来！我带着，爱人，我带着
你的好消息，美妙又确定，
来将你安慰。欢笑、喜乐、唱歌！
你很快就有幸福的旅程；
因天上为你将良方确定。”
鸟儿将花枝交在我手中，
拍拍翅膀她飞向了天空。
……

一八七

若是详详细细地都说清，
我所经历，何时开始康复，
我的心病以及我的苦命，
那实在太长；我就此打住。
如是，这枝花朵，我不详述，
如此将我扶助，全心全力，
救我从死亡的边缘逃离。
……

一九四

去，小文章，你毫无说服力，
也无文采，更无机敏慧心，
只求读者接受其中道理，
容忍你的苍白，对你开恩，
借仁慈修补你那些破损；
让他如此掌控自己口舌，
将你所有丑陋遮掩涂抹。
……

一九七

致敬我所爱大师的诗作，
高尔与乔叟[①]端坐在高位，
在世时他们是修辞巨擘，
诗人之中堪受至高赞美，
勿论文辞典雅还是品味，
为此我送上这部七行诗，
献给其灵魂，天堂享福祉！阿门。

① 高尔（John Gower，1325？—1408），英格兰诗人，以拉丁语、法语和英语创作过些寓言和说教作品，如《沉思者之镜》（*Speculum Meditantis*）；乔叟（Geoffrey Chaucer，约1342—1400），英格兰诗人，其最出名的著作为《坎特伯雷故事集》（*Canterbury Tales*），其刻画人物、运用幽默、采用多样文风的技巧使其成为英国第一位伟大诗人。

圣诞诗

导读

中世纪信仰中喜乐的最好表达就体现在圣诞诗（poem of Nativity）对圣诞以及玛利亚之角色的赞美上。独特的降生带来的是对死亡永远的胜利，而地狱也不过是个小小门槛，圣母可以帮我们轻松跨越，这些都消除了一切隐晦场景，中世纪特有的对罪恶的负疚感也同样扫荡一空。此类诗歌主打的是对贞女产子奇迹、对神性大能眷顾一位可爱少女的惊奇。因此，在第一首诗中，这个让神性的基督穿戴肉身的神奇结合被放在了欧洲四月的春景中，那时每一位少女都在等待她的王子，而不断出现的露水则是民间诗词中贞洁的象征。这首最著名的圣诞歌的最早手稿来自15世纪早期，但春季受孕的主题则要出现得更早。诗中就有四句直接引用自第二首诗——一首13世纪早期的诗歌。

第三、第四首诗是所谓混杂诗（macaronic poem），这是中世纪常见的一种文学形式。在英格兰诗歌中采用的往往是拉丁语和英语或盎格鲁－诺曼语（Anglo-Norman）的混合，有时甚至三语兼具。在这类诗歌中，拉丁语几乎总是不二选择，究其原因大概是与某些国人喜欢在讲话中夹杂洋文来显示其学识的现象道理相同。第三首中的拉丁语句法实际上惨不忍睹，但诗人所关注的大概更多的是音律上的相同，只关心所选的是否是阴性词尾，所以有些语义只能勉强说通。第三首诗中称玛利亚为"海星"（Star of the Sea），这一称号的来源颇为有趣：玛利亚的希伯来语名字为Miryam，一个可能的意思是"一滴海水"，圣热罗尼莫（哲罗姆）将其正确地译为拉丁语*stilla maris*，而这个名字后被人讹传为stella maris——海星，从而在全教会流传开来。海星的神学意义被解读为，在信仰的旅途中玛利亚是指航的明星，将人导向基督。

第五与第七首诗是圣诞赞歌（carol），后者更是迄今发现的最早英语圣诞歌，它出现在一个方济各会会士讲道清单上，其写作年代不会迟于1350年。第六首则是童贞女对基督圣婴献上的歌曲，充满了对玛利亚生命经验的细节想象。

正文

一

我要将一位贞女歌唱，
超然卓绝；

诸王之王
她选作自己亲子。
他悄然来临
她停留之处，
宛若四月朝露
草叶留驻。
他悄然来临
进入她腹中，
宛若四月朝露
花瓣留驻。
他悄然来临
她躺卧之处，
宛若四月朝露
花枝留驻。
同为贞女与人母：
如此贵妇
当为天主之母。

二

带给我等荣福，百鸟欢唱；
树枝开始吐绿，青草欢长。
我开口将卓绝一位颂扬，
选为母亲，诞下万王之王。

她乃纤尘不染，罪恶远离，
就是耶西[1]传人，王室后裔。
人类之主，由她腹中降诞
拯救我等穷困，脱离罪愆。

“万福玛利亚，满被圣宠者！上主
与你同在！”天使加百列[2]如是恭祝。
“你胎中所出，我宣称，将要蒙福：
你将受孕，婴儿怀在肚腹。”

天使带来的问候与言语，
让玛利亚反复思索不已。
她向天使说：“这事才可笑，
我的身体未被男人知晓。”

她乃贞女怀孕，一直童身，
产子之时依然保持童贞。
除她以外，更无贞女母亲；
而她诞下神子，理当童贞！

---

① 耶西（Jesse），也译作“叶瑟”，大卫的父亲；玛利亚也被认作是大卫后裔。

② 加百列（Gabriel），也译作“加卑厄尔”，神打发给玛利亚宣告受孕的天使，参见《路加福音》（1:28）。

愿婴儿蒙福，母亲也蒙福，
圣子吸吮处，蒙福的双乳！
婴儿诞生之时，当受颂赞，
他救我等穷困，脱离罪愆！

三

圣玛利亚，母亲温和，
　救恩之母（*Mater salutaris*），
百花园中，最美花朵
　此言无误（*Vere nuncuparis*）。
所怀之子，耶稣基督；
救我脱离，邪思糊涂
　真正大能（*Potente*），
导我向死，我很清楚
　毫无肇征（*Repente*）。

我们念头，狂如小鹿，
　泥潭纵容（*Luto gratulante*）。
它们引我，踏上险途
　将我玩弄（*Illaque favente*）。
若是基督，将我离弃，
我心定会，破裂分离
　伤感难言（*Fervore*）。
勿论晨昏，我将迷路

　悲伤不堪（*Dolore*）。

耶稣，你以威力大能
　创造万有（*Omnia fecisti*）：
圣灵点燃，玛丽心中
　如你所求（*Sicut voluisti*）。
我等称你，全能之主，
耶稣，让我心向基督
　纹丝不动（*Constanter*），
让它坚守，勿入歧途
　心术不正（*Fraudanter*）。

耶稣基督，高高升起，
　你实堪当（*Digno tu scandente*）；
你曾创造，上天下地
　大功一场（*Victore triumpante*）。
你以己身，人类买赎：
追寻人灵，不计付出，
　绝不放手（*Nec dare*），
献出宝血，如此尊贵
　毫无保留（*Tam gnare*）。

至亲贵妇，最美之花，
　真正安抚（*Vere consolatrix*），

将我援助，以免跌下，
　众人援助（*cunctis reparatrix*）
特选仁爱、大能之后，
求你将我，日夜守候
　如我所愿（*Precantis*）！
赐我恩典，让我目睹
　婴孩圣颜（*Infantis*）！

让我借你，甜美祷告，
　孤儿守护者（*Tutrix orphanorum*），
助我离弃，世俗邪路，
　穷困慰藉者（*Solamen miserorom*）；
圣母允我，放置台前
我的罪过，借此决断
　心甘情愿（*Volente*），
为能获取，天上荣福：
衷心祈盼（*Poscente*）。

四

圣母，圣母，美丽光明
宛如海星（*Velud maris stella*），
光亮胜过，白昼之晴，
　童贞母亲（*Parens et puella*）
我哀呼你，将我保守；

圣母为我，圣子转求，
　仁爱无涯（*Tam pia*），
让我能到你近前，
圣玛利亚（*Maria*）！

哀痛之中，最佳慰藉，
　多产真福（*Felix fecundata*）；
辛劳之人，赖你安歇，
　荣耀慈母（*Mater honorata*）。
求你宽仁，向他请求，
他将我们，流血拯救
　十字架上（*In cruce*），
我等终得，到他台前
　明亮堂皇（*In luce*）。

这苦世界，堕落不醒
　夏娃罪愆（*Eva peccatrice*），
直到我主，基督出生
　由你降诞（*De te genetrice*）。
"万福"声中，[①]逃离遁隐

① 万福（Ave），拉丁文译本中天使向玛利亚请安的第一句话，出自希腊文的Chaire——喜乐之意，但这其实就是希腊文中问候的常用语，所以不同版本译为"你好""喜乐""问安"等等。在天主教常用的《圣母经》中被译为"万福"，就是取自旧时妇女道万福的问候。

垂垂夜幕，随即降临
　救恩之日（*Salutis*）。
从你那里，清泉涌流
　美德品质（*Virtutis*）。

圣母，最美独秀绽放，
　无刺玫瑰（*Rosa sine spina*），[①]
诞下耶稣，天上君王
　神恩赐馈（*Gratia divina*）：
一切人中，至高无上，
圣母元后，高居天堂
　特选之人（*Electra*）
温顺贞女，你为母亲
　仰赖天恩（*Effecta*）。

他确知晓，为你真子，
　母胎亲生（*Ventre quem portasti*）；
你的祷告，他难排斥，
　哺乳圣婴（*Parvum quem lactasti*）。
他的本性，仁爱温良，
带领我众，荣福向往
　高高天宇（*Superni*），

① 在教会中一直都有将圣母比作玫瑰的传统，比如教徒中最流行的以玛利亚为主题的经文就是《玫瑰经》，无刺玫瑰是譬喻她生来没有原罪的信念。

永远紧闭，邪恶深渊
　沉沉地狱（*Inferni*）。

五

为一枝玫瑰，可爱玫瑰，
我只为一枝玫瑰吟唱。

请听，各位老少亲贵，
如何绽放，这枝玫瑰；
世上之人，不知有谁
如这玫瑰，令我渴求。
　为一枝玫瑰……

天上高塔，天使下降
见玛利亚，于其闺房，
说她怀孕，独秀开放
击碎魔鬼，铁索诅咒。
　为一枝玫瑰……

独秀绽放，白冷城中，
美丽花朵，明艳光荣。
玫瑰天后，玛丽大功；
由其腹中，绽开独秀。
　为一枝玫瑰……

一枝花开，充满力量，
就在圣诞，夜里绽放，
白冷之星，发射大光，
明亮耀眼，照射远幽。
　为一枝玫瑰……

二枝花开，地狱方向，
折服魔鬼，恐怖力量，
灵魂逃出，空空荡荡。
玫瑰来临，当受福佑！
　为一枝玫瑰……

三枝花开，进入天堂，
根茎枝叶，美丽芬芳，
带给我们，功德无量：
天天显扬，神父双手。①
　为一枝玫瑰……

我们献上，祈祷恳求
她乃我等，恩人良友，
邪魔路上，从此回头。

① 这里提到的三枝花分别指耶稣诞生、复活与升天。“在神父手中”的说法是指每天弥撒当中，面饼与葡萄酒在神父手中被圣化为基督的真实体血，而弥撒纪念的就是基督的生死与复活升天。

神圣之花，由她出头。
　为一枝玫瑰，可爱玫瑰，
　我只为一枝玫瑰吟唱。

六

亲爱耶稣，可爱圣子，
你的床铺，寒酸如此，
　令我心痛不止。
你的摇床，宛如棺木（bier），
只有牛驴，相伴呵护，
　我只心酸泪目。

仁爱耶稣，请别发怒，
因我更无，一块破布
　将你包裹守护。
没有织物，紧紧包你，
将你抱起，放在怀里；
把你双脚，置我心口，①
　抵挡寒风怒吼。

七

我等相聚，将手握紧
歌唱荣福，无穷无尽：

① 心口（pap），俚语，本意是指女性乳房。

魔鬼已从，人间逃遁，
圣子成为，我等友人。

一个婴孩，诞生人家，
那个婴孩，洁白无瑕。
那个婴孩，真神真人，
在婴孩内，我生更新。
　我等相聚……

你这罪人，欢欣踊跃！
平安来临，宛若蜜月
　在基督诞生之夜。
到基督前，领受平安，
因他流血，将你救援，
　为此而孤独伤感。
　我等相聚……

你这罪人，欢欣鼓舞，
因为天堂，给你救赎，
　更没有保留之处。
到基督前，预许平安：
他的生命，百倍奉献
　只是为将你救援。
　我等相聚，将手握紧

歌唱荣福，无穷无尽：
魔鬼已从，人间逃遁，
圣子成为，我等友人。

八

我正在静夜中躺卧
照看一片地带，
忽见那边一位少女
怀抱婴孩走来。

那位少女美艳绝伦，
气质如此超脱，
我的一切烦恼忧伤
有她必定平和。

我将丽人细细查看，
开口对自己说，
她欺骗了老实男人，
除非贞女一个。

在她身边端坐男子：
面容严谨肃穆；
他的言辞冷静庄重
通晓《旧约》各处。

他的面庞黯淡无光，
头顶白发苍苍。
他友善地请我留下
由于我的闲话。

他说："你说的话不足为奇
皆因你眼所见。
因我当年也是如此，
直到真相显现。

"一人如何可能同时
是母亲与童贞，
能将孩子降诞生产
却不识得男人？

"尽管我实卑贱不堪，
玛丽确是我妻。
天主知晓我非生父：
我爱她如自己。

"我还没有将她碰触，
她已肚皮渐隆。
我敢发誓真相如此，
不知如何形成。

“她绝不会做下错事；
我深信她贞洁。
我可发誓就是如此，
实在的的确确。

“更有可能她的怀孕
毫无男人介入，
它绝不会犯下大罪，
欺骗约瑟受辱。

“这个婴孩委身贫穷，
身裹破衣烂衫，
胡乱包起毫不舒适——
却是从天派遣。

“其父乃是天国之王，
（加百列亲口说起）
这个婴孩与父同等，
名叫以马内利！”[①]

这婴孩我亲眼所见，
约瑟所言正确，

① 以马内利（Emmanuel），“神与我们同在”之意，天主教又称“厄玛奴耳”。

他的确是真人真神：
其母保持贞洁。

让我等来将他敬拜
不论昼夜晨昏，
好能时刻目睹尊容
喜乐充满心神！

苦难诗

导读

圣诞诗尽管美丽妙曼，但中世纪最流行的还是对耶稣基督苦难与死亡进行表达的苦难诗（Passion poems），因为苦难是真正基督信仰的核心，也是虔诚的基督信徒表达其信仰的最佳所在。下文收录的诗歌中第三、五、六、七首源自圣奥古斯丁的思想，这些诗的一个重点是“Candet nudatum pectus”（赤裸胸膛发出白光），另一个则是“Respice in faciem Christi”（凝视基督的面容）。第十六首则是在这些主题上又融入了圣母玛利亚的苦难主题。

第四首大概是最具韵文特征的14世纪宗教赞美诗，其表达的是一个流行主题——基督的眼泪。第十首可能由坎特伯雷大主教圣埃德蒙德（St. Edmund of Potigny，1174—1240年）作于其去世前，它捕捉的乃是基督被钉十字架时的生动细节。

第八首是将圣周五（Good Friday，复活节前的周五，纪念基督死亡）礼仪中所咏唱的拉丁文《基督之谴责》（*Reproaches of Christ*）转成了歌词，由14世纪一位方济各会会士赫尔伯特（Friar William Herebert，1333年卒）编写。其中对犹太人的描述反映了当时对这一种族的敌对与羞辱态度。犹太人是作为资助者随征服者威廉（William the Conqueror）抵达英伦的，并在几位王室保护下平安度过了一百年。但是，12—13世纪兴起了对犹太人的迫害，最终导致整个民族于1290年被逐出英伦，共有一万六千余人渡过了英吉利海峡，直到1655年，在克伦威尔（Cromwell）时才获准回归。在此背景下，我们便可理解，为何数首诗中都有对犹太人嘲弄羞辱的字眼。

排在最前边是描述十字架的诗，有趣的是，其中提到了犹大（Judas）的姐妹，这是没有任何文献根据的人物，可能是受到了《创世记》中夏娃的启发，从而让男性能够免于承担基督教历史上的这个弥天大罪。中世纪时犹大传说众多，从盗贼到基督最钟爱的门徒，林林总总，不一而足。这首诗中的对话以及节奏都充满民间诗词的风格，最终进入了英语民谣（ballad）中。这首诗事实上被认为是英语民谣的发轫之作。

正文

一

圣星期四[①]的那天，我主起身站立，

① 圣星期四（Holy Thursday），即耶稣受难日的前一天，教会在这一天纪念圣体圣事的建立，即俗称的“最后晚餐”。

轻声向犹大发言，轻柔和气：
“去耶路撒冷，犹大，买回团体用品；
你的荷包里装着三十块碎银。
你要走过宽宽街道，很远很远，
你的一个家人会在你路上出现。”
犹大碰到了他姐姐，眼中写满欺诈：
“犹大，你实在该当死在乱石之下，
犹大，你实在该当死在乱石之下，
皆因你信了个假先知，这是我的看法。”
“小声点，我亲爱的姐姐，你的心快碎裂：
要是我主基督得知，他可得把你收拾。”
“爬到岩石上，我的犹大，最陡的那边，
快把你的头放在怀中好好睡眠。”
犹大睡醒后四下观看，
三十块银钱一个不见。
他撕扯自己的头发至血流成河，
耶路撒冷的犹太人以为他疯魔。
有钱犹太人给他带来一人——彼拉多：
“你说，可愿意出卖你主子耶稣给我？”
“为了财宝或土地，我可不会出卖我主子，
我只需他给我的那三十块银子。”
“那为了金子，你可愿出卖你师父基督？”
“不，只需把他相称的那些银币交出。”
我主基督走进，使徒们端坐饭桌前：

“使徒们，你们就这么坐着不开饭？
使徒们，你们就这么坐着不开饭？
今天，我被买入卖出，宛若我们这一餐。”
犹大起身将他面对：“你说的可是我，主？
我从未对你口出不逊，不论家里还是外出。”
彼得也起身将他面对，全力大声发言：
“主啊，即使彼拉多带来骑士一千，
主啊，即使彼拉多带来骑士一千，
不论如何，为了爱你我也要和他们大干。”
“镇静，彼得，你的心我看得很真；
鸡鸣之前，共有三遍你将把我否认。”

二

如今，太阳已降到了树林后方
（玛利亚，我同情你那美丽脸庞）：
如今，太阳已降到木架后方
（玛利亚，我同情你和你的儿子）。

三[①]

他的裸胸惨白一片，
他的肋伤血流殷殷，
俊俏的脸血污凝固，

① 后续诗歌中许多在押韵同时也保留音节的对仗与一致，因此中译文也尽量做到字数对仗，以尽量反映原始韵味。

深深伤口浑身遍布。

他的双臂随死僵直，
两端张开高悬十字：
从他身体五处创伤，
鲜血汩汩涌流成行。

四

美丽眼眸滴下美丽泪珠，
　你为何让我感受痛楚？
悲伤眼眸滴下悲伤泪珠，
　你让我的心破碎悲苦。

　你痛中哀呼，
　你悲伤更苦，
人言无法尽述。
　你苦中歌赋，
　将人类救出
地狱可怖魔窟。
美丽眼眸滴下美丽泪珠……

　我骄傲放荡，
　你纯洁温良，
心无欺诈伪装。

你屈从死亡，
我永生有望：
妙计当受颂扬！
美丽眼眸滴下美丽泪珠……

你母亲看到
你苦难煎熬，
开口高声呼叫：
你言及救恩
以慰她苦闷；
哀告赢得你心。
美丽眼眸滴下美丽泪珠……

你心如刀割，
你身体弯折，
十字架上悬搁：
却平息风暴，
使恶魔哀号，
耶稣大能显耀。

美丽眼眸滴下美丽泪珠，
你为何让我感受痛楚？
悲伤眼眸滴下悲伤泪珠，
你让我的心破碎悲苦。

五

你，万事万物的造主，
天上君主，亲爱的父，
请听听我，你子诉苦，
为人我成为肉与骨。

我的胸肋，清白明亮，
雪白血红，汩汩流淌，
四肢深入，十字钉创。

双臂高举，拉扯僵硬，
双目昏迷，幽暗不明：
沉重下坠，如石双胫。

我的双足，鲜血浸染，
钉痕宛若，大水漫灌。
我的天父，恕人罪愆！
借诸创伤，向你哭喊！

六

一众男女，将我瞩目！
为了尔等，我受苦辱！
看我后背，鞭痕累累：

看我肋旁，血滴下坠。
我的手足，钉上苦木；
头顶茨冠，满面血污。
从顶至足，从左至右，
浑身上下，身前身后，
尔等可见，血汗横流。
五处创伤，皆为尔受！
尔等该当，向我回头。

七

耶＝耶稣；玛＝玛利亚

耶：童贞母亲，上前观看！
　　你的儿子，被钉树干，
　　手足被钉，无法动弹，
　　身被百创，苦痛不堪。
　　浑身上下，伤痕累累；
　　头顶四周，荆棘包围，
　　血流成河，濯洗双肋，
　　双目失明，一片漆黑。

玛：我的至亲，我的爱子，
　　你犯何事？为何在此？
　　你的妙体，曾驻我身！
　　你的双唇，我曾亲吻！

十字架上，成你窝巢；
爱子告我，如何是好？

耶：约翰，为我接纳此妇！
女人，此后跟他同住！
我悬十字，孑然一身，
毫无援手，为救世人。
我须独自，完成此事，
为了人灵，亲身受死。
我体败坏，我血倾流；
我唇干裂，将水呼求；
他们递上，酸醋苦胆：
我今身死，为人罪愆。
若是人类，以爱偿还，
我甘承受，剧痛撕裂。
父啊，我将我灵交付：
我身死去，人得救赎。
为救地下，罪恶灵魂，
我入地狱，地牢屈尊。
人之灵魂，尔为我伴：
我必不会，舍你孤单
尔须爱我，不可离弃
我的母亲，我心所系，
因她一直，将你救助：

直至将来，同她相扶
一同前来，我父住处，
永永远远，获享荣福。

八

我民，尔等我可亏待？
又如何将尔等伤害？
不要虚言，从实讲来！

我将尔等，埃及解救，
尔等令我，十架血流：
我民……

我带尔等，旷野穿行，
四十余年，平安带领，
天使食粮，尔等哺养，[①]
护送尔等，归还家乡：
我民……

还有何事，我未做到？
还有何恩，我未赏报？
我民……

① 指以色列人在旷野中所食的吗哪，从天而降，因此看作天使的食物。

白白馈赠，饮食衣物：
尔今给我，苦胆酸醋，
再用长矛，戳穿肋部：
　　　　我民，……

我为尔等，埃及征服，
头胎男儿，尽行杀戮：
　　　　我民，……

我为尔等，海水分离，
又为尔等，法老淹毙；
尔等将我，出卖仇敌：
　　　　我民，……

我以云柱，为尔引路，
尔等送我，彼拉多处：
　　　　我民，……

天使食物，尔等喂养；
尔等笞我，十字架上：
　　　　我民，……

我给尔等，纯水甘甜；
尔等饮我，酸涩苦胆：

我民，……

迦南诸王，为尔征伐；
尔将我头，苇鞭击打：[1]
我民，……

我送尔等，天堂冠冕，
尔等赠我，荆棘茨冠。
我民，……

我待尔等，毫无亏欠，
尔等将我，十架高悬：

我民，尔等我可亏待？
又如何将尔等伤害？
不要虚言，从实讲来！

① 参阅《马太福音》（27:31）。

敬拜诗

导读

敬拜诗（poem of Adoration）所反映的是盛行于中世纪时期，对耶稣基督以及圣母玛利亚的虔敬表达，其基础则是流行一时的默想（meditation）、默观（contemplation），以及交托自我（self-surrender）的传统宗教习俗。在这些传承中产生了重要的基督教神秘主义（mysticism），其中常见的一个主旨便是敬拜者对进入与敬拜对象之融合状态的渴望，在这种渴望的表达中往往会体现出爱情的语言，这也造就了一些敬拜诗的特色。

在下文选择的诗歌中，第二首体现的便是这种爱情的甜美，而其简陋、重复的手法也是13世纪早期创作的特点。第六首表达的则是一个男子对基督的炽热爱火，体现的正是一种真正的神秘主义爱情。这首诗被认为是14世纪的著名宗教诗人，汉普尔的罗尔（Richard Rolle of Hampole，约1300—约1349年）的作品。罗尔的大部分作品都是拉丁文的，而其英文作品在英语文学史中占据了重要地位。他的一些拉丁文作品在其死后被译为英文而流传开来，这里所选诗歌的1—60行便是其名著《爱的火焰》（*Incendium amoris*）的直译。

第三首是13世纪早期的作品，为圣母玛利亚的五种欢喜（Five Joys）的每一种都谱写了一长段诗词，而这五次喜乐事件就是后世流行至今之《玫瑰经》（*Rosary*）中“欢喜五端”的主旨。第五首出自15世纪，其篇幅固然短小但是却广为人知。出自14世纪的第一首反映出的则是圣歌对世俗歌曲的借鉴——其歌词很明显来自宫廷爱情诗歌背景。

最值得注意的是第四首，其作者是13世纪的方济各会会士，哈勒斯的多玛斯（Friar Thomas de Hales），一位当时少有能够精通拉丁文、英文、法文的学者。这首诗作于1272年之前，主题是鼓励一个女性初学者将基督作为其配偶情人，摒弃世俗的情爱。诗中对一众男女英豪名宿之易逝与死亡唏嘘感慨，对基督之爱的永恒与珍贵倍加赞扬；这种主旨成为后续四百年宗教诗歌的范式，而数目众多的此类诗歌为彼时独身、贞洁的隐修院生活罩上了神圣美丽的光环，引起众多信徒向往。

正文

一

所有他爱，宛若月亮，
地上野花，枯萎绽放；

又如花蕾，绽开即萎；
白驹过隙，岁月如飞。

所有他爱，始于甜蜜
眼泪苦难，它的结局：
救我之爱，只有一种，
唯独安身，天君怀中。

永远青春，生生不绝，
永远完满，从不亏缺。
总是甜美，百苦不侵，
恒久绵延，永不穷尽。

所有他爱，我求唯一：
快告诉我，藏身哪里！
“玛利亚处，温驯万福，
更多之爱，藏身基督。”

基督已然，将我找到：
用力将我，紧紧拥抱！
赐我之爱，悠然恒久！
因我担心，它会腐朽。

可是我心，伤痛依旧；

察觉心中，鲜血涌流。
神已弃我？我不牵挂——
只需他将，旨意下达！

身在罗马，如何行事？哀哉！
我的言辞，来自宫廷之爱：
“人言令我，遭遇大祸，
除非上天，伸手救我。”

二

致圣母的善祷

圣玛利亚，耶稣温柔母亲，
我生命之光明，亲爱夫人，
我在此下跪，宣誓效忠你，
我所有心血，全奉献给你。
你是生命之望，我灵之光，
我心之喜悦，救恩之保障。
我当全心全力，将你尊敬
日夜为你献上，赞美歌吟。
因你已多次将我来救赎，
从地狱领我走上天堂路。
亲爱夫人，我要将你重谢，
一生都感谢，片刻不停歇。
所有基督徒都要敬拜你

满心欢喜，咏唱赞歌为你，
因你救他们于魔鬼掌握，
送他们欢欣到天使之国。
的确，亲爱夫人，我等当赞美你，
的确，充满爱情，虔心来恭敬你。
你的荣福超越一切女性；
你一生与良善超乎众生。
所有贞女同心将你尊敬，
你，贞女之花，神座前侍奉。
地上女性中，你举世无双，
天堂世界里，你冠绝群芳。
你在天宝座，革鲁宾环抱，
你同你圣子，色拉芬围绕！[①]
在你面前，天使鸣奏乐章，
伴随吟咏乐器，交替奏响，
在你台前，欢快起舞吟唱，
妙目不移，对你敬礼凝望。
你的荣福凡人无法明晰，
因为天国掌握在你手里。
你的伙伴，擢升君王皇帝

① 革鲁宾（Cherubim，单数cherub，也译作“基路伯”）、色辣芬（Seraphim，单数Seraph，也译“撒拉弗”）是《圣经》中出现的天使，前者被看作普智天使，后者是炽爱天使，往往侍奉于上主身边，传统上被看作最高天使。

赐予皇袍、手镯、黄金戒指。[①]
又赐他们，安和甜美荣福，
免受死亡、伤害、悲哀之苦。
红色、白色，[②]荣福绽放天上，
不许他们，品尝寒雪严霜：
在永恒夏天，这从不发生，
他们没有任何软弱伤痛。
在世将你尊敬，一生洁净，
毫无罪愆，如今安享宁静。
苦愁绝缘，乐居天上无虞：
不会哀哭，无须品尝地狱。
手持金色香炉，芬芳四溢，
获享永生，天使同居合一。

人心无感知，头脑不清楚，
口舌难表达，人言不能述，
你准备了何种天堂荣福
给那些人，为你日夜受苦。
属你之人，披上洁白长袍，
头顶披戴冠冕，金光闪耀；
皮肤气色，闪烁百合玫红，

① 这些都是传说史诗中王族的标准象征。

② 红色可能象征殉道者的鲜血，白色象征纯洁无瑕，这都是教会非常看重的圣德。参阅《启示录》（7:13—14）。

他们无限欢喜，不绝吟咏。
冠冕之上，各种宝石镶嵌，
一切愿望，都得顺利满全。
奉你爱子为王，你为王后，
风霜雨雪，永不须再忍受，
黑夜不再，白日照亮每天，
欢唱平安永驻，不再争战。
幸福层层叠叠，不再痛苦。
欢悦弹拨竖琴，永享幸福。

　　所以，亲爱夫人，我等卑贱期盼，
你将我等，拯救脱离悲惨世间。
我等最高的喜乐，绝不在此处，
而是天上将你敬拜，与你共处。
慈爱天主之母，高贵童贞温柔，
在此世上，无人如你，空前绝后。
最崇高之童贞母亲，始胎无玷，
你神圣安居，在那天使之高天，
那里，所有天使天军，一切神圣，
赞扬歌颂你为生命泉源大能，
他们说你分施恩宠，从不羞辱，
敬拜你者，从来不会悲戚孤独。
最尊贵者，你位列你爱子之后；
我灵最坚固之依靠，绝非虚构。

整个天堂之中，充满你的荣福；
整个大地之上，你的仁心遍布。
你的仁慈良善，如此大能有力；
殷切祈求之人，总是无往不利。
哀求仁慈与恩典者，你都施宠，
尽管他们罪也深重，苦也沉痛。
为此我将你来哀祈，天上皇后，
若你圣意准允，俯听我之哀求。

我祈求你，夫人，借天赐之问候，
来自天上君王，借加百列之口：
我借耶稣基督宝血，将你恳求，
它为人的好处，十字架上倾流：
我祈求你，借你心中满腔悲痛，
他去世时，你就在他面前恭候，
求你让我洁净，不论里里外外，
让我能够不再被那罪过击败：
因那可恶魔鬼，带来各样污垢，
让我将这些都远远抛诸脑后。
我宝贵生命将永远渴求你爱，
因为好运、生命，只来源于你爱。
我正受苦、呻吟，只是为了你爱，
我已抛弃享受，皆是为了你爱，
我献给你一切：爱人，想想这些！

有时我将你得罪，我真心忏悔。
念及基督五伤，示我仁慈恩典，
因为，你若不宽免，我已能看见
地狱深处受刑，焚烧直到永远。

　　你从天上固定之处将我照看，
看我所处，我的行动，赐我恩典。
若你对我的邪恶已做出报复，
我深知早已失去了天堂永福。
而你却因温良，容忍我的罪过，
如今我期盼，将一切过犯摆脱。
我想地狱的痛苦可与我绝缘，
只要我做你忠仆，来到你面前。
我全属你，自从今日直到永远，
借神和你恩典，我生永得保全。
至亲爱夫人，我对你如此渴望，
除非你拯救，我才将喜乐品尝。
我祈求你，陪伴我一路到那去，
特别将你的爱，分施于我些许。
当我离开此生，请接纳我灵魂，
保护我免受死亡残酷的围困。
若你圣意赐死，给我可靠保护，
因为只有你，是我灵魂的辅助，
那些可憎恶习，将我灵魂奴役；

除你外无人能救治这些恶疾。

你尊贵圣子外，我唯独相信你：
让我暂度此生，全以他的名义！
护我安然逃避，那仇敌之掌握，
更不可任由它，投我地狱热火！
求你亲手环抱，我才做得最好，
若我卑贱蒙福，你获一切荣耀。
你不会因邪恶，把任何人放弃，
他只需求宽恕，自愿来做补赎。
你的意愿就是，除去我的惩罚，
你对我的照料，是我难以表达。
我的苦愁、眼泪，我的错误思想，
所有这些为你，都能轻易补偿。
在我之内心里，毫无美好可言，
更不敢来吹嘘，什么美德表现，
然而凭借你那，广为传播仁慈，
我祈求，让我能洁净不再羞耻！
魔鬼与我激斗——对你毫无光彩——
若你允它获胜，它要卷土重来，
因它绝不乐见，你受人之尊崇，
或是爱你之人，个个其乐融融。
你自知晓，魔鬼恨我从头到脚，
正因如此，我献给你赞美荣耀。

　　为此我来求你，将我指引保护，
让它不再折磨，幻觉把我诱捕。
指引保护我，夫人，以你的温良，
赐我能将那天堂之荣福分享。
若我堕落不顾美德，我会赔补，
承认悔过，夫人，向你躬身俯伏。
无论何种事物，无法把我阻止，
若借你圣意，我拥有生命、福祉。
愿我在你脚前，匍匐流泪痛哭；
愿我赎罪意愿，就此得到满足。
我生、我爱、我血属你，亲爱夫人，
我斗胆说：你属于我，我的夫人。
天上地下，你都拥有，一切尊贵；
拥有一切福乐，是你堪当相配。
如今我祈求，借着基督的爱德，
你将你的爱与祝福恩赐于我。
让我保持身体，上下洁净无玷，
让那全能天主，因其无限良善，
允我在高天，荣福中把你觐见。
今天，我所有朋友都祷告求你，
都在我所吟唱，这首英语歌里。①

① 祈祷的标准语言是拉丁语，这里作者似乎用虔诚来为英语祷告造成的不安进行补偿。

如今，我借你的神圣恳求，
将你的隐修士带入永福，[①]
是他为你作歌，亲爱夫人，
圣玛利亚，耶稣良善母亲！

三

宣报（anunciation）[②]
圣玛利亚，尊贵夫人，
充满大能，你为母亲，
天上王后，美丽风采！
天主派遣，加百列来，
随他一路，圣灵降临
进入你内，胎中安身。
天主圣言，你已听闻，
款款接待，温和柔顺，
平静开口："主旨完成！"[③]
你的心灵，坚定纯真。
为此欢喜，亘古未见，
尊贵夫人，示我恩典！

---

① 此处点出了这位作者的身份是一名隐修士。

② 指加百列天使向玛利亚宣报基督的诞生，参见《路加福音》（1）。

③ 参见《路加福音》（1:38）。

圣诞

圣玛利亚，温柔母亲，
赐你亲子，天上父亲：
欢喜如斯，空前绝后。
残忍魔鬼，凶猛好斗，
天主化工，竭力摧毁
所用武器，苹果一枚。
夫人，你给人类福乐，
击败仇敌，脚踩恶魔，
当你诞下，你的圣子。
为此缘故，喜乐如此，
求你开恩，让我能够
全力歌咏，赞你不休。

复活

圣玛利亚，天主之母，
世界之后，天主使徒，
如何能够，受此大苦！
背叛你子，犹大恶徒，
犹太人等，将他抓捕——
密谋设计，十架钉死。
三日之后，复活之时
重获新生，诸痛休止：
欢喜如斯，从未知之。

夫人，荣福由此肇始
你大欢喜，皆因你子，
为此宽赦，我恶行止。

升天

圣玛利亚，童贞母亲，
伟大至尊，超群绝伦，
俯身聆听，哀求之人。
至大荣福，被及你身
正值耶稣，升天之时，
你所亲见，你的亲子。
天主右手，高天端坐，
统御万民，实为应得。
我等可闻，我等可见，
夫人，借你至尊恩典，
天堂之上，亮丽荣福。
圣玛利亚，为我祝福！

升天

五种欢喜，首推此次
天堂之上，重见你子
款款飘逸，走向亲生。
如今之你，天后荣升
紧挨你子，风采照人；

尊贵夫人，人类敬仰。
喜乐之中，荣福绵长，
无休无止，直至永远，
你为天后，毫无异言。
因此种种，喜乐绵延，
夫人，赐我所求满全。
永不将我，遗留外边！

四

（原为拉丁文）此处开始的是方济各会会士哈勒斯的多玛斯为一位年轻女子奉献给天主而作的诗歌。

基督贞女，恳切请求
　让我写下，情歌一首，
借此歌曲，她可学习
　别样真爱，尝试努力，
众男子中，找到最真，
　最佳男子，取悦芳心。
贞女之求，如何拒绝？
　尽我所能，助其善学。

贞女，你要仔细查看，
　世俗爱恋，皆属颟顸，
诸种邪恶，将其围攻，

　诡诈不实，恶劣欺哄。
昔日豪杰，叱咤英勇，
　皆如清风，飘散无踪；
地下长眠，败坏腐朽，
　宛若苇草，踪迹不留。

观诸人类，皆为血气，
　无人此世，长生不息，
皆因凡尘，怨苦重叠，
　夺人安宁，难得一歇。
人生千日，日日赴死，
　地上诸求，皆为暂时。
不意之时，死亡降临，
　哪管胸中，踌躇满心。

不分贫富，勿论主仆，
　时辰一到，即刻趋赴，
万事万物，毫无帮助，
　金银貂裘，于事无补。
神行太保，亦不可逃，
　一时一刻，不得乞讨：
俗世凡尘，如你明辨，
　诚如幻影，消逝不见。

这个世界，转瞬即逝：
　这边出生，那边辞世；
往昔领袖，如今末流；
　昨日偶像，今日大仇：
往返如斯，盲目游荡，
　爱此世者，皆此下场。
此世价值，眼见坠落；
　美德消亡，滋生邪恶。

此种爱情，不会久长，
　你却糊涂，念念不忘，
此爱狂醉，终将消退，
　虚无短暂，徒留后悔，
每时每刻，邪恶不坠，
　弥留之际，徒生伤悲。
痴人妄念，不舍紧追，
　宛若秋叶，终必枯萎。

人生苦短，痛若分娩。
　一时情浓，一时伤感；
一时降诞，一时离别；
　一时暴怒，一时笑靥；
痴痴初恋，起伏不稳；
　今朝爱人，明朝仇恨。

此种真意，无人窥探；
　将此依赖，实属疯癫。

倘若有人，此世富贵，
　此人之心，焦虑憔悴；
满心担忧，招来盗贼，
　忧愁惊惧，夜不能寐。
为保财富，精心准备，
　唯独良心，毫无忏悔。
这笔交易，有何优惠？
　一切盈利，死亡讨回。

帕里斯、海伦，今日何在？①
　俊男靓女，何处徘徊？
阿玛达、艾多因，动人美丽②，
　崔斯坦、伊索德，芳踪难觅！
赫克托耳，力大无比，
　恺撒大帝，举世无敌；
喧嚣一时，风停雨住，
　又如麦穗，顺坡倒伏。

---

① 包括下文的赫克托耳，都是希腊神话中的著名人物，帕里斯夺去斯巴达王美丽妻子海伦，从而引发了特洛伊战争，赫克托耳是特洛伊战士，勇猛无比，终被阿基里斯所杀。

② 阿玛达（Amadas）和艾多因（Edoyne或Idoyne）等都是中世纪爱情小说的主角，原文为法文。

仿佛此世，从未经过，
　生平伟业，无人述说。
听闻到此，能不叹息，
　这般人等，有何隐疾？
活在世上，曾受何苦？
　往日风光，皆为尘土。
此世友朋，皆为虚妄：
　真心交托，不啻疯狂。

即便有人，出身贵族，
　富如亨利，英国君主，①
俊美宛如，阿贝沙隆，
　英俊潇洒，天下名动，②
荣华若此，转瞬可逝：
　身后更无，名垂青史。
女孩，你若有意，寻找情人，
　我就讲述，真正人君。

何等甘美！你真不知，
　俊美懿德，加于此子！
形象悦目，光彩照人，

① 这里是指英王亨利三世（1216—1272）。

② 阿贝沙隆（Abshalom），也译作“押沙龙”，为大卫王之子，以貌美著称，曾弑杀其兄，反抗其父，参见《撒母耳记下》（13—20）。

　活力盈盈，谦恭温存，
爱心流溢，真实忠信，
　宅心仁厚，睿智聪敏；
与之相遇，终生无悔，
　只需靠他，将你护卫。

大地四极，唯他富贵：
　四方之内，有口皆碑。
一切人等，由他掌管，
　无论东西，勿分北南。
英王亨利，我等君主，
　在他面前，甘作奴仆。
女孩，与你结识，乃他真心，
　为此目的，他已动身。

他不要求，人民土地；
　或是嫁妆，丝绸毛皮；
他无渴求，也无需要；
　土地财富，本就富饶。
若你给他，整个真心，
　从此往后，做他情人，
他会为你，披上华衣，
　君主帝王，艳羡不已。

我且问你，可曾亲见，
　所罗门王，手创宫殿？
宝石碧玉，纯金打造，
　种种珍宝，辉煌闪耀。
百倍千倍，胜过此殿，
　有一住所，难以譬言。
女孩，此处可成，你的家园，
　若你与他，定下婚约。

墙高沟深，塔楼冲天，
　这座宫城，无法攻陷。
工兵[①]铁铲，攻城器械，
　无法撼动，将其攻陷。
城中荣福，喜乐赞歌，
　疗愈一切，悲痛苦涩：
女孩，此处可成，你的地盘，
　包括其中，一切福源。

城中挚友，不会离叛，
　深厚友情，恒久长绵；
憎恨愤怒，无法驻足，
　无人隐含，轻蔑傲慢。

① 工兵（miner），专指以前挖掘地道攻城的工兵。

城中诸人，天使共舞，
　天堂永光，平安共处。
这般人等，高贵一族，
　全心全力，忠心爱主。

世上凡俗，无人可见，
　我主真容，夺目耀眼，
在那城中，将其直观，
　珍贵景象，何等喜欢。
此种神视，喜乐无边，
　白日光耀，黑夜不见。
女孩，内心可否，欣喜若狂，
　这等骑士，陪伴身旁？

金银嫁妆，如何匹敌，
　他的言辞，宝贵珍奇？
他求真爱，守护闺房，
　要你保持，懿德芬芳，
奸邪淫棍，不许靠近。
　谨慎小心，卓尔不群，
皆因芳表，闭月羞花，
　需将城池，尽心护防。

有一宝石，出自远方；

　远胜他处，天堂家乡。
所有美德，以它为首，
　一切情殇，有它无忧。
啊！少女生来，皆有此宝，
　保全之人，实属高超！
一旦丢失，永久消逝，
　毫无手段，重新开始。

这等宝物，我来明告：
　它的大名，叫作“贞操”。
这颗宝石，超群绝伦，
　更有本事，带来大恩，
保你纯真，洁净美名，
　带你进入，天堂化境。
紧紧守护，你的衣裙，
　珍爱洁德，芳香超群。

诸种宝石，你若尽知，
　可有一种，带来恩赐？
紫色水晶、青白玉佩，
　琥珀黄玉、湛蓝宝贝，
碧玉玛瑙，熠熠生辉，
　绿玉翡翠，青绿玉髓？
一切珠宝，辉煌璀璨，

　　唯有贞操，傲立山巅。

女孩，如我所言，我心目中，
　　你的闺房，最为贵重，
纯净色泽，辉煌百倍，
　　一切宝石，不可媲美。
究其原料，天堂纯金，
　　满满注入，最真爱心。
唯愿众人，珍爱其光，
　　瑰丽无限，天堂闺房。

因你曾经，将我求问：
　　为你选择，爱侣纯真，
我将开口，竭力表达，
　　尽我所能，择其最佳。
最坏之事，莫过于此：
　　二人之间，自由择之，
昏头昏脑，毫无心智，
　　抛弃佳偶，宁选残次。

女孩，谨将此歌，寄去给你，
　　毫无任何，隐晦私密；
我今劝你，展卷细读，
　　字字句句，记忆纯熟，

有它相助，恩典倍添；
　其他少女，一并推荐。
无论是谁，全文牢记，
　于她而言，倍增裨益。

无论何地，睡眠就寝，
　展阅我书，笔耕辛勤，
轻声曼曼，将其歌吟，
　书中所言，恪守严谨。
上主天主，将你守护，
　时时刻刻，降恩祝福，
慨然恩准，做他新娘，
　立他身旁，端坐天堂。

祝愿之人，一生有福，
　是他提笔，填词赋曲！

五

亚当躺卧，身受束缚，
粗壮锁链，将他绑住；
四千寒暑，消逝不再，
他还以为，不过几代。
一切缘于，一只苹果，
那只苹果，他手接过，

神圣信徒，可以查阅，
你等圣书，详述无缺。

若那苹果，未被吞食，
就是已被，吞食那只，
圣玛利亚，绝无缘由，
最终成为，天上皇后。
真正有福，那一时刻，
被人吞食，那只苹果！
因此，我等真须高呼：
“感谢天主！”[①]

六

在基督内，真爱永远牢靠；
贫贱富贵，无法动摇分毫；
日升月落，旅程来到终点；
蒙福之人，必得真爱相伴。

爱当全心，关注爱人心愿；
爱如真火，永远不会熄灭。
爱可除罪，引我重返天乡；
爱将欢唱，热吻来自君王。

① 词句原文为拉丁文：*Deo gracias*！

地上凡俗，恐惧回避真爱，
旅途艰险，爱在天堂加冕，
爱引导我，靠近极乐宝地
就在此处，人灵基督合一。

爱胜炭火，炽热永恒不移，
爱无欺诈，热焰谁人可敌?
爱可抬举，令我安赴天堂;
爱为依靠，基督灵内为王。

专注此爱，方能赢得永生;
心无旁骛，爱能抹去伤痛;
灾祸之时，紧靠其心援助;
赢得占据，爱他永不辜负。

救主耶稣，赐我你的挚爱;
我无他求，将你真心敬拜。
若是我灵，将你赞歌颂扬，
不再忧愁，唯将你爱向往!

你爱无涯，将我灵魂燃烧，
生命热力，无物可以阻挠;
造化我心，亲手将之塑造!
世俗爱欲，抗拒毫不动摇。

若我心神，向往世间凡俗，
以它为乐，全心将之呵护，
我须惊恐，因此失爱受苦，
灵魂遗失，悲惨必成归途。

宛若割草，一时青绿悦目，
转瞬枯焦，尘世乐趣同途。
此世如斯，直至终结一刻；
无人有幸，逃避苦难折磨。

独钟真爱，憎恨罪过污秽；
灵魂归主，我等可居他内；
因他拯救，迫切找寻灵魂，
你将蒙福，心中天国留存。

爱之本质，在于真实无假，
流传永恒，不因新事变化。
无论何人，心中将爱获取，
不须忧虑，内心长存乐趣。

与天使同，将爱给予上主，
切勿糊涂，将爱卖予世俗；
杜绝种种，威胁真爱权能；
爱可征服，死亡地狱蛮横。

爱无负累，老少因之欢喜；
驱散焦虑，爱人只讲真理。
灵魂美酒，爱可增强活力；
心中有爱，人人从其得益。

上主情人；爱将血肉连接；
人类至宝，若只以爱为悦，
普天之下，绝无更佳目的；
我的爱人，与我合二为一。

肉欲之爱，宛若五月野花，
白日炎炎，瞬间枯萎风化。
苦怀当日，欢喜骄矜欲念，
究其归途，唯余绵绵哀怨。

肉体交叠，灵魂陷入惊畏，
终受审判，倘若真正获罪，
究其根源，皆因龌龊生平，
地狱洞开，黑暗为其报应。

富豪权贵，身受烈焰之苦，
羞耻恶行，当在火中赔补。
渴求真爱，应当击节高唱，
吟咏基督，主爱得胜常常。

美丽容颜，不惜代价求见；
永恒之爱，方能解我哀怨；
见之知之，终结一切痛苦，
哀伤之歌，化作明快音符。

爱圣婴者，终生获享喜乐；
他乃耶稣，最是良善温和。
纵有罪过，爱他不会惊心；
神怒诸恶，绝不将他靠近。

我愿讲论，他的俊美迷人，
我心跳跃，治愈一切病根；
难忘其爱，将我全心吸引，
流血手足，赎我危难灵魂。

面睹其容，我心欢快碎裂。
圣爱炎炎，最是令人喜悦，
爱之恩典，夺去我之一切；
世上万物，难将真爱超越。

我心悲戚，十字苦木哀哭，
基督被钉，曾在其上受辱。
我心大恸，念其谆谆哀告：
人啊，离弃罪过，是它造此恶报！

真爱醉人，超越一切言语；
挚爱之人，神佑免下地狱。
喜乐永远，身系爱中之人，
获神天佑，对头手中脱身。

耶稣，你令白昼，摆脱黑暗发光，
守护我等，尊称你为君王。
哦，永恒之爱，我等敬拜，
赐我恩典，爱你永远！

罪过与死亡诗

导读

在民间，天主教的传统救恩观念中有所谓的“万民四末”之说，它包括四个主题：死亡、审判、地狱与天堂。信徒被鼓励要常常默想反思死亡、审判、地狱的恐怖，以及天堂永福的美好，从而能够激发起敬畏天主之心，找寻到引导约束自己向善避恶的道德力量。中世纪时这种民间灵修思想极其普遍，而反复发生的瘟疫更是助长了这种观念的流行与深入人心。这里选出的诗歌便折射出了上述的主旨。

第一首其实是一首歌曲，也是最古老的英语歌之一。第二、三首也非常古老，大约出自13世纪初期。这些诗行中处处显示出在死亡威胁下对“此世”和“肉身”的忧虑与绝望，只有在基督信仰内的灵魂得救才能抵消这种生之忧虑与死之恐惧。第四首则融入了一丝自我称义的自信，而灵魂对肉身的讲话更是当时的流行主题。

第五首中“死亡的标记”是13世纪普遍出现的主旨，其原文本是拉丁文，被认为是圣热罗尼莫的手笔。该诗曾对民间歌谣产生巨大影响。第六首是现存的最古老十行诗，且只采用了两个韵脚。这首诗现存大量手稿，这可证明其当年的流行程度。第七首将人生看作了有序的阶段，每一阶段都可与《圣经·传道书》中谈到的空虚对应。原诗的第六阶段莫名其妙地切换成了第一人称。第九首以著名的“*Ubi Sunt*”（在何处）主题开始，在体现对人世的消极批驳同时，更呈现出一位英勇基督徒骑士奋力争战、通往天堂的形象。第十首是另一首13世纪早期的诗歌，其主旨是以童贞玛利亚为转祷者，向其忏悔并祈求神的谅解。

正文

一

夏日正浓，我心轻松，
　　　鸟儿欢歌吟颂；
须臾之间，狂风骤起，
　　　风暴肆虐无忌。
　啊！长夜漫漫，
　我，罪过满满，
悲痛、悔过、斋戒。

二

此世这一生
漂浮随阵风，
哭泣、黑暗
　　　痛苦不断。
风起我们兴盛，
再起随即凋零；
哭泣着我们前来
同样也要离开。
　　　阵痛中我们开始，
　　　阵痛中我们终止；
　　　恐惧中我们停住，
　　　恐惧中也要谢幕。

三

当土壤包裹你如高塔，
而你的卧房陷入地下，
蠕虫兴趣盎然，
布满皮肤与喉结。
那时你的助佑，
多少此世可求？

四

某人平时强壮无疾，
厄运突降灵魂扭曲；
告急求助到神父处，
神父促他转向基督。[①]
在神父前耗尽气息，
此人转入死神手里。

他们将他裹上破布，
将他放入一间窖库。
破晓时分，四方来人，
抬出他那败坏尸身，
挖个坑或石头覆盖，
将那可怜遗骨掩埋。

灵魂对尸体说："悲哉那日！
当我在你内居留于尘世！
周五从未斋戒直到午时，
周六从未将穷人来扶持，
主日从未进入教堂一次，
哪天也没有基督徒行实！

① 这是指病人临终时请神父来施行"终敷"圣事，是天主教的七件圣事中的最后一件，一般包含告解、敷油、圣体圣事三项，今天则称为"病人敷油圣事"。

尽管你曾如此自命清高，
英俊面容身材更是高挑，
却土中安身受蠕虫咬噬，
遭受爱美之人厌恶排斥。”

五

当我双眼迷蒙，
双耳也已失聪，
鼻子渐趋冰冷，
舌头卷曲僵硬，
双颊松弛塌陷，
双唇黯黑两片，
嘴巴肿胀突起，
口水不由下滴，
头发根根直立，
心跳缓缓平息，
双手颤抖不停，
双脚石化坚硬，——
已太晚，已太晚，
棺材已到门前！

我即刻将离开，
从床头到地板，
从地板入寿衣，

　　　从寿衣到棺材，
　　　从棺材到坑里，
　　　然后被封闭起。

我的新房盖在脸面，
此世关怀消失不见。

六

人啊，你只梦想长生，
直至躺倒，突然迅猛。
风雨代替你的平安，
你的丽日一片惨淡；
想起一事，牙齿打颤：
“一切青绿终将枯亡。”
悲哉！没有任何皇后君王
能够逃避死亡笼罩：
你猝然从高位仆倒，
　　　犯罪行径弭消！

不管强壮、机敏、坚挺，
无法躲开死亡陷阱：
勿论老幼还是俊秀，
他的威力毁灭所有！
他的魔爪迅疾可怕：

伸出人人躲避不暇。
悲哉！祷告眼泪，不改分毫，
别提贿赂、欺瞒、汤药；
人啊，抛弃罪过享乐！
　　　用心闭门思过！

智者所罗门已成风，
人啊，他曾如此繁盛！
遵循他的教诲箴言，
你就绝对不会走偏，
不论结局如何浮现。
将来代价你要害怕，
悲哉！你以为善行可买下
那永生与天堂荣福——
可死亡正漂浮近处，
　　　将你彻底征服！

人啊，想想如何离去，
细思你深陷何困苦：
生于污秽，长于污秽，
蠕虫把你吞噬养肥。
还未品尝三日幸福，
此地上，一生都是痛苦。
悲哉！死亡将你拖入泥土，

你却幻想皇位永驻！
你见好运正变苦楚，
　　　喜乐转为哀呼。

世俗财富引你迷途；
它们是对头，我清楚。
浮华享乐将你瞒哄，
送你悲惨灾祸手中。
因此，人啊，放弃享乐！
为将你的永福获得。
悲哉！你却只会堕落屈服，
只一两次，享乐做主，
却挣下了永远痛苦。
　　　人啊，切莫糊涂！

七

人的十个年代

　　　　　　十个钟点从早到晚
人的一生宛若　十个小站散布路边
　　　　　　十个辐条不停旋转

1. 你的丑态惨不忍睹，
　虚弱胜过一切造物。

2. 整个世间，你只游戏：
越是游戏，越不停息。

3. 财富教你把人小看，
富人面前，人人溜舔。

4. 如今，找到你心所愿：
小心，因它不会绵延。

5. 你曾强壮，今却衰微：
你曾轻盈，今却负累。

6. 一生尽是，悲伤忧愁，
死亡来临，一切带走。

7. 你心你口，颇具才智：
一生功过，很快显示。

8. 此世一切，正抛弃你，
死亡已到，把你带离。

9. 男男女女，一种结局：
空身而来，空身而去。

10. 生命你无须再担心
　蠕虫已将你做食品。

八

一种转变真艰难
快乐尘世到墓穴；
还有更难是迷途
错失天国之荣福；
最难的却是走上
永恒大祸的方向。
我们内心欢喜丧失殆尽，
我们所有幸福转为苦刑。
我们头上冠冕掉落不见：
我们犯下罪过，悲哉那天！

九

"*Ubi Sunt qui ante Nos Fuerunt*" ①
前世之人，如今在何处？
曾架鹰驱犬驱赶猎物，
　占据林地田园。
高雅贵妇，端坐绣房中，
鲜美靓丽，如花般面容，
　发网金光闪闪。

① 拉丁文，意思同下一行的首句。

他们曾把酒欢笑吟唱，
梦中自以为时光久长；
　仆从屈膝伺候。
他们以为人人在其下，
然而就在眨眼之刹那，
　灵魂堕入深幽

豪迈欢笑歌唱，今在何处？
还有长裙摇曳，青年贵族？
　鹰犬又在何方？
他们的欢乐尽数消灭；
他们的喜悦化为卑劣，
　苦痛深重难扛。

在世时他们欲念比天高，
如今他们存身地狱火窑，
　火焰永远不熄。
漫漫长夜无人能忍受，
绝望的束缚不见尽头；
　永远无法逃离。

人啊，要明智并庆幸品尝
尘世间的些许小小哀伤；
　常常节制享受；

当你忍受难挨的苦恼，
好好想想天上的赏报，
　可减世上苦忧。

若是魔鬼，这丑陋的恶狗，
还未将你摔倒在地头，
　借它恶言鬼魅，
你要坚守，不可再倒地，
将那一次次试探抗击；
　成为神的侍卫。

将十字架高高举擎肩上，
想想他曾自愿走向死亡，
　献出至尊生命。
你要回报他所赐礼物，
举起复仇的棍棒追逐，
　直到对头丧生。

让真正信仰做你的盾牌，
守护你在疆场百战不败，
　心手更有勇力。
用矛头击退你的对手，
将其征服以神的名头；
　赢得至福之地。

因为那里一直白昼光明，
永远伴随天主勇力大能，
　杀死所有对头。
神亲自分施每日生命，
毫无苦楚，日日享宁静，
　幸福无虑无忧。

童贞的母亲，天上之皇后，
魔鬼当道，请将我等护佑！
　是你大能所愿。
赐我力量，抗拒众罪污，
让我永远，将你子目睹，
　就在荣福宝殿！

十

圣母玛利亚、童贞之母亲，
我真需要你的明智导引！
我过着这卑贱生活太久，
每每念及时便惊惶颤抖。

种种邪恶，将我紧抓不舍，
大罪小罪，犯下种种罪恶。
无论昼夜，我渴求来赔补：
天主上天恩典，将我看顾！

沉睡中，我生命已过大半。
走开！我对之厌恶已太晚，
纵然死后，我将沉睡永远。
哦，警醒之人请听我劝言！

沉睡太久之人，永不醒转！
想起审判那日，人该打颤，
抖掉一身邪恶，付出行善；
否则死时，他的裤腰乱颤。

沉睡偷去生命我未察觉；
如今双眼睁开清晰明确。
满头金发宛若浸染变白：
昔日红润面庞早已不再。

长久犯罪不停，以行以言，
有时在床上，有时在桌边；
酗酒无度，不醉绝不罢休；
肆意挥霍，钱袋一文不留。

最好的财富乃嘉言懿行：
裸者裹衣，饥者馈食饱饮；
愚者施与教化，聆听智慧；
忠爱全能天主，将之敬畏。

自有能力作恶，我罪满怀；
以言以行，四肢五体为害。
我罪引我伤悲，我今忏悔，
早该如此，凭借基督慈悲。

仁慈之母，助我重塑脾性，
爱主爱人，真知注入我灵；
令我刻苦肉身，战胜敌仇，
温和良善，直至生命弥留。

圣玛利亚，聆听我的罪孽，
向你圣子，转达哀告恳切，
他的体血，借着清水饼酒，[①]
保护我等，地狱诸刑免受。

的确，我曾经暴饮暴食，
虚荣作祟，披戴华服装饰。
曾聆听主言，却口无遮拦：
念及此事，惊惧颤抖不堪。

① 清水指代洗礼，饼酒指代弥撒圣祭中的圣体（圣餐）圣事，且在天主教教义中，饼酒在弥撒中会成为真实的耶稣体血。这句是指要借着弥撒礼仪、圣体圣事的恩典得救。

其他古英语诗

导读

这一部分收录的是几首古英语时期的诗歌，最早可溯源至7世纪。在那个时期，诺森布里亚隐修士们的作品不仅包括大量精美手稿、杰出的建筑以及雕像，而且还有丰富的各类基督教诗歌，其中大部分是关于《旧约》的故事或著作，这些著作无疑在其传教过程中被广泛使用。而这些英语古诗的另一个名称就是“凯德蒙诗”（Caedmonian poetry），以7世纪诺森布里亚的隐修士凯德蒙命名，因为他是我们目前所知的最早的英语诗歌创作者。据记载，他在见到异象之后无师自通开始创作诗歌，这些都被记录在了比德的《英吉利教会史》中。《凯德蒙之歌》（*Caedmon's Hymn*）至少有十七卷抄本流传后世，这说明其诗歌在盎格鲁－撒克逊时代受欢迎的程度。这是首次将日耳曼异教诗歌传统用在了基督信仰的主题之上，并为后世的盎格鲁－撒克逊诗歌奠定了方法与基调。

比德本人通常是用拉丁文作诗的，但有一首简短的英文警句诗却被归于他名下，被称为《比德的死亡歌》（*Bede's Death Song*），而在库特贝尔德对比德的死亡记述中的确提到，比德也精于创作“我们本地的歌”，且以“我们的语言”描述了灵魂离开肉体之时的可怖场景。所以，这首五行的小诗确实有可能出自比德之手。

在邓弗里斯郡（Dumfriesshire）著名的拉斯韦尔十字架（Ruthwell Cross）上，有人刻下了几句十字架所说的话。大约在 9 世纪时，一位匿名人士将它拓展成了一首长篇诗歌——《十字架之梦》（*The Dream of the Rood*），它被视为当时最伟大的基督教诗。诗中的基督被呈现为日耳曼式的英雄、勇士团的首领，而十字架和做梦者都是这一团体的成员。该诗完美融合了日耳曼世界的英雄诗与基督教世界流行的梦幻诗，将旧诗体裁在新的时代复活，在古英语诗歌中独树一帜。学者们一般认为，它属于古英语基督教诗发展的第二阶段，可能创作于麦西亚（Mercia）地区，因为所谓第二阶段正是于9世纪初期肇始于这一地区。

这一阶段的基督教诗歌基本上将耶稣基督塑造为英雄形象，同时也包括了许多基督教圣人的生平，当然还有一些比喻诗。在此处我们筛选出的三首诗出自一个十二首的组诗，被称为《将临期之歌》（*Advent Lyrics*）。将临期是指耶稣诞生之前大约四周的一段时间，要求基督徒通过祈祷、反省、斋戒准备迎接救世主耶稣基督的降诞，在礼仪上被看作新一年度的开始，是一个象征希望与喜乐的时期。这里选择的是第一、二、七首。第一首开头的几行已经佚失，它以建筑的比喻来赞美基督的神奇化工；第二首则是对童贞女产子的深入默思。第七首非常独特，是英语诗最早的戏剧性对话诗歌。全诗围绕着耶稣的父亲约瑟在与玛利亚成婚之前产生的误解，突出体现了约瑟内心的挣扎。

《人的命运》（*The Fortunes of Men*）一诗载于著名的“艾克赛特抄本”（Exeter Book或Codex Exoniensis），这是一部10世纪的文本，位列盎格鲁－撒克逊古诗四大抄本行列，[①]今收藏于艾德赛特主教坐堂图书馆（Cathedral Library），而本诗载于书叶87a—88b上。这首诗是在本笃会推动引领下，10世纪英语文学复兴的重要作品。“命运”是盎格鲁－撒克逊民族归附基督信仰之前的主导信念，但是，在基督教信奉神掌管一切的系统中，如何来应对这个来自民间的深刻信念呢？《人的命运》的作者提供了一种答案：任何命运的意外，都可看作神的恩赐。由此，异教信念中的终极权能，也被送入了神的大能之手中。

最后一首来自《达勒姆》（*Durham*）的残片，它属于古英语诗中仅存的两首地名诗，另一首是《废墟》（*The Ruin*）。本诗描述的即是位于威尔河（River Wear）畔之达勒姆城的雄伟地势，以及其浓厚的基督信仰氛围。1104年，圣库特贝尔德不朽的遗体被迁入了以他命名的宏伟主教坐堂中，而该诗就是创作于此事之后不久，它代表着古英语诗歌的收官之作。

① 参见《出埃及》导读。

凯德蒙之歌

我等须赞美天上守护者，
上主威能与他上智目的，
荣耀天父的工程；因他是
永恒之神，建造每个奇迹，
他，神圣的造主，首先塑造
天空作为人类子孙屋顶。
接着，人类守护者装点了
这下方中土（middle-earth）①——人类世界，
永生的上主，全能的君王。

比德的死亡歌

在动身踏上命定旅途前，
无人有足够智慧而不须
反思，就在那仅存的时日：
他的灵魂将会赢得福乐，
还是他死后那沉沉黑暗。

① 参见《出埃及》（注①）。

将临期之歌

一

……致（为）国王（to the King）
你是匠人的基石（corner-stone）
曾被遗弃。[①]你却昂然
而立，占据厅堂首席，
一堵堵长墙被锁紧，
坚如燧石，在你牢固怀抱里，
让世上一切有眼之物
惊羡不已，啊，荣耀之主。
啊，尊贵英明的胜利者，快显示你大能，
以你奥秘的技艺，让一堵墙
直立紧靠另一堵上。这厅堂需要
大工匠（cratsman）与君王亲自查看，
来修缮这建筑——它已崩坏，
屋顶遮掩。他创造了躯干四肢，
泥土做成。如今生命之主需拯救
失灵之人于丑恶魔鬼之手，
免遭惩罚，如他曾一次次所作。

① 指耶稣基督，出自《诗篇》（118:22）；在《新约》中被用在了基督的身上，参见《彼得前书》（1:4—8）。

二

你掌管锁匙，你开启生命，
啊，统御之主，正义之王。
除非人施行善举，你便不许
他登上喜乐之路，荣福之旅。
我等的确在窘迫中开口，
呼求他，人类的造物主，
求他不要分配地狱惩罚，
给这我等这不幸的囚徒，
悲哀不已。我等渴望太阳，
因生命之主给我等显示了光明，
将我等带入他的保护，
让我等阴暗的心披戴他的荣光；
我等守候那一日，他让我等佩受
他的恩准，进入他恩典中，
从本乡遭驱逐、被隔离，[①]
我等不得不到此卑贱之地。
为此，凡诚信之人均可说
当一切丧失，他却拯救了
人类族群。他选择少女
作为母亲，如此年少童贞，
纯洁无罪。新娘怀子身发福

① 暗指亚当、夏娃被逐出伊甸园，使人类与永福绝缘。

却从未与男人相拥。
从未有女性有如此德行，
地上绝无仅有，神的奇迹。
灵性诸恩典在大地成就；
造物主揭示种种奇事，
地下深藏的古老知识；
先知的语言都已实现，
那主宰降诞，他满全了
那些人难解的语言，理所当然，
他们热切为造物奉上赞美之言。

七

玛利亚：
“哦，我的约瑟，雅各之子，
伟大君王大卫后人，
你真心要将我们一分为二，
抛弃我的真爱？”

约瑟：
　　　　　　“这么一说
让我深感不安，毫无颜面；
我曾忍受伤心的诋毁，
只因为你，还有难堪咒骂，
激烈羞辱；人们轻视我

出言不逊。我忍不住流泪，
内心伤悲。天主可以轻易
治愈我受伤的心灵，
安慰这可怜的人。姑娘啊，
童贞玛利亚！”

玛利亚：
　　　　　　“你为何哀伤？
你为何悲愁？我从来没有
将你责怪，也不认为你曾犯下
最微小罪过，可你讲话
宛若充满了各种过错，
还有罪恶。”

约瑟：
　　　　　　“我已经引起
太多敌意，都因你怀了孩子。
我可怎么反驳他们的恶语，
对付我的仇敌？人人都知道
我自愿接过的是纯洁贞女，
未受玷污，就在天主华丽圣殿。
如今，她的贞洁在何处？哪个更好？
保持沉默还是如实述说？若我讲出
真相，大卫之女会遭受石刑

处死。即便如此，也好过
隐藏她的罪过；作伪证者，
人人憎恶，长期遭人唾弃
终其一生。”

贞女随后揭示
那奇迹，如此说道：
“以天主子，灵魂救主之名，
我所说的句句真实，
我从未投入世上任何男人怀抱；
但是，在我年少无知时，
加百列，天上大天使，向我显现，
就在我家里；他说，真真确确，
天上圣灵会让我充满神光，
令我诞下那生命的尊者，
光明之子，大能天主子，
荣耀造主之子。我已成为
他无玷的圣殿，安慰之灵
居于我内——如今，你尽可抛开
你那苦涩悲哀。奉献无尽感恩
给天主伟大圣子，因我，一个贞女，
成为他的母亲，你，他的父亲——
当然是按世间说法。就在他内，
的的确确，先知预言必须实现。”

十字架之梦

听！我来描述最美的梦境，
这是我在夜半时所做之梦：
那时，远近之人睡梦沉沉。
我仿佛看到一棵美丽的树①
直入云霄，被光明包围，
最耀眼的十架；整个梁木
都是纯金包裹；美丽珠宝
在它脚下散落，其中五颗
装点十架横梁。天主的所有天使，
美丽造物，将它守护。这根本不是
囚徒的十架，地上圣洁之人与灵
在那里看守——整个荣耀的宇宙。

凯旋圣木如此瑰丽，我却污秽
满布过错罪孽。我观望这荣耀之木
欢悦生辉，披戴华丽衣装，
金碧辉煌；至高者之树
装饰着宝石如此相称；
但透过这金装，我还能看见痛苦；
它曾悲惨地忍受，因那流出的血

① 西方寓言里常常把十字架喻为树木，因为传统上也将其看作“生命之树”的象征。

顺着右边倾流。我感到悲痛，
为所见而惊恐；我见这标记常常改变
它的衣装与色彩，有时潮湿浸透于
倾流的鲜血，有时却为珍宝点缀。
我在那里躺卧良久，
哀伤凝视这救主的十字架，
直至我听到它在说话；
最珍贵的树开始讲话：
“我记得很久以前的那个早晨，
在森林的边缘我被人砍伐，
从树根上被拿下。强壮仇敌将我抓住，
命我将他们的罪犯举起半空，
成为闹剧一幕。人们将我
扛在肩上，放置于一座山岗。
许多仇敌把我固定该处。我看到人类之主
英勇地爬在我身上。
我不敢弯曲，更不能折断，
违背我主心愿，当时我看见
大地在震颤。我本可以砸在
我仇敌身上，但我依然坚挺直立。
然后，年轻的战士，全能天主，
脱去衣服，毫不犹疑。他爬上
那十字架，不惧众目睽睽，去救赎人类。
当英雄将我抓住，我开始颤抖，

但我不敢弯曲倒伏，
摔倒在地。我必须挺住。
我被升起成为木架；在空中托住大能君王、
天上之主。我不敢弯曲。
他们将黑钉打入我身；可怕伤口历历在目，
破损开裂丑陋恐怖；我不敢将他们伤害。
他们将我二人一同羞辱；我被鲜血浸透，
它从那人肋下喷涌，在他的灵离去之后。

“在那山丘上我承受极大痛苦；
我看到万军天主四肢伸展
悬在架上；黑暗笼罩全身，
阴云遮蔽尊主，掩盖他灿烂光辉。
阴影遮掩全地，片片黑影
在云层下凝聚。万物啼哭，
哀哭君王之死；基督被钉十字。
然而，人们急赶到君主前，
路途遥远；我也看到了这一切。
我被悲伤抑制，但还是向人手谦卑低头，
甘心情愿。在那里，他们为他解脱那重刑，
带走了全能的天主。勇士们让我独自矗立，
浑身鲜血；我被尖利长矛戳伤不浅。
他们将他放下，四肢无力；他们站在遗体前，
凝视天上之主；在那里，他能片刻休息，

战役让他筋疲力尽。随后，他们开始建造坟墓；
就在刽子手们眼前，他们开凿一块光洁大石，
将凯旋之主放置。然后，悲伤的黄昏里，
他们吟唱哀歌一首，疲惫离去，
留下他们光荣君主；他独自在墓中安息。
而我们还站在那里，哭泣血泪，
勇士哀歌已停住了很久，
那歌声曾响彻云霄；遗体已然变冷，
那灵魂美丽的房屋。此后，我们的仇敌[①]
将我们放倒；过程实在可怕。
他们将我们埋入深坑；可是友人们，
主的门徒们又将我找到，
给我穿上了闪亮的金银。

“如今，可爱之人，你已听到
我曾遭受的苦痛，
恶人之手造就。如今已到了时候
此世之人，不分远近，
包括所有美丽造物，在我面前俯身；
他们当向这标记祈求；天主子在我身上
曾经遭受苦痛；因此我如今高高耸立，
在天下荣耀无比；我可治愈

① 此处突然成为“我们”，大概是指其他的十字架；不过后文可看到，只有“我”——基督的十字架被穿戴上了金银。

那些我身前仰慕站立之人。[1]
很久前，我成为最残酷折磨，
人人恨我，直到我开启
那真正生命之路——为众人。
看！天上之主，光荣君主，
赐我荣耀超越众树，
宛若全能天主，为人类缘故
光荣了玛利亚，他的圣母，
超越世上一切女性。
如今，我命令你，可爱的人，
向众人描述你的神视；
亲口告诉他们，这是光荣之树，
在其上天主子曾受苦一次，
都是为了人类的众多罪过，
也为了亚当远古的邪恶。
他品尝了死亡之饮。可是，主复活
借其大能将人来拯救。
他又升入天上。主本人，
那全能天主，携其众位天使，
还会再来这中间世界（middel-world），
在末日与每个人算账。
那时，他以那审判的权能

① 十字架也被看作有治愈能力，典出《民数记》（21）中木架上的铜蛇，这也是今日医疗系统红十字的来源。

逐个裁决，按每个人的品质，
看他如何度过飞逝的此生。
无人不会为之惊惧，
不知主将说出何种断语。
在大众前，他将询问：那人在何处？
以天主之名，那人要历经死亡痛苦，
宛若从前十字架上的主。
人人都要恐慌，
不知如何向基督交账。
但有人不须经历恐惧，
他们胸前带着最好的标记；
可每个渴望与主同在的灵魂，
应借十字架寻求远离此世的国度。”

此后，我迫切向十字架祷告，
内心轻松，尽管我独自一人
形单影只。我的灵魂
渴望踏上旅途，一次次强烈意愿
总在将我牵扯。如今，我此生愿望
就是转向那凯旋之树，
独自一人，比旁人更频繁
给予它一切尊荣。那些愿望占据
我心我灵。我的救援来自
神圣十字架本身。我无甚友人

在此凡尘；他们已离开
此世的快乐，去寻找光荣的君王，
他们与天父同住天堂，
身处荣华中。如今，我每天盼望
那时刻，就是主的十字架——
我曾在此世梦中所见的那个——
将我从这易逝的生命接走，
将我托举到喜乐幸福的家乡；
在那里，天主子民共坐欢宴
在永福中，他将我留驻，
让我能在无尽荣光中生活，分享
众圣者的喜乐。愿主对我友善，
他曾为人的罪受苦一次，
就在此世那绞架（gallows-tree）上。
他已将我们拯救；他已赐我们生命，
还有天上家乡。

希望已经重启，
幸福与欢乐，为那些曾受苦之人。
在这旅途，圣子得胜，
强势获成功。当他，全能主宰，
携一众属灵天军回归
那天主王国，回到天使中的喜乐，
还有众位圣者——他们已活在

光荣的天国，他们的君王，
全能天主，进入了自己的国土。

人的命运

一遍又一遍，借神的恩典，
男人女人将孩子迎接
来到世上，艳丽衣着装扮；
他们珍爱他，一天天抚养他，
直到年轻的骨肉变得强健，
四肢也伸展，随伴他同行，
各种礼物衣装将他娇惯。只有神
知晓，岁月将如何对待这长大的孩童。

一个会夭折，将悲痛带给
他的家人。野狼，荒原上灰色游荡者，
会将他吞咽；他的母亲会悼念。
人无法掌握自己的命运。

一个被饥荒吞噬，另一个在风暴中消逝，
一个被长矛穿透，一个被砍倒在疆场。
一个终其一生不见光明，
他会四处摸索——一个肌腱无力，
跛足而行，咒骂痛苦，

胸怀怨恨恶意，对命运焦虑。

一个从高树落下，没有翅膀相助
摔入林中；看他是如何飞下，
空中直坠，终于树的臂膀
不再将他环抱。他不幸滑下，
落在树干旁丧命；他摔落
地上，灵魂离他飞去。

一个无奈只能冒险
远行，携带自己的口粮，
在外乡人中留下该有的足迹，
在那危险地方；他发现几乎无人
愿意将他接待；这流亡者
处处遭拒，只因他的厄运。

一个在高高绞架上摇晃，
死亡之摆，直至他血染的躯体，
他灵魂的棺木，遭受损伤。
乌鸦啄出了他的眼球，
黑色鸟儿将他的尸身撕裂；
而他无法阻止这恶贼，
用手去抵挡侵袭，因为生命已去；
皮开肉绽，无人问津，灰色的树挂，

他承受命运，包裹在流动的
死亡迷雾里。人人将其名字唾弃。

一个在火堆上受大苦，
烈焰将吞噬这苦命之人；
死亡会迅速将他带去，
无情红色火焰；女人在哀悼，
眼看火舌将其子包裹。

剑刃会劈去另一个的生命
就在蜜酒凳上，[①]生气的醉鬼
浑身酒气。他说话太过轻率。
一个不知让司酒[②]停手，
变得头昏脑涨；随后就在席上
头脑无法管住自己舌头，
最可耻地丢掉了性命；
他撒手人寰，与欢乐隔绝：
人们称他为自戕之人，
哀叹那醉鬼，因蜜酒而失智。

一个借天主恩宠，战胜了
年轻时令他受苦的艰难重重，

① 蜜酒凳（mead-bench），是日耳曼节庆之时，人们饮用蜜酒时用的长凳。
② 司酒（cupbearer），是宴席上负责掌管酒的官员。

老年获得了幸福；
他将迎接朝阳，获得
他的人给予的财富、珍宝和酒杯，
一生所得不可胜数。

所以，天主分配人之所得，
赐给这中土的每一个。
他赐下、分派、安排命运：
一个是幸福，另一个是困苦；
一个是年少轻狂，另一个是武功，
在剑术上胜出；一个是角力，
一个是投掷的技术，
一个赌博碰上好运，一个诡诈，
工于棋术。一些文士聪颖明智。
金匠为人打造精美礼物；
他无数次锻造镶嵌，
献给伟大君王，获赐大片土地
作为回报。他感恩收下。
一个能为众人助兴，逗乐
坐在蜜酒凳上饮酒的男人；
酒客的兴致就此倍增。

一个会在他竖琴旁端坐
在其主子脚边，接受赏赐，

迅速开始拨弄琴弦，
琴拨飞舞——用这个跳动的硬物
他将韵律传送。竖琴师，人们心驰神往！

一个会驯服不羁的野鸟，
手擒苍鹰，直至猎隼
也温柔；他将脚带绑缚，
桎梏中将它饲养；他让
迅疾游隼挨饿，一身亮羽，
只给少量食料，直到鸟儿臣服，
无论飞翔还是笼中，服从其主，
驯服之鸟又为年轻勇士服务。

就是以这些神奇方式，万军之主
将众人的技能塑造分配，
就在这中土，又定下命途
给此世每个男男女女。
为此，我们人人都要将他赞美，
为他慈悲分施于人的所有事物。

达勒姆

全不列颠都闻名的高贵之城，
它令人惊叹的景观：楼宇背靠

岩石山坡，伫立在峭壁边缘。
鱼梁堵截激怒了湍流河水，
各种鱼儿在水沫中跳跃。
蔓延交织，一道树丛拔地而出；
那些幽深的溪谷隐蔽了
种种动物，无数的野生兽类。
在城中，人尽皆知，
躺卧着圣库特贝尔特的圣身，
还有奥斯瓦尔德的头颅，圣洁之王，[①]
英格兰人的雄狮；还有艾登主教
以及艾德贝尔特和艾德弗里特，名声显赫。
他们身旁长眠艾特沃尔德主教，
以及伟大的学者比德，还有博伊西尔院长[②]
他有幸成为圣人的首位教师，
还在他孩提之时；库特贝尔特
学业优异。无数的圣髑被存放

---

① 奥斯瓦尔德（Oswald，约604—641或642），诺森布里亚王，被认为是圣王，因为诺森布里亚的基督信仰是在他治下兴盛起来的。下文的艾登（Aidan，约590—651）就是他请来宣教的爱尔兰隐修士，曾为林地斯法恩的首任主教，创建了岛上的隐修院。艾德贝尔特（Eadberch或Eadberht）是艾登的继任者，688—698年任主教，而艾德弗里特（Eadfrith）又是他的继任者，卒于721年。在他之后的主教即是艾特沃尔特（Æthelwold），721—740年任职。他们都被视为圣人。

② 博伊西尔院长（Abbot Boisil），卒于664年，梅尔罗斯修道院院长，该院是林地斯法恩的分支。他大概属于最早的一批隐修士，他的事迹只见于比德的记载，是民众心目中的圣人。他的名声吸引了库特贝尔特的到来，而他也从第一眼就看出后者将是一位圣者。

在教堂中，在圣者的坟墓旁，
这里发生太多奇迹，都有文献记载。
天主之人将那末日等待。[①]

① 教会认为，终审判之日，所有人都会参加，死者也会先复活起来。

宗教杂诗

导读

中世纪的讲道人往往喜欢将所宣讲的内容转为诗歌形式，下列几首就是这种习俗的例证。有关十诫的诗歌体作品繁复庞杂，而第一首《十诫》（*The Ten Commandments*）大概是我们所能看到的最古老的一首。诗中去掉了“摩西十诫”原版中的禁止制造偶像条例还可以理解，但忽略了禁止偷盗则实在令人费解。接下来是一首小诗《贪心人》（*The Covetous Man*）反映出教会对富有者的“轻蔑”与警示，很可能出自托钵游方的讲道人之手。第三首的主旨是对方济各会会士（Franciscan）的称赞；这是由圣方济各（St. Francesco/Francis）于13世纪初创立的托钵修会，其正式名称是“小兄弟会”（Ordo Fratrum Minorum/Order of Friars Minor），因此，一个方济各会会士也可以被称为“Minorite”或是“friar”，如诗中所用词汇。该修会初时严守贫穷，摒弃一切财产与钱财，游方乞讨，宣讲福音，于是很快兴起。今天方济各会三大分支成员的总数依然冠绝所有天主教的修会团体。有人认为该诗是方济各会当时的宣传作品，出自方济各会会士之手。此后的一首其实就是对圣奥古斯丁《忏悔录》的直接翻译。第五首《画眉与夜莺》（*The Thrush and the Nightingale*）保存在Digby手稿上，就13世纪英语诗歌而言，其重要性仅次于Harley 2353手稿。这首诗以女性为主题，呈现了爱的代表夜莺与抬杠的代表画眉之间的争执，且从起初就已预示爱的胜利。其他的诗歌则选自15世纪的手稿Sloane 2593。

一

十诫

只可将一神来尊敬；
绝不能妄称他圣名；
圣日要认真守护；
要好好孝敬父母；
绝不可起杀人之念；
也不可与女人通奸；
誓言不可虚发；
见证不可造假；
邻人之妻绝不贪恋；
邻人之财不起邪念。

这十诫乃真正良善：
人人都要严格把关！

不能谨守之人，
堕入地狱幽深。
严谨恪守之人，
荣享天堂大恩。

二

贪心人

孑然一身，孤独无依；
没有子女，姐妹兄弟。
童年少年，缺乏教化；
手头活计，唯一牵挂。
所思虑者，唯有自己，
辛苦劳作，只为私利。
夙兴夜寐，辛勤耕耘。
却让污秽，遮蔽灵魂。

三

我已决定，改掉恶习！
世俗财物，一概抛弃，
奢侈穿戴，华服锦衣。
　　我要衣着朴实；
我的腰带，绳结串起：[①]
　　我要做个会士。

---

① 托钵会会士的腰带都是打了结的绳子，以示贫穷，今日更多是象征意义。

我要加入，小兄弟会；
我将杜绝，一切淫秽。
耶稣基督，我愿跟随，
　　　在教会中服务，
吟唱日课，我要学会，
　　　事工只为天主。

我行这些，所有善事，
因那救主，被钉十字。
从他肋下，血流不止——
　　　救赎代价惨重。
在我看来，只有傻子，
　　　才会继续放纵。

四

　　　主啊，你曾将我召唤，
　　　我却没有立刻回应，
　　　却渐渐，缓缓发言：
“再等片刻！稍等下！”
可这“一再”（yet）绵延不断，
“稍等下”也太过久远。

五

画眉与夜莺

莺＝夜莺；眉＝画眉

盛夏又至爱意浓，
百鸟歌吟百花中，
　　起伏榛林深处。
晨露滴洒山谷静，
情浓意深如夜莺，
　　百鸟欢唱祝福。

我听闻嘈杂争斗，
一方欢喜一方愁，
　　竟是鸟儿两只。
一只将女性称赞。
一只持相反意见：
　　详情我来告之。

一方大名叫夜莺，
它珍爱全部女性，
　　不令她们受辱。
画眉却大声抗辩：
女人如魔鬼一般，
　　与人相伴共舞；

因为男人若颟顸，
相信女人就被骗，
　　尽管风情种种。
个个都薄情狡诈，
只带来灾祸无涯，
　　不如从未降生。

莺：“谴责女性实在不对，
　　　　她们个个良善慈悲：
　　　　　　我请你快打住。
　　　　没有什么能够阻止，
　　　　人追求真理之知识，
　　　　　　最终都会清楚。

　　　　“谁若发怒，不论贵贱，
　　　　她们息怒，优雅愉悦。
　　　　　　女人曾经被造
　　　　做男人伙伴：大地上
　　　　没有女人不可久长，
　　　　　　男人怎能做到？”

眉：“对女人我绝无夸赞，
　　　　确定她们内心下贱，
　　　　　　我知她们欺诈；

尽管外表美丽，里边
虚伪无信，我也发现
　　她们总说谎话。

亚历山大，将其谴责，
他乃聪明无比王者，
　　财富名望无敌；
我可以挑出百个，
史上名利双收者，
　　曾因女人倒闭。”

这番话将夜莺激怒。
莺：“你这些话无耻玷污
　　这些英雄美名！
我可找到一千贵妇，
整整齐齐排列一处，
　　名誉干干净净。

“她们个个谦和温柔；
闺房四壁将其看守，
　　免受诱惑羞辱；
抱入怀中何等甜蜜
男人个个为之着迷！
　　鸟儿，敢装糊涂？”

眉：“什么！亲爱鸟儿，我装糊涂？
　　那些闺房我常潜入，
　　　　贵妇随意引诱。
　　她们犯罪行为机密，
　　些许好处便不犹疑，
　　　　对灵魂下杀手。

　　“我的鸟儿，你正撒谎，
　　虽言谈温和有修养，
　　　　蠢话却很贫乏。
　　我将元祖举出给你，
　　亚当，将我种族开启：[①]
　　　　他说女人奸诈。”

莺：“画眉，看来你或疯癫，
　　或是只知邪思恶念，
　　　　污蔑女人如斯！
　　她们心中，真正贵族，
　　深知应用爱之魔术，
　　　　幸运将其结识。

　　“男人此世最高乐事

① 作者忘了这是鸟儿在说话，误将亚当看作了鸟儿的始祖。

不过女人牵他手指，
　　伸出双臂抱紧。
污蔑女性实在龌龊！
我要禁止你再谴责，
　　这些可爱女人。”

眉“夜莺，禁止我真属不公，
我所唱出一切吟咏，
　　只为促进正义。
我向高文骑士[①]发誓，
勇力威能，基督恩赐，
　　令他英勇无敌。

“无论他能走出多远，
他从未丧失其初愿，
　　不论何时何地。”

莺：“鸟儿，看你满口胡言，
这些话人人都会听见，
　　赶紧滚开逃离！

“我住这里有法可依，

① 高文骑士（Sir Gawain），传说中亚瑟王手下著名骑士。

不论果园或花丛里，
　　每日欢快高歌。
对于女人，只闻美言：
她们仪态高雅万千，
　　她们带来福乐。

“她们将快乐到永远，
朋友，你听人们所言，
　　她们心如美玉。
鸟儿，你端坐榛子树头，
污蔑她们，有你好受！
　　把你谎言传递！”

眉：“我话已广传，我明白；
告诉旁人，你要赶快：
　　这话早不新鲜。
听听，鸟儿，我的建议，
她们的坏你不知悉；
　　我来给你明辨。

“想想君士坦丁皇后
找了个家伙肮脏丑陋：
　　（后来她才追悔！）

爱上她救助的瘸子，[1]
将他藏在闺房密室。
女人如此高贵！”

莺：“画眉，你这颠倒是非，
如我一直歌唱赞美，
而且人尽皆知，
女人踏入林中阴影，
光芒胜过日出天明，
宛如仲夏之时。

“你敢踏入对头之地
她们将你打入牢底，
永无出头之日。
自你所出流言蜚语，
必须收回不剩一句，
一生陷入羞耻。”

眉：“夜莺，真是妄语污蔑：
你说女人把我毁灭，

① 一些古老的东方传说提到一些王后拥有畸形的情人，至于原因，有人说是因为象征对邪恶（丑陋）的喜爱，有人说是因为相信怪物拥有更强大的性能力。有些注经者也曾警告，基督信仰援助穷困的慈善也有可能出于情欲而走上邪路。

可咒不分老幼！
圣书之上所言不错，
女子害人实在太多，
都曾精神抖擞。

“想想参孙，英勇无敌，
妻子将他出卖抛弃；
用他换取奖赏。
耶稣说过：昧心所获，
对赢得者实乃大恶，
无缘荣福天堂。”

夜莺随后对它开口回答：

莺：“好吧，鸟儿，这还像话！
听我要说什么。
女人长为优雅之花，
无论何处，被赞有加，
身穿美丽衣着。

“世上没有如此良医
内心温柔言辞得体，
把人疼痛治愈。
鸟儿，你虽让我反思，

但我不会被你驳斥。
别再口出恶语！”

眉：“夜莺，你可真是糊涂
对女人们如此折服；
你不会有好报；
一百人里没有五个，
不管少女、情人、老婆，
保持洁净完好，

“避免害人不论何处，
不给男人带来耻辱，
这个没有商量。
可是，尽管我们相争
有关妻子、少女名声，
你却不见真相。”

莺：“这话让你脑袋发晕！
世界靠谁获得更新？——
一位温柔童贞。
她生独子在伯利恒。
出自母胎无比神圣，
驯服所有罪人。

“她无罪过，纯洁无瑕，
她的大名，圣玛利亚：
基督将她保守！
鸟儿，因你口出狂言，
我禁止你居住林间，
滚到田间地头！”

眉：“夜莺，我的思想混乱，
我只想到恶念罪愆，
遍布这尘世上。
我看我已被你说服
只因那位圣子之母；
他曾苦受五伤。

“借此圣名庄重宣誓，
不论贞女还是妻子，
我绝不再妄语。
我定离开你的领土，
前往何处我不在乎：
这就直接飞去。”

六

若是某人敢讲真话，
权贵之间不可容纳。

哲人智者载于史家，
　真理实在没地位。

　真理在神，无论何处！
　我真盼他在此国土。

贵妇绣房他不进入；
房中真相不敢涉足。
即使心动也不糊涂，
　让自己跻身高贵。

　真理在神，无论何处！
　我真盼他在此国土。

讼师不会给他空间，
他们总将真理仇怨：
我看他们缺乏恩典
　给真理如此价位。

　真理在神，无论何处！
　我真盼他在此国土。

他在圣堂无法立足；
人们挨个将他赶出；

我为真理内心苦楚
　实实在在窝囊废。

　真理在神，无论何处！
　我真盼他在此国土。

圣职人员本应良善，
真理加入却是疯癫，
必遭剥光羞辱一番，
　赤身被逐实羞愧。

　真理在神，无论何处！
　我真盼他在此国土。

无论何人找寻真理
他该投入圣母怀里，
存身其中奉为珍奇，
　永远不会再遭罪。

　真理在神，无论何处！
　我真盼他在此国土。

七

你虽君王主宰城邦，

你虽君王冠冕堂皇，
我不在乎你的名望，
　除非你改过迁善。

　我说，罪人醒来！
　改过迁善，得主善待。

你的财物尽属他人；
当你离开就会成真：
偿还罪债只有灵魂，
　除非你改过迁善。

　我说，罪人醒来！
　改过迁善，得主善待。

尽管你算身强体健，
戕害众人罪恶不浅，
“哀哉！哀哉！”你将呼喊，
　除非你改过迁善。

　我说，罪人醒来！
　改过迁善，得主善待。

路途湿滑小心谨慎，

一旦滑倒何处停顿?
携手堕落身体灵魂，
　除非你改过迁善。

　我说，罪人醒来!
　改过迁善，得主善待。

你的脑袋不要举抬，
骄傲奢华虚荣有害!
地狱之中悬挂高台。
　除非你改过迁善。

　我说，罪人醒来!
　改过迁善，得主善待。

八

骄傲在外骄傲在内，
骄傲引出所有大罪，
骄傲总能把你击溃，
　直到人陷入折磨。

　人啊，当心陷入折磨:
　警惕骄傲，不受其祸。

路济弗尔天使高贵，
英勇迅猛无坚不摧；
由于骄傲失去光辉，
　陷入永恒的折磨。

　人啊，当心陷入折磨：
　警惕骄傲，不受其祸。

你以为把脏话咆哮，
或是穿着豪华时髦，
就能位列王公阔少，
　其实却让你犯错。

　人啊，当心陷入折磨：
　警惕骄傲，不受其祸。

最后你被抬入教堂，
蠕虫钻入你的肋旁，
你的骄傲得此下场，
　还有你其他诸恶。

　人啊，当心陷入折磨：
　警惕骄傲，不受其祸。

求告基督血染肋旁，
浑身上下遍体鳞伤，
对你骄傲宽宏大量，
　以及你其他罪过。

　人啊，当心陷入折磨：
　警惕骄傲，不受其祸。

九

吹打[①]是为游戏而生；
瞎吹带来恶劣名声；
在我眼中真正上等：
　携带号角却不瞎吹。
　我心目中真正智慧，
　携带号角绝不瞎吹。

号角之声尖锐嘹亮：
合适时候把它吹响，
如有必要即刻收场，
　携带号角却不瞎吹。
　我心目中真正智慧，

① 原文是blowing，既有吹号，也有吹嘘的意思；同样，文中的“号角”和“嘴巴”原文都是“horn”。这首诗是以号角指代嘴巴，吹号指代吹嘘，这里按照语境中的意思区别翻译。

　携带号角绝不瞎吹。

你的脑中有何思想，
细听细看不要瞎讲；
人尽皆知你有教养，
　携带号角却不瞎吹。
　我心目中真正智慧，
　携带号角绝不瞎吹。

阳光之下一切财宝，
只有一种才是最好，
自我认知清晰明了，
　携带号角却不瞎吹。
　我心目中真正智慧，
　携带号角绝不瞎吹。

你的心中感慨万千，
举起双手嘴巴遮严，
你的思想仔细查看；
　携带号角却不瞎吹。
　我心目中真正智慧，
　携带号角绝不瞎吹。

手把啤酒畅饮作乐，

宛若夜莺欢唱高歌，
倾诉对象仔细选择，
　携带号角却不瞎吹。
　我心目中真正智慧
　携带号角绝不瞎吹。

哈雷诗歌

导读

“哈雷诗歌”（Harley Lyrics）包括一组中世纪英语、盎格鲁－诺曼语（中世纪法语）以及拉丁语诗歌，全部记载于标号为Harley MS 2253的抄本上，成书于约1340年前后，其中包括了诗歌与散文两种问题，既有世俗题材也包括宗教题材。如果没有这部手稿，那么我们对中世纪英语宫廷诗（courtly lyric）几乎就毫无了解，因此，其重要性自不必赘言。至于其中诗歌的年代，最早可追溯至1264年，最晚则到1314年。

这里所选出的诗作包含两部分：第一到第十一首是宗教诗，其中第一到第六首是以罪恶和此生的易逝性为主题，第七到第十一则是对基督苦难的反思，其余则是世俗诗歌。这些世俗诗歌并非都属于宫廷式的爱情诗，但它们都反映了法语对英语韵律的影响；与此同时，经过了两百年的发展，此时的英语诗歌也有了自己的特征。

宗教诗

一

这中土为人所创造：
　最大好处不足称道；
只因荣福天父计划，
　我们对天该当听话：
我听真福信使召唤，
　要人敬畏末日审判。
狡猾恶人肮脏祸害，
　隐藏罪行乖乖交代，
　　即便人将罪污隐藏，
　　偷天换日巧妙伪装，
　　灵魂却将污点显扬。①

没错，罪过定会显扬，
　虽然披戴甜蜜伪装。
我对取乐毫不看顾，
　开始很美，定上邪路，
因为放荡、邪恶淫乱
　必消退为可悲哀叹。

① 本诗的一个特点是，每一段结尾一行中某个词或词组会在下一段第一行中重现。

毫不节制，欲望加强，
　让人走在追悔路上。
　　　思想一旦开始撒欢，
　　　他的良心不再情愿，
　　　瞻望最后终结悲惨。

直至我等生命终结，
　三样事物我等威胁，[①]
这些杀手抱紧灵魂，
　宛若最最钟情男人。
倘若有谁抵抗杀戮，
　不啻苇草御风漂浮：
坚定之人才不畏缩，
　始终不受淫行诱惑。
　　　对头将人欺瞒哄骗
　　　远远超越人类五官，
　　　最糟糕乃女色贪恋。

没错，绝境就女色后果
　色欲无度使你堕落。
恶魔游戏，夫妻反目；
　远离女色，男人获赎。

① 即下文要讲的女人、肉身、世间财物。

我还要说，肉体灵魂，
　有人如此地下安身，
害他之人令他憎恨。
　无缘荣福，交接淫棍，
　　　世上等候惊慌打颤，
　　　公义惩戒要其偿还；
　　　可怖归宿让他色变。

地狱之外可怖住处，
　就是此世——我不含糊；
人类众多仇敌聚集，
　如我所言，首当肉体。
其次，世间财富灾殃，
　祸乱我等心神迷荡，
浮华把戏让人心驰。
　邪恶快感稍纵即逝，
　　　浮夸放荡，自不量力，
　　　财富引入冰寒之地，
　　　罪恶悲愁，辗转叹息。

罪恶悲愁中被抛弃；
　它们跟踪步步紧逼。
我的欢喜掺杂苦叹，
　终不能再作假装扮。

唉！财富之爱令人自大，
　美德召唤，装聋作哑。
魔鬼对我不屑一顾；
　宛若残花自行败枯。
　　　人类天父我等逃离，
　　　被投地狱成为叛逆，
　　　无丝毫让基督欢喜。

人受造为基督欢喜，
　也知晓他无边威力。
别让一个永火焚烧！
　虽然我等苦世飘摇，
仇雠常常令我倒地，
　天父必令我等复起，
基督降生救赎全部。
　那时天上号角招呼，
　　　天主认我自己亲人，
　　　协同义人我等现身，
　　　天堂宝座一旁站稳。

二

上天之神，准我祷告，
你将中土、明月创造，
　还有人类求真福！

忠信之王荣登大宝，
速赐我灵与尔和好：
　将我之罪恶宽恕！
心向蠢事不可救药，
至恶之中我灵跌倒，
　实在伤害我真福。
我今转醒恳切求告，
惊觉全身力量尽耗：
　永别了所有荣福！

无缘荣福，双颊疼痛；
　因我哀哭这惨状。
该去之地无影无踪：
人们称我为废物饭桶，
　愁看前路身隐藏。

忧愁将我紧紧抓住，
胸中却如骑士不服，
　仍把自己当贵客。
如今无法牵手贵妇，
无人相爱，哀叹命苦，
　身陷卑贱徒奈何。
难忍痛风将我紧缚，
还有其他灾祸苦楚，

　药石罔效难得脱。
昔日迅捷宛若小鹿，
而今难行只得屈伏，
　有心疾驰痛风扼。

当年疾驰富贵加身，
　身披华服骑士仪；
如今褴褛身无分文——
满眼只见悲惨困顿！
　木棍一根为马匹。

每见马厩马匹嘶鸣，
我走入廊前稍暂停，
　骤然消沉我心气。
我，曾经那殿中精英，
如今双足蹒跚前行，
　被爱牵制徒遭弃。
曾经骄傲却令我惊；
当年气概消逝无影，
　追随者向我求乞
衣着、财物、生活用品，
今拒我千里如灾星。
　年岁、厄运将我欺。

年岁、厄运、其他灾难
　紧跟随我如此迅疾，
我想我心碎作两半。
亲爱天主，缘何这般？
　怎可能如此下去？

我的一生虚假充斥：
我的艺人[①]名叫贪吃；
　他与我长期共处。
骄傲是我忠实玩伴；
我洗衣娘就是淫乱；
　欺骗与狡诈相辅。
管钥匙心腹乃贪婪；
嫉妒、愤怒把我陪伴，
　个个都丑陋残酷。
我的话中都是谎言；
贪睡懒惰与我同眠，
　长时间为我服务。

有时我也考虑荣福，
　不知荣福真存在。
随后哀哭走上邪路。

① 艺人（gleeman），是中世纪的游方歌手。

垂听，赐我生命上主：
　让我得脱此病灾！

这种生活我已厌倦。
不再犯罪，上主垂怜！
　将躬身赢得恩宠。
它们紧跟不情不愿，
欺诈、谎言卑鄙习惯，
　还有污秽罪重重。
从前轻视天主圣言，
忙碌将他法律轻慢：
　如今我真心悔恸。
悲伤令我肝肠寸断，
忧心生命已到终点，
　无法与真福相拥。

拥抱真福曾是唯一，
　那时众人尊敬我。
如旁人般渴望赞许，
高傲宛若宫廷奴仆，
　或猎官[1]气势磅礴。

① 猎官（huntsman-chief），指宫廷中猎手或管理猎犬的头目。

可怖死亡逡巡四处，
伸出魔爪尸体抓捕，
　将它带走如永罚。
深陷忧愁我真孤独，
迈向死亡如花凋枯；
　我自知毫无办法。
这灾祸享乐难相助：
趁我头发未白，我主，
　断绝我世俗牵挂！
很多年头我心渴慕；
让我生命悲惨无助，
　将生命踏入灰土。

我灵被罪抛入灰土。
　可有神医与良方？
只有称颂我主造主，
他以功行此世救赎，
　让我匍匐他脚旁。

坚定站立，死亡击溃：
　我的行动已终了。
愿天主赐我等光辉，
我等有缘，诸圣相会，
　天堂作我等赏报！

三

滚滚泪珠打湿我的双颊：
我的恶行还有我的迂腐，
污染我灵魂直到我停下，
遵照《圣经》寻求合适补赎，
因我与女性真爱终失败，
这爱散发出迷人的柔光。
我的歌已亵渎了这真爱：
这污秽令我的爱人彷徨。
　它虽有趣却不雅，
　歌中写下的事迹；
　有关女性说的话，
　恶毒错误的贬低。

我犯下错误都因为夏娃：
她本不该多事出头领导，
反而让人类悲叹受重压，
令我等失去最珍贵赏报。
有一位将她的悲剧停住，
隐藏在天主的神圣心里。
在她内躺卧着生命之主，
美丽的躯体中光彩熠熠。
　如阳光穿过彩窗，

　他在她腹中闪现；
　没有女性再受伤，
　因耶稣基督降诞。

何人能如此下流卑鄙，
让如此美丽之人泪倾？
她们的生命洁白如玉，
仪态端庄如殿中雄鹰。
因此为我说的话忏悔：
善变的人性狡诈欺骗，
玷污美丽之人，我伤悲，
懊悔的我跪于其脚前；
　对，她们脚前伏地，
　为我多次的谎言，
还有诽谤，我铭记，
　曾恶语将其背叛。

尽管城中还有闲话流传，
我对之不屑一顾地唾弃，
因为丽人幸得柔美容颜，
带来都是幸福与大欢喜。
即便是一颗受伤害的心，
与旁人倾诉也带来平安，
不论神父、皇帝还是人君，

我毫不犹豫将他们拒绝。
　来服侍那位女性，
　要付出全心全力，
　借着这女性所行，
　世界从惩罚逃离。

如今世界灾难已躲过，
喜乐来临，如众人所愿；
有温柔贞女大能奇特，
救我们脱离大祸滔天。
这种女性我永远赞美，
在家中她们事事如意。
在需要时我也再不会，
写下一词反对其意思。
　这种话不再重复，
　因为已不再需要。
　我今将真理讲述，
　如理查一世[①]文告。

理查，正直理性植根源，

① 理查一世（Richard I，1189—1199年在位），号称“狮心理查”，以勇猛著称，也因为参与组织第三次十字军东征而在一些传说中被视为基督徒的榜样。理查一世也是一名诗人，有诗作传世，这也可能是下文中他的名字与诗词连接在了一起的原因。

精通诗歌、文字与曲赋，
你为温情少女填词称赞，
当今时代最佳非你莫属！
脾性温和高贵如骑士，
学者之风范博学多闻，
名声远播入每家每室，
贵族祝愿你永远欢欣。
　愿他拥有好命数，
　宫廷中仪表端庄！
　愿他受一切幸福，
　所有女性之表彰！

四

天主啊，你的作为大能彰显，
　在上天也在大地上！
我日夜都虚度悠闲，
　无论晨昏让你心伤，
故意走上正义反面，
　尽管法律清晰顺畅。
你富有光明大恩典，
　到你面前手足惊慌。

我这一生毫无功劳
　让我去见我等救主！

我思我言挑拣最好，
　也比酸涩胆汁更苦。
我明知正路却上邪道；
　愚蠢之中倒地匍匐：
我将归宿仔细查考，
　我明白我最是无助。

主啊，你死十字架上，
　为能让这俗世满全，
为我甘心血洒刑场！
　但我行为让心冰寒；
将你反对顽固立场，
　不论晨昏、忙碌、悠闲：
我的行为毫无善良。
　主啊，让我将你旨意实现！

在我灵内从未降服，
　未谦卑向良善主投靠。
爱我者我憎恨残酷，
　敬畏基督我更缺少。
犹太人不如我恶毒，
　这点要让世界知晓。
主啊，如今将我可怜扶助，
　扶我起身，我已跌倒。

天主啊，地上之人都要服从，
　世界你以善心保守：
降世满足我等虚空，
　因罪恶将我等买走。
死亡审判已然启动，
　末日命运彰显不留，
我等见你流血殷红，
　我等呈现大胆祈求。

并非大胆为己祈求，
　我等一生邪恶放荡。
没有按你命令行走；
　踏上邪路走错方向。
我如枯树根枝腐朽！
　我说：你言你行实在虚妄。
耶稣，快快将我拯救！
　我俯首只为得报偿。

主基督，我无可回复！
　胸中不得宁静平安；
每每念及内心悲苦，
　所做一切错谬难堪。
你指之路从未信服；
　日夜从未将你陪伴：

可我祈求：仁慈垂顾！
　天主啊，你的作为大能彰显。

五

严冬掀起所有苦涩：
枝叶飘零最终赤裸，
悲哀叹息绝望的我，
世间快乐毫无结果。

短暂快乐，转瞬消失！
古人所言，确切真实，
除了神意，万物飞逝。
情不情愿，众人将死。

青色种子，早已凋零。
耶稣圣意，今日看清：
逃避地狱，行将丧命，
去往何处，我心不明。

六

如今玫瑰百合凋零，
它们曾是夏日明星，
　散发出迷人芬芳。
所有女王一时权倾，

所有贵妇闪耀华庭，
　敌不过缓缓死亡。
人要去除肉身欲念，
　一心将天堂向往，
须将耶稣基督爱恋，
　长矛曾刺透肋旁。

为享乐我踏上险途，
彼得伯勒[①]春晨上路，
　私藏之爱乱我心，
为之伤悲心声倾吐，
向那天上君王之母，
　我祈求仁慈怜悯：
“请求你子赐我恩典
——他曾将苦难受尽——
救我脱离污秽地点，
　那里把魔鬼囚禁！”

我心因惊惧而颤抖，
因肉欲之罪我追求，
　它充斥我的生命。
我将被带何种尽头，

① 彼得伯勒（Peterborough），英格兰东部城市，7世纪就出现了本笃会隐修院，12世纪的宏伟主教坐堂至今巍然屹立。

喜乐还是灾祸渊薮？
　我徘徊死亡边境，
我的希望寄托圣母，
　她是那童贞母亲；
因我等入天堂荣福，
　全靠她救赎恩情。

她的良药实属上品，
胜过一切美酒甘霖；
　她的草药真甜美。
凯斯内斯[1]到都柏林，
更无良医德艺双馨。
　专治那人心伤悲。
如若有人罪恶满盈，
　渴望能回头忏悔，
他不须付钱财金银，
　就能得健康安慰。

她的补赎疗愈轻松：
我要将她服侍效忠，
　一生一世不后悔：
为奴者得自由包容，

① 凯斯内斯（Caithness），苏格兰东北部的一个地区。

都靠高贵巾帼英雄：
　愿她能永受赞美！
无论何时病痛欺负，
　都应向她求恩惠；
借她恩典进入永福，
　童贞与母亲高贵！

愿那曾死十字圣木，
我等罪人仁慈看顾，
　天上宫廷之君王！
女人，当你快乐幸福，
应想天主良善呵护，
　丰富倾注在身上。
你虽姣美不可方物，
　最终是枯萎下场。
享受至尊荣耀耶稣，
　赐下恩典伴身旁！

七

耶稣，借你高贵能力，
　赐我得你的恩典，
如是我能日夜如一，
　沉思默观你容颜。
如此行事令我心悦，

当我想起耶稣圣血，
　从肋旁倾流不息。
从受伤圣心到足前：
为我他倾流圣心血，
　从洞开的伤口里。

将耶稣之死亡想起，
　我的心翻江倒海；
我灵灰暗萌生阴翳，
　都因自己恶满怀。
谁把耶稣之死忘记，
他必陷入灾祸恐惧，
　受尽惩罚与祸灾。
我为所犯罪恶哭泣，
愿将它们全都剥离，
　不论今后和现在。

有人在世追求享乐，
　他深陷耻辱龌龊，
实在愚蠢不能逃脱，
　彻彻底底地悔过。
世上一切都要消逝，
随后到来审判之日，
　那人将堕入地下。

耶稣基督受辱而死，
带我灵入天堂福祉，
　在荣福中乐无涯！

你虽放荡也当细想，
　天主所受之痛苦，
为我灵魂忍受重创，
　让我死时不迷路。
为人类他受难丧命：
若人按他所说施行，
　远离所有的罪污，
那我等将进入欢乐，
与荣福，远超我猜测，
　永远陪伴着耶稣。

尊贵耶稣，仁爱宽容，
　被钉在十字架上，
长矛刺透，残忍哀痛，
　浑身鞭笞被满创；
受此苦辱，都是为人，
而他本是无罪之身，
　不论何时与何地。
人啊，他的爱是如此炽热，
全心全意救你解脱，

　愿与你称兄道弟！

八

我的歌中有悲伤，
　眼中写满哀怨，
我哀叹天大冤枉，
　就在绞架上边，
耶稣俊美又善良，
却让圣心血流淌，
　皆因爱我心愿。
浸透之伤口倾流，
那宝贵圣血不休：
　玛利亚，真心酸！

在一座高高山脊，
　众人都可看见，
城外不过一里地，
　就在日中时间，
十字架高高竖立。
他的朋友都惊惧，
　面如土色难看。
十字架牢立石基，
玛利亚独自站立，
　她说："悲哉，今天！"

我见你在那里——
　双目之中闪耀恩典，
冰冷赤裸躯体，
　你的脸色苍白灰暗——
高高悬挂十字架上，
血流如注等待死亡，
　邪恶盗贼分立两边，
谁能比我更加伤心？
玛利亚，她泪湿衣襟，
　在那心碎之地哀叹。

铁钉个个太过坚硬，
　铁匠太过残酷狡诈；
血流太多不停，不停，
　十字架也太过高大，
地上碎石鲜血浸染。
哦，耶稣你尊贵良善，
　门徒四散，无人牵挂，
只有圣徒约翰哀泣，
与玛利亚黯然焦虑，
　因你之死悲痛无涯。

我的伤悲，无休无止，
　反复叹息，痛哭流涕，

尽管此事令人发指，
　眼前一幕丑恶无比；
因我看到，高悬十架，
酷刑加身，痛苦挣扎，
　就是耶稣，我心唯一；
他的伤口，疼痛难忍，
长矛锋利，直入心门，
　穿透骨骸血肉肢体。

当我清醒之时，常常
撕心之痛透彻肝胆，
长吁短叹，我灵哀伤，
　我的想法，悲痛充满。
哦，人心疯狂将他咒骂，
更加过分钉上十架，
　为了交换几枚小钱，
竟将我等救主出卖。
荣福天路，由他打开，
　代价高昂，我等救援！

九

“母亲，要在十字架下站稳！
观望你子要用欢喜眼神；
母亲，你该当喜乐才对。”

“儿啊，我怎能袖手站立无忧？
我看你双足，我看你双手
被钉十字架如此可悲。”

“母亲，请把你的眼泪擦干！
我是为人类承受这死难；
我受苦不为犯下大罪。”
“儿啊，看你死亡时刻来临；
宛若利剑刺透我的内心，
西默盎[①]的预言真对。”

“母亲，慈悲！还是让我死去，
亚当与他后人身处地狱，
让我把他们都救下。”[②]
“儿啊，我心里痛苦得要死，
请容许我在你之前离世。
我还能说出什么话？”

“母亲，要可怜你所有子女，
也将你流出的血泪擦去：

① 西默盎（Simeon），也译作“西面”，参见《路加福音》（2:25）。
② 教会传统中有耶稣下降清空地狱的说法；后来又有所区分：只有古代的义人才得拯救，在他们未能入天堂之前，一直在一个叫作“灵薄狱”（Limbus）的地方苦苦等待耶稣的救援。不过，这些都不是被教会正式认可的教义。

它伤害我胜于死亡。”
　　“儿啊，我见你心鲜血流出，
一直流淌到我站立之处：
如何止住泪眼汪汪？”

　　“母亲，我来告你到底为何：
我一人去死是最佳选择，
胜过人类堕入地狱。”
　　“儿啊，我见你身体被鞭抽，
你的手足遍布深深伤口：
难怪我心刺痛如许！”

　　“母亲，请你仔细见我聆听：
我不死，你难逃地狱火刑；
我是为你承受死亡。”
　　“儿啊，不要见怪我的哀怨，
也不要责备我痛苦依然，
你的本性忠诚善良。”

　　“母亲，如今你自己已品尝
生产婴孩之人所受痛创，
孩子死去如何伤悲。”
　　“儿啊，这等伤悲我很清楚：
除非是地狱那永恒之苦，

更无苦痛比它可畏。”

　　“母亲，那就像母亲去哀号，
母亲的命运如今你知晓，
尽管一生纯洁童贞。”
　　“儿啊，你以言以行来扶助
所有那些人来向我哭诉——
妇女、少女、人妻愚钝。”

　　“母亲，在地上我不能再停，
时间已到我须地狱一行；
三日之后我将复活。”
　　“儿啊，我将陪你一同上路：
我渴望替你承担那痛苦
和死亡这最大灾祸。”

他复活时她才止住悲伤：
那幸福始于第三天早上：
母亲，那时你曾如何喜乐！
圣母，为了那开启的荣福，
邪恶魔鬼前，将我们保护，
祈求你的圣子宽恕罪过！

你受赞美，恩宠满溢。

我等不可，天堂放弃，
全靠圣子仁慈大能！
因那宝血残酷祭献，
十字架上，你曾受难，
主啊，引我得见天上光明！

十

当我看见繁花簇锦，
　听到鸟儿在歌唱，
心中涌动甜蜜爱心，
　我心撕裂而受伤。
这爱刚刚产生，
但它一样甜蜜真诚，
　让我开心歌唱。
我心中敢肯定：
我的欢欣与高兴，
　都因在他身旁。

当我独自站立，
　向他凝神看去，
他手足被钉起，
　三颗大钉恐惧，
满头伤痕遍布，
人却还不信服，

　他为光荣受屈。
我的心要大恸，
因爱他而悲痛，
　哀伤而又悲戚。

耶稣安静温和，
　给我坚强能力，
让我一心饥渴，
　爱你才是正义，
不惧承受苦辱，
为你，亲爱圣母！
　你真尊贵无比，
童贞母亲温柔！
为爱你子缘由，
　赐我天堂相聚。

哀哉，我当如何，
　全心全意悔改？
献上爱的承诺；
　因他承受祸灾，
遍体伤痕切肤，
为将我等救赎。
　谁能解释此爱？
圣血倾流下地，

源自圣伤遍体，
　灭除众人之灾。

耶稣温驯良善，
　我要为你歌唱；
我祈求与礼赞，
　为你实属该当。
愿我罪愆停住，
愿我补赎消除
　一切世间错妄。
亲爱耶稣，当我
此世生命解脱，
　紧紧靠你胸膛！

十一

人心永远不能明白，
　我们能如何吸引，
十架上那一位的爱，
　圣伤中流出救恩。
他爱拯救我们，我们不再昏沉，
将那可憎魔鬼，打入地狱大门。
昼与夜不停歇，他将我们挂记；
他所救之人不会轻易放弃。

他用圣血救赎我们；
　还有什么未付出？
他是如此良善温驯，
　罪过未把他玷污。
我说，我们当永远悔改补赎，
向耶稣高呼：“仁慈，我们求助！”
昼与夜不停歇，他将我们挂记；
他所救之人不会轻易放弃。

他见其父怒气冲天，
　都因人罪恶堕落：
心怀伤悲，他发誓愿，
　我们都要蒙大祸。
但他那爱子发出请求说：
他愿以死相救，一个不落。
昼与夜不停歇，他将我们挂记；
他所救之人不会轻易放弃。

他为我们免去死亡惩处——
　这是仁义宽容举动！
亲爱的基督，纳匝肋耶稣，
　赐我进入天堂之中！
被钉十架者，我们不听从；
他皮肉绽开，被鲜血染红。

昼与夜不停歇，他将我们挂记；
他所救之人不会轻易放弃。

他那绽开伤口血流如注；
　我们不能忘记他：
因着他才免受地狱之苦；
　让我们脱免罪罚。
为爱我们他凹陷了双颊：
为他地上亲人，宝血流下。
昼与夜不停歇，他将我们挂记；
他所救之人不会轻易放弃。

世俗诗

一

男人之心很难知道，
　单恋带来的痛苦，
除非有女性来忠告，
　因她对此很清楚。
这爱情短暂且误入歧途：
她曾许誓愿，如今却不顾。
我因爱她而一直忧郁悲伤不断；
　我虽想念却不能一睹芳颜。

今天我欲呼出她名，
　却只能呃呃诺诺。
跻身贵胄位列宫廷，
　家族中她最婀娜。
除非她爱我，否则是她的过：
悲哉那人！爱上女孩却又无法赢得！
我因爱她而一直忧郁悲伤不断；
　我虽想念却不能一睹芳颜。

流着泪我跪她眼前
　说：“小姐啊，我今哀恳
你开恩作我的良伴！
　爱情故事般忠贞！
直到你答应，悲伤在我心，
因为相思痛，我不愿生存！”
我因爱她而一直忧郁悲伤不断；
　我虽想念却不能一睹芳颜。

爱人的城堡真有福，
　骑士与仆从如云！
她的闺房可人悦目，
　游戏与宫廷歌吟。
除非她爱我，我悲伤无度：
悲哉那人！爱人不专一而令他受辱！

我因爱她而一直忧郁悲伤不断；
　我虽想念却不能一睹芳颜。

少女中你叹为观止，
　我的爱只对你钟情，
我可发誓，不论几次，
　哪怕多似晨露清清，
或地上青草，或天上繁星！
我因爱她而一直忧郁悲伤不断；
　我虽想念却不能一睹芳颜。

二

春天怀着爱意再临，
带来繁花，鸟儿歌吟，
　带来最高的欢乐。
雏菊已将溪谷满布，
夜莺欢歌多么幸福，
　每只鸟儿都高歌。
这和声鸣响而不绝，
因为冬天今已完结，
　车叶草地面突破。
一群鸟儿放声赞美，
春天的喜乐与快慰，
　森林也为之吟哦。

玫瑰披上红色纱衣，
绿叶初生散发香气，
　在绿林之中闪烁。
月亮撒下皎洁光芒，
百合婀娜令人神往，
　茴香百里香远播。
野鸭成群四处游荡；
召唤伴侣高声鸣唱，
　如溪水欢快高歌。
为情所困者在叹息，
我不幸也算作其一，
　烦恼因求爱不得。

月亮撒下愉悦光线，
太阳放射光芒璀璨，
　鸟儿欢唱多嘹亮。
露珠打湿山坡丘陵，
动物发声昆虫长鸣，
　讲述其爱的篇章。
虫儿在地下忙交配；
女性在地上显富贵，
　春日她们更闪亮。
若无一个为我动情，
不幸的我只好亡命，

　野外密林把身藏。

三

在三月与四月之间，
　万物复苏而初萌，
小鸟咏唱鸟儿之歌，
　尽情高歌兴冲冲。
　我正迷失于爱中，
　为甜美之人冲动。
　愿她带来乐无穷
　　为我，她的爱人！

恩宠与荣光都属于我，
它们定是来自神，没错；
我的爱将所有女性越过，
　艾莉森才是我的选择。

秀发明亮身材修长，
　棕色双眉多迷人；
黑色双眸闪烁柔光，
　将我的眼睛盯紧。
　除非她将我接纳，
　忠实情人陪伴她，
　命运就是个笑话，

我的此生已尽。

恩宠与荣光都属于我，
它们定是来自神，没错；
我的爱将所有女性越过，
艾莉森才是我的选择。

我整夜都辗转难眠，
双颊为你而失血，
小姐，为你心痛连绵，
心中欲念不停歇。
任何神奇的语言，
不能将她来称赞：
哦，颈项妙不可言，
阳光下最迷人！

恩宠与荣光都属于我，
它们定是来自神，没错；
我的爱将所有女性越过，
艾莉森才是我的选择。

我心已然疲倦不堪，
数日不眠受折磨，
担心我的爱被盗窃，

为她着迷难逃脱。
但这一时的难熬，
胜过永远的懊恼。
亲爱的，我已拜倒，
　请听我的衷心！

　　恩宠与荣光都属于我，
　　它们定是来自神，没错；
　　我的爱将所有女性越过，
　　　艾莉森才是我的选择。

四

我要走遍里伯山谷，[①]
将最曼妙女孩找出，
　挑选哪个最中意。
身材容貌她最美好，
我找的她名气不小，
　位列上层名流里。
她眼神如阳光耀眼，
人都说那亮如闪电，
　照射着整个区域。
如百合花，亭亭隽美，
洁白耀眼，玫瑰光辉，

① 里伯山谷（Ribblesdale），英格兰约克郡北部的一片谷地。

　发网也金光熠熠。

看她面容一道光线，
正午阳光击我心田，
　反正是我的印象。
她那浅灰色的妙目，
向我看来直射心腹，
　双眉上弯频发光。
即便明月直挂高天，
无法如此闪亮夜间，
　哪怕耗尽其能量，
她的额头白天闪烁。
为她我生命成哀歌，
　如同笼罩着死亡。

她的秀眉，弯曲优雅，
双眉之间，一点无瑕；
　她的生命真幸福。
我注定要为爱死亡。
她的言语，香传四方，
　她的鼻挺拔玉柱。
长长秀发，宛若瀑布，
当它解开，飘洒四处，
　我的狂喜难止住。

俏皮下巴，光洁面容，
白嫩皎洁，映照粉红，
　如玫瑰含苞待出。

双唇轻咬，若有所思，
殷红动人，淋漓尽致，
　浪漫故事摄魂魄。
还有一事人尽皆知，
皓如珠玉，她的贝齿；
　宫廷显贵也示弱。
她的颈项，宛如天鹅，
修长若此，从未见过，
　真正完美之佳作！
我心甘情愿等候她，
胜过见教皇在罗马，
　大马得骑多巍峨。

她的小手欺霜赛雪，
如最佳皮纸般白洁，
　也如它一样细腻。
手儿柔顺赛似凝脂，
双臂修长闪烁不止，
　象牙般光洁纤细。
她的手指，纤纤有力；

我若得幸将之牵起，
　整个世界都欢喜。
她的胸部伊甸香果，
巍巍颤动亚麻衣着，
　亲眼见者难自已。

纯金锻造，精心琢雕，
一条玉带轻束纤腰；
　流苏将脚趾轻抚。
翡翠点缀，晶莹闪烁，
红色宝石，精心切割，
　一排排夺人双目。
腰带锁扣，鲸鱼之骨，
一块宝石，中央保护，
　各种邪恶难侵入。
这块宝石，水中浸透，
水流过后，化作美酒。
　见证之人都叹服。

杨柳细腰，婀娜身姿
美人之中，头等品质，
　飞天凤凰无匹敌！
柔美两胁，嫩滑如丝
洁白耀眼，肤如凝脂；

　容颜如水晶清丽。
所有部位，虽未提及，
当无意外，曼妙无比，
　如外衣形状建议。
耶稣眼中，也是有福，
你若与她，良宵共度，
　因你已在天堂里。

五

佳人肌肤白如鲸骨；
像独自闪烁的金珠；
一只白鸽我心所属，
　世上最美之人！
让她拥有永恒幸福，
　我要不停歌吟。

若幸福向佳人倾流，
这世界我夫复何求？
唯愿与佳人独停留。
　再无一句怨言。
正是美人带来忧愁，
　我生痛苦之源。

没有一个比她更美。

若能将她拥入床帏，
获取芳心此生无悔，
　真正天生尤物！
但她眼中我无地位，
　真正让我痛苦。

歌手如何放声高歌，
当他心里悲伤难过？
她带给我死亡灾祸，
　提前取我性命。
向她俯身，可爱雏鸽，
　迷人灰色眼睛！

那双眼带给我痛苦；
弯弯柳眉令我幸福：
迷人红唇若能吻触，
　宛若进入天堂。
我愿和你交换命途，
　若你入她闺房。

若你头脑心智正常，
任何女人尊贵端庄，
为她我将三位奉上，
　毫无半点不舍。

地狱天堂，天空海洋，
无人聪慧，向她那样，
更不及她一半大方，
　真爱者听我说！

没错，来听听我唠叨。
我心如中邪般燃烧：
地狱之火虽然煎熬，
　也不及爱之火，
因为暗恋者太胆小，
　不敢尽情述说。

我愿她喜，她让我苦；
我作她友，她将我辱：
我的心会破碎难复，
　皆因哀伤忧戚。
她将离去，天意难阻，
　如此纯洁美丽！

我愿化作一只歌鸫，
或鸫鸟、云雀在天空，
　鸟儿如此美丽！
在她外裙与衬裙中
　我要藏身栖息。

六

五月一个美丽拂晓，
山上林间枝叶繁茂，
　动物也心欢畅。
枝头绽放绚烂鲜花，
纨绔子弟求爱潇洒：
　我心也是一样。
在我眼中最美花朵
就是美女闺房端坐，
　心怀被爱渴望。
如此佳人西方居住：
我爱那位更是翘楚，
　从爱尔兰到印度洋。

女性该属最佳造物
天上君王精心所塑，
　却被爱人出卖。
男人所爱无非欲望，
还有私情，他们应当
　把妻子来珍爱。
可靠男人实在太少，
少女总将真心托靠，
　不顾陷阱危害。

负心之人终会背叛
美丽女孩，打破誓愿；
　誓言为她成灾。

未嫁美人应当留神
甜言蜜语负心之人，
　注意他的名声！
从莱斯特城到朗德，
这种男人真是太多，
　最会阿谀奉承。
虚伪之人歪曲事实，
不时就会想做恶事，
　幽会之时得逞。
啊，美丽佳人要当心，
以免将来自贬悔恨，
　爱成一生噩梦！

女人天生可爱魅力，
人人都是忠诚不移，
　除非先受男人骗。
啊，高贵而美艳佳人！
男人来求爱要当心，
　败坏能带来灾难。
女人卧床追悔不及，

处女之身早已失去，
　注定一生含孤怨。
啊，面容俊俏衣衫飘逸！
若她聆听，心中欢喜，
　与我速定终生缘。

七

阳春四月，人人可听见，夜莺在欢唱，
林中草叶一片青绿，鲜花也在绽放，
爱射入我内心，宛若尖利长矛的创伤。
日日夜夜啜饮我血：忧伤直刺我心房。

整整一年身陷情网，我已不能再爱：
我无尽叹息因你而生，我将你崇拜，
可是爱依然敬而远之，我饱受伤害。
亲爱的，我爱你日久天长，求你听我表白。

亲爱的，让我求你，只说一句爱语，
因我一生再不会爱上其他少女。
有你的爱，我的宝贝，能将幸福获取；
你的香唇只需一吻，便能让我痊愈。

亲爱的，让我求你，给我一次机会：
他们都说，你真爱我，可我却难品味，

若你愿意，就请让你的爱更加的充沛，
因我对你不能自拔，精神已然枯萎。

林肯、林赛、朗德、北安普顿，[①]方圆千里，
从未见过更美的女孩让我内心铭记。
宝贝，做一回我的爱人，我来求你。
为痛苦我须吟唱哀歌，
是她让我郁郁不乐。

八

在未知的林中骑行，
我碰上美丽的猎物；
她像黄金闪亮晶莹，
无人能及，悦人面目。
我问她，是否能告我
她父亲的名号，可她
让我走开，面露怒色，
说：莽汉她拒绝作答。

他："最高雅的一位，请将我聆听！
我无恶意，也不假装：
我会保护你免受灾难不幸，

① 林肯（Lincoln）、林赛（Lindsey）、朗德（Lound）、北安普顿（Northampton），都是英格兰城镇。

给你披上华丽衣装。”

她：“我的衣服与名声匹配，
而我本人也喜欢：
衣着寒酸而清洁无罪，
胜过华服罪中沦陷。
倘若让你得逞，浪荡之人，
你只会寻欢一时作乐。
我宁可坚守，束缚自身，
胜过犯罪，悔恨堕落。”

他：“别再让怨恨让你伤神！
我发誓给你尊严。
直到白头我都会忠贞，
坚守我每句誓言。
为何只对我毫无信念，
轻视我对你真爱？
换个人对你如此纠缠，
你绝不会说‘拜拜’！”

她：“你的提议很快会让我后悔，
那时我失去所有安宁，
因为不久你会爱上另一位，
我短暂幸福消逝无影。

我会成为饿鬼，无家可归，
　　挨家挨户人前羞耻，
亲人离弃，驱着我去追随
　　那个我曾紧抱的荡子。

“最好还是嫁个知礼的郎君，
　　他会礼貌地吻我，牵我之手，
好过屈尊嫁给浪荡的恶棍，
　　他会把我弄死，而不是解救。
我们二人最好的事，我很清楚，
　　那就是你娶我，我嫁你，
可到了发誓时，我会说‘不’，
　　神的作为，人不能违逆。①

“我也不是害怕违背誓愿，
　　但我也不是神奇女巫。
守身如玉也非我所喜欢，
　　只求所爱者此生不负。”

九

他：“我爱死亡，恨生命，皆因那美丽妇人；
　　我深知，她艳丽宛若阳光明媚的清晨：

① 婚姻在教会里是一件圣事，被看作是神亲自结合的，人是不可拆散的，所以在天主教会中，有效婚姻不许离婚。

我绝望委顿，仿佛夏日树叶失去鲜嫩。
大脑已经枯竭，我能向谁倾诉我内心？

“哀叹、忧愁、悲伤至死，将我心紧紧抓住，
我担心，这样下去我真的无法再应付。
我的爱，你一句话就能将我忧虑消除。
让我生命凋零枯萎，这对你有何好处？”

她：“学生，闭嘴！你这傻瓜。我不想再责骂。
你永远不会等到那天，我在你身边躺下。
要是让你入我闺房，人人都会将你笑话。
我宁愿徒步蹒跚，也不会跨上你这匹劣马。”

他：“哎呀，你为何说这话？我是你的，发发慈悲，
因为你总在我脑海中，不论我何处来回。
若我爱你而死，这笑话将与你一生相随。”

她：“闭嘴，傻瓜，这称呼真不假；能否不再啰嗦？
父亲与他亲戚日日夜夜都守候捕捉。
要是在我房中将你抓住，为躲避罪过，
会将我软禁，把你杀死，招致杀生大祸！”

他：“最心爱的，回心转意！你让我凄楚不堪，
如今我满心悲痛，以前可是幸福满满：

你我曾亲吻五十多次，就在你的窗前，
你的一句应允就能清除，心上人苦难。”

她：“哎呀，你为何说这话？这让我爱伤复发。
我曾爱上一个学生；他对我忠贞不假；
一日不见我面，他就会一直心情不佳。
我爱他胜过性命；撒谎算什么好办法？”

他：“当我还是学校里学生，我曾学得各种知识；
如今因为爱你，我遭受各种痛苦无休无止，
远离家人，远离人群，在树林中流浪迷失。
亲爱佳人，快发仁慈，我早已经语无伦次。”

她：“你真是像个学生，说话柔和而又宁静：
不能让你为爱我，害上如此痛苦心病。
父母或是亲人，都不能削弱我心坚定；
你是我的，我是你的，我要你喜乐满盈！”

颂歌

导读

英语当中的颂歌“carol”一词来自法语的“carole”，原指一种集体转圈舞（circle dance）中使用的歌曲，在12—14世纪时都非常流行，后来也用在节日游行中。一般而言，颂歌都与圣诞节有关，但也有少许的例外。这里收录的几首15世纪颂歌中大致反映了这种情形。比如，第一首《我把童贞歌唱》（*I Sing of a Maiden*）就是以玛利亚领受天使加百列预报降生为主题。而《基督生于玛利亚之时》（*When Christ Was Born of Mary Free*）正是在圣诞夜吟唱的颂歌。《野猪头》颂歌（*The Boar's Head Carol*）听起来颇为奇怪，实际上描述的是圣诞节特别的烤猪游行。它源自日耳曼民族的异教“游乐”（Yule）节日庆祝，原是与狩猎祭献相关的仪式，在冬至左右举行，据信是献给“太阳神野猪”（the Sun-boar）的，但后来被基督教转化为圣诞节期的民间仪式，直至今日还在多地举行。该颂歌有多个版本，这里选择的被认为大概是1500年之前的早期版本。这也是为什么，在《圣司提反与希律》（*St. Stephen and Herod*）中有了司提反端上野猪头的桥段。该剧的情节完全是想象，并不符合《圣经》记载；它以近乎戏谑的手法为圣司提反的节日为何紧挨着圣诞日找到了根源。《我曾居住此地》（*Here Have I Dwelt*）是将圣诞节期拟人化的一首颂歌，于圣诞庆期结束时吟唱，所以采用了圣诞节在与人道别的想象视角。《是神也是人》（*A God and yet a Man*，也称*the Divine Paradox*）非常特别，是一首深刻的思辨诗歌，对基督与玛利亚现象的悖论进行抽象反思，最终强调了"信"而非"理解"是唯一途径，这其实是遵循了奥古斯丁（Augustine）与安瑟伦（Anselm）的"信仰寻求理解"（fides quaerens intillectum）这一著名教会传统。不过，《基督圣体颂歌》（*Corpus Christi Carol*，也被称为*He Bare Him Up, He Bare Him Down*）就不属于圣诞题材；它来自一本作于1504年的手稿，本身没有题目，在基督圣体节（一般是在夏初）游行时吟唱。诗中受伤的骑士或许是基督的象征，而哭泣的贞女则可能是指玛利亚，歌曲本身则可能是在描述纪念基督受难时的情形。《我有只高贵公鸡》（*I Have a Noble Cock*）更是少见的非宗教题材颂歌，该诗的改编版出现在1969年的音乐剧《坎特伯雷故事集》中，并由此而名声大振。它和第一首颂歌都载于著名的Sloane 2593抄本上。

我把童贞歌唱

我把童贞歌唱，

　　世上无人相似。
寰宇万王之王，
　　她选来做亲子。
他悄悄地进入，
　　他的母亲那里，
宛若四月甘露，
　　降落青青草地。
他悄悄地进入，
　　到他母亲腹中，
宛若四月甘露，
　　降落层层花丛。
他悄悄地进入，
　　母亲躺卧之处，
宛若四月甘露，
　　降落妍妍花簇。
母亲也是童贞，
　　除她更无旁人；
唯独这样妇人，
　　配为天主母亲！

基督生于玛利亚之时

副歌：
我等为基督作歌一首，

在至高光荣中。[1]

基督生于玛利亚时，
就在白冷美丽城市，
天使欢唱高歌不止：
　在至高光荣中。

牧人亲睹天使容颜，
大光之中为其显现，
宣告“神子今夜降诞”，
　在至高光荣中。

君王来将人类救赎，
正如我等所读经书；
为此我等作歌表述：
　在至高光荣中。

我主因你至高恩宠，
赏赐我等亲见圣容，
那里将你救援歌颂：
　在至高光荣中。

---

① 原文是拉丁文：*Christo paremus canticam/In excelsis gloria.*“在天上光荣中”一句是天使所唱内容，参见《路加福音》（2:14）。

野猪头

副歌：

我带来野猪头，
吟咏赞颂上主。[1]

这野猪头，我端手中，
花环装点，鸟儿吟咏。
我求大众，一同歌颂，
　你们这席上之人。[2]

这野猪头，我看明白，
在此地是一道大菜。
不论在哪里端上来，
　都有芥末当佐料。[3]

我敢肯定，这野猪头，
就在那十二天之后，
它就会消失而溜走；

① 原文是拉丁文：*Caput apri refero/Resonans laudes Domino.*

② 原文是拉丁文：*Qui estis in convivio.*

③ 原文是拉丁文：*Servitur cum sinapio.*

逃离自己的本土。[①]

圣司提反与希律

圣司提反曾经在希律王宫中地位显耀，
他负责衣着与食物，就算国王也需要。

司提反从厨房来，野猪头手上捧；
他看到明亮星辰，照耀在那白冷。

他扔下野猪头，空手走进宫殿里。
“我抛弃你，希律王及你所有活计。

“我抛弃你，希律王及你所有活计；
有位婴孩诞生白冷，比我们都要美丽。”

“你犯了什么病，司提反？到底怎么了你？
你是缺肉还是少酒，在我希律王宫殿里？”

“我既不缺肉也不少酒，在希律王宫殿里；
有位婴孩诞生白冷，比我们都要美丽。”

① 原文是拉丁文：*Exivit tunc de patria*.这是指传统的圣诞节十二日假期（Christmastide），从12月25日到1月5日——传统的“三王来朝”节日，纪念贤士朝拜耶稣的日子（在罗马公教里现在改到了1月6日，称“主显节”）。这段时间在西方是假期，而且在礼仪上也安排了多个宗教节日。

“你犯了什么病，司提反？你是傻了还是疯掉？
你是缺金还是少银，或是需要珍贵草药？”[①]

“我既不缺金也不少银，更不需要珍贵草药；
有位婴孩诞生白冷，他会满足我们的需要。”

“这事要是实情，司提反，完全是实情，
我盘里的烧鸡立刻就会打鸣。”

他话音还未落下，话还在厅中回响，
“基督已诞生！”[②]那鸡就在贵客前鸣唱。

“来啊，我的打手们，不管一个还是俩，
把司提反拖到城外，一顿乱石猛砸！”

他们便拿住司提反，如此将他砸死，
正因如此，他节日前夕竟是圣诞日！

我曾居住此地

副歌：
现在祝你日安，现在祝你日安！
我就是圣诞节，离开就在今天！

① 珍贵草药（rich weed），应当是一种常备的草药。
② 原文是拉丁文：*Christus natus est.*

我曾居住此地——多少算是，
从诸圣节庆到烛光节日！[①]
今天是和你们道别之时，
　现在祝你日安！

我向君王与骑士来道别，
还有美丽贵妇、伯爵、男爵！
我得穿戴整齐回到荒野！[②]
　现在祝你日安！

向这宫殿主人良善温和，
及所有宾客我就此别过！
我仿佛听到斋期在吆喝，
　现在祝你日安！

向每一位尊贵官员，

① 诸圣节（All Saints'Day）是11月1日，这一天纪念教会内的所有圣人；烛光节（Candlemas）直译是“烛光弥撒”，在2月2日，纪念奉献耶稣圣婴于圣殿，参见《路加福音》（2:22—39）。由于《圣经》提到耶稣是“启示异邦的光明”，所以这一天弥撒中每个人都会点燃蜡烛庆祝。11月1日可以看作人们准备圣诞节的开始；2月2日则是圣诞期的最晚结束日，许多家庭在这一天会拆下圣诞装饰与圣诞树。

② 这里暗指即将来临的斋期，今日称“四旬期”（Lent），纪念基督四十日在荒野斋戒祈祷，一般都是 2 月前半期开始，所以下文有“听到斋期吆喝”的说法。

典礼、司膳、司酒总管，[①]
我的道别只为今年，
　现在祝你日安！

我相信明年我还能
让这大厅充满笑声！
只要英国安享太平！
　现在祝你日安！

是人怎又是神

是人怎又是神？
童贞怎是母亲？
智力也有穷尽，
只把异同区分。

神他怎能去死？
死人怎能生存？
智力作何解释？
理智作何推论？

真理之神如此教导。
人的智力实在太弱，

① 典礼（marshal），负责典礼之人；司膳（panter），负责食物之人；司酒总管（butler），负责酒席或担任总管。

借助理智明白不了。
相信就好别再疑惑。

基督圣体歌

副歌：
啦哩啦嘞，啦哩啦嘞，
猎鹰已将我伙伴带去。

它带他上天，带他入地，
带他进入荒芜果园里。

在那果园里有个大屋，
屋里悬挂紫色的丧布。[①]

那屋中放置一张床铺；
悬挂金色红色的帐幕。

床铺上有个骑士躺着，
伤口在日夜流血成河。

床边还跪着少女一名，
她在哭泣昼夜都不停。

① 紫色是教会里哀悼死者礼仪所用的颜色。

床边有一块石头摆放，
“基督圣体”[①]就刻写其上。

我有只高贵公鸡

我有只高贵公鸡，
　　他会在白天打鸣。
他催促我早早醒，
　　将我晨祷来诵吟。

我有只高贵公鸡，
　　他品种可真不俗。
那鸡冠红若珊瑚，
　　尾巴却靛蓝一束。

我有只高贵公鸡，
　　他出自伟大宗族。
那鸡冠红若珊瑚，
　　尾巴却是黑乎乎。

他双腿颜色湛蓝，
　　笔直修长真高雅。
双距[②]却银白耀眼，

① 原文是拉丁文：*Corpus Christi*。
② 双距（spurs），公鸡腿后的突出物，斗鸡的利器。

牢牢长在它双爪。

他双眼水晶闪耀，
　　四周有琥珀镶嵌；
每晚他都要歇脚，
　　在我女主人房间。

第三部分　书信

名人书信六篇

导读

古代的信件是极难保存到今天的。诺曼征服（1066年）之前幸存下来的信件被搜集成册，散布在英吉利海峡两岸的教会图书馆中，有些则出现在一些历史学家的引文中，比如著名的不列颠史学家圣比德。[①]它们几乎都是教会人士或君主之间的通信，数量在一千封以上，这证明，盎格鲁－撒克逊教士们实在是对书信情有独钟。当然，其他受教育阶层应当也写过大量书信，只是缘于其重要性的不足而没有保存下来。

根据比德《英吉利教会史》（*History of the English Church and People*）的记载，额我略[②]在成为教宗前曾在罗马集市上见到英格兰少年被当作奴隶售卖，并为如此美丽民族还未归附基督信仰而心痛感慨。在595年写下的《额我略致坎迪都斯书》

① 比德（Beda），英文为Bede，也译作“伯达”。

② 额我略（Gregorius），英文为Gregory，也译作“格列高里”。

（*Gregory's Letter to Candidus*）中，他便建议高卢传教士坎迪都斯购买英格兰男孩并“送到隐修院受教育而献给天主”。597年时，额我略正式派遣以坎特伯雷的奥古斯丁为首的传教团出发向英格兰人传教，或许正是受到了这一经验的影响。

到了7、8世纪时，盎格鲁－撒克逊隐修院派遣了人数众多的男女传教士进入北欧传教，这其中最著名的便是“日耳曼使徒”（Apostle of Germany）波尼法爵（Bonifacius，英文Boniface）。生于675年的波尼法爵令大量异教徒归附，创立了多个隐修院，重整了日耳曼的教区，并且让教宗与法兰克国王矮子丕平（Pepin）建立了良好的沟通。他的信件有两百多封保留到了今天，让我们能近距离地了解这位伟大虔敬的圣人。《波尼法爵致福尔拉德书》（*Boniface's Letter to Fulrad*）写于752年，彼时他已自觉精力日衰，从其迫切中肯言辞中，颇能感到他对自己合作多年的盎格鲁－撒克逊同伴的拳拳关怀之心，这封信也为我们提供了当年传教士艰苦生活的生动一瞥。

最终，波尼法爵与50名同伴一道于754年走上了殉道的祭坛，而信中提到的鲁尔（Lul）继承了其日耳曼主教的职位，此人也成了《库特贝尔特致鲁尔书》（*Cuthbert's Letter to Lul*）的收信人。在这封信中，我们可以感受到盎格鲁－撒克逊教士们之间的联结，越千山万水而不坠，不论是在日耳曼信仰荒原耕耘播种，还是在不列颠诺森布里亚（Northumbria）隐修院中笔耕不辍。诺森布里亚是英格兰信仰的摇篮，在这里也诞生了艺术品中的瑰宝——林迪斯法恩福音书（Lindisfarne Gospels）。库特贝尔特曾是该地区维尔莫斯隐修院（Wearmouth Abbey）的院长，圣比德的学生，是仅存的记载比德之死的文本的作者。信中提及日耳曼教士对比德作品的渴望，由此即可看出，圣比德所受之崇敬，在其死后30年内就已在英吉利海峡两岸广为传播了。

另一位来自诺森布里亚王国的阿尔昆（Alquin of York）则是文人中的一代翘楚。应查理曼的邀请，他于782年来到亚琛（Aachen）的法兰克王宫中，成为皇家学校的校长，也是帝王在教义、教会关系上所倚重的臂膀，更是卡洛琳王朝文艺复兴（Carolingian renaissance）的关键人物。他与全欧洲教士们的通信居然有三百余封传世，而《阿尔昆致诺森布里亚王书》（*Alcuin's Letter to the King of Northumbria*）中反映了如下事实：793年6月8日，艾特尔雷德一世（Æthelred I of Northumbria，762—796）治下，维京人对林迪斯法恩（Lindisfarne）的侵略。在他看来，诺森布里亚王国最早的隐修院遭到亵渎便是神对败坏人民之盛怒的清晰标记。但在这种解读的背后，我们当能看出，它指向的更是整个诺森布里亚王国中盛行的腐败以及该文化的陨落。

邀请阿尔昆到宫廷的查理曼当然是毫无争议的一代霸主，这点毋庸赘言。然而我们所不知的是，还有一位君王当时竟能受到与查理曼平起平坐的尊重，他便是麦西亚的君主奥法（Offa of Mercia），他在位40年（757—796），曾是当时空前强大的英国君主，自封为“全部盎格鲁人国土之王”（*Rex totius Anglorum patriae*）。《查理曼致奥法书》（*Charlemagne's Letter to Offa*）事实上就是一份贸易协议，作于796年。该信的主旨即是向奥法保证朝圣者通行的安全，并给英格兰商人法律保障，甚至在遭遇不公待遇时有权利向国王求助。与此同时，查理曼也要求在英格兰为高卢商人提供对等的权利。从信中我们也得知，查理曼给所有麦西亚的主教区（bishopric）都备有厚礼，这自然是为了显示其虔诚基督信徒和信仰保护人的身份。

尽管奥法自封为全英格兰之王，但真正意义上的第一位全英格兰国王其实是艾特尔斯坦（Æthelstan）。在其称霸全英格兰之初，四处强敌林立，其中卢瓦尔维京人（Loire Viking）侵袭了布列塔尼（Brittany，13世纪后归法国统治）的多尔（Dol）。多尔隐修院院长（prior）拉德布罗德（Radbrod）致信给艾特尔斯坦，在送上一些国王喜爱搜集的圣髑（relic）的同时也提醒他，要对拉德布罗德以及多尔的其他教士之安危承担起保护之责来。这是艾特尔斯坦时代唯一幸存的书信，大概作于924—926年之间。

额我略教宗致坎迪都斯书

额我略致即将赶往高卢照看产业[①]的坎迪都斯司铎：

我们[②]期盼，当你能借助我主耶稣基督的助佑，前往管理高卢地区的产业时，敬请能用你将收到的资金为那些贫穷的英

① 产业（patrimony），在教会的理解中，它既包括物质的动产与不动产，也包括精神上的灵性产业，即管辖下的教众。

② 此处的“我们”就是所谓的“majestic we”，即帝王对自己的“尊”称，相当于“朕、孤”。

格兰男孩子们购置衣物；这些孩子们也就十七八岁，这样他们能被献给神，送到隐修院中受教；如此，即便高卢人的金钱无法在我们的国度使用，却也能得到善用。若你真的能找回被夺去的资金，那么如前所述，我们也希望你用这些资金来为那些穷困的男孩子买衣物，好让他们能在侍奉全能天主方面获得进步。不过，由于他们还是外教人，因此我希望能有一位司铎陪同他们，这样若是路途上有人生病，他可以为那些临终者施行洗礼；因此，请你遵照执行，尽心尽力完成这些事情。

波尼法爵致福尔拉德书

波尼法爵，神的众仆之仆，因基督之恩典成为主教，致最亲爱的教会同僚福尔拉德司铎，并在基督的爱内送上永恒的问候。

在我多次需要时，你总是为了天主而向我显示兄弟之爱的灵性友谊，为此我感激不尽；我只能祈求全能的天主在至高之天，在众天使喜乐中，以其永恒的恩典回报你。如今，以基督之名我祈求，你所善始之事能得到善终；即，你替我问候我们最显耀与高贵的丕平王，并大大感谢他为我所作的一切善行；你可以告诉他，会发生在我和我一众友人身上之事。由于这些病患，我必将很快结束这暂时的生命，完成我的寿数。因此，我以基督天主子之名请求我们的国王陛下，请他趁我还在世时不吝告知：此后您将如何对待我的门徒，因为他们几乎都是外国人。其中有些是被任命在多地服务教会与人民的神父；有些是各隐修院中的隐修士，学习读写的孩童；有些是受尽劳苦帮助过我、多年陪伴我的老者。我对所有这些倍感心焦，切愿我死后他们不会被驱散，而是能获得陛下您的指引与支持之恩典，不会向没有牧人的羊群而四散；与外教人接壤之边境人民也不会失去基督的法律。因此，我以天主之名恳请陛下您的仁慈，让我的爱子，辅理主教（suffragan bishop）鲁尔——若符合天主旨意，并或陛下首肯——获任命与授权，以司铎与任命的传道人与教师（preacher and teacher）的身份为各民族与教会服务。我也希望，若天主愿意，司铎们能以其为主（master），隐修士以其为会规之师（teacher of a rule），基督信众以其为忠信的传道人与牧人。我还有一个特别祈求，皆因在外教人边境附近的司铎们生活穷困。他们食物倒还足够，但却无法获得衣物，除非他们能在别处找到一位保护与支持者，能够在他们服务人群之处扶助补足，如我曾帮助过他们那样。若基督的良善能鼓舞您接纳，您愿意接受我请求之事，但请屈尊，让这些我的信使转告，或您赐下书信告知，这样，我或死或生，均能因您的恩典而更加喜悦。

库特贝尔特致鲁尔书

致基督爱内最高贵最亲密的朋友，教长（prelate）中最亲爱的鲁尔主教，比德司铎的门徒库特贝尔特致以问候。

我很感激你充满爱心的馈赠，更令我感激的是，我知道，你是怀着最深的真情实感送来的礼物；你给我们送来一件全丝绸的长袍，这是为了我们所追忆的师父比德的圣髑遗骸，以表怀念与敬意。在我看来，包括英格兰所有省份的整个民族，不论他们身在何处，都应当感谢天主，因为他赐给了这个民族如此伟大的人物，拥有各种天赋，且兢兢业业地善尽其才能，且度过圣善的一生；我是在他的脚边长大的，我所说的这些都是亲身的经历。你也给我送来了一幅多彩的盖毯，让我能保暖御寒。而我却满怀喜悦地将它献给了全能的天主，以及圣使徒保罗，用它来遮盖奉献给天主的祭坛，因为我在他的保护下已在隐修院里度过了四十六载。

如今，既然你曾开口要一些我们可敬父亲（blessed father）[①]的作品，因你的爱，我和学生便竭尽所能准备了一些。我已按你的愿望送去了一些有关天主之人库特贝尔特的作品[②]，既有诗歌也有散文。若我还能做更多，我自然很乐意。可过去这个冬天肆虐我们这个民族的岛屿，带来可怖的严寒与冰雪，漫长且大面积的暴风雨，所以抄写者（scribe）的手无法完成太多的书卷。

我的弟兄，六年前我曾托亨韦恩（Hunwine）司铎带去一些小礼物，即二十把刀具和一件水獭皮衣，当时他要去你的地区，并且渴望见到罗马；但是这个亨韦恩司铎到了一个叫作贝内文托姆（Beneventum）[③]的城市后便搬到了那边。因此，不论

① 当指比德。

② 这里的库特贝尔特应当是指林迪斯法恩的圣库特贝尔特（635—687），而不是本文的作者。后文有比德对该圣徒之死的记载。

③ 即今日的贝内文托（Benevento），在意大利南部。

是通过他还是你的人，我都没有得到任何消息，不知那些物品是否送到了你那里。父啊，与这些书籍一起，我们也精心准备两条精致的围巾给你，一条白色，一条染色，还有我身边的一只铃铛。

我求你不要拒绝我的请求与需要；若你的教区中有人能够制作玻璃器皿，请你在合适之时不吝将他派来。若此人是在你教区范围之外受他人管辖，我请求你因兄弟情谊敦促他来我们这里，因为我们实在对这种技艺一无所知。若蒙天主垂幸，你准许一位玻璃匠人派到我们这里，我有生之年定会予以厚待。我也很希望能有一位知道如何演奏我们所称的“罗特”（rottae）[①]的琴师；因为我有一把竖琴却没有琴师。若是方便，请也为我派来一位。我恳求你不要轻视我的请求，更不要嘲笑。

至于可敬可念的比德的作品，你既没有，我承诺，只要我们活着就会助你满足心愿。

库特贝尔特院长多次向你致敬。愿全能的天主保佑你永远平安。

阿尔昆致诺森布里亚王书

最敬爱的主，艾特尔雷德王以及他所有大臣，谦卑的仆人（deacon）阿尔昆致候。

① 可能就是克鲁斯琴（crwth），又称为rotta。

我常常记着你们的大爱，哦，我们的弟兄与父老，你们在主基督内也备受尊敬；我切愿，神的仁慈能为我们长期保守国土的繁荣，如以前曾经厚待过我们那般；我也常常不断提醒你们，我最亲爱的战友（fellow-soldier）[①]，不论是在天主允许会面时亲口相告，还是无法见面时的书信，抑或借着圣灵的鼓舞，对你们不断的倾诉，因为我们是同一国度的国民，包括那些地上王国有益之事以及永恒王国至福之事（beatitude）；愿这些常常听闻之事能在你们心中扎根，为你们带来益处。因为，若是在对友人有益之事上缄口不语，这如何能算作友爱？人若不对祖国忠诚，又能对谁忠诚？人若不为自己国民昌盛着想，又能为谁担忧？我们是双重意义上的同胞关系：在基督内同属一城，即慈母教会，也是同一国家的子民。因此，请你们怀着善意担待我为我们国家呈上的忠言。不要以为我是在给你们挑错，而是要理解，我只愿躲避灾祸。

看，我们和我们的先祖们在这美丽土地依然栖息近三百五十载，但不列颠大地还未曾见过我们因外族人而正在遭受的恐怖，也无人曾想过，从海上竟能有这等侵略降临。看，圣库特贝尔特教堂弥漫着天主司祭的鲜血，一切饰物均被劫掠一空；不列颠最尊贵的圣地竟成了异教徒的战利品。当初，约克的圣保利努斯（St. Paulinus of York）[②]离去后，基督圣教在我族中兴盛之地，如今已是苦难与灾祸发源之地。有谁不为此而

① 在教会内有一种说法即信众都是基督的兵士，此世的教会又称作与魔鬼争战的教会，固有此说。

② 7世纪圣人，隐修士，约克首任主教。

战栗？有谁不为此而哀哭，宛若国破家亡？狐狸肆意糟践精选的葡萄园，上主的产业被交于外人手中；曾经受颂赞的天主之地，如今成为外邦人的猎场；神圣的节日化作了哀悼。

弟兄们，请留心思考，勤于反省，以免这前所未有的邪恶能有机会形成闻所未闻的邪恶习俗。我不是说，此前民众中毫无邪淫之罪。但自艾尔夫沃德王（King Ælfwold）[①]以来，淫乱、通奸、乱伦遍布大地，以至于人人竟然不再耻于犯下这罪行，甚至侵犯献于天主的贞女们。对贪婪、抢劫、暴力决断我还能说些什么？——这些罪行处处在增长，已经昭然若揭，败坏的人民就是其明证。不管谁读《圣经》，审查古代历史，考量世界的命途，就会发现，因为这种罪行，君王失去王国，人民失去国家；强人凭不义夺去旁人财物，最终因正义审判失去了自己的一切。

这灾祸来临之前确实曾有其征兆，有些是通过怪异之事，有些是通过奇特的行为。在整个王国之首约克的使徒之长圣彼得教堂中，我们于四旬期（Lent）所看到的，从屋顶背面从天倾降的血雨难道是平安的征兆吗？这难道不是预见了，我们的民族会遭受从北方而降的血腥惩罚吗？最近降在神的殿宇之上的这次攻击，不就是其肇始吗？

想想看主子们与民众的穿着、发式，还有奢靡之风。看看你们的胡须与头发修剪的样式，都在模仿外教人的样子。难道你们没有感到所追随之人带来的恐惧吗？那超出人性所需、超

① 这里当指艾尔夫沃德一世，779—788年为诺森布里亚王，艾特尔雷德王的前任。

过我们先祖习俗的奢侈衣着又是怎么回事？主子们的奢侈便是人民的贫乏。这些做法曾伤害过神的子民，让他们成为外邦人的笑料，诚如先知所言："祸哉，你们为一双鞋而出卖穷困者之人。"[①]也就是说，人的灵魂成了脚上的饰品。有人被大堆衣服压着受累，有人却因寒冷丧命；有些如迪维斯（Dives）那样淹没于美食和宴饮中，拉撒路（Lazarus）却饿死在门前。[②]弟兄之爱在何处？我们被警告的，对困苦之人当有的怜悯又在何处？富人的饱足便是穷人的饥馑。我们主的那句话应当令我们心惊："对那不行怜悯的人，他们受审判也得不到怜悯。"[③]我们也从圣彼得那里看到："时候已经到了，审判必从天主的家开始。"[④]

看那，审判已经开始，带着大恐怖，就在天主的家中，这其中居住的乃是整个不列颠的光明。若神的审判连这个圣地都未饶恕，那其他地方又会怎样呢？我不以为，这罪只属于居住其中的人。但愿对他们的纠正能够补救其他人，这样，少数人受的苦难可让每个人心中战栗哀叹："若是如此圣洁的大人物与前辈都未能保卫他们居住之处，那么谁又能保卫我的地方？"要用向神所发的殷切祷告、正义与慈悲待人的行为来保卫你们的国家。你们在衣着与饮食上要节制。主子们的公平与圣善（godliness）和天主仆人的转祷（intercession）才是保卫国

① 参阅《阿摩司书》（2:6，8:6）。

② 参阅《路加福音》（16:19），这里的Dives本来是拉丁文"富有"的意思，中世纪时被错以为那个富人的名字。

③ 见《雅各书》（2:13），在这里被错以为基督的话。

④ 《彼得前书》（4:17）。

家的最好武器。可记得希则克雅[①]，那位公正虔诚的国王吗？一个简单的祷告便得到神的守护，十八万敌军只消一夜便遭天使屠戮。同样，他又以不断的泪水逃避了威胁生命的死亡，这次祷告得到神加给他的十五年寿数。[②]

培养好的习惯，令神喜悦，令人称赞。做个人民的领袖而不是小偷；做牧人，而不是强人。你们因神的恩赐已领受了荣耀；要留心遵守他的命令，这样他以前是你们的恩主，今日也可称为你们的守护。服从神的祭司；因为他们有责任向神汇报，如何对你提出警告；你们，也要汇报如何对他们服从。让你们之间有合一的平安与爱；他们做你们的转祷者，你们做他们的保护人。不过，最重要的是，在你们心中要有对神的爱，并以遵守他的诫命来展示出爱。爱他如父，他会护你们如子。不论你们乐意与否，他都要做你们的判官。留心做善事，好让他对你们开恩。“因为这世界的模样正在逝去”；[③]眼前所见所拥有的一切事物都在消失。人的辛苦中只有一样能够随他而去，那便是他的施舍与善事。我们都须站在基督的审判宝座前，每人都须呈现其行为，不论善恶。警惕地狱的折磨，如今还有机会躲避；为你们自己挣下天主的国，还有与基督、他的众圣者同在的永恒之福，直至无穷世代。

愿天主在这世上王国赐你们幸福，也赐你们与他众圣者共聚永恒之国，哦，我的主子们，我亲爱的父老、兄弟与孩

① 希则克雅（Hezekiah），也译作“希西家”。

② 参阅《列王记下》（19–20）。

③ 《哥林多前书》（7:31）。

子们!

查理曼致奥法书

因神的恩典为法兰克与伦巴底以及罗马显贵（patrician）之王的查理（Charles），致最亲爱的尊贵弟兄，麦西亚王奥法，敬祝当世的昌盛以及基督内的永恒祝福。

在世间的王室显贵与高尚人士之间，若能胸怀最深厚的心底之爱，并维持友谊之法律、平安的合一，以及圣爱的同心，就定能惠及众生。若我们受主的命令要开解敌对的死结，那岂不更应维护爱的联结？因此，最亲爱的弟兄，念及我们之间古老的协约，我们[①]给阁下您寄去这些信件，以使那借信仰之根缔结的协议能在爱的果实中盛开。我们已细读了您送来的兄弟般的信件——由您的信使分几次亲手递交——并尽力对您提出的一些建议作出合适的回应，让我们先向全能的天主献上感恩，因为我在您的信件中可看出值得称道的真诚公教信仰；我们承认您不仅是您地上国家最强大的保护者，也是神圣信仰最忠信的守护人。

至于朝圣者，他们出于对神的爱，且为拯救自己的灵魂，切愿来到圣使徒们（blessed Apostles）的面前[②]，如我们以前所允许的那样，他们可以平安前往，不会受到任何骚扰，也可携带所有旅途的必需品。但是，我们也发现，某些骗子混在他们

① 这里的“我们”（We）应当是皇家自称。

② 这里大概主要是指罗马的圣彼得与圣保罗的墓地与教堂。

中间，其实是为了生意，并非出于宗教。如这种人被发现，他们须在合适地点建立的收费处缴费；其他人可以平安赶路，免除一切路费。

有关商人事宜，您也给我们致信，我们如今下令准许，他们将在我们的王国获得保护与协助，一切按照法律，遵照古老的生意习俗。若他们在任何地点遭受不公待遇，可即刻向我们或我们的法官申诉，我们会严令讨还公正。同样，若是我们的人在您的治下遭受任何不公，也将能够得到您公正的审判，以免在我们的人中间发生任何骚乱，无论何处。

至于奥德贝特（Odberht）司铎[①]，他想在从罗马返回之时因爱神的缘故居住在国外，如他常常所说的那样，并没有来控告您；我告诉您，亲爱的弟兄，我们已给他提供了保护，送他到了罗马。这样，在宗座之主（apostolic lord）以及您的总主教面前[②]——因为您在信中告诉我们，他们已发了誓——他们的案子能得到申诉与裁决。既然协调无法解决，就让公正的审判来决定吧！对我们而言，让宗座来决定一个其他人无法达成共识的事件岂不是最为保险？

至于阁下所请求的黑色石头，请派个信使来说明您到底想要哪种，我们会很乐意让人交给您，不管在哪里能找到它们，并且会安排运输事宜。不过，既然您明言了对石头的要求，我

① 很可能是威塞克斯王埃格伯特（Ecgberht），曾遭奥法流放，但于802年回国登基。

② 宗座之主即教宗，总主教可能是指坎特伯雷总主教艾特尔哈德（Æthelhard）。

们的人也提出想要一些外套，请您仍按照前几次那样寄来。

此外，我们也想让亲爱的你们知晓，我们已经从我们的六品服与披肩[①]中取了一些送给了您和艾特尔雷德王国的主教教区，这是为我们的父与您的朋友，哈德良[②]教宗所作的施舍；我们也请求您为他的灵魂殷切祈祷，毫无疑问他有福的灵魂已然安息，所以这只是表达我们对一位最亲密朋友的忠诚与爱心。而且，圣奥古斯丁也曾教导，虔敬的教会代祷应为一切人实施；他说过，为善人代祷也会给祈祷者带来益处。还有，从主耶稣基督慷慨赐予我们的世间财物中，我们也给所有都会城市（metropolitan cities）送去了一些；给至爱的您，出于喜乐与对全能天主的感恩，我们送去了一条腰带，一把匈奴刀，还有两条丝绸披肩。

愿神的慈悲能在世界各处的基督信徒中传扬，愿我们的主耶稣基督之名永受光荣，我们祈求，您能不懈地代祷，为我们，我们的臣民，更重要的，为所有基督子民；愿天上君王最仁慈的良善能不吝余力保护、抬升、扩展神圣教会的王国。愿全能天主不吝余力保守您的尊荣，赐予昌盛永恒，不懈守护他的神圣教会！

最想念的兄弟。

---

① “六品服”（dalmatic）是礼仪中使用的一种半袖式祭衣，只有六品执事以上神职才可使用；披肩（pall）是宗主教才用的礼仪服饰，一般是羊毛织就。

② 哈德良一世（Hadrian I，772—795）。

拉德布罗德致艾特尔斯坦王书

因至高不可分之三位一体的荣光及全体圣人之转祷而被及荣耀光辉的艾特尔斯坦王，我，拉德布罗德，参孙①隐修院至高主教院长，祝愿此世的光荣以及永恒之世的荣福。

你的虔敬、仁厚与伟大超越尽人皆知，超越此世一切地上君王；你，艾特尔斯坦王，也深知，当我们的国家还和平之时，你的父亲爱德华王（King Edward）就已致信将自己托付给了至圣精修圣人②圣参孙的团体（confraternity），以及我的长上，也是我的表兄，约维尼安（Jovenian）总主教，③还有他的一切教士。因此，直至今日，我们都在为他的灵魂，为了你的益处向基督君王献上不断的祷告，不分昼夜；而看到你对我们的关爱，我们许诺为你在仁慈的天主面前代祷，献上圣咏、弥撒和祈祷词，就如同我和我的十二位参议（canon）在你面前匍匐。现在，我给你寄去圣髑，我们很明白，这对你而言要远贵重于其他任何世上之物，它们包括下列圣人的遗骨：圣散那多尔、圣帕特努斯，以及帕特努斯的师父圣斯卡比里昂

① 参孙（Samson）是5—6世纪的一位圣人，多尔隐修院的创立人，位列布列塔尼基督信仰七位创始人中。

② 至圣精修圣人（Supreme confessor），天主教会内的圣徒（圣人）一般分为两种：为信仰献身的殉道者（martyr）与因圣德出众而列入圣品的精修者（confessor）。

③ 总主教（Archbishop），经常被误译为“大主教”，是总领教省内几个教区的首席主教。

（Scabillion）[1]——他们与帕特努斯在同一天、同一时刻回到了基督那里。这两位圣人可以确定，就与帕特努斯同卧于一间坟墓中，一左一右，他们的节日也一样在9月23日。因此，最荣耀的王、神圣教会的提携者、野蛮人的压制者、你王国的明镜、一切良善的榜样、敌人的驱散者、教士之父、穷人的助佑、所有圣人的爱慕者、呼求天使者，我们这些因为恶行与罪过而居住于法兰克的、处于流亡与囚禁中的人，[2]祈祷并谦恭请求，因你的宽容大度与无比仁爱，不要将我们遗忘。从今往后，任何委托我们之事，你尽可命令我们。

---

① 散那多尔（Senator）是5世纪米兰的主教；帕特努斯（Paternus，或Padarn）是6世纪初的主教，隐修院长，也是布列塔尼七位创始人之一。

② 这里应当是谦辞，并非实际上的流亡与囚禁；中世纪神学中常把此世比作罪恶中的流放，从而激发对回归天乡的渴望与善志。

帕斯顿家信

导读

“帕斯顿书信集”（Paston Letters）是15世纪私人英文信件最大的收藏集之一，收入了诺福克绅士帕斯顿家族成员于1422年至1509年间在英格兰与相关的其他成员之间的通信。该家族从普通农夫家庭迅速上升进入社会精英阶层，有两个后代获封爵士，且在几代人的短暂时间内积累了大量的财富、土地。这套书信集给我们提供了帕斯顿家族三代人生活的独特情形，具有非凡的意义。该收藏还包括官方档案和其他重要文件，迄今为止，已经公开发行的一共有1088封信件和文件。由于家族中重名之人太多，这里列出家族主要成员关系简表，从而使读者能更好地理解文中的人际关系。

正文

致我最尊敬的丈夫，约翰·帕斯顿，[①]居住在伦敦的内殿[②]，草就

尊敬的丈夫，我致信给你，全心希望能听到你的境况，并感谢天主让你从大病中获得痊愈，我也感谢你给我寄来的信，因为，说实话，我和我的母亲知道你的病情后一刻也不得安宁，直到我们确知你的痊愈。

我的母亲已许愿，要按你的体重再献一尊沃尔辛厄姆的圣母蜡像[③]，并派了四个贵族到诺维奇（Norwich）的四个小兄弟会为你祷告，而我也许愿要为你去沃尔辛厄姆和圣列奥纳德堂（St. Leonard's）去朝圣；说真的，得知你生病之后，我度过的时光前所未有的沉重，直到得知你已恢复；可我的心还是不得安宁，除非我得知你痊愈。你的父亲，[④]也是我的父亲，一个星期前在贝克勒斯（Beccles），与布洛姆霍姆（Bromholm）的院长有事，他那晚睡在盖尔德斯通（Gelderstone），直到第二天上午九点。[⑤]我派人去取一件长袍，但我母亲说我不应该这么做，

① 约翰·帕斯顿（John Paston），约翰一世，写信者为其妻玛格丽特。

② 内殿（Inner Temple），全称"尊贵内殿律师学院"（The Honourable Society of the Inner Temple），是英国伦敦四所律师学院之一，负责向英格兰及威尔士的大律师授予执业认可资格。内殿律师学院的历史可上溯至公元14世纪，学院取名自当地历史上曾经存在的圣殿骑士团总部。

③ 沃尔辛厄姆的圣母（Our Lady of Walsingham），沃尔辛厄姆是诺福克的一个村庄，以古老的圣母圣殿著称。

④ 即威廉·帕斯顿。

⑤ 上述都是诺福克的地点，隐修院已在16世纪时关闭，如今只剩残垣断壁。

克莱门特一世，1419年卒—比亚特丽丝

威廉一世（1378—1444）—阿格尼丝，1479卒

约翰一世（1421—1466）—玛格丽特（1420—1484）

埃德蒙德一世（1425—1449）

伊丽莎白（1429—1488）

威廉二世（1436—1496）

克莱门特二世（1442—1468）

约翰二世爵士（1442—1479）

约翰三世（1444—1503）—玛格丽，（约1460—1495）

玛格丽（1448—1482）1469年嫁理查德·卡勒

埃德蒙德二世（约1450—1503）

安娜（1455—约1495）

沃尔特（约1456—1479）

威廉三世（1459—约1503）

威廉四世（1479—1554）—布里吉特

因为我很快要到那里，所以他们没有收到。

我的父亲加尔内斯（Garneys）给我捎信说，他和我的叔叔要在下周到这里，带着他们的猎鹰来打猎，他们也希望我和他们回家去；所以，天主帮助我，若可以的话，我想推辞不去那里，因为我觉得在这里比在那里能更容易得到你的消息。我会给我母亲送去她给我带来的一件信物（token），因为我觉得，若我要兑现承诺的话，现在是时候给她寄去了；我想我已经告诉过你是件什么东西。我真心请求你要保证，若你能写信，就快快给我寄来一封信，你要保证告诉我你的病痛怎样了。若能按我的意思行事，我此刻就想见你；若对你有好处，我真希望你能在家里，你的病痛在这里定能比在那里得到更好的照顾，可比一件大红色的新袍子好多了。我求你，要是我父亲到伦敦时你已痊愈，能够骑马，他会让你和马一同回来，因为我希望你在这里和在伦敦得到同样精心的照顾。我让人写下的根本不及我想要说的八分之一。我会尽快再给你寄一封信。我谢谢你保证不忘记我的腰带，保证到那时要给我写信，因为我想现在写信对你来说还不轻松。愿天主亲自保护你，赐你健康。急急草就于奥克斯尼德（Oxnead），圣米迦勒节前夕[①]。

你的M. 帕斯顿

我的母亲也送去问候、天主的祝福和她的祝愿；她请求你，我也请求你，要好好吃肉饮水，因为这对你的健康而言是

① 奥克斯尼德是帕斯顿家族旧居之处，圣弥额尔节（St. Michael's）是9月29日；此信据推断作于1443年9月28日。

最好的。你的儿子[1]很好，愿天主受赞颂！

阿格尼丝·帕斯顿[2]发给伦敦的讯息，1457年1月28日，亨利七世36年

请格林菲尔德（Greenfield）来信汇报，克莱门特（Clement）·帕斯顿学习是否努力。若他一直不努力而且不予改正，就请他（格氏）真正鞭打他直到他改正；在剑桥的上一个老师，也是他有过的最好的老师，就是这么干的。请告诉格林菲尔德，如果他能认真负责，让他守规矩学习，好能让我确知他真的在努力，那我会为他的付出给他10马克[3]，因为我宁可看见他死也不愿见他不可救药。

事项：看看克莱门特有几件长袍，若它们穿破了，就缝补一下……

事项：让人给我做 6 把勺子，每把按金衡制[4]重 8 盎司，要精心制作，双层镀金。

告诉伊丽莎白·帕斯顿，她得学会和其他贵妇那样常常工作，多少学会从中得益。

事项：请付给波尔夫人（Lady Pole）26先令8便士（26. and 8d.）做她的住宿费。

---

① 可能是约翰·帕斯顿爵士，生于1442年。

② 阿格尼丝·帕斯顿（Agnes Paston），威廉一世之妻，约翰一世、克莱门特二世的母亲。

③ 马克（Mark），旧时英格兰和苏格兰的货币，1 马克合当时13先令4便士。

④ 金衡制（troy weight），英国所用金银首饰等的度量衡单位，1 镑等于12盎司，1盎司约合28.35克。

若是格林菲尔德尽到，或确定能尽到他对克莱门特的职责，就请付给他1个金币[①]。

阿格尼丝・帕斯顿

致约翰・帕斯顿爵士，骑士（Knight）[②]

爵士阁下，从你经贾迪（Juddy）送来的信，我很欣慰看到，你已经听说了理查德・卡勒（Richard Calle）所作的勾当，而且我们的妹妹居然已经不害臊地答应了；[③]不过，他们信里写到已得到了我的同意——请阁下您原谅我的粗鲁——他们这是卑鄙的谎言，因为他们从未和我提过此事，也从未有人替他们说过。洛威尔（Lovell）曾问过我是否明白理查德・卡勒和我妹妹之间到底怎么回事；我想这都是卡勒的主意，因为当我问他是不是卡勒让他来问我这件事时，他却支支吾吾转移话题，不想给我答案。最终他告诉我，他的大儿子让他问问，理查德・卡勒是否真心喜欢她，因为他说，他有一桩门当户对的婚事给她，而我认为他（洛威尔）一定是在撒谎，因为在这事上，他和理查德・卡勒完全站在一起。因此我决定，不管是他还是他们，都不能从我这里得到支持。我就回答他说：即便我父亲（愿天主宽恕他！）还活着并同意，我母亲和你两个人也同意，我也绝不会愿意他（卡勒）让我们的妹妹到弗拉林汉姆

① 金币（the noble），这是旧时的一种金币，值6先令8便士。

② 应当写于1469年，有关约翰的妹妹玛格丽特与卡勒的婚约，卡勒可能是他的商业代理人，收信人约翰骑士是约翰二世，他是写信人约翰三世的哥哥。

③ 应该是指二人秘密定了婚约，彼此发了婚姻誓愿，这在当时的社会就是有了法律效力，即便二人并没有圆房。

（Framlingham）去卖蜡烛和芥末；还有其他许多话，这里不能都写出来，然后我们就再见了……

约翰·帕斯顿

致夫人玛格丽（Margery）·帕斯顿

我的夫人与女主人，天主前的正妻，我怀着满腔忧伤写信给你，因为我心无法也不应快乐，直到我们之间的情形得到改观为止。因为我们如今的生活既不令天主喜悦，也不令世界喜悦，就是因为我们之间婚姻的联结，也是我们之间曾有过的，而我深信如今依然存在的深爱，对我而言再没有更深的爱可言。因此，我祈求全能的天主能尽快按他的意思安慰我们，因为我们本是拥有一切权利紧密结合的人，如今却天各一方。我觉得上次和你说话已经是千年之前。全世界的财富也不如能够和你在一起。悲哉！悲哉！好夫人，为了把我们隔离，他们都不知道到底做出了什么！让那些破坏婚姻的人每年四次都遭诅咒！[①]这让很多人心里都不按良心办事，不论在这里还是在其他事情上。可是，夫人，你受了多少苦，要让自己尽量快乐，因为毫无疑问，夫人啊，长远看，天主因其公义定会扶助那些按他法律生活的忠实仆人。

夫人，我知道你为了我是多么忧伤，正像一位世间的淑女贵妇，我祈愿天主让我能替你承受所有的忧伤，这样你就能不再受它的困扰。因为，夫人啊，说真的，听到你受到与你身份

① 当时教会每年四次公布绝罚（excommunication），即所谓开除出教惩罚的人，其中包括破坏婚姻者。

不匹配的待遇，这于我真是如同死亡。我们过的真是痛苦的生活。若不是不想得罪天主，我真不能这么过下去了。[①]

我愿你知道，我从伦敦派了我的一个伙计给你送去一封信，他告诉我说不能与你说上话，让你和他都等了好久。他告诉我说，约翰·特雷舍尔（John Thresher）以你的名义来跟他说，是你派他到我的伙计那里来取信或是一件我给你送去的信物；但是他（伙计）不相信他；他什么也不给他。此后，他（特雷舍尔）带给他一枚戒指，说是你派他去的，他应当把信或信物给他；因为我的伙计认为派他（约翰·特雷舍尔）的不是你，我认为那就是我的女主人[②]和詹姆斯爵士（Sir James）的主意。可悲啊，他们意欲何为？我认为他们就是不欲我们在一起。我很惊讶，他们还这么做实在不明智，因为一开始我就已经和我的女主人开诚布公地解释过，我想，你也一样是这么做的，如果你按照你的权利做过的话。若是你做的正好相反，如有人告诉我的那样，那么你既没有按良心行事，也不能满足天主的意思，除非这是出于恐惧的权宜之计，那这就是可以理解的原因，考虑到你当时遭到的不可承受的责骂，还有很多人给你讲的有关我的不实的故事，天主知道，我从没做过那些事……

夫人，我给你写信心怀恐惧，因为我得知，你将我此前写的信给别人看了。我请求你别让任何人看到这封信；你一看完

① 这里可能是指自杀，在基督教信仰里自杀是冒犯神的大罪。

② 这个女主人指谁不是很清楚，或许是对玛格丽母亲“玛格丽特”的尊称，因为下边一篇玛格丽特写的书信明确显示，她反对女儿的这桩婚事。

它就烧了吧，因为我绝不愿任何人看到一眼。过去两年你没收到我的信，此后我也不会再去信；因此，我将所有这些都交托给你的智慧。全能的耶稣保存、守护你，满足你心的愿望，我晓得那是中悦天主的旨意的。

这封是我以此生最大困难写的信，因为说真的，我一直在生病，还没有真正痊愈，愿天主能治愈！

理查德·卡勒

致约翰·帕斯顿爵士，骑士

我热情问候你，送上天主和我的祝福，并通知你，上个星期四我和母亲[①]见了诺维奇的主教大人，[②]请求他暂时不要过问你妹妹的事情，直到你和我的兄弟，还有你父亲的遗嘱执行人都在场，因为他们和我一样有权决定此事。他却直截了当地说，已经多次有人请求他面审她，所以他不能也不愿再拖延了，并以绝罚要求不再推迟，第二天她就得去见他。我也直接说，既不会带她来也不会让她自己来。然后他说，他自己请她来，并要求请她来时不得有人阻挡。他发誓说，若她不顺利，他也会伤心，仿佛为自己的亲人伤心一样，也是为我母亲、为我，以及她的亲友的缘故，因为他很清楚，她的不体面行径令我们都很痛心。

---

① 此信未署名，但信的背面有注说这是出自约翰的母亲，那就是约翰一世的妻子玛格丽特，这里“我的母亲”应当是约翰一世的母亲阿格尼丝。背面的注也提到，玛格丽和卡勒二人最终于1469年成婚。

② 诺维奇的主教大人（My lord of Norwich），主教在很多时候也是封建领地之主，是当时很多民间事物的审判官，包括确认婚姻是否有效。

我母亲和我告诉他：我们完全不能理解她［玛格丽］说过的话；她跟他（卡勒）说过的不可能让他们彼此有誓约束缚，从而能够选择彼此。他随后说，他会在面审时尽量好好跟她说；不同的人后来也告诉我说，当她在跟前时，他也直截了当都跟她说了，这些太烦琐就不写了；稍后你定会知道这其中都有谁做了什么。教区的秘书长（Chancellor）倒不似我曾想象的那么糟糕。

周五时，主教遣了阿仕菲尔德（Ashfield）请来了她和那些被她伤害的人，主教直截了当对她说话，让她想想自己是如何出生的，又有些什么亲友。若是能按他们的意见指引来决断就还能有更多亲友；若不是这样，不接受他们的指引那她会遭受多少指责、耻辱与损失，这会让他们不再给她任何好处、帮助与支持；又说，他（阿仕菲尔德）听说她所爱之人的亲友都不喜欢他（卡勒），认为他配不上她，所以他请她要听取建议小心行事；又说，他要辨识一下她要对他说的，不管这是否意味着婚姻的成立。于是她就重复了她曾说过的，[①]且大胆地说，如果这些话还不够确定的话，那她就在离开前说更确定的话；因她也说了，她认为从良心上讲，那些话对她是有誓约束缚力的。这些无耻的话让我、让她的祖母，还有其他人都很痛心。随后，主教与秘书长都说，不管是我还是她的其他亲友都不能接待她。

随后，他又私下面审卡勒，他们二人的话，还有时间地

① 指她和卡勒交换的婚姻誓词。

点倒是一致的。随后，主教说，他想知道是否有其他事情对他（卡勒）不利，从而能宣布誓言无效；因此他说，他不会即刻就判决，又说他要等到米迦勒节日后的周三或周四，事情就这样推后了。他们想立刻解决她的事情，但主教说他不会更改自己说过的话。

当她被审讯时，我在我母亲那里，而当我听说她是如何不体面时，我就命我的仆人们不可在我家中接待她。我已经给过她警告；若她够厚道一定还记得……至于你信中曾提到的离婚，我想我明白你的意思，但我以我的祝福命你不可自己，也不可令他人去做那冒犯天主和你良心的事情。[①]因为，不管你自己还是让他人做这事，天主都会报复，你会把自己和他人都至于大危险中。因为我知道，她一定会为自己的蠢事而痛心悔改，我祈求天主令她如此。我求你，为了我的心安，在一切事上都要让我宽心。我相信天主会助佑，我也求天主在一切事上如此助佑。若是上边说的这件蠢事被送到了坎特伯雷的法庭，[②]我也请你一定留意。

玛格丽特·帕斯顿

此信请交给我尊敬的表亲，约翰·帕斯顿[③]

尊敬的表亲，我问候你。我已给我丈夫致函告知你所知之

---

① 应当是说约翰爵士的主意：若主教宣布二人婚约有效，那就只能强制二人离婚，但公教是禁止离婚的，所以玛格丽特说这是冒犯神和良心的举止。

② 即上级总主教区的法庭。

③ 这封信是约翰三世未来的岳母伊丽莎白·布鲁斯所写，时间约在1477年，其丈夫名叫托马斯。

事，他给我回信谈及了同一件事，他希望你能找我的夫人——你的母亲，试着看能否要到整20英镑，若是这样他会很高兴把女儿嫁给你，并给你100镑；而且，表亲，在结婚的那天，我的父亲也会给她50马克。不过，若我们能达成一致，我会给你一件珍宝，就是一位聪明的女佣（gentlewoman）——要我说，既精明又良善；要是有人出价，给我1000镑我都不会出让。但是，表亲，我如此信任你，我觉得给你才是最值得的，你可要比这更有价值。还有，表亲，你走了没多久，从我的表亲德尔比（Derby）那里来了个人告诉我说，由于一件事情他可能没办法在说定的那天过来，等我和你面谈的时候再跟你更好地解释。但是，表亲，若是你愿意再来这里，我敢说，你挑个日子他们一定会接受；因为我会很开心看到我的丈夫和你能谈成这桩婚事，而你和我的几位表亲间若能结束这件事，你们也能和睦相爱，那对我而言就是大幸了。还有，表亲，若这封信令你不悦，就请你将它烧掉吧。就此搁笔，唯愿全能耶稣保护你。

你的表亲

伊丽莎白·布鲁斯（Brews）夫人

此信交给我挚爱的意中人，约翰·帕斯顿先生

我尊敬的、挚爱的意中人，我向你问候，全心渴望能听到你的消息，我也一直祈求全能的天主按他的意思保护你顺心如意。你若愿意听我的情况，我其实不论身心都不太好，直到我能听到你的消息。

因为无人晓得我正遭受怎样的苦痛，
更因为我就是死也不敢吐露。

我的母亲一直在向我的父亲竭力推动此事，你也知道，她已竭尽全力了，[①]天主知道我是满心忧伤。若你爱我——我知道你真心爱我——那就不会为此离我而去。因为，即便你的年俸不足如今的一半，即便是要承受女性当承受的最大痛苦，我也不会舍弃你。

若你命令我对你忠诚，无论身在何处，
我必会全力去爱，绝无二心。
若我们的友人说我做得不对，
他们亦不能把我阻止半分。
我的心不由自主令我爱你
胜过一切世上之物，
若他们出离愤怒，
我相信总有一天云拨日出。

就此搁笔，唯愿圣三（Holy Trinity）守护你；我求你不要让你以外的任何人看到这封信。写于拓普克罗夫特（Topcroft），心情沉重。

属于你的，
玛格丽·布鲁斯

① 即要她的父亲给出更丰厚的嫁妆。

此信请交给我亲爱的表亲，约翰·帕斯顿先生

尊敬且亲爱的意中人，我谨呈上最谦卑的致意。我衷心感谢你借约翰·贝克尔顿（Beckerton）给我送来的信，从中我得知你要不久后造访拓普克罗夫特，并无他事，只求解决你与我父之间的事情。对此无人比我更为高兴，事情终于能够解决。而你说，若你来时发现对你而言与之前相比并无进展，你也不会再做什么，在这件事上给我父，我的女主人——我母亲更多的时间，这令我悲伤不已。若你来了却不能解决任何问题，那我就会更加伤心，沉痛。

对我而言，在这件事上我已做了我能做、能理解的一切，这个天主知道。我也让你清楚知道，我父只会出100镑50马克，多了不会再出，这实在跟你所愿相去甚远。因此，若你对这个数目，还有我这可怜之人满意，那我就是世上最幸福的女孩。若你觉得自己不能满意，或是已不能再让步，如我之前从你那里得到的印象那般，那么，善良、真诚、挚爱的意中人啊，就别费事为此赶来，而是让过去的事保持原状，不再提及，这样我还有可能此生做你的爱人与女仆（beadswoman）。

就此搁笔，唯愿全能的耶稣守护你的身与灵。

你的意中人，

玛格丽·布鲁斯

致尊敬的兄长，约翰·帕斯顿爵士，诺福克的凯斯特城堡[①]

先致以敬意与问候，并告知，我收到我兄约翰的信件，从中得知我母亲和你都想了解我继续攻读学业[②]的开销当是多少。我给我兄约翰去信说明所需开销，并解释我为何想要继续学业，不过正如我已给母亲去信时所说，我计划将它延期到米迦勒节时，因为如果我等到那时的话，我的一些开销就不须支付了。因为当我给我兄约翰去信时我想的是，王后的兄弟应当是在仲夏之时拿到学位，但他现在也要等到米迦勒节时了。但是，正如我向我兄所说，我会在仲夏之前就毕业，因此我请她寄一些钱来给我，因为这对我有些贵，但也不是太贵。

爵士，我请求你来信告知我，温切斯特（Winchester）的主教是否有了回复，就是我在伦敦你那里时，你跟他提及的那件与我相关的事。我觉得他应该已经有回复了。我希望能成，因为诺维奇主教给我们的资金支持已经开始减少了。若是你不晓得“inceptor”（学士学位获得者）一词是什么意思，我在牛津的导师，也是带去这封信的人，埃德蒙德大师（Master Edmund）可以告诉你，或你也可以问一名其他的毕业生。

还有，我求你来信告知，我留在托特汉姆的那匹马怎么样了，那人对我用过这马是否高兴。耶稣保护你，按他至高旨意

① 凯斯特城堡是帕斯顿家族发迹之后的家，寄信人沃尔特是约翰爵士的四弟，此信写于1479年，沃尔特23岁左右时。

② 这里当指其学士学位的开销。

以及你心的愿望。写于牛津，我主升天节[①]后的周六。

沃尔特·帕斯顿

① Ascension of Our Lord，升天节即复活节后第四十天，可能在4月中到5月末之间。

神圣贞操

导读

《神圣贞操》（*Hali Meiðhad*，*Holy Maindenhood*）这篇布道文出自一部被称为"凯瑟琳文集"（Katherine Group）的13世纪手稿，编号为Bodley34，收藏在牛津的鲍德利（Bodleian）图书馆中。该手稿包含五篇讲道辞，均面向女性的独修者，[①]向她们讲述贞女或是守贞修道女性的榜样。由于当时的女性绝大部分不识拉丁文，于是在民间，英文便成了这种宗教教育的载体。这些手稿具有其独到的珍贵价值，它们提供了诺曼征服后，即盎格鲁－撒克逊时期向14世纪过渡时期里中世纪英文的宝贵实例。更为罕见的是，它们描述了12—13世纪英格兰女性

① 女性独修者（anchores），男性被称为anchorite，这种独修者有别于更为常见的hermit，他们居住在与教堂相连的小屋中，而不是在荒僻的野外、山里或林间。他们要经历一次"死亡重生"的仪式，并发誓一生足不出户。这种现象在英格兰最为普遍，在13—16世纪的鼎盛期，女性独修者人数居然达到了男性的四倍，这也是其罕见之处。

灵修生活的经验，也为了解女性教育情况提供了不可替代的资料。

《神圣贞操》是五篇中的第四篇，载于手稿51叶背面到71叶背面，51叶正面给出了该文的题目：“*Epistel of meidenhad meidene froure*”——“有关贞操的信函，旨在鼓励贞女”。其成文时间可被定在12世纪末期到13世纪初期，主旨即是说明：选择贞操的生活，做基督的新娘要远胜于婚配成家的生活。下文是全篇的节选。

正文

有关贞操的信函，旨在鼓励贞女

“女儿，请听，请看，也请侧耳倾听：忘却你的民和你的父家。”[①]《诗篇》作者大卫在《诗篇》中如此向神的新娘发言，即向每位保守贞操的贞女发言，他说：“听我说，女儿，请看，也请侧耳倾听：忘却你的民和你的父家。”

请注意每个词的意思。他说：“听我说，女儿。”他称她为“女儿”就是为了让她明白，他是满怀慈爱给予她有关爱的教诲，正如一位父亲尽到教育女儿的职责；从而能让她更喜悦地聆听，如同聆听自己的父亲说话。“听我说，爱女”，这

① 《诗篇》（45:10，或44:11）。这部书中的《圣经》文字都是用拉丁文叙述的，在大部分情况下都会用英文解读复述一遍，不过拉丁文的内容常常和原文并非一一对应，所以可能是作者自己的复述。中译文则参照不同的版本，尽量呈现文中引用之文字的原意。

就是说，“用你头脑中的耳朵切切聆听”。“请看”，这就是说，“开启你心中的眼睛好能理解我”。“侧耳倾听”，这就是说，“听从我的教诲”。她或许会回答说：“你这么看重的教诲，如此迫切要教给我的到底是什么？”的确，这教诲就是：“忘却你的民和你的父家。”“你的民”，大卫说，就是你脑海中堆积的肉欲思想，它激励你，驱赶你向往肉欲的肮脏、肉体的情欲，煽动你渴望婚姻和丈夫的怀抱，让你以为这其中何等喜乐，那些妇人拥有的财富，你将有的子女会带给你多少安逸。啊，这欺诈之民给出的尽是狡诈的主意：你口中发出这些夸赞，一切言辞看着如此美妙时，它们却遮掩了背后那些苦涩以及其中产生的一切祸患。大卫先知说，“忘掉这个民，我可爱的女儿”，这就是说，“从你心中驱逐这些思想”。这都是巴比伦的人民，[①]地狱而来的魔鬼大军，他们只想将锡安的女儿引入世俗的捆绑中。

“锡安”曾经是耶路撒冷高塔[②]的名字；“锡安”在英文中就是“高远视野”（high vision）之意。这座塔象征的就是贞洁的高尚，它宛若矗立在高处，能看到下方的所有寡妇，当然还有那些婚配之人。这些人成为肉体的奴隶，受到世界的捆绑，活在底层的大地上；而贞女却因自己的高尚生活站立在耶路撒冷高塔之中。她不是从底层大地，而是从高天之上，从象征它

① 在《旧约》中，巴比伦往往是不洁、淫荡、奴役、罪恶的象征。

② 高塔（High tower），锡安本来是大卫最早建立耶路撒冷之山丘的名称，后来也指耶路撒冷城垣，作者在这里强调它是高塔大概是为了与巴别（也译作“巴贝尔”）塔，也就是巴比伦塔形成对比，如下文所示。

的锡安那里俯视脚下的大地；借着她所度过的天使般的属天生活，尽管她的身体还在地面，她的灵却获得高升，宛如存身天上高塔锡安之中，不受一切俗世纷扰的羁绊。

而我前面提到的巴比伦人民，就是地狱而来的魔鬼大军，它们就是肉体的情欲和魔鬼的诱惑，毫不停歇地攻打这座高塔，一心要将它摧毁，将高高在上存身其中的那位，被称为锡安女儿之人拖进世界的捆绑中。她当然不会被击倒堕入捆绑中，她高高在上，尊贵荣华，正如神的佳偶、耶稣基督的新娘、主的爱人，万物都要向她躬身下拜，因为耶稣是万物之主，而她正是全世界的主母。她完全就像他的样子，贞洁无暇，也像他那荣福的童贞母亲，[①]像他的圣天使和至高的圣徒；她完全享有内在的自由，只需思虑如何以真爱令她的爱人开心。因为，只要她以真信心好好爱他，她的爱人会给她所需的一切。如我前边所言：她怎可能凄惨地坠落而被拖入捆绑之中？她怎能放弃如此尊严与可贵的自由，自贬为男人的仆从，不再拥有任何自己的东西？怎能为一个泥土的人抛弃天上的主？怎能贬低自己贵妇的地位，追随要远低于自己前夫的某人？怎能从神的新娘与他自由的儿女——她同时拥有两种身份——成为某个男人的奴婢、仆从，为了取悦那个人而承受这一切磨难？怎可放弃在神保护下的喜乐平安，让自己陷入怒怨，为房舍与仆人操劳，还有无数的麻烦？为了一点点回报还要承受许多痛苦，这个世界最终必定如此回报。这样的她岂不

① 即耶稣的母亲玛利亚。

真是堕落？而没人会告诉你，这些无与伦比的天上恩赐都将失去。

当然，应当如此理解：只服侍天主，一切都会为你有益；将你忠信地献身给他，你就会免遭所有世俗苦痛的缠绕，任何邪恶都无法将你伤害。因为，圣保罗说过，对善人来说，一切都好。[①]如你心中保有那统治一切者，那你就无一或缺。在他的爱河、他的服侍中，你会找到如此的甜蜜，心中充满大喜乐与幸福，即便让你做女皇你也不愿改变自己的生活方式。我们的主是如此真挚，他不会让自己所拣选者留在世上却没有回报。因为，他的恩典带来如此的安慰，他们所见的一切都令他们喜悦，即便在旁人看来他们正遭受苦难，但对他们而言却不是忧虑，不足挂齿，在其中他们得到的喜悦要远大于旁人从此世的乐趣所能获得的喜悦。我们的主在这里还给予了他们永恒赏报的诺言，将来必会实现。如是，神的友人会拥有他们所摒弃之世界的一切好处，而且最终会喜乐地进入天堂。

如今再看看另一面，世界的一面；你拥有得越多，它也将抛弃你越多。你若不愿服务天主而是去服侍这个易逝低贱的世界，它定会有千种方法让你受苦不迭。你能找到的任何喜悦都会带来双倍的愁怨；你所服侍的那个卑贱男人会不断让你遭殃，或是无缘无故，或是只为小事一桩，让你痛不欲生。你会后悔自己的行为，就是你为了俗世的喜悦把自己置入这种束缚，找寻到的却只有悲戚与种种痛苦。你本以为宝贵如金，如

① 参阅《罗马书》（8:28）。

今却是破铜；我前边提及的那些“你的民”许诺的所有，你会发觉都是空洞。如今你知道，他们如同叛徒将你出卖；因为在成功的身后不是喜乐，你在此世找到的常常是地狱；除非你将之躲避，否则你便是在为自己备下另一个地狱，正如同那些王后、富裕的伯爵夫人、高傲的贵妇，这都是缘于她们的生活之路。的确，若她们曾仔细寻思，认识真理，我会让她们出面作证：她们其实是在荆棘之上舔舐蜂蜜。她们所有的甜蜜都是用双倍的苦涩换取的，这封信接下来会更清晰地将之展示。那些闪耀的东西根本不是金子；但只有她们自己清楚，往往要承受多少痛苦。

（作者接下去讲述的是穷人的生活多么痛苦，然后又聚焦于性行为，将之与贞操的纯洁作比。魔鬼时常攻击贞女，诱惑她们失去贞操，贞女必须保护自己免受淫欲的伤害。婚姻只是为那些无法守贞的软弱女子提供一个合法途径来享受性行为。接着作者依次探讨女性的三种生活：守贞、婚姻与守寡。）

以前所提到的所有人都跟随我们的主，但却不是完全跟随；因为除了贞女之外，无人能以童贞的荣誉与美德跟随他，也不能跟随那位童贞女——天使与贞女的荣光之后。[①]因此，她们的外衣如此明亮耀眼，无人能及，从而只有她们能伴在神的身旁，无论到哪里。一切在天堂喜乐之人都佩戴胜利的冠冕，

① 即圣母玛利亚。

而贞女却佩戴超越众人的金冠，比太阳还明亮，拉丁文就叫作*aureola*（即金色的光环）。上边镌刻的百花，镶嵌的珠宝，其精美人言不可形容。因此，这些特有之处可以将贞女与旁人清晰地区分开来，贞女比他人享有更多的荣耀，直到永远。

这三种生活——守贞、守寡，还有婚姻——你可以从他们所受祝福的程度看出，一个要比另一个胜过多少。婚姻在天上得到30倍的好处；守寡是60倍；守贞是100倍，远胜于其他两种。那么，从这里当明白，放弃守贞而降入婚姻，这是下落了多少的级别。若她保守贞洁，那她会被高举上天至第一百层，从所得好处便能证明；跳进婚姻就是掉到第30层去，下落3个20层还要再加10层。这岂不是大大地下坠？即便如此，这也是许可的，神将它立为法律，就如我之前所说，因为若是那里没有东西将她接住，这个下落的人就不会停在此处，而是头重脚轻直直坠下，直到进入地狱之中。关于这些人，没什么可说的，因为他们已从天上的生命之书中被删除。

我前面许诺要更清楚展示，结婚的人要承受什么，现在我们就来说说。这样，贞女们，你们就能看到，与她们的生活相比，你们守贞生活可以多么喜乐；因为你们每个在天上都会有尊荣与喜乐，人言不能述说。你们结婚就是从极高处降入极低处：本来与天使相似，本是耶稣基督的爱人，本是天上的贵妇，却堕入肉身的污秽、动物的生活、男人的束缚、世界的苦痛。请说说：这有什么好处，到底为何要这么做？说真的，这难道全是因为，或者说部分因为，你想玷污你的身体来冷却你的欲火？天啊，此事想一想都令人恶心，拿出来述说则更加恶心。[①]小心看，干这件事到底是什么性质？所有下流的乐趣都充满污秽，可时间只在一瞬间；但这条丑恶的罪却会让你充满悔意，延续很长的时间。那些犯下淫乱之罪的好色之徒要为这一刻的欢乐在最深的地狱中受无尽的痛苦，除非他们能趁在世时放弃此事，借着告解（confession）痛改前非。你们觉得邪恶、听着反感的事，千万不要去做。因为，若它是这种事情，这种有自尊之人羞于启齿之事，那又为何在兽性的男人那里如此受爱戴？正是因为他们缺乏自控，从而让他们如动物般随心所欲，仿佛他们身内完全没有理智的力量，或是没有一般人那种分辨是非、善恶、荣辱的能力，如同无法说话的动物一般。可他们却连动物也不如，因为动物只是凭本性而动，虽没有理智，但一年也只有一季如此。很多动物让自己局限于一个配偶，若是丧失则不再追求另外一个。而人本该有理智的力量，按照理智的指引去做一切事情，却每次都追求污秽之事，一个又一个没有休止；更糟糕的是，许多人会同时追求许多人。看看，这种自控的缺乏是怎样让你变得如同无理性的动物，不会讲话，躬身驼背在大地上爬行（你可是按神的形象被赋予了理智，被造成昂首挺立的样子；因此，你也应当举心向上，那里才有你的产业，轻视这大地），要小心这种放荡不仅让你像它们，与它们均等，其实让你更为可恶，负担更大的责任，因为你是自愿把自己降格为它们的本性。

① 中世纪有些人的确有对一切性行为偏激的负面看法，认为一切性行为都是淫荡、肮脏的，但这并非当时教会的主流看法；婚姻内的性行为是完全合法的。

那么，谁要是丧失这至高之物，这尊贵童贞的美德与好处，用来交换上文所述的污秽之物；谁要是从与天使同等的位置下降到比畜生还低的地位，做成如此糟糕的交易，倒要看看她能有什么成就。“不，”你可能会说，“那种污秽当然一文不值；但是，一个男人的阳刚则更为宝贵，而我需要他的帮助才能生存得到食物。一男一女的结合能带来财富，而好家庭中的子女会给父母带来许多喜乐。”你是这么说的，听上去你说得很是在理；可我要告诉你，这种说法浑身都散发欺诈的气味。不过，首先来说，不论从中得来什么样的财富或是喜乐，其代价都实在太高，因为你需出卖自己，要把你赤裸的身体交给可怕的虐待与羞耻，失去的是无法挽回的贞洁荣耀与回报，这样才能得到世间的好处。这实在是笔糟糕的生意：为了暂时的财物而失去贞操，那可是天堂上的皇后。不但这是不可挽回的损失，事实上，一切宝贵的东西与它相比都一文不值。

（作者接着又描述了人们心目中以为的婚姻能带来的那些幸福，并一一指出，它们都要带来痛苦。）

所以说，女人啊，你若是有了如意郎君，还有世俗的喜乐，那么这会是你必定遇到的事情。万一你未能如意，既没得到好丈夫，又没有财富，那会如何？你会家徒四壁，当你生下你的孩子们，他们也不会有食品。除此之外，你们屈服于最可憎的男人，即便你有什么财富，他也会让它变成你的痛苦。因为，你现在可能有足够的财物，你在高墙大院居住，庭中又有成群奴仆，但你的丈夫对你发怒，或是已产生厌恶，这样你们对彼此都怨怒。世间财物能给你带来什么喜乐？

当他出门之时，你一想到他回来就伤心、紧张、恐惧。当他在家时，最宽敞的大屋都显得局促。他朝你看一眼就让你惧怕；他烦人的噪声以及粗陋的举止会让你惊悚。他责备你，谩骂你，教训你，令你蒙羞；他对你毫无怜惜，如同淫棍对待妓女；他动手对你施暴宛若对付奴隶与家仆。你浑身筋骨疼痛；你的怒火令你心肝气炸，外在的表情也怒气冲冲。

那你们一起同床共枕又会像什么？即便是那些深爱对方的人也会经常有不合之处，尽管到了早晨他们都不会表现出来；尽管两人彼此深爱，往往一些小节也会令各自伤心匪浅。女方常常要违心地服从男方。男方的一切淫欲和下作的游戏手段她都不得不在床上忍耐，不管那是多么的下流，不论她愿意与否。愿基督保护每个贞女，不要令她去好奇探寻，那些究竟是什么东西；因为对此经历最多的人都深恶痛绝，而且称那些不明白这些事情，痛恨做此事的女人真正有福。若有人沉沦此道，那么尽管他内心知晓其邪恶之处，虽然有心也无法摆脱。有福的女人们，好好想想，一旦婚姻的束缚形成，不论男方是蠢货还是瘸子，不管他是什么样子，你都必须与他相守。

若你生得漂亮，且待人接物令人欢喜，那你无论如何都不会免于旁人的诽谤与污蔑。若你其貌不扬且脾气又大，那不管对旁人还是对丈夫，你都会不值分文。若你被男人看扁，你也这样看待男人，或是你虽然深爱对方，他却将你轻视，你就会如同很多女人一样，为他备下毒药，不是救治他反而令他痛苦万分。有人可能不愿如此行事，那她会花钱请来巫婆，背弃基督和她的基督信仰，只为夺回他对她的爱心。这么看来，那爱丈夫却收获痛苦，或是用这种方式赢得丈夫之爱的人，又如何称得上幸福？

（作者接着转而讨论生产，指出不论孩子健康与否都是母亲的痛苦。下文则讨论由房事而怀孕以及分娩的痛苦。）

为了神的缘故，女人啊，即便你不能由于对神的爱、对天堂的希望，或是对地狱的恐怖，那也应当出于对你肉体的完整，对身体的尊重和健康而首先杜绝此事。因为正如圣保罗所言，除了这条罪，人们犯的所有其他罪都是外在于身体。[①]其他的罪不过就是一条罪而已，但这条罪不仅是罪，也会毁掉你，令你身体蒙羞，玷污你的灵魂，让你在神面前负疚，同时也玷污了你的肉体。你负疚的原因有两条：这条肮脏的罪令全能者愤怒，并且你又伤害自己的身体，这样你完全自愿且丢脸地害了你自己。让我们再往下看，看看下边生孩子又会有什么喜乐，就是孩子在你腹中成形生长的时刻。单是这一项就会让你遭受多少的苦痛，让你遭罪不休，跟你的身体争斗，在各种祸患中与你自己作战。你红润的脸颊将会消瘦，惨绿如同草叶；你的双眼看不清楚，挂上黑黑的眼袋；你的脑袋不停眩晕，让你头痛如裂。在肚腹中，肿胀的胎儿让你长成水袋一般；你方

① 《哥林多前书》（6:18）。

便之时也会疼痛，两肋如针扎一般；你的胯骨也疼个没完。你的四肢将变得沉重，你的胸部和双乳也沉甸甸，都因为有流动的乳汁在里边。苍白的面色让你娇艳尽失；你的口中全是苦涩滋味，吃什么都让你恶心反胃；你的胃中不论盛放什么（那也是强忍着吞下的）都会呕吐出来。在你所有的欢喜中，在你丈夫的快乐里，你衰退成了丑八怪一个。你对分娩的疼痛惊惧焦急，夜不成眠。当真的到来时，那惨烈的剧痛，那一波波撕裂般的抽搐，那不停的痛，痛上加痛，不住的嚎叫，伴随着你的分娩，还要加上你对死亡的恐慌；除了疼痛还有接生婆们令人羞耻的动作，她们都是过来人，你还不得不依赖她们，哪里顾得上耻辱不耻辱。别把这一切看作邪恶，因为我们绝不是要因为这些痛苦而责备女性，我们的母亲都为了我们承受过这些。我们这么做只是为了警示贞女们，好让她们不要寻求这些事情，通过这些能看到什么对她们更好。

（作者接下来进入其结尾部分，重新回顾在爱、婚姻与子女方面的一些论点。他建议贞女要生产有灵性的孩子，比如明智与节制。贞女必须不惜一切代价避免由于能够保持童贞而产生骄傲之心：一个谦逊的妻子或寡妇都好过骄傲的贞女。）

因此，有福的贞女，天主的新娘，也别太仰仗你的贞洁却不顾其他的嘉德懿表，特别是温柔顺服之心灵，效仿那位超越众人的童贞女，玛利亚，天主的母亲。因为，当大天使加百列问候她并带给她天主受孕成胎的讯息时，看看她对自己的看法是何等谦卑，竟如此评说自己："看，上主的婢女，愿照你的话成就于我吧!"尽管她美德丰盈，却只说自己的卑微，向伊丽莎白唱道："因为我主垂顾了他婢女的卑微，今后万世万代都要称我有福。"①

注意了，贞女啊，你要明白，这说明她认为能在我们的主前蒙恩典，不是由于其童贞而是由于其卑微。对所有的贞洁而言，卑微最为宝贵；没有它，贞洁也会成为毫无价值的废物，因为对一生守贞的人而言，缺少卑微的贞洁就如同油灯从未被点燃。天主的有福新娘，你也要有这等德行，好能让你不堕入幽暗，而是能在你的丈夫眼中如日闪耀。用他所喜欢的一切美德来装点你的贞洁，求圣母能一直关照你，给你爱和力量，好能追随她贞洁中的一切美德。请想想圣加大利纳（Catherine）、圣玛格丽特（Margaret）、圣依涅斯（Agnes）、圣尤莉娅娜（Juliana）、圣则济利亚（Cecilia），以及其他天上的贞女们：她们曾怎样拒绝君王的儿子和贵族，不屑他们所有俗世的财富与地上的欢愉，宁愿忍受残酷的折磨以及最终痛苦的死亡也不愿屈从于他们。想一想她们是多么有福，为此能在神的怀抱里，如天上的王后那样喜乐。

如果狡诈的对头让你身体感到欲望，将你推向肉体的污秽，那就在你头脑中这样来回答："叛贼，这毫无用处！我要持守贞洁一生如此——像天上的天使。我要保有我的全部，借神的恩典，保持我的本性，这样乐园的荣福会接纳我，如同

① 《路加福音》（1:38, 48）。

乐园中的居住者在犯罪之前那样。[①]我要全部模仿我最爱的情人，我亲爱的主，就如同他选择了荣福童贞做他的母亲。我要保持我完全的真正纯真，因我如今已与他成婚。尽管看来十分愉悦，但我不会有一时一刻将之抛弃，随后又后悔不已；因为这将不可弥补，而我要用地狱的永火来偿还。你这魔鬼，急着要骗我！你催我犯罪，让我放弃贞女那福中之福、冠上之冠的回报；让我自愿把自己投入你那给淫荡设下的惩罚中，如同弃物；放弃天使对童贞德行的赞歌，却与你还有你的哀号和悲鸣在地狱恐怖中永远相伴。”

若是你如此对应你的肉欲以及魔鬼的诱惑，它就会在羞耻中逃离。若这样它还不罢休，继续让你皮肉难受、内心蠢动，那就是你的上主天主允许它如此，为了增加你的赏报。因为，如同圣保罗所说，只有在这种争斗中战胜自己的女子才能获取冠冕；宗徒也说，这是因为你若不能得胜便无法加冕。[②]若神愿意给你加冕，那他无疑会让魔鬼攻击你，好能使你通过它获取胜者的冠冕。因此，它扰乱你最深，以诱惑攻击你最狂时，也是对你最有利之时，而你要在天主的护翼下保护好自己。因为，通过进攻，它就在为你备好那荣福以及基督所选者的冠冕，这当然有违它的初衷。

愿耶稣基督，因你的圣名，将这个恩典赐予她和所有放弃

① 这里是指亚当和夏娃。

② 应当是对《提摩太后书》（2:5）和《哥林多前书》（9:24—27）的综合解读，但保罗在原文中谈论的并非贞女，更不是守贞一事，而是信仰。

对凡人之爱而选择成为他情人的女性。[①]让她们能为他守住己心，不令她们身体的欲望、魔鬼的诱惑，以及任何地上之人能改变她们的心，或是令她们放弃原路。帮助她们，通过他（基督），能向天堂疾奔，让她们上升到天上的婚礼，在那里永远享福，陪伴那荣福的新郎，他是一切荣福的泉源，直到永远，阿门。

---

① 这里的祷词似乎是对圣母玛利亚说的。

独修女指南

导读

《独修女指南》（*Ancrene Wisse*）也称《独修女规矩》（*Ancrene Riwle*），该书其实共有11部手稿存世，来自1225到15世纪这段时期，其中有4部是法语译本，4部是拉丁语译本，这表明该书在当时流行的程度。在众手稿中，收藏于剑桥基督圣体学院（Corpus Christi College），编号402的一部出自13世纪中期，被公认为是最接近原文的作品，下文的节选就主要基于这部手稿。

《指南》全书由序言与八卷组成，旨在为选择独修的女性提供信仰与实践方面的帮助，涵盖了独修生活的方方面面。序言讲述了作者的创作目的，以及如何理解书中的规矩。一、八两卷讲的是外在规矩（outer rule），指引独修者如何描述其特殊的呼召，如何过好日常生活；二到七卷讲的是内在规矩（inner rule），告诉独修者当如何进行灵修，如何进行祈祷、抵御诱惑、做好忏悔与补赎。本书的作者佚名，可能是一位奥古斯丁会的修士（Augustinian），但也有可能是多明我会会士（Dominican）。在创作中他广泛采用了教父的神学著作，将其融入这种苦修生活的方方面面中去。不过，他也不是严格的理论家，而是展现了颇为现实灵活的一面，允许独修女性按自己的能力与毅力做出适当的调整。

下文的节选只是该手稿的一小部分，包括序言的全部以及二、三、七、八诸卷的部分。这部手稿最初可能是应三位愿意度独修生活的富家女所作，但编号402的文本显然已经做出了相应的调整，针对的是更广泛的对象。在第1叶背面的一句话表明，这部书是为赫里福德郡（Herefordshire）的威格摩尔（Wigmore）修道院所作。

《指南》与所谓的“凯瑟琳文集”在语言与风格上多有关联，其所用英语被著名的《指环王》的作者托尔金（J. R. R. Tolkien）称为“AB 语”，代表一种来自英格兰中西部（West Midlands）的方言，其风格也是讲道的形式，不过比《神圣贞操》那种夸张、攻击，甚至恐吓的强势风格多了几分耐心的劝说与鼓励。

正文

序言

因父及子及圣神之名，这是《独修女指南》的开始。正直的人都爱你（在《雅歌》中新娘向新郎这样说）。[1]语法有正规，几何有正规，神学也有正规，每个的正规都有许多不同。我们要说的是神学的正规， 这就包括两个：一个是为了指引心灵；另一个是为了修正外在的事物。“正直的人都爱你。”“主啊，”天主的新娘对她高贵的丈夫如是说，“正直的人都爱你。”那些根据正规来爱的人就是正直的。而你们，我亲爱的姐妹们，很久以来一直想让我写个规矩。规矩有很多种，但应你们的请求，凭借神的恩典，我要谈论的只有两个方面。一个是规范心灵，让它变得平滑柔顺，除去有害的愧疚与自责造成的疙疙瘩瘩，它们说的都是：“这里，你正在犯罪。”“这补赎还没有达到要求。”这规矩总是内在的，能指引心灵。这就是那位使徒（即保罗）写过的，从清洁的心、无愧的良心、无伪信仰生出来的爱。[2]这规矩就是对清洁的心、无愧的良心、无伪信仰的爱。《诗篇》作者说：“求你常施慈爱给”因真信仰“认识你的人，常施公义（即正直的生活）给心里正直的人”[3]——也就是那些将所有一己私愿交给神意指引的人。这些人也被称为善。《诗篇》作者说：“上主，求你善待那些良善和心里正直的人。”[4]这么说是为了让他们为无愧的良心而喜乐：“你们心里正直的人，都当欢呼！”[5]这即是那些借着至高规矩而正直的人，这规矩能修正一切。在这点上，奥古

① 《雅歌》（1:3），但原文是说少女爱慕君王。
② 《提摩太前书》（1:5）。
③ 《诗篇》（36:11）。
④ 《诗篇》（125:4）。
⑤ 《诗篇》（32:11）。

斯丁说："不可作任何违背权威的事。"使徒说："我们应当按同一的规矩继续进行。"[①]

另一个则是完全的外在的，规范身体与行为。它给人指导的尽是如何外在呈现自己：如何吃、喝、穿着、吟咏、睡觉与起床。这就是使徒所言，多少有益的身体操练，[②]它类似正确技术的规矩，靠的是正确的几何学。这种规矩只是为了另一种服务而已。另一种如同贵妇，而这个便是她的丫鬟。因为它所作的一切都是为了第二个，外规也是为了规范内在的心灵。

如今，你们想知道，你们这些独修者当遵行什么规矩。你们应当全心全力，不惜一切守好内规，并为了它也守好外规。内规总是一样，而外规却可改变，每个人守外规的方式都是为了最好地保证内规。那么，所有的独修女都能守好"宗教关注之中心——心灵洁净"的规矩；也就是说，所有人都能够也应当持守与心灵洁净有关的规矩；就是说，要有纯洁无瑕的良心——*consciencia*——不能有告解（confession）无法赦免的罪过。这就是贵妇规矩（lady rule）的工作，规矩、修正、平顺心灵和知罪的良心，因为只有罪能扭曲心灵。对每个虔敬的人、每个修会而言，令心灵安和与平顺不仅是好的，更是他们的力量。这规矩并非来自人的想象，而是出自神的命令。因此，它是永恒不变的，所有人都应一直如此遵行不移。但不是所有人都能守同样的规矩，不需要如此，不应都以同样方式来守同一个外规，也就是与身体有关的规定，也就是按外规所定的身体

① 《腓立比书》（3:16），根据拉丁文武加大本。

② 《提摩太前书》（4:8）。

方面的规定，就是我称丫鬟的那个，它是人的发明，只为服务内规才建立。它探讨的是禁食、守夜（keeping vigil）、穿着冰冷或不舒适之物，还有其他一些许多可能承受或不可能承受的肉体苦行。因此，这规矩可按每个人的情况与能力进行更改；因为有人强壮，有人却孱弱，完全可以不做或少做一些，并能更令神喜悦。某个人可能受过教育，换一个不一定如此，那他就必须更努力地工作并以其他方式来诵念祷词。一个又老又衰，所以不必太担心；一个却年轻美貌，那就更需要看护。因此，每个独修者都应按照其告解神师（confessor）[①]的建议来守外规，要以服从来执行他的请求或要求，因为他知道她的情况与长处。他也可以按自己的判断来更改外规，从而能使内规更好地得到执行。

我建议，独修者不可再发其他誓愿——除了这三项誓愿：服从（obedience）、贞洁（chastity）与固定地点（stability of place）的愿望，这样她们不能改变自己的居住地点，除非在不得已的情况下，比如面对生命危险的力量或威胁，或是由于服从其主教或长上。因为，无论谁开始此事，都向神许愿她将之看作诫命来服从，令自己受它的束缚，若是违背便是大罪，当然是在她自愿违背的情况下。假如没有发愿那她便可随意终止，比如其饮食，放弃肉食或鱼，或诸如此类；又如穿着、作息、诵念日课（saying her hours）与其他祷文时，念多念少随心所欲。除非发愿谨守，否则这些事情，包括其他事情上，做

① 告解神师，这里是指定期为修道人，尤其是女性听取忏悔告解的神职人员，一般而言，每个人的告解神师都是固定的。

或不做，什么时候去做，都取决于自己的意愿了。然而，爱德（charity）——即爱，谦逊与忍耐，忠信，以及守十诫，告解和补赎（penitence）——还有其他事物，有些属于旧法，有些属于新法，都不是人的创造或是人定的规矩；它们都是神的命令。因此，每个人必须谨守它们，特别是你们，因为它们规范的是心灵。我所写的基本上都与规范心灵相关，除了本书的开头与结尾部分。

我在这里所写下的有关外规的东西，我亲爱的姐妹们，你们都在遵守——感谢我主，希望你们能继续这么做，越久越好。但是，我不想让你们把它们看作诫命，因为以后你们每次违背，就会给你们的心灵带来太多伤害，让你们非常恐惧，以至于你们可能——愿天主保护你免于此劫——很快陷入绝望，对你们的救恩不再抱有希望与信赖。因此，我给你们，我亲爱的姐妹们，在书的第一部分描述外在之事，关涉你们的虔敬举动，当然这也在最后一部分出现；这些你们不要发愿，但要存在心中，也要如发愿一般认真执行。

若有无知之徒询问你们属于哪个修会，正如你们跟我说过有的人曾这样做——他们这是滤除蚊虫却吞下苍蝇[①]——那你们就回答“圣雅各（St. James）会的，他是天主的使徒，因其大圣德被称为天主的兄弟。[②]”若他不明白这个回答，那就问问他：

① 出自《马太福音》（23:24），不过原文是“吞下骆驼”。

② 耶稣使徒中有大小雅各，大雅各是约翰的亲兄弟，小雅各在传统上被认为是使徒行传中早期耶路撒冷教会首领，“主的兄弟雅各”，但这个说法存有争议。

“修会”是什么？在《圣经》中还有谁能比圣雅各在正典书信中对宗教做出的描述更言简意赅？他说：“什么是虔诚？什么是真修会？”在天主父前，纯正无瑕的虔诚，就是看顾患难中的寡妇与无父的孩子，保持自己不受世俗的玷污。[①]就是说，“纯洁无瑕的宗教看顾患难中的寡妇与无父的孩子，保持你们自己纯洁，不受世俗的玷污”。圣雅各就是这样描写了虔诚与修会。他所说内容的第二部分就适用于隐修士，因为这其中的两个部分分别对应两种虔诚，每个都有特定的部分，下边你们就会听到。在世界上有一些虔诚的好人，就是圣雅各说的第一部分中的那些教会长上（prelates）和忠信的传道者；也就是说，如他所说，他们主动帮助寡妇与失去父亲的孩子。而灵魂便是那个因为大罪而失去其配偶——耶稣基督的寡妇。与此类似，没有父亲的孩子就是由于罪而失去天父的人。去看望这些人，安慰并帮扶他们，给予神圣教诲的养料，如圣雅各所说，这就是真的虔诚。如我所言，他所说的第二部分适用于你们的虔诚，它保护你们免受世界的纷扰，超越其他虔诚之人，圣洁无瑕。这么看来，圣雅各使徒在描述虔诚之时并没有提到他的修会里要有白色或黑色。[②]

但有很多人还是滤除蚊虫却吞下苍蝇；也就是说，他们总是在最无意义的地方投入最大精力。第一位独修士保罗，还有安当（Anthony）和阿森尼乌斯（Arsenius）、马卡里乌斯

① 《雅各书》（1:27）。

② 这里是指修会里所穿的会衣，往往是白色或黑色的。

（Macarius），[1]他们难道不虔诚，不属于圣雅各的修会吗？圣撒拉和圣辛克莱提卡（Syncletica）[2]还有许多其他人等，无分男女，都躺卧草垫，穿着粗毛衣，他们难道不属于好的修会吗？谁管它是黑色还是白色呢？只有蠢人才这么问，才会以为修会是由会衣决定。可神甚至知晓，这些圣人黑白兼备。不过，并非指他们的衣着，而是如神的新娘咏唱自己般："我虽然黑，但却秀美。"[3]"我虽然黑，但却又白。"她说：外表虽平庸，内心却纯净。就这样来回答那些询问你们所属修会的人，是白还是黑；你们就说两者兼备，这都是借神的恩典，属圣雅各的修会，因为他在后一部分写道："在此尘世要让自己一尘不染。"[4]虔诚并非取决于宽大的头巾（hood）或黑色的披肩（cape），也不在于小白衣（surplice）或黑风帽（cowl）[5]，若是多人聚居固定地点，那确实该当注重衣着的统一，还有其他一些外在事物的统一，好让外在的一致象征他们内在所共有的爱与意愿的一致。一致的会衣（habit）让人人都一样，其他事物上的一致也让他们显现拥有同一的爱与意愿。但要保证不能撒谎。在团体中就是这样；但若是有些男女独居，比如独修士或独修女，那外在的事物不会产生阻碍（scandal），所以就没

① 这些都是4—5世纪的独修士。

② 4—5世纪时的女独修士，最早的女性隐修士，被看作"沙漠教母"（desert mother）。

③ 《雅歌》（1:5）。

④ 《雅各书》（1:27）。

⑤ 这些都是公教修道人员常见的服饰。

有那么重要。听听弥迦[1]怎么说："世人啊，我要向你显示，什么是善，什么是对你的要求：无非是行公义、好慈爱、虚心地与上主你的天主同行。"[2]"世人啊，我要显示给你，"神的先知圣弥迦说，"我要显示给你什么是真正的善、虔诚和修会，神对你要求的是何种圣洁。"仔细体察这点！明白这点！好好奉行，总是把自己看作软弱，怀着敬畏与爱，与上主，你的天主同行。哪里有这些，哪里就有真虔敬、就有真修会；若什么都做了却唯独不做这些，那就是欺诈与蒙骗。祸哉，你们经师与法利赛人，伪君子！你们只清洗杯盘的表面，里边却充斥各种不洁，正如刷白的坟墓。[3]

那些虔敬的善人所作或所当遵行的外规，所有这些都在这里列出来了。这些不过只是为了帮助建立起上边所说的；所有这些只是丫鬟，只是为了帮助贵妇规范心灵。

这本书被分为八个小卷。

那么，我亲爱的姐妹们，我把这本书分为八段，你们称为部分，每一个都讲述不同的事情；即便如此，每个部分也与前一部分合理连接，后一部分与前一部分各有关联。

第一部分全是有关你们的祷告（devotion）。

第二部分关系到你们当如何利用五官来保护心灵，这是秩序、虔诚以及灵性生命居住之地。这一部分又有五章，每章都是一种感官，整个如同护卫一般忠实守护心灵；它们会挨个谈

---

① 又译作"米该雅"。

② 《弥迦书》（6:8）。

③ 《马太福音》（23:25，27）。

论每一种感官。

第三部分讨论大卫在《诗篇》中将自己比作的一些鸟类，宛若一位独修者；同时论讨这些鸟的本性是如何与独修者类似的。

第四部分探讨肉性灵性的诱惑，如何能对抗它们安抚自己，以及对应它们的良方。

第五部分有关告解。

第六部分有关补赎。

第七部分有关内心纯洁：人为何应当且必须爱耶稣基督？是哪些东西让我们失去其爱，阻止我们爱他？

第八部分全是与外规有关的：先是讨论吃喝以及与此相关的事物，接着讨论你们能接纳的东西，哪些东西你们可以收留保存；此后讨论你们的服饰以及与此相关的事物，然后讨论你们的工作，以及如何理发，如何放血（blood-letting），你们仆人们的规矩；最后讨论你们当如何以爱对待仆人们。

第二卷

（这里开始第二部分，论如何借五官守护心灵）

“你要谨守你的心，胜过谨守一切，因为生命由此而出。”[①]所罗门说，“女儿，要以一切手段谨守你心，因为它是灵魂的生命。”[②]要好好锁紧。心灵的护卫就是五官觉：视觉、听觉、嗅觉、味觉，以及全身的感觉。我们会一个个来谈论，

① 《箴言》（4:23）。

② 传说《箴言》由所罗门所作，所以有此说法。

因为守护好它们就是遵行所罗门的命令，能守好心灵和灵魂的健康。心是非常狂野的动物，经常狂奔乱闯，如圣额我略所言："心是最善逃逸之物。"[①]"最快逃离人的就是人心。"神的先知大卫曾哀叹心离弃了他："我心已将我抛弃。"[②]这就是说，"我的心已逃我而去"。此后，他却喜乐地说，它又回家了，"你的仆人已找到了他的心"。[③]他说："主啊，我的心又回来了。我又找到了它。"既然如此圣洁、明智、谨慎的人都能失去它，那么其他人更要担心他们的心会逃逸而去。那么，它是从哪里逃离大卫，这位圣王、神的先知的呢？神知道，就是从他的眼目的窗口，从那个他观看的缝隙间，你们在下文就能看到。[④]

因此，我亲爱的姐妹们，尽量不要贪恋你们的窗户。将它们看作最小最狭窄的谈话室（parlour）的窗户。窗帘要有两层，黑色布料加白色十字，里外相同。黑布象征着你是黑的，对外在世界毫无价值，真正的太阳已经将你的外表烧焦，借着他恩典的光让你外表失去诱惑力。白色十字才是属于你的，因为论到十字，就有三种：红、黑、白。红十字属于那些因爱天主而被热血染红之人，如那些殉道者；黑十字属于那些在此世为自己龌龊的罪过做补赎之人；白十字属于纯洁的贞操和洁

① St. Gregory，*Liber Regulae Pastoralis*，3.14；额我略，又称大圣额我略（St. Gregory the Great），590—604年任教宗。

② 《诗篇》（40:13）。

③ 参见《撒母耳记下》（7:27），直译如此，意思则是"有胆、有勇气"。

④ 指大卫看拔示巴（又译作"巴特舍巴"）沐浴一事，参见《列王记下》（11）。

净，要好好保持十分困难。通常随着十字而来的还有苦难。这样，白十字象征着对贞洁的守护，为此要受许多磨难。与此类似，黑色布料除了其象征意义外也不伤眼睛，其厚重能更好地对抗暴风，更不容易看透，在对抗风和其他事物时能够更好地保持自己的颜色。要留心一直紧闭谈话室的窗口，里外都要紧紧锁上；守护好你的眼睛，以免你的心像大卫那样逃离出去，它一出去你的灵魂便会遭殃。我这里写的很多其实都是给别人的，我亲爱的姐妹们，与你们并无太大干系，因为不像某些独修女的名声（借天主恩典，今后也不会有），很不幸，她们偷偷窥探外界，或是采取勾引的眼光或行为，有些人有时候就是如此违背本性而行。这实在是违背本性的妄为，令人震惊：死人缘何还能艳羡世间的活人，通过犯罪而发疯？①

“可是，先生啊，”有人会问，“偷看一眼真就这么邪恶？”没错，亲爱的姐妹，因为从恶来的就是恶，而对每个独修女来说更是邪恶，特别是在年轻人中。而对年长者来说，这更是因为她们给年轻人立下了恶表，给她们提供了为自己辩白的护盾。因为，要是有人警告她们，她们立刻就会说：“可是，先生，她也这么做呢，她可比我强，比我更清楚该做什么。”挚爱的年轻独修女们，技艺高超的铁匠也常常打出钝刀：模仿智者的智慧而不是他们的愚昧。年长的独修女做的事对她可以是好的，对你却可能是恶的；不过，向外偷窥而没有恶果，这个你们都不能做到。来看看通过观看都能带来什么邪

① 独修者就是被看作活死人——死于这个世界之人，第二卷里就提到，独修者的斗室就是他的坟墓。

恶：不是一种，而是两种。因为不论过去、现在，还是将来的痛苦都是从视觉而来。这是真理，来看看这个证据。

路济弗尔（Lucifer）就是看到了自己的美丽而堕入骄傲，从天使变为丑陋的魔鬼。[①]我们最初的母亲夏娃，正如《圣经》记载的那样，罪就是从她的眼中进入："女人见那棵树好做食物，又悦人眼目，讨人喜爱，就摘下果子来吃了；又给了她的丈夫。"[②]这即是说，夏娃看了那被禁止的苹果，看到它很美丽，从而开始喜欢看它，将自己的欲念引向那里，然后取来一些吃了，又给了他的主人（lord）。看看《圣经》是如何讲述此事的，罪如何从里面出来。就是这样，罪先为邪恶的欲念开路，此后便来了一切人类都感同身受的行为。

我挚爱的姐妹，这个苹果象征的就是罪内的欲望与喜悦中意之事物。当你看到男人时就是处于夏娃的境地之时：你就在看一个苹果。当夏娃最初看到苹果时，有人或许跟她说过："哦，夏娃，快转头，你正看向你的死亡。"那么她又会怎么回答？"可是，亲爱的先生啊，你错了。你为何要责备我呢？我看到的这个苹果是被禁止食用，可不是禁止观看。"夏娃或许就这么回答的。啊，我挚爱的姐妹，没错，有许许多多夏娃的女儿都如此遵循她们的母亲，如此作答。一个说："你真认为我看到男人就会扑上去吗？"我挚爱的姐妹们呀，神可是知

① 路济弗尔是传说中的天使长，由于骄傲而妄想与神相比，结果率领一众跟随的天使堕入地狱变成魔鬼，其名字的意思是"持光者"，来自《以赛亚书》（14:12）中拉丁文对启明星的翻译。

② 《创世记》（3:2）。

道，比这更惊奇的事都发生过。你们的母亲夏娃就是跟着她的眼睛扑倒的：从眼睛到苹果，从乐园中的苹果摔倒地上，从地上又进入地狱，在里边她待了四千年有余，不只是她，还有她的丈夫，并让她所有子孙都受罚随她扑倒，进入无止境的死亡。这所有磨难的开始和根源就是简单的一瞥。常言道，小不忍则乱大谋（from little，much often grows）。所以，每个软弱的女子呀，都是神手的直接创造物，应当畏惧那视觉，它可以出卖你，把你拖入这种已经遍布整个世界的大罪中。

第三卷

（论鸟儿与独修者的本质）

我挚爱的姐妹们，你们要好好地守护自己外在的感官，与此同时，最重要的是，也要让自己保持内在的柔和与温驯，内心和蔼温柔，忍耐旁人对你不公道的评价和行为带来的磨难，以免丧失一切。为那些内心苦涩的独修女们，大卫送上了这一段：“我变得像鹈鹕般独处旷野……”[①]他说：“我像一只独居的鹈鹕。”鹈鹕是一种性情暴躁易怒的鸟，往往会在怒火中杀掉令它烦躁的雏鸟，可随后又会非常后悔，一声嘶鸣后便用那杀掉幼雏的尖喙啄伤自己，从胸口吸血，然后用这血复活已死的幼雏。

这种鸟，鹈鹕，就是那暴躁的独修女；她的幼雏就是那些善工，往往被她用充满怒火的尖喙杀死。但干过这事之后，她

① 《诗篇》（102:7）。

应当像鹈鹕一般立刻悔改，然后用自己的尖喙啄开胸膛——就是用那犯罪而杀死自己善工的口忏悔，将胸中的罪之血吸出，就是从心里——灵魂生存之处。这样，她已死的幼雏，即她的善工，就会生还。血象征着罪，因为就像满身鲜血的人在他人眼中丑陋可怖一般，罪人在天主眼中也是如此。当内心被怒火填充膨胀时，人是不可能做出正确判断的；或者说，当欲望炽热地向往某个罪时，你在那个时刻无法判断它究竟是什么，会有什么后果。而且是欲望过去后才对你有利。让那热火冷却，就好像一个要查验血液的人那样，那时你就能正确判断出，曾那么吸引你的罪是多么虚假丑恶。若是你在发火时犯了罪，那会带来多少的邪恶，你一定会以为自己当时实在是发了疯。这就是每种罪的真相，正因如此血才被用来象征它，特别是愤怒。①

“愤怒让灵魂无法认出真相。”②这是说：“愤怒盛行之时令心灵如此混沌，从而无法辨识真相。”“它是种改变人性的巫术。”③如我们在故事中听到的，愤怒就是魔法，它让人们失去理智，完全改变人们的想法，把他从人变作兽。愤怒的女人就是母狼；男人就是公狼，或是狮子，或是独角兽。当女

① 愤怒在这里并非一种情感，而是七罪宗（seven deadly sins）之一，其他六种包括骄傲（Pride）、贪婪（Greed）、迷色（Lust）、嫉妒（Envy）、贪饕（Gluttony）、懒惰（Sloth）。

② *Impedit ira animum ne possit cernere verum*，出自卡托的拉丁名言（*Distichs of Cato* 2.4）。

③ *Maga quedam est transformans naturam humanam*，拉丁谚语，源头未知。

人心中有怒气时，哪怕她是在诵念对经或是日课[①]时，如圣母经或天主经[②]，她不过是在干号而已。在天主眼中，她仿佛变作一只母狼，在他挑剔的耳中就是母狼的声音。“愤怒是短暂的疯狂。”[③]“愤怒就是疯狂”，盛怒下的人难道不是个疯子吗？看看他的样子，他又是怎么说话的？他的内心在如何运作？他的外面又是怎样的行为？他认不出任何人。他又怎么称得上是人呢？“人是天性温和的动物。”[④]人的本性是温驯。他一旦丧失了温驯也就失掉了人的本性，而愤怒这个魔法就把他变成了野兽，如我前边所说。若是一个独修女，一个耶稣基督的新娘变成一只母狼又会怎样呢？这难道不是大不幸？她只有一条路，就是抛弃包裹心灵的粗毛皮，通过温良的和好圣事[⑤]让自己再变得光滑柔顺，恢复女性的本真，因为披着母狼皮时，她所作的一切都令神不悦。

第七卷

（论爱）

天主值得我们以一切去爱。他为我们做了太多，又给我们许诺了更多。如此大的恩赐当以爱回应；他在我们的父亲亚当

---

① 对经（versicle）是祈祷中常用的重复短剧，类似副歌；日课（hours）是一天中不同时辰诵念的不同祷文，古时一般是分为七个时刻。

② 圣母经（*Ave*）或天主经（*pater nosters*）都是公教会内最常用的祷词；天主经就是新教所称的主祷文。

③ *Ira furor brevis est*。出自贺拉斯《书信集》（Horace, *Epistles* 1.2.62）。

④ *Est enim homo animal mansuetum natura*，出自12世纪英国的隐修院院长Alexander Neckham（*On the Natures of Things* 156）。

⑤ 和好圣事（Reconciliation），这也是告解圣事的别称。

之内给了我们整个世界，这世界的一切他都放在我们脚下，包括所有走兽与鸟类，在我们没有犯罪之前：“你叫他管理你手所造的，把万物都放在他的脚下，就是所有的牛羊、田间的走兽、空中的飞鸟、海里的鱼和海里游行的水族。”[①]所有这些今天还存在的，如上文所述，还在为善人灵魂的益处服务。此外，大地、海洋和太阳也为邪恶服务。他还做了更多：他给我们的不仅是自己所有，更是把自己完全给予了我们。如此高贵的礼物从未给过如此卑贱的人。使徒说：“基督爱了教会，并为它献出了自己。”[②]圣保罗说：“基督如此爱了他所爱的，为她将自己作价奉献了出去。”那么，我亲爱的姐妹们，如今要仔细留心，我们为何应当爱他。首先，如同男人追求女人，一个国王爱上了另一片国土上的一位贫穷贵妇，于是乎先派出使者们——这就是《旧约》中的先祖和先知们——送去封好的信函。最终，他亲自前来，带着福音作为公开确认的信函，他用自己的血写下给爱人的致敬，这是对她爱的问候，为了打动她，赢得她的爱。这里有个故事，一个隐含的比喻。

有位贵妇遭到了敌人的包围攻击，她的领地全部遭毁，而她则被困在一座土堡中身无分文。但是，一位强大的国王如此深爱她，为了追求她便派出了自己的使者，一个接一个，往往一次就派遣多个；他给她送去珍贵的礼物、用品帮助她，也派去精兵帮她守住城堡。她毫不客气地收下，可心却硬如铁石，让国王在求爱方面毫无进展。你还要什么？最终他亲自赶来，

① 《诗篇》（8:6—9）。

② 《以弗所书》（5:25）。

显出了他俊美的面容，因为他是一切男子中最美的一位。他如此温和地开口，倾吐如此喜乐的言辞，甚至可以令死者复生。他在她眼前施行了许多奇迹和异能：他向她展现能力，告诉她自己的王国，承诺要立她为王后掌管他所有的一切。可一切都付诸东流。这种轻慢岂不是不可思议？这是因为，她连做他的婢女都不配。然而他是如此温和，如此陷入爱情，最终他说："夫人，你正遭受攻击，你的敌人如此强大，没有我的帮助你不可能逃脱他们的魔爪，不免历尽劫难，最终会因羞辱而亡。就因为我爱你，我将肩负起这次争战，让你脱离要伤你性命者之手。当然，我非常清楚，在争战时我会受致命的伤害，但为了赢取你的芳心，我甘愿接受。如今，我请求你，看在我向你表白之爱的份上，至少在我死后将我爱慕，因为我活着你就不会爱我。"这位国王做到了一切：他将她从敌人手中解救，而自己却蒙羞，最终被处死。可是，借着一个奇迹，他从死者中复活起来。若这位贵妇在这一切之后还不爱他，那她的本性岂不是太过邪恶？

这位国王便是耶稣，天主子，他就是以这种方式来追求我们那受魔鬼攻击的灵魂。而他，这位尊贵的追求者，在许许多多使者和善行之后，亲自来表明自己的爱心，又像以前骑士们所作那样，以骑士般的行为显明，他值得这样的爱。他在较量（tournament）中就像一位英勇的骑士，在为爱人所进行的战斗中，盾牌的每个部分都被戳穿。他的盾牌曾遮掩他的神性，那就是他尊贵的身体，被钉在十字架上：双臂张开就像盾牌宽阔的顶部，下方如盾牌收窄，因为那里一只脚被置于另一只脚上，很多人都是如此以为。这个盾牌没有两边，而这就象征，他那些门徒本来该站在他身旁守住两边，但是却从他身边逃离将他抛弃，正如福音所言："门徒都离开他逃跑了。"[①]这盾牌是为我们抵御各种诱惑的，正如耶利米[②]的证言："你会将你的劳作给他们，作为心的盾牌（scutum cordis）。"[③]这盾牌不仅保护我们免于种种邪恶，还能做更多：在天上它给予"善意的盾牌"（shield of good will）为我们加冕。如大卫所说："主啊，你用你那善意盾牌给我们加冕。"[④]他之所以说，那是"善意的盾牌"，是因为他自愿承受了那一切苦难——以赛亚说："他被祭献，因为这是他的意愿。"[⑤]

可你还说："但是，主啊，这是何苦？难道他不能少受些苦来拯救我们吗？"当然可以，而且很容易；但他不愿如此。"为什么？"就是为了不让我们有任何借口非议他为爱我们而付出的赎价。你不在意的东西不会花大价钱去买。他却用心里流出的血赎买了我们——没有比这代价更大了——为能将我们的爱引向他自己，他受了大苦。在盾牌上有三样东西：木头、皮革和图案。这副盾牌上也是如此：十字圣木、天主身体的皮革，还有红色的血将它们涂抹醒目。这里还有第三个原因：在骑士英勇死去之后，他的盾牌要高高悬挂在教堂里作为纪念。

---

① 《马太福音》（26:56）。

② 耶利米（Jeremiah），也译为"耶肋米亚"。

③ 《哀歌》（3:65）。这是拉丁文武加大本的翻译。

④ 《诗篇》（5:13）。

⑤ 《以赛亚书》（53:7）。

同样，这副盾牌，这十字苦像[①]也被放置于教会中，挂在最醒目的地方，好让人们能够默思耶稣基督在十字架上展现的英勇骑士风范。他所爱的人应当在那里思忖，他是如何换来了她的爱：他让自己的盾牌被击碎，他的肋旁被刺透而显出他的心，这样能清楚地向她展现，他是如何深爱着她，并吸引她的心归向他。

世上主要有四种爱：好友之间、男女之间、母子之间、灵肉之间。而耶稣基督对于爱人的爱却大于这四种，超越其上。他难道不能被看作好友，为了给友人开罪而付给犹太人抵押吗？天主将自己当作我们的抵押给了犹太人，把自己尊贵的躯体献出来为爱人脱罪，逃离犹太人之手。友人之间可没有这么做的。

男女之间爱意最盛。可是，即便女方嫁给了男方，她也有可能长期感到枯燥乏味，从而可能与其他男人私通，即便是有心再回转，男方也不会再想与她有任何瓜葛。因此，基督的爱更大，因为尽管他的妻子——灵魂多年以来就借着大罪与魔鬼私通，可一旦她希望离弃魔鬼返回家中，他的仁慈总是可以接纳她。所有这些，他都借耶利米之口说过："若男人可以休掉女人……但是你和许多情夫通奸。即便如此，回到我这里来！上主如是说。"[②]他还是整天地高呼："你一直如此邪恶，回头吧，回来！我还是欢迎你。""他跑着去会见归来的荡子。"

① 十字苦像（Crucifix），与一般十字架（cross）的区别在于，上边有基督苦难的形象，教会内通称为"苦像"。

② 《耶利米书》（3:1），武加大本。

这里说："他还是跑着去接她回来，伸开双臂搂住了她的脖子。"[①]还能如何才算更仁慈？然而，此处却有更喜乐的奇迹。不论他的爱人犯多少大罪，出几次轨，只要她一回到他身边，他就能使她再次成为贞女。因为，诚如圣奥古斯丁所言，神对待女性的方式和男人非常不同：男人将贞女变成女人，神将女人变成贞女。约伯说："他能再成全。"[②]善工与真信——这两者就是灵魂中的贞洁。

现在说说第三种爱。若是一个孩子病情严重到需要用血洗澡才能治愈，母亲会非常乐意这么去做。这就是我们的主为我们所作，我们因罪而生病，如此污秽只有他的血才能治愈洁净我们，而他情愿如此。他因爱给了我们血浴：愿他永受赞美。他为他的爱人准备了三次沐浴让她洗净，变得如此洁白美丽，从而配得上他洁净的拥抱。第一个就是洗礼；第二个就是眼泪，内在的或外在的，以防她在出浴后再把自己弄脏；第三是耶稣基督的血，它把前两个一起圣化，如圣约翰在《启示录》中所言："他爱我们，以自己的血洗净了我们。"[③]他爱我们胜过母亲对孩子的爱，他借着以赛亚之口说："母亲岂能忘掉亲生之子？即便她能忘掉，我也绝不忘记你。"[④]接着他又道出了原因："我把你刻在了我的掌上。"[⑤]他说："我已把你画入了我的手掌中。"他用的就是十字架上的鲜血。人们会结绳来提

① 对《路加福音》（15:20）的改写。
② 《约伯记》（12:23）。
③ 《启示录》（1:5）。
④ 《以赛亚书》（49:15）。
⑤ 《以赛亚书》（49:16）。

醒自己不忘某事；但我们的主因为不愿忘记我们，却在双手刻下记号来提醒自己。

现在是第四种爱。灵魂最爱的是身体，这在它们分离之时最清晰，因为相爱的朋友分离之时都会伤心。可是，我们的主甘愿让自己的灵魂离开身体，只是为了与我们的合在一处，在天上荣福中永无穷尽。你看，耶稣基督就是以这种方式爱自己的爱妻，也就是圣教会，或是纯净的灵魂，这爱超越了世上能找到的所有四种大爱。

（作者接着用一系列的比喻来呈现基督对灵魂的爱，比如基督追求一位贵妇，却受到冷遇；基督的爱，灵性的爱如同希腊火。结尾时，作者描述了爱的能力。）

第八卷

（外规）

（作者先讲了独修女何时该领圣体[①]，何时进食，且不应当过度娱乐，而是该效法《路加福音》10章中玛尔大[②]的妹妹玛利亚，静听默观。独修女只可养一只猫或一头牛，但最好什么都不养，不可做生意，更不可留宿男性。）

既然人看不见你，你也看不见他们，那你穿白还是穿黑就无所谓，只要它朴素、暖和、保护你的体肤就好；按你的需求

① 圣体（Communion），即所谓“圣餐”。

② 玛尔大（Martha），也译为“马大”。

准备足够的衣装与床上用品。贴身的衣服不可穿麻衣，除非是粗硬的麻布。若需要可用毛呢内衣，[①]不需要则可不用。

你睡觉时需穿带腰带的长袍，要足够宽松，能让你将双手放在下边。除非告解神师允许，否则谁也不需要佩戴任何腰带，或是任何铁质、粗毛或刺猬皮服饰，没有神师允许也不可用这些物品或铅鞭抽打自己，用冬青或荆棘让自己破皮出血。[②]任何时候都不可用荨麻刺伤自己，或击打脸部，或割伤自己，或采用过于严厉的手段克制诱惑。除非你的导师给你许可，否则不要用非正常的方式来疗愈正常的疾病，以免让你病情恶化。

冬天的鞋子要柔软、宽大、暖和。夏天你可以赤脚或穿轻便的鞋子行走坐立。如果愿意，可以穿露脚的长袜睡眠。不可穿鞋睡觉，只能在床上睡觉。有些女人喜欢穿着粗毛密织的内裤，腿上紧紧裹着绑腿。但最好的永远是温柔可人的心；我更喜欢看到你们能忍受粗言粗语而不是粗毛内衣。

若你愿意，且能够不戴温帕尔裹巾[③]，那就戴一顶温暖的帽子，然后用白色或黑色头巾罩住。有些戴温帕尔裹巾的独修女犯的罪也不比贵妇人少。可是，有人会说，每个女性按道理都得戴温帕尔裹巾。不，《圣经》上没有说过“温帕尔”，也没有说过“头巾”（headcloth），只是说“遮盖”（covering）：

---

① 毛呢内衣（stamin），这是一种粗毛内衣，常为红色。

② 这些都是中世纪时虔诚宗教人士常用的苦行手段，目的是征服肉身的欲望。

③ 温帕尔裹巾（wimple），一种中世纪妇女所用的戴在头、耳、颈部的头饰。

《致哥林多人书》说，“女人要盖住她的头”。[1]使徒说：“女人必须盖住她的头。”他说的是“盖住”，不是“裹住”。她需遮盖她的羞耻，因为她是夏娃的女儿，这是为纪念起初时令我们全部毁灭的罪过，而不是要把遮盖弄成装饰炫耀之物。使徒也希望女人在教会中要遮住脸部，为了避免让人看到而生出邪念：“这是因为天使的缘故。”[2]那么，教会的独修女，为什么要戴温帕尔裹巾来露脸让男人观看？使徒反对你们露脸观看男人；若是有其他东西让男人看不到你的脸，不论是一堵墙、一条头巾，还是一扇紧闭的窗，那独修女就可以不戴温帕尔裹巾。如是，使徒反对的是那些如此行事的人，而不是那些在墙后躲开男人眼光的人。愚蠢的想法，有时甚至是举动，就是这样被唤醒的。谁想让人看见，那么打扮她自己就不足为奇了；但在神的眼中，爱神的人才更可爱，她们不须打扮外表。

不要佩戴戒指、胸针，或镶嵌金银的皮带，或手套等任何你不该有的东西。酷夏时你可以穿一件轻薄的白麻布长袍。任何时候，我喜欢你更朴素的穿着。

（作者接下来讲，独修女只能做对教会、对穷人有帮助的针线活，独修女要忙碌起来抵御诱惑。独修女要照顾好自己的身体，管理好自己的仆人，他对仆人的行为规范也一一说明。）

---

① 《哥林多前书》（11:6）。

② 《哥林多前书》（11:10）。

独修女的仆人不应有权利要求固定工资，只需要赖以为生的食物和衣着，还有天主的仁慈。无论独修女发生什么状况，仆人不可不信任天主，怀疑他会令她失败。外边的女仆们若能本本分分服侍独修女，那她们就会获得天堂永福的赏报。那些有眼光渴求这种高额工资的人就会欢喜地服侍，并能轻松承受所有的痛苦与不适。舒适与享受买不来永福。

你们独修女们应当每周给你们的女仆诵念一遍这最后一部分，直到她们记住。重视她们对你们来说是绝对的需要，因为通过她们，你们能获得极大的好处或遭遇大祸。此外，若是由于你们的粗心而令她们犯罪，那你们在至高判官前都有责任。因此，热心教育她们遵守规矩，对你们对她们都有很大必要，你们和她们都要温和、友善地学习这规矩，因为女性就应当温和、友爱地教育他人，绝少严厉。没错，她们不仅要爱你们，也要敬畏你们，但总是应该有更多的爱意而不是惧意。这样的话，事情才会顺利。按神的教导，倒在伤口上的既有油也有酒，[①]但要用更多柔和的油而不是刺激的酒；也就是多说温柔话语而不是严厉的词句。从柔和话语中才能产生最好的事物；就是由爱而生的敬畏。她们认清自己的罪并许诺补赎时要柔和大度地宽恕。

你要在衣食和其他物质需求方面上尽力满足她们，即便你们对自己十分严苛节俭。优秀小号手就是这么做的：他将小号狭窄的一端对在自己嘴上，却让宽大的一端向外。你就应当

① 参见《路加福音》（10:34）。

照样行事，因你希望你的祈祷如小号般嘹亮，在上主的耳中回响，不仅是为你自己，也是为所有人的得救，愿主因他的恩典令其实现，阿门。

若你姐妹们的仆人来探望你，你可在早晨和下午在窗口见她们一两次，随即返回到你的灵性劳作中去；在夜祷[①]前不要因她们而闲坐太长，这样她们的探访不会令你违反虔敬的规矩，而是给你灵性的好处。若听到任何让你不悦的言辞，不应把这些话放在心上，或是传给另一个容易受伤的独修女。这话必须在看顾她们所有人的那一位前重述。[②]最多允许他人和你一起过两个夜晚，但这也是在极少数情况下才可以的：你们在吃饭之时，或是在放血之时，不要为她们打破寂静之规，除非有绝对必要或有极大益处。

独修女和她的女仆不可在窗前做俗世的游戏，也不可一同玩“触摸”的游戏，因为正如圣伯尔纳铎[③]所言，对灵修人士而言，每种肉体的舒适都是不可取的，特别是对独修女来说，也就是说，毫不节制的放荡取乐令她们丧失灵性。如前文所述，这是笔不划算的生意。

每天闲暇时都要多少读一下这本书。我希望，借着天主的大恩，你经常的阅读会带来好处，否则我可就白白耗费了这么长的时间。天主知晓，我宁愿动身前往罗马，也不愿再重新做

① 夜祷（Compline），修道人一天要祈祷7次，这是夜晚入睡前的祷词。

② 这里应当是指她们的告解神父，或是指神。

③ 明谷的圣伯尔纳铎（St. Bernard de Clairvaux，1090—1153，又译作圣伯纳德），天主教熙笃会隐修士，明谷修院院长，修道改革运动的杰出领袖，被尊为中世纪神秘主义之父，也是极其出色的灵修文学作家。

这样的事。[1]若你能如所读内容那样施行，那就切切感谢天主；若你做不到，那就祈求天主的仁慈，好能尽你所能，在日后得到提升。

愿唯一的全能天主，圣父、圣子、圣灵守护你们。愿他赐予你们愉悦安宁，我亲爱的姐妹们，因你们为他所受的苦难与忍耐，愿他把他自己全部赐给你们。愿他受光荣，从此世到来世，直到永远。阿门。

每次你们读这本书时，请为写下本书的他问候圣母，念一遍《圣母经》。我所要的可不能算多。

① 动身前往罗马，大概是指去罗马朝圣的艰辛旅途。这里作者用较为夸张的比喻来形容写这部书的辛苦。

第四部分　散文

序言类

《威克里夫〈圣经〉总序》导读

《威克里夫〈圣经〉总序》（*General Prologue of the Wycliffe Bible*）是对《威克里夫〈圣经〉修订本》翻译过程的说明，洋洋洒洒共十五章，是由威克里夫的学生约翰·普尔威（John Purvey，1354—1414）所作。《威克里夫〈圣经〉》被认为有新旧两个版本，旧版被称为1382年版，新版完成于1395年。旧版译文比较机械，基本上是对拉丁武加大本逐字逐句的翻译，所以才会有普尔威对旧版的修订，使其更符合英语的表达习惯。总序本身应当是在该译本完成后才开始写的，大约完成于1397年初。《威克里夫〈圣经〉》是英语译本的先声，但其影响力并不广泛，在后来的钦定本（King James Version）中只能找到它的蛛丝马迹。由于当时印刷术还未发明，所以只有250部《威克里夫〈圣经〉》手抄本传世，且内容多寡不一，有的只有旧版，有的只有新版，有的只有《新约》，甚至只有四福音，这其中只有九部收入了总序。我们这里节选的段落出自总序的最后一章。

《威克里夫〈圣经〉总序》正文

尽管贪婪的神职人员由于买卖神职、异端和其他多种罪行而疯狂，并且竭尽全力污蔑阻止《圣经》，但没有文化的大众却呼唤《圣经》，想了解它、拥有它，且为此付出重大代价，甚至是生命。正是因为这些原因，以及其他一些原因，一个普通人将《圣经》从拉丁文译成了英文。

第一步，为了确定一个正确的拉丁文版《圣经》，这个普通人和多个同工、助手做了大量工作，搜集了许多旧的《圣经》、其他的学者（doctor）的著作和一般性的注释；第二步，他重新研读文本，借助他能找到的注释和其他学者，特别是在《旧约》上，里拉[①]对此项工作颇有助益；第三步，在艰深的词语和意义上，他参考了以前的语法家与神学家（divine）来找到最好的意义与译文；第四步，为了能按照意义做出最明确的翻译，他请了许多聪慧杰出的同事来修正其译文。

首先应当明白的是，从拉丁文译为最好的英文要根据的是意义，而不只是词意，这样其英文意义就能向拉丁文那样明了（或更加明了），且不会远离原文；若是原文无法在翻译中保留，那就要保证意义的完整与明了，因为词语的目的是表明意

① 里拉（Nicholas of Lyra，1340年卒）是诺曼底的方济各会会士，希伯来学者，当时最著名的《圣经》学者，其《圣经》注释颇有影响力。

向和意义，否则这些词语就是多余的，甚至是错误的。

在译为英文时，让意义明了的选择很多，比如独立夺格（ablative absolute）在合适的动词配合下可以被译作这三个词：*while*、*for*、*if*——这是语法家的意见。因此，*the master reading, I stand*就可以这么翻译：*While the master readeth, I stand*（当师傅读的时候，我站着）或*If the master readeth*（如果师傅……），或是*For the master*（因为师傅……）等等。有些时候，翻译成*when*（当……）或*after*（……之后）能更符合原义。因此，就是*When the master read, I stood*［（过去时）当师傅曾读的时候，我站着］或*After the master read, I stood*［师傅读完以后，我站着（过去时）]。有些时候可以翻成与该剧中其他动词一致的时态，并理解为*et*，即英文的*and*。因此*Arescentibus hominibus prae timore*就是*And men shall wax dry for dread*（人由于恐惧而萎缩）。

还有，现在或过去时的分词，不论主动还是被动态，均可转为同时态的动词或并列关联（copulative conjunction）。比如，*dicens*，也就是*saying*，可转为*and saith*（又说）或*that saith*（那个说）。在很多地方，这会让句子变得明了，否则在这个词后边的意思对英语而言就会晦涩难明。

在一开始我的目的就是，在神的帮助下，让英语意思能与拉丁语一样准确明了，甚至比拉丁语更准确、更明了。我也请求，为了爱德（charity）以及基督信徒灵魂的益处的缘故，若是任何聪慧之人在译文的准确上发现任何问题，那就请他来决定《圣经》的准确与明了的句子，不过他应认真小心地查看他的拉丁文版《圣经》，因为他肯定会在许多拉丁文版《圣经》中发现错误，只要他查看许多《圣经》，尤其是那些新出的。我所看过的这些常见的拉丁文版《圣经》，它们比刚翻译的英文《圣经》更需要改正。按照圣热罗尼莫、[①]里拉以及其他释经者的见证，当希伯来语和我们的拉丁文《圣经》不符时，我会在页边作出注释说明，希伯来语是什么，在一些地方如何理解。在《诗篇》中我的注释最多，这部书也是与希伯来版分歧最大的……

主天主！既然从信仰开始之时便有多人为了拉丁人的益处将《圣经》译成了拉丁文，请让这个神的普通造物也为英吉利人将《圣经》翻译成英吉利语。因为，如果世间的神职好好查看下史籍与书本，他们就会发现，比德曾以撒克逊语翻译解读了《圣经》，[②]那是他那个时代的英语或普通语。不仅是比德，还有创立了牛津的阿尔弗雷德王，他在临终前将《诗篇》的开始部分译成了撒克逊语。若能再活几天，他定能做得更多。[③]

还有法国人、波西米亚人、布立吞人，他们都把《圣经》以及祈祷书和释义书翻译成了他们的母语。那么，英吉利人为

① 圣热罗尼莫（St. Heironymus），也从英文的Jerome译作“哲罗姆”（347—420），教会的圣师，以从希伯来与希腊语将《圣经》修订重译为拉丁文著称，其《圣经》译本被称作“武加大本”，在此后1000多年里都是欧洲通行的标准《圣经》译本，直至今日依然是天主教的唯一官方认可版本（尽管实际影响力已经很微弱）。

② 这是不正确的。比德很可能在临终前口述了《约翰福音》的译文，但他留下的盎格鲁－撒克逊语文献只有一首传统的哀歌。

③ 阿尔弗雷德创建牛津只是传说，至于翻译《诗篇》一事也是从他死后两百余年才开始传说的。

什么不可以用母语拥有这些呢？我实在不明白，除非是由于神职人员的欺诈与轻视，或是因为神为了我们人民的旧罪恶惩罚我们，让我们不配领受他如此的大恩赐。

在翻译有歧义的词，也就是多义词的时候，很容易就出错。因为奥古斯丁在《论基督教教义》（*Christian Doctrine*）第二卷中说，如果多义词没能按照作者的意思和理解翻译出来，那就是错误，比如在《诗篇》中："他们的脚迅疾去倾流鲜血"，①这里的希腊词语可有"尖利"和"迅疾"两个意思，若翻译成"尖利"的脚就是错的，写着"尖利的脚"的版本不正确，必须被改正。"不善的小树不会扎根很深"应当被译为"通奸的苗裔不会扎根很深"，奥古斯丁在此处如是说。②

因此，翻译者很有必要查清某个意义在原文与译文中的意思，保证多义词与要表达的意义一致。他也需要度洁净的生活，全心祈祷，不要让自己的心被世俗占据，好让智慧、知识（cunning）与真理之主——圣灵指引他的工作，让他免于出错。

还有，*ex*一词有时表达的是*of*，有时又是*by*，正如热罗尼莫所说。而*enim*一词一般是*in sooth*（的确）的意思，就如热罗尼

① 这里和下边的例子均见《论基督教教义》（2.12.18），中译本收入《论灵魂及其起源》（石敏敏译，中国社会科学出版社，2017）一书。这句话其实出自《罗马书》（3:15），保罗在这里可能引用的是《以赛亚书》（59:7）。文中的希腊文ὀξεῖς的确有两重意义。

② 出自次正典《智慧书》（4:3），不过奥古斯丁在书中是说有人把"栽种"（planting）错翻为"小牛"。事实上，作者在这里提到的两种意义都包含在了奥古斯丁给出的正确拉丁语翻译中：*adulterinae plantationes non dabunt radices altas*。

莫所言，它表达的是*for this reason*、*because*（因此、因为）之意。而*secundum*是*after*（根据）的意思，就如许多人所说的那样，但它也可是*by*或*upon*的意思，因此就是*by your word*或*upon your word*（按照你所说）。很多此类的副词、连词、介词往往连续出现，有时都是作者的自由选择，这些都应当按其最贴切的原义来翻译。

以这种方式，借善度生活以及大量工作，人才可能做出真确、明了的翻译，真正理解《圣经》，尽管起初看起来非常困难。愿神赐给我们恩典，让我们能正确理解并遵循《圣经》，最终能喜乐地为此受些苦楚！阿门。

圣额我略《牧灵指南》导读

《牧灵指南》（*Liber Regulae Pastoralis*，或*Liber Pastoralis Curae*）是圣额我略教宗[①]的名著，大约作于590年他刚刚登基之后。该书旨在教导神职人员如何服侍教会，是教会牧灵方面最重要的经典之一，影响巨大且深远。该书由坎特伯雷的奥古斯丁[②]带到了英格兰，后由阿尔弗雷德大帝（Alfred the Great，848—899）译为了古英语（撒克逊语），并为该书创作了长篇的序言。阿尔弗雷德是英格兰历史上少有的文武双全的帝王，

① 圣额我略教宗（Sanctus Gregorius PP. I），英文Gregory，所以也译作“格列高里”，590—604年在位。

② 坎特伯雷的奥古斯丁（Augustine of Canterbury），于597年奉额我略教宗派遣前往英格兰传教，成为首任坎特伯雷主教。

不仅打退了北欧丹麦人的入侵，而且在战后成功地掀起了文化复兴。他亲自翻译的《牧灵指南》就是这一运动的代表，其目的是重建当时神职阶层的知识与品格，为不识拉丁语的读者提供灵性的养料。该书的英译本保存在牛津的Bodleian图书馆中，是已知的最古老英语著作。

《牧灵指南》序言

阿尔弗雷德王，以其亲切言辞与友谊，问候维尔福斯（Waerferth）的主教；我想让你知道，我常常念及，以前在英格兰全地曾有多少聪慧之人，不论是神职界还是世俗界；那时英格兰全地曾是多么快乐；在那些日子里，掌握全国大权的诸王以及大臣们曾如何服从神；他们曾在国中怎样维护了和平、道德与秩序，并且能在疆域之外扩展疆土；他们曾如何在军事与知识上建树颇丰；还有神职人员们曾如何热心地教与学，热心于他们对神的所有服侍；外国人又如何来到这片土地寻求智慧与指引，而如今我们要如何才能吸引他们再来。英格兰的衰落是如此全面，如今在亨伯河口这边几乎无人能明白英文的礼仪，或是将一封拉丁文信函译为英文；而我相信，在亨伯河的那一边这样的人也不多。这样的人实在少之又少，在我登基时根本想不起来在泰晤士南岸有任何一个。感谢全能的神，如今我们这里已经有了一些教师。因此，我命令你——相信这也是你的意愿——尽量从世俗事物中抽身出来，好能最大程度使用神给你的知识。想想看，若我们自己不爱知识，也不让他人去获取它，那为了这样的世界我们当遭受何等的惩罚：那样，我们就只爱“基督徒”之名号却没有多少美德。

当我考虑这些事时，我也想起了我曾看见整个英格兰的教堂里，在没有被劫掠与焚毁之前，如何塞满了各种珍宝与书籍，那里也曾有众多的神的仆人，不过他们对书籍知之甚少，因为他们什么也读不懂，因为书不是用他们的语言所写。这让人觉得他们会这么说：“曾拥有这些地方的我们的先祖们喜爱知识，借着知识获得了财富并将它传给了我们。在其中我们还能看到他们的遗迹，可我们却看不懂，所以我们丢掉了财富，也丢掉了知识，因为我们无法向他们那样。”

当我想起所有这些，我就很想询问，那些曾经遍及英格兰的善良智者们，他们曾彻底研读过所有这些书，为什么却不想把他们翻译成自己的语言呢？可我很快就回答了自己：“他们没有想到，人会变得如此漠不关心，学风会如此衰败；他们的愿望让他们没有那么做，这个愿望就是希望这个国家会在知识与语言学习上日渐长进。”

然后我想起了，《旧约》法律（law）如何先是用希伯来文记载，而当希腊人学会之后便整个地将其翻译成自己的语言，还有其他的所有书籍。罗马人也是，他们学会了之后便通过译者整个地翻译成了自己的语言。所有其他信仰基督的国家也将部分翻译成了自己的语言。因此，在我看来——望你也如此看——最好是我们也把最有用的一些书译成我们都能理解的语言；如是，我们便能促成一件事——如果我们有足够的平安，那么借着神的帮助这并不是什么难事，那就是让英格兰所有自由人的孩子，那些家里足够富有到让自己投身于其中，且不适合做其他事情的孩子，去尽力尽量学习，直到他们能读懂英语文献：此后再教那些继续攻读的人拉丁语，并把他们提拔到更高的等级。

当我想起整个英格兰以前对拉丁语的了解如何衰败，但很多人还可以读英语文献时，我就开始在处理这个王国很多麻烦的闲暇中将一本书译为了英语，拉丁文叫作《牧灵指南》，英文就是《牧者之书》（*Shepherd's Book*）。有时我是逐词对照，有时又是根据其意义。我是从我们的总主教普雷格蒙德（Plegmund）、我的主教阿瑟尔（Asser）、给我送弥撒的神父格林博尔德（Grimbold）和约翰那里学的拉丁语。当我学会了拉丁语，可以很好地理解它，也能很清晰地翻译它时，就把它译成了英文；我会给我王国内每一个主教区（bishopric）送去一个抄本，每本都配有一个搭扣，价值50芒库斯。[①]我以神的名义下令，谁也不许将书上的搭扣拿去，也不许将书从保管者（minister）那里拿走：感谢神，我们今天处处都有饱学的主教，但这能延续多久还是未知数；因此我希望它们一直留在自己的地方，除非是主教想要将它带走，或将它借出，或是让人做一个副本。

---

① mancus，盎格鲁－撒克逊货币单位，每个等于30便士。

论述类

比德作品导读

比德是诺森布里亚人，本笃会隐修士（673—735），当时最博学与高产的学者，教会的圣人与圣师（doctor），唯一被写入但丁《神曲》的英格兰人。他基本上是以拉丁文写作，代表作是《英格兰民族教会史》（*Historia ecclesiastica gentis Anglorum*，英文：*Ecclesiastical History of the English People*），它记载了英格兰开教的历史，后由阿尔弗雷德译成了英文。该书在中世纪曾广为流传，是关于 7 、 8 世纪盎格鲁－撒克逊历史的最重要史料来源。英格兰的开教可追溯至公元597年时，额我略教宗派遣奥古斯丁带领宣教团入英，当年就使肯特王埃塞尔伯特（Ethelbert）归附；在他的带领下，那年圣诞日即有一万多人接受洗礼。奥古斯丁随后在王城坎特伯雷建立了英格兰的第一个主教区。根据比德的记载，一个世代之后，诺森布里亚王埃德温（Edwin）召开了一次会议来讨论，是否应当接受基督信仰。从比德的记载中我们可以看出，为何基督信仰能够在盎格鲁－撒克逊人中间快速传播，因为它带来了希望。比德还写了诗歌与散文两个版本的《圣库特贝尔特生平》（*The Life of St. Cuthbert*）。库特贝尔特（约634—687）是诺森布里亚早期教会的独修士、林迪斯法恩主教，中世纪时英格兰北部最受爱戴的一位圣人。这里选择的译文来自散文版的生平，大约完成于716年。

比德作品选

埃德温王的会议①

当保利努斯②说完后，国王回答说，他不仅情愿而且也觉得有义务接受他教导的信仰，但又说，他必须和自己的主要谋臣与友人讨论一下，若是他们都同意的话，那么就可以一道在生命之泉——在基督内得到洁净。保利努斯表示同意，而国王也信守了他的诺言。他召集一众智者来开会，挨个问他们对保利努斯宣讲的这个新信仰、新神是怎么看的。

大祭司科菲（Coifi）旋即答道："陛下，让我们仔细考察下这个新教诲，因为说实话，在我看来，我们至今信仰的宗教毫无价值、毫无威力。在你的臣民中，没有谁比我更倾心服侍众神，可你对很多人却给予更大的恩典，他们受到更大的尊

① 节选自《教会史》第二卷第十三章。

② 保利努斯（Paulinus），7世纪的本笃会会士，受额我略教宗派遣加入赴英格兰的第二次传教团，后成为尤斯都斯（Justus）的主教。

荣，在一切事上更为成功。那么，要是这些神有能力，他们肯定会更青睐我，因为我服侍他们最为热心。因此，如果细查之后发现这新的教诲更好、更有效，那就让我们毫不犹豫地接受它们吧。”

国王的另一位重臣也对这个明智的说法表示同意，并接着说：“陛下，如果我们将人今世的生命与我们所不知的时间相比，我看它就像是冬天里，一只麻雀疾飞过你和臣仆谋士宴饮的大厅。大厅的火让里边温暖如春，外边却是刺骨的雨雪交加。这只麻雀从一扇门飞入，又匆匆地从另一扇门飞出。当它在里边时，冬季的暴风无法碰它；但舒适的时刻只能延续刹那，它便又消失在来时的黑暗中去了。同样，人在地上出现只是一刻，我们完全不知他生前如何，死后又怎样。因此，如果这个新的教诲能够带来些确切的知识，那我们跟随它只能是正确选择。”国王的其他老臣与谋士在天主指引下也给了同样的建议。

科菲又说，他希望能听保利努斯讲讲有关神的更多细节。在国王的请求下，他讲了更多，然后大祭司说道：“我很久以前就意识到，我们敬拜的东西什么也没有，因为我越是勤奋地寻求我们宗教内的真理，我发现的也就越少。如今，我公开承认，这种教会清晰地揭示了真理，会给我们带来生命的祝福、救恩以及永恒的福乐。因此，陛下，我提议，将那些对我们毫无用处的神庙和祭坛即刻拆毁焚烧。”简言之，国王给了保利努斯完全宣讲自由，抛弃了偶像崇拜，宣称接纳基督信仰。当他问大祭司，谁应该首先去亵渎那些偶像的祭坛与神庙时，科菲和他周围的人都说：“我亲自去做，因为现在真神赐给了我知识，除了我谁还能立下更好的榜样，来毁掉我在无知中敬拜的偶像呢？”这样，他正式抛弃了他那些无谓的迷信，请求国王赐给他兵器和一匹公马——因为到那时为止，大祭司不可带兵刃，且只能骑母马。收拾停当后，他便出发去摧毁偶像了。他腰悬利剑，手持长矛，骑上了国王的公马，向众偶像冲去。当民众看见他时都以为他疯了，不过他毫不犹豫，一到了神庙即举矛冲刺，这样亵渎了偶像。敬拜真神的知识令他充满喜乐，就让他的同伴们在神庙以及附属建筑周边放火烧毁它们。这些偶像曾站立的地方如今还能看到，就在约克东边不远的地方，德文特河（Derwent）的另一边，被人称作古德曼哈姆（Goodmanham）的地方。就在这里，大祭司在真神的鼓动下，亵渎并毁掉了他亲手祝圣的那些祭坛。

凯德蒙的异象①

在威特比（Whitby）的隐修院有一位修士，神的恩典让他出人头地。他创作宗教与信仰歌曲的技艺如此高超，任何《圣经》章节，只要解释得明白，他都能很快用他的英语转变成悦耳动人的诗歌。他的这些作品触动了许多人的心，让他们厌弃世界，向往天上事物。也有人学他用英语写作宗教诗词，但无人可与他比拟，因为他的诗词天赋来自天主，而不是由任何人

① 节选自《教会史》第四卷第二十三章。

教授。正因如此，他从不会创作任何邪恶、庸俗的词句，从口中流出的只有宗教的主题。尽管他曾有世俗的行业，直至成年，他却从未学过任何诗歌的东西：事实上，过节时人们都依次歌唱来取悦同伴，可他呢，只要一看见有乐器向他走来就立刻起身离座，直接回家。

就有这么一次，他离开了一栋人们正在娱乐的房子，进了马棚：这是他的工作，就是晚上照看牲口。到了固定的时间，他便躺下入睡了，在梦中他看见有个人站在身边叫他的名字。“凯德蒙，”那个人说，“给我唱个歌！”他回答：“我不会唱。就因为我不会唱才离开了庆祝到了这里。”那个人跟他说：“可你要为我唱个歌。”他答道：“我该唱什么？”“唱唱万物的创造。”那个人说。凯德蒙立刻开始咏唱赞美造物主天主的词句，都是他从未听说过的，其主旨是这样的：“让我们赞美天国的创造者，光荣之父的作为。让我们歌唱那一切奇迹的作者天主，他怎样为人类子孙创造了诸天作为屋顶，他们全能的保护者怎样给了他们大地作为居所。”这只是大概的意思，不是凯德蒙在梦中咏唱的原词，因为不论歌词如何美好，将它从一种语言翻译到另一种语言必定会丢失其大部分美妙庄严。凯德蒙醒来后记得所有梦中的诵唱，很快又加上了类似的对神的光荣颂赞。

一大早他就到了该城长官（reeve）那里，告诉长官自己得到的恩赐。长官把他领到隐修院女院长[1]跟前，院长命他在一

① 即著名的女隐修院院长希尔达（Hilda，614—680），院内修士有多位成了主教。

众学者面前讲述梦中发生的事情，重唱一遍歌词，这样他们就能对其品质和来源做出评估。所有人都一致同意，凯德蒙的恩赐是来自我们的上主，然后他们给他解释了《圣经》历史或教义中的一段，让他看看能否编成歌词。他承诺会遵照执行，第二天早晨就按他们的命令交出了精美歌词。女院长非常高兴，神给了这个人如此大恩，并建议他放弃世俗去度隐修生活。她接受凯德蒙加入团体，成为修士一名，命他学习神圣历史中发生的事情。于是，凯德蒙在脑海中装满了知识，认真反思默想后，将它变成了优美的歌词，他的作品如此悦耳，连老师们都成了他的听众。他歌唱世界的创造，人类的起源，还有整个《创世记》的故事。他咏唱以色列出离埃及，进入许诺之地，还有《圣经》历史中的许多其他事情。他吟唱主的降生、苦难、复活、升天，圣灵的降临，诸位使徒的教导。他也写了很多诗词讲述末日审判的恐怖，地狱里可怕的痛苦，天堂上的福乐无穷。此外，他还写了一些有关神的祝福与审判，旨在用它们让听众转变，不再乐于邪情，而是受鼓舞去爱，去行善。因为凯德蒙非常虔诚，他谦卑地遵循会规，坚决抵制一切尝试邪恶之人，因此他获得了善终。

死期将近时，他受了十四天的苦，不过还不至于让他不能行走或说话。附近有所房屋，病人和临终者都会被送到这里；就在他将离世的那天傍晚前，凯德蒙请助手为他在那所房子里准备一张床铺。后者对他的要求倍感惊讶，因为他看上去不像要死之人；不过，他还是依照吩咐行事。于是凯德蒙进入那所房屋，与先前就在那里的人兴高采烈地交谈；午夜之际，他问道："房中可有圣体[①]？"他们问道："你为什么要圣体？你不像要死的人，还能这么高兴地和我们说话，看上去毫无病症。"他说："不论如何，请给我送圣体。"凯德蒙将圣体接在手中后询问，他们是否对他都喜爱，是否对他没有任何怨恨。他们回答说，他们对凯德蒙都非常喜爱，毫无怨言。然后，他们挨个问他，他是否对他们也毫无意见。他立刻说："亲爱的孩子们，我和神所有的仆人都毫无嫌隙。"随后，他借临终圣体（Viaticum）给自己力量，准备进入另一个生命，并且问道，离弟兄们起来诵念夜祷[②]还有多久。"没多久了。"他们答道。"好吧，那就让我们等到那时。"他如此回应。他伸手画了十字，然后将头放在了枕上，在睡梦中安静地离去。就这样，他以简单纯洁的心，以宁静的祷告服侍了神，然后借平静的死亡离开了世界到了他面前。他的舌头曾经吟唱诸多美妙词句赞美他的创造者，当他画十字时，那最后的词句也是对他的赞美，这样，他就把自己的灵魂交托在他的手中。因为，如我前述，凯德蒙似乎对自己的死亡早有了预见。

① 圣体（Eucharist），天主教里临终前重要的一项仪式就是领受临终圣体，这是善终的主要标记，一般称作Viaticum（见下文），字面义即"和你一起上路"。

② 夜祷（Night Office），隐修士每天集体诵祷七次，这是临睡前的一次。

库特贝尔特之死及开坟验尸①

三十七章：病床上的诱惑以及他死前有关葬礼的遗嘱

圣诞节一过，库特贝尔特便再次出发去岛上的家里。一众弟兄都赶来送别，其中有一位老修士，信德坚强但身体因罹患痢疾而虚弱，他问道："我主，请告诉我们，何时才能再见你？"

回答和问题一样直截了当（因为库特贝尔特确知这是真的）："你们把我的遗体搬回的时候。"

他有两个月来重温平静生活的喜乐，让身体和头脑再适应他以前那种严格的日常作息；接着，他忽然就病倒了，这是用内在的痛苦之火来让他准备迎接永远荣福的喜乐。让我来一字一句地告诉你他的死亡，如我所说，这是我从赫尔福利特（Herefrith）那里听来的，他是位热心的神父，林迪斯法恩的现任院长："在遭受疾病三个星期的不断折磨后，他终于在接下来的一天面对了死亡。你知道，他是在一个星期三病倒的，同样在一个星期三，病魔战胜了他，他去了他的主那里。在病发的那天早晨我去了那里——三天前我就已和兄弟们去过，得到了他的祝福和安抚——然后用惯常的方式让他知道我已经到了。他到了窗前，②可我问候他时他却只是叹息。

"'我的主，出了什么事？是晚上又有攻击吗？'

① 节选自《圣库特贝尔特生平》；参考https://sourcebooks.fordham.edu/basis/bede-cuthbert.asp [2019-12-29]。

② 库特贝尔特是独修士，所以只在窗口会见访客，不能出门。

“‘是的，’他说，‘昨晚来了。’

“我以为他说的是以前提到过的，每天骚扰他的麻烦，并不是什么新东西。我再没有提问，而是请求他的祝福，因为已经到了划回来的时候。

“‘按你的计划进行吧，’他说，‘上船去平安回家吧。当神带走我的灵魂时，就把我埋在这个祈祷室（oratory）附近，就在南边，那个我亲手竖起的十字架的东侧。在祈祷室的北面，你会发现草皮下藏着一口石棺，这是库达（Cudda）院长给我的礼物。将我的遗体放在里边，用你在那里找到的布包裹起来。维尔加（Verca）女院长送给我的礼物，但我不想穿戴它。出于对她的敬爱，我小心地将它放在一边做我的裹尸布。’

“听闻这些我喊道：‘父啊，如今你亲口告诉我说你即将离世，我请求你让几个弟兄留下来照顾你。’

“‘先走吧，合适的时候再回来。’

“我坚持应当有人和他待在一起，但他不同意。最终，我问他什么时候再回来。

“‘神愿意的时候。他会明示。’

“我们依令而行。我把兄弟们召集到教堂中，下令要不断为他祈祷。我告诉他们，从他的言谈中我能看出，他很快就要去见主了。我急着想回去，但一场风暴让我们五天无法行动。后来可看出，这都是神的安排。全能的天主为了让他的仆人能炼净一切属人的软弱，并让他的众仇敌看到，他们无力征服他的信仰，就让他在这段时间完全与人隔绝，让他承受身体的苦痛，用与我们远古仇敌[①]更猛烈的争战来试炼他。风暴过去后，我们上了岛，发现他已离开了自己的小屋，坐在我们曾经居住过的房子里。其他的隐修士须到岸边做些必要之事，但我留下来验看他有什么需求。他的一只脚需要医治；它已经肿了很长时间，如今长疮流脓了。我烧了些水为他洗脚。然后给了他一些温酒让他喝一些。从他的脸上可以看出，疾病、饥饿已吸干了他的力量。当我完成后，他静静地在椅子上坐下，我坐在了他身旁。他一言不发，我们开始了对话。

"'主教我主，我能看出来，我们离开后你受了多大的苦，我想知道你为什么不让人留下照顾你。'

"'是神的旨意要让我受苦一段时间，没有帮助或陪伴。从你们离开后，病情一直在加重；我爬起来，出来，这样你们来照顾我的时候就能不需要进入隐修院而找到我。从我进来坐下后就再没有动过，就这个样子一直五天五夜。'

"'可是我主，你怎能这么活下去？这段时间一直都没有吃喝？'

"他掀开了身下的垫子，让我看到五个洋葱。

"'这就是我过去五天的食物。每当我的嘴唇因饥渴而干热欲裂时，我就用这些东西来给自己解解渴降降温。'

"其中一个洋葱只啃掉了一小半。他又说：'过去五天里，我的攻击者对我的试探是最猛烈的。'

"我不敢追问是何种诱惑，只是求他允许，让人照顾他。

---

① 远古仇敌（ancient enemy），即魔鬼。所谓远古仇敌一说是指《创世记》第2、3章乐园故事中的蛇对人的诱惑，这条蛇后来便成了魔鬼的象征。

他同意让我们中的几个留下，其中一个是比德神父，他的私人仆从。（正是由于比德的仆人身份才让他知晓，库特贝尔特所收到的所有礼物。）库特贝尔特需要他留下就是防止自己忘记为收下的礼物回礼；若自己忘了，比德便可提醒他，让自己有时间在死前报答别人的善意。这位隐修士长期以来罹患痢疾，无法治愈。他的虔敬、明智、严谨让他成为圣人临终遗嘱和死亡的很好见证。我回去告诉兄弟们，我们可敬的父亲已下令要被埋葬在这座岛上。

“我又说：‘我觉得更应当请求他让我们将他的遗体搬回这里，给他一个更体面的葬礼，表达教会中应有的尊荣。’

“他们都同意了，于是我们去了库特贝尔特那里。

“‘我们对你的命令很重视，我主，就是让你埋葬在这里，但我们觉得应当请求你准允让我们将你的遗体送回隐修院，与我们留在一起。’

“‘可我的愿望是留在这里。在这里我为主而争战过，我想在这里完成赛跑，希望从这里，我的审判者将我复活起来接受正义的冠冕。还有，我留在这里给你们的麻烦更小些，因为会有逃亡者和各种凶徒前来，会给你们带来麻烦。他们会到我遗体这里寻求避难，因为不论我自己如何，我这个天主仆人的名声已四处传播。你们会不得不为这些人向世间的权贵求情。我的遗骸放在那里会带来极大不便。’

“我们花了很长时间求他，坚称这些对我们而言都是爱德的工作，不算严重。最终他给了我们这个建议：

“‘若是你们必须反对我的计划，将我带回那里，我想那

最好在大殿的里边准备一个墓穴——那样你们就可以在任何时候前来拜访，也可以决定谁可以从外边进来。'

“我们跪着感谢他给了我们许可与建议，然后回了家。此后，我们便固定地常去看望他。”

三十八章：尽管自己染恙，还是治愈了他的仆人

“他身体越来越不好了，意识到他离世之日已不远，他在被送回自己的祈祷室与小屋那天的第三时辰给我们下达了指示。我们将他抬了回去，因为他已经太虚弱了，无法行走。当我们到了门口时，请求他让一个人跟他进去照顾他的需要。已经有很多年没有第二个人进过那道门了。他把我们环视一遍，看到了那个得疟疾的修士，就是我之前提到的那个，然后说：'让瓦尔斯多德（Wahlstod）和我进去。'

“瓦尔斯多德在里边一直待到了第九时辰，然后出来叫我。

“'主教命你进去。我有好消息给你：从我带他进去碰到他的那一刻起，我就觉得我的老病消失了。无疑，这一定是上天的恩典，他以前强健时能救治那么多人，现在站在死亡的门口还可以治愈我。这很清楚象征着，身体的软弱无法阻碍这个圣人的灵性力量。'

“这个奇迹让人不得不想起我们可敬的圣父，奥勒留思·奥古斯丁[①]之前施行的一个奇迹。当他在临终榻上之时，有

① 奥勒留思·奥古斯丁主教（Bishop Aurelius Augustinus），即著名的希波的奥古斯丁。

人带来了一个病人，只求主教能够将手放在他身上，他就能好了。他回答说，若是他能有这样的能力，他肯定是先用在自己的身上。但那个人坚持请求他，是有人命他来的——他在梦中听到一个声音说：‘到奥古斯丁主教那里去，他碰一下你就会就能治愈你。’听到这个，主教将手放在他身上祝福他，治好他后让他回家了。

三十九章：他给兄弟们最后的命令，以及如何在领受临终圣体后，在祈祷中咽气

“我进去看他时，”赫尔弗里斯接着说，“那时约第九时辰，看见他躺在祈祷室的一个角落里，就在祭坛的对面。我在他身旁坐下。他说得很少，因为病痛让他很难讲话。但当我紧迫地问他要给我们留下什么遗嘱或告别的劝言时，他简短地讲了一些话，但这是有关和睦与谦卑的重要讲话，他劝诫我们要提防那些不喜欢这些美德，却积极寻求骄傲与不和之人：

“不懈地在你们中间保持神性的爱德，当你们为了集体事务需要开会时，你们的主旨应当是达成一致的意见。与其他所有基督的仆人和睦相处；不要轻视那些同一信仰中，来这里投宿的人。用善意接待他们，安顿他们，送他们离开，将他们当作你们中的一个来对待。不要认为你要强于其他和你信仰相同、一同过隐修生活的人。那些或是由于不在相同时间庆祝复活节，或是由于恶表而分裂公教信仰的人，不要与他们来往。千万记住，若你们受人强制而不得不在两种恶中选择一种，我宁可你们带着我们的遗骨一起离开这个岛，也不能以任何借口

同流合污，带上分裂的枷锁。要尽最大的努力学习教父们的公教规矩，努力践行。要特别重视遵守隐修生活的规矩，这是天主将神性的仁慈，借我的服务赐给你们的。我知道，尽管有人会以为我的一生卑贱不值，但我死后你们会看到，我的教导绝不会轻易被遗忘。

“这类的话都是他断断续续说出来的，因为如我所说过的，重病让他很难讲话。那天直至夜间，他安静地度过，等待着来世的喜悦，他一直整夜祈祷着。在夜祷的时刻，我给了他引向永生的圣事。[①]这样，在主圣体圣血的支持下，他知道死亡已在眼前，就举目向天，向上伸开双臂，内心充满了对主的赞美，向天堂永福送去了他的灵。

四十章：如他临终时所吟唱的圣歌中的预言，林地斯法恩的隐修士如何遭到了攻击，但借着主的扶助而安然无恙

“我立刻出去向弟兄们宣布了他的死讯，他们当时也在守夜祷告。巧合的是，他们刚刚诵念到晨祷中的《诗篇》59章[②]，其开头是这样的：‘天主，你抛弃了我们，粉碎了我们！你曾发怒，今求你复兴我们。’一位修士立刻去点燃了两支蜡烛，一手拿着一支走到高处告知林地斯法恩弟兄们，库特贝尔特的神圣灵魂已经到了天主那里。他们之前已决定，以此来宣布他的神圣死亡。林地斯法恩瞭望塔上有个弟兄整夜坐在那里等消息，他立刻跑到教堂里，当时隐修士们都聚集诵念夜祷；当他

① 即临终圣体圣事。

② 在大部分版本中是60章。

进去的时候，他们也正好在吟咏《诗篇》59章。从之后发生的事情来看，这都是天主圣意的安排。因为在将库特贝尔特安葬之后掀起了一场大风暴，一些隐修士几乎因无法再忍受危机带来的压力而离去。

“一年以后，艾德贝尔特（Eadberht）继任主教职。他是位圣德出众之人，完全投身于爱德工作，更是杰出的《圣经》学者。他升任之后才将混乱平息。正如经书上告诉我们的：“上主的确建立了耶路撒冷”——和平的愿景（vision of peace）——“聚集了以色列流散之人。他医好伤心的人，裹好他们的伤处”[①]在那时，他们在库特贝尔特的死讯到达时吟诵的《诗篇》的意义才显明——他在隐修院的同胞们或许是被抛弃、驱离，但是当狂暴的怒火燃尽后，神的仁慈会让他们复生。只要看看该《诗篇》就能明白，剩余的部分都是在讲一样的意思。

“我们将我们可敬之父的遗体放在船上，运回对岸的林地斯法恩，在那里有歌咏团以及一大群人出来迎接遗体。遗体被置于石棺内，安葬在圣彼得使徒（Blessed Apostle Peter）教堂祭台的右边。”

四十一章：清洗库特贝尔特遗体的水流过的土壤，如何成为救治邪魔附体之男孩的药剂

库特贝尔特发显的治愈奇迹并没有因他的死亡与安葬而终止。林地斯法恩有个男孩被某种最凶残的邪灵附体。他完全

① 参阅《诗篇》（147:2—3）。

丧失了理智，嘶喊吼叫如同野兽，将一切能触及的物体咬碎，甚至是自己的躯体。有个平时总能成功驱魔的神父被隐修院派了过去，但他也束手无策。他建议男孩的父亲将他绑在一辆车上，带到隐修院殉道圣人的圣髑（relic）之前好为他祷告。那位父亲依言而行，可殉道者们却不愿施予救治——这就是为了彰显库特贝尔特在他们中间是何等崇高。附魔的男孩嚎叫、低吼、咬牙切齿，任何听见、看见他的人都毛骨悚然。没人知晓当如何医治，直到圣灵猛然告知一位神父，库特贝尔特可让他恢复健康；他悄悄来到一个地方，因为他知道清洗过遗体的水就倒在了那里。他将一小撮泥土掺在水里，然后把它倒进了病人的口中。他的嘴巴正大大张开，实在是可怖的场景，他不停发出骇人的嘶喊，可是水一碰到他，喊声就停止了，他的嘴巴也合了起来，喷火的血红眼睛闭了起来，他的头与身体瘫倒了下去。他沉沉地睡去直到第二天早晨从梦中，也是从心智迷失中清醒了过来，然后意识到，借着库特贝尔特的祈祷与功劳，他才摆脱了那控制他的邪灵。

男孩和父亲参拜不同圣所，清醒如常，感谢圣人们的帮助，每个看到他的人都又惊又喜，因为只是一天以前他还根本不清楚自己是谁，又在哪里。他跪在殉道圣人的圣髑前，整个团体都站在一旁与他一起感谢；他感谢天主从敌人的祸害中解救了自己。他回到家中，信德巩固。那个倒水的坑今天还在供人瞻仰。形状四方，有木头包边，里边放满了石头。它就在库特贝尔特安葬之教堂的南边。从那以后，天主借着那些石头与土壤又颁赐了许多治愈的奇迹。

四十二章：十一年后，发现他的身体不腐

圣人无数的奇迹见证了他在世时高贵的一生。全能天主的圣意如今又要见证库特贝尔特在天上的光荣，就让他的弟兄们想到要将他的遗骨挖出。他们以为会找到干枯的骨骸（就像一般亡者那样），身体的其他部分都已化作灰尘。他们想着要将骨骸盛在一个轻便棺木中，放在地上合适的处所，好能致以应得的敬礼。四旬期[①]中期时，艾德贝尔特主教得知了他们的决定并表示同意，他命令他们在下葬的周年之时，即3月20日那天举行该仪式。他们依令而行。打开棺木时他们发现遗体完全没有腐败，看上去像活着一样，四肢关节都很灵活。他仿佛不是已死而是在睡眠中。所有的衣着不但没有褪色，而且鲜艳如新，散发着光泽。隐修士们都因敬畏而战栗起来；他们无法开口，不敢直视这奇迹，也不知该转向那里。由于不敢碰触任何紧挨其皮肤的物品，他们便拿了一些外部衣着，匆忙赶到主教那里。主教当时一个人待在距离隐修院有一段距离的地方，那个地方在涨潮时就会被海水隔离。他在每年四旬期与圣诞前四十天都会待在那里祷告守严斋，虔诚流泪。就是在那里，库特贝尔特曾在前往法恩（Farne）之前，为了主而以独修方式进行灵性的争战。艾德贝尔特欢喜地接过那些衣服，开心地听取奇迹的汇报，热心地亲吻衣服，仿佛它还被穿在身上。

“给遗体换上新装，”他说，“替换那些你们取走的，把遗体放在你们准备好的棺木中。因为我可以给你们保证，这么

① 或“斋期”，是指从圣灰礼仪（Ash Wednsday）到复活节的四十天守斋祈祷时期，纪念耶稣旷野中禁食祈四十日夜，也是为了准备复活节日的庆祝。

伟大的天上圣德记号已圣化了那个地方，它很快就不会这么空了。那些得到上主，真福的源头与创造者恩待而能在那里安息的人实在有福。”

他用下边的话表述了自己的惊喜（我曾将之改为诗句）：

“谁的口还能平静地谈论天主的恩赐？谁的眼曾目睹天堂的喜乐？只有我们离开此世的躯体，由上主亲自接入天上方舟之时才有可能实现。看哪，他是如何荣耀了一具凡俗躯体的外形来象征那将来无比伟大的诸种光荣！主啊，是你让大能从库特贝尔特的遗体中发散，让教会中充满天堂的气氛。你下令让腐败止息，正如你三日后让约拿从鲸鱼腹中重见生命曙光时那样。以色列支派曾被法老逼迫在旷野流亡四十载，你却召叫他们做你的百姓；你曾在烈烈炉火中保全了沙得辣客、默沙耳和阿贝得乃哥；[①]当大地在最后的号角声中摇撼时，你将因你圣子将我们升入光荣之中。”

主教动情哽咽的赞歌结束后，修士们便离开去遵令执行了。遗体被换上了新衣，放入轻便的棺椁中，置于圣所的地上。

比德自述[②]

借天主的助佑，我比德，基督之仆、维尔莫斯与亚罗圣彼

① 沙得辣客、默沙耳和阿贝得乃哥（Shadrach, Meshach, Abednego），参见《但以理书》（3）。

② 选自《英格兰教会史》序言。

得与圣保罗隐修院（the Monastery of the Blessed Apostles Peter and Paul at Wearmouth and Jarrow）的司铎，得以搜集到这些有关不列颠教会的史实，特别是英格兰的教会。这些都是我从古代文献、我们先祖的传承以及我个人知识中竭力考据而来的。

我就出生在隐修院的领地之上，[①]七岁时我的家庭将我先后交给了本笃院长大人（Most Reverend Abbot Benedict）、乔弗里德院长（Abbot Ceolfrid）受教。我的余生一直都在隐修院里度过，我将一生完全奉献给了《圣经》研究。我虽然谨遵会规纪律，每天在教堂里咏唱日课，但我最喜欢的一直都是研究、教学和写作。

十九岁时我被祝圣为执事，三十岁时成了司铎，两次都是由约翰主教大人（Most Reverend Bishop John）祝圣，由乔弗里德院长指导。为我自己和弟兄们的益处，自成为司铎直到五十岁，我都一直在努力编辑一部可敬教父们（venerable Fathers）《圣经》著作的选集，并注疏其意义与解读。它包括如下书籍：

《创世记开端》（*The Beginning of Genesis*），到以撒的出生与以实玛利：四卷。[②]

《会幕》（*The Tabernacle*）：有关其中器皿以及司祭的衣着：四卷。

《撒母耳记上》（*The First Part of Samuel*），到扫罗之死：三卷。

① 中世纪一个大隐修院相当于封建主，一般都有大片领地。

② 比德时代，《圣经》还未分章节，所以只能用这种方法表达起止。

《圣殿建筑注释》（*On the Building of the Temple*）：如其他那样的喻像解读（allegorical interpretation）：四卷。

《列王记三十问》（*Thirthy Quesitons on the Book of Kings*）。

《所罗门箴言注释》（*On the Proverbs of Solomon*）。[①]

《雅歌注释》（*On the Song of Songs*）：七卷。

《以赛亚书、但以理书、十二先知书，以及耶利米书部分注释》（*On Isaiah, Daniel, the Twelve Prophets, and Part of Jeremiah*），章节题目取自圣热罗尼莫的文章。

《以斯拉与尼希米注释》（*On Ezra and Nehemiah*）：三卷。

《哈巴谷之歌注释》（*On the Song of Habakkuk*）：一卷。[②]

《圣祖多俾亚之书注释》（*On the Book of the Blessed Father Tobias*），[③]对基督与教会的喻像解读：一卷。

《摩西五书、约书亚记、士师记部分章节选读》（*Chapters of Readings on the Pentateuch of Moses, Joshua, and Judges*）。

《列王记与历代志注释》（*On the Books of Kings and Chronicles*）。

《圣祖约伯记注释》（*On the Book of the Blessed Father Job*）。

---

① 即《圣经》中的《箴言》；所有智慧文学书卷都被认为是所罗门所作。

② 即《哈巴谷书》（3）。

③ 即次正典的《多俾亚传》。

《箴言、传道书与雅歌注释》（*On Proverbs, Ecclesiastes, and the Song of Songs*）。

《以赛亚、以斯拉与尼希米先知注释》（*On the Prophets Isaiah, Ezra and, Nehemiah*）。

《马可福音注释》（*On the Gospel of Mark*）：四卷。

《路加福音注释》（*On the Gospel of Luke*）：六卷。

《福音讲道辞》（*Homilies on the Gospel*）：两卷。

《论众使徒》（*On the Apostle*），我把在圣奥古斯丁著作中能找到的所有内容都摘抄了出来。

《使徒行传注释》（*On the Acts of the Apostles*）：两卷。

《七封公函注释》（*On the Seven Catholic Epistles*）：每一部一卷。

《圣约翰启示录注释》（*On the Apocapypse of Saint John*）：三卷。

还有涵盖除福音外所有新约的《章节选读》（*Chapters of Readings*）。

还有为不同人所写的《书信集》（*Letters*），其中论及世界的六个时代；以色列人的住所；以赛亚的一句话——“他们要囚在监牢里，多日之后被眷顾”[①]——解释双甲子年的意义；阿纳托利乌斯（Anatolius）对春秋分的解释。

还有《圣人传记》（*The Histories of the Saints*）。我也将保利努斯的诗歌《精修圣人菲利克斯生平与苦难》（*Life and*

① 《以赛亚书》（24:22）；“眷顾”是按原文翻译，也是和合本列出的替代译文。

Sufferings of the Confessor Saint Felix）[①]转译为散文。我也尽力修订了《圣阿纳斯塔修斯生平与苦难》（*The Life and Sufferings of Saint Anastasius*）[②]，这部书从希腊文翻译过来时就很糟糕，又被一些学术不精的人改得更差。我也为我们的父亲、圣洁的隐修士与主教库特贝尔特作了《生平》（*Life*），先是诗体，后来又用散文体。

我也写了两卷本的《本笃、乔弗里德、胡特贝尔特院长传记》（*The History of the Abbots Benedict, Ceolfrid, and Huetbert*），他们都是我有幸服侍至善天主（Divine Goodness）的隐修院的院长。

我们的岛屿以及人民的《教会史》：五卷。

按殉道圣人们纪念日写的《殉道者录》（*The Martyrology*）：在其中我不但细致记载了我所知道的日期，也记载了他们如何奋斗，在谁的治下战胜了此世。

不同韵律的《赞美诗》（*A Book of Hymns*）一部。

《格言》（*A Book of Epigrams*）一部，收录英雄类或哀怨类诗歌。

《论物体本质》（*On the Nature of Things*）以及《论时间》（*On Times*）：各一卷。

《正字法》（*Orthography*）一部，以字母表顺序排列。

《诗歌艺术》（*The Art of Peotry*）一部，并附加一个小册

---

① 教会的圣人一般分两类：殉道圣人（martyr）与精修圣人（confessor），后者是因其圣德而被认作圣人。

② 应当是指 7 世纪的殉道者，波斯的阿纳斯塔修斯。

子《论修辞与比喻》（*On Tropes and Figures*），就是谈论《圣经》当中采用的喻像与修辞。

我请求你，尊贵的耶稣，正如你慷慨准允我欢喜地吸取你的知识之言，也求你宽大准允我最终到达你。

一切智慧之源，
在你面前安居
直到永远。

《反奇迹剧》导读

这篇论文（A Treatise Against Miracle Plays，或A Tretise of Miraclis Pleyinge）是英语文学中最早的戏剧批判，出自一位（或两位）颇具改革批判精神的作者之手。他反对的是中世纪时期流行的"奇迹剧"，也称"道德剧"（morality play），这是当时几乎所有戏剧的形式，即在街头上演根据《圣经》以及传统而来的宗教题材故事，这其中当然又有许多的自由发挥。有兴趣的读者可参考《彼拉多之死——中世纪及都铎王朝戏剧精选》一书，其中选入了多部这样的戏剧。作者反对该剧种的主要原因是：救恩是正经的工作，不可用戏谑之举来完成。文中作者逐一反驳了支持者提出的六条辩解，这六条理由为我们了解当时民众对奇迹剧主要态度提供了稀缺的宝贵资料。这里选取的即是来自论文的核心部分——对六条理由的驳斥。

《反奇迹剧》正文

基督徒们，你们要知道，基督，真神与真人，也是道路、真理、生命，正如《约翰福音》所说：他是错误者的正路，无知与怀疑者的真理，攀登天国而疲累者的生命。所以，基督为我们所做的没有一件是徒劳无功的，在仁慈的道路上，在正义的真理内，在孕育喜乐的生命中，这喜乐换取了我们在这涕泣之谷[①]不间断的忧愁与哀痛。因此，基督在此世所行的奇迹，不论是亲力亲为还是借助其圣徒，都是如此有效，如此热切，它们为那些错谬的罪人带来了罪过的宽恕，引领他们回到真信仰的路上；为那些踌躇的怀疑者带来如何更好取悦天主的知识，和在天主内的真希望，让他们在他内坚定不移；为那些由于大补赎以及考验而生的苦难而在天主的道路上疲累之人，它们带来了对热切仁爱的渴求（love of burning charity）。因着这仁爱，与那人最钟爱和渴求的永恒生命和喜乐，与那天主之路上对消除一切疲累之希望相比较，所有一切都变得轻松（即便是面对人最为恐惧的死亡）。

那么，既然基督和其众圣者的奇迹如此有效，借我们的宗教也对此获得确证，那么就不该将这些奇迹与工行看作玩笑与嬉戏，这都是基督为我们的得救认真完成的。因为谁这么做就是在信仰上犯错，反对基督，轻慢天主。信仰上犯错，因为这是将天主最宝贵的工行拿来玩笑嬉戏；妄用他的圣名，从而滥

① 涕泣之谷（vale of tears），传统上对此世的比喻称呼。

用我们的信德。主啊，既然地上的仆人都不敢对其地上主子的严肃所为玩笑嬉戏，我们岂不是更不可把天主为我们而认真完成的奇迹与工行拿来玩笑嬉戏；因为，我们这么做时其实就是丧失了对罪过的恐惧——正如一个戏谑其主子的仆人，就不再害怕得罪他，特别是他将主子当真的事拿来戏弄一番时……

那么，既然这些奇迹剧演员们将天主认真的工行拿来戏弄，那他们无疑就是轻慢了天主，就与犹太人嘲弄基督一样；因为他们嘲笑他的苦难，就如同他们对着天主的奇迹嬉笑娱乐。因此，就如他们轻慢基督，他们也在轻慢天主；甚至如同法老对天主命他所做的事情发怒，从而惹恼了天主。这些奇迹剧演员们，还有那些支持他们的人也惹恼了天主，因为他们不愿再按天主命令行事。他确确实实曾命令我们尊他的命为圣，怀着敬畏忆及他的工行，不可有任何嬉戏玩笑，因一切圣洁都属于严肃正经的人；那么，为了娱乐而戏弄天主之奇迹的名号，他们就是自愿忽略天主给他们的命令；如是，他们轻慢了他的圣名，也就是轻慢了他。

可是，他们对此的回答是：他们演这些奇迹戏是为了敬拜天主，可不是像犹太人那样侮辱耶稣。还有，往往在奇迹上演的时候有人就会回头向善，因为男男女女们在奇迹剧中看到，魔鬼借着那些引诱人邪淫与骄傲的行为，让他们成为自己的奴仆，把他们和其他许多人引入地狱；他们也看到，这些人由于此世的骄傲要受的苦远远超过享有的荣耀；他们还看到，所有这些世俗的事物都是虚荣，就如上演的奇迹一般，只是转瞬即逝；如是，他们会放弃自己的骄傲，之后会选择与基督以及其圣者温驯交谈；[①]所以，奇迹剧能让人转向信仰，而不是将他们引向歧途。

同样，往往在奇迹剧上演的时候，这些男男女女看到基督与其圣者们的苦难后会受感化而转向怜悯与虔敬，洒下忏悔的泪滴；这样，他们并非轻慢天主而是敬畏天主。这也是为人、为敬拜天主有益处的，因为它完全呈现了所能找到的一切方法来让人逃离罪恶，转向德行。既然有人是凭借严谨小心的行为归附天主的，那就有人也会借着游戏与戏剧转向天主。今天的人可不会被严肃的行为转变，不管是属神的还是属人的行为。因此，尝试用如奇迹剧和其他娱乐方式的戏剧和游戏来转变人是及时且合理的。

还有，人总是要娱乐的嘛，那让他们在上演奇迹中娱乐总要好过用其他戏谑的方式来娱乐。还有，既然可以用绘画的方式来表现天主的奇迹，那为何不可将天主的奇迹演出来？因为演比画出来能更好地解释天主的旨意和他的辉煌工行，从而能更好地记住这些奇迹；把它们付诸表演比用画来表达能更多地温习，因为后者是一部死书，前者可是活书。

对于第一个辩护，我们回答说：这样的奇迹剧不是敬拜天主，因为它们表演出来更多是为了呈现俗世，为了取悦俗世，而不是呈现天主或取悦于他，因为基督从未给过一个例子让人如此做，这反而是异教徒的教导，他们对天主更是不敬，说是为了敬拜天主实际上却是大大地贬损他。因此，就如异教徒那

① 大概是指去告解（忏悔）。

无信的邪恶欺骗了他们，说偶像敬拜可将人引入敬拜天主，人的邪淫也是如此，他们本身为了自己的欲望而欺骗自己，却说这奇迹剧是为了敬拜天主……

同样，奇迹剧虽说是罪，但偶尔也能使人归附；但由于它本是罪，因而更多时候是在败坏人，不只是个人，而是整个团体，因为它让所有人陷入虚荣，与《诗篇》的命令正相反。《诗篇》是对所有人，特别是对每日在礼仪中诵念的司铎们开口："求你转回我的眼目免看虚荣"，[①]还有"你痛恨一切陷害人的虚无"。[②]那么，一位司铎如何能够在幕间时游戏，或是安心旁观？

奇迹剧与我们的信德相反，因为它违背了天主的诫命——这诫命禁止我们妄用天主的名号——所以它提供的不是转向信德的机会，却是教人背离的机会；因此，许多人都以为根本不存在永远受苦的地狱，那不过是天主在吓唬我们而已，不会真正实行，就如同在奇迹表演中那样，都是意思一下，不来真的。

《新约》下的司祭已经走出了童年的时代[③]，不仅应当持守贞洁，也要持守所有其他德行；不仅施行婚姻圣事（sacrament of matrimony），也施行所有七件圣事，[④]特别是他必须给予大众珍贵的基督圣体，因此需禁止参加任何无聊游戏，不论是奇迹

① 《诗篇》（119:37）。

② 或许是指《诗篇》（31:7）。

③ 这大概是指信仰上的成熟。

④ 传统的教会包括七件圣事，婚姻外还有圣洗、圣体、坚振、告解、神品（即神职祝圣）、终敷（为死者的敷油礼）。

剧还是其他……

有人说："我们来演一出敌基督（Antichrist）和审判日（the Day of Doom）的剧，好让一些人能够由此而归附。"这些人实际上陷入了反对那位使徒（the Apostle）的异端，因为他们是在说："我们去作恶以成善吧。"而使徒则说："这种人被定罪是理所当然的。"①

我们如此答复第三个辩解：这种奇迹表演不可能带来真正有益的痛苦；看到这些戏剧上演而哭泣的男男女女，主要不是为自己的罪而哭泣，不是内在的，出自其好的信仰，而更多是出于看到外在的景象才这样，这对天主而言不但不可接受，反而是该斥责的，因为，既然基督自己就斥责了那些他受苦时为他哭泣的妇女，那么为一个基督苦难剧就哭泣，却不按基督给为他哭泣的妇女下达的命令，而为他们自己和子女哭泣的人，又该受多大训斥？

我们如此答复第四个辩解：人只能靠来自天主的正经行动才能得救，不能靠无用的表演；连天主的话和他的圣事都无法达成的事，表演这个毫无善工、只有错误的行为如何能完成？……人们在戏里哭泣，大部分基本上都是假哭，这说明，他们喜爱肉身特性（affection of their body）和此世的益处，要胜过喜爱天主的特性与灵魂的益处；因此，他们对苦痛的敏感远胜于对罪过的敏感，他们假哭是为了自己肉身的不足，而不是为灵性的缺失……

① 《罗马书》（3:8）。

我们如此答复第五个辩解：真正的娱乐是合法地做些轻松的活，好能更有热情做那些繁重的活。因此，不论是奇迹表演还是观看都不是真正的娱乐，而是错误庸俗，正如观看者的行为所证明的那样。……如果有人问，节假日时，在教会内进行为神圣默祷（holy contemplation）之后该如何娱乐，我们会说有两种：其一，若是他们在之前的默祷中真的用功了，那么既不会问这个问题，也不会有观看虚荣事物的愿望；其二，他的娱乐应当是对近人做的仁慈善行，是于近人的善言善语中得到的喜乐，正如他之前曾在天主内，还有在一切合理与自然的有用工作中得到的喜乐一样。

对于最后一个辩解，我们答曰：若一幅画是真实的，没有掺假，也不是太奇巧，其目的是增加众人的知识，并不是引人拜偶像，那么它们就如同给文员的一封简单陈述真相的信。可是，许许多多奇迹剧却并非如此，它们是为了让人有肉身的快乐而创作，可不是给文盲而写的书，因此，若说它们是生动的书，那它们也更多是服务于恶而不是善的生动书籍。因此，善人看到的是做正经事的时间都不够，算账的那一日正飞快前来，而他们既然不晓得那一日之后会到哪里去，于是完全逃避这类的无聊事情，急着赶往他们的配偶——在天上真福中的基督那里……

若你的父亲为了给你留下家产而惨死，而你却会如此轻视他，甚至模仿表演他，既是为你也是为众人，那么毫无疑问，一切善良人都会断定你不正常。而天主和其所有圣者更会如此断定那些不正常的基督徒：他们表演或喜欢上演他们最仁慈的父亲基督之死亡与奇迹，而这可都是他为了带领人得到天上永恒家产而做的呀！

可是，在此处，你可能会说：即使表演奇迹是罪过，那也不过是小罪一桩。但是，亲爱的朋友，在这点上你可要清楚，不论是多么轻微的罪过，只要是一直继续，且被宣讲为善的和有益的，那它就是死罪。在这里有先知说："祸哉，那些称恶为善，称善为恶者！"[①]因此，智者谴责那些因作恶而欢喜的人。因此，所有圣人都说，跌倒犯罪是人性，乐此不疲则是魔性。因此，既然你也承认这奇迹表演是罪，且又长期继续，人也乐于其中，那毫无疑问，它就是大罪，该诅咒的、魔性的、非人性的……

如果说，"为了爱天主，人应当和魔鬼做好友"这句话是谎言，那么说"为了爱天主，人当上演他的奇迹"就同样是不折不扣的谎言，因为在二者中都没有天主的爱，而是违背了他的诫命。虽然旧法律（Old Law）的仪式是天主亲自授予的，但由于它们属血肉，从而无法与属灵性的《新约》同等。既然如此，那么属肉性，从未被天主首肯的表演自然更不能用在天主伟大的奇迹上，这些可都是灵性的奇迹呀。因为，正如以实玛利（Ishmael）与以撒玩耍会让以撒失去继承权，同样在《新约》中遵守旧法律的礼仪就让人失去对基督的信仰，让人倒退，即从《新约》的灵性生命退回《旧约》的肉性生命……

表演奇迹真正见证了人之前的贪婪欲念，如使徒所言，这

① 《以赛亚书》（5:20）。

其实就是拜偶像，因为他们把该花费在邻人身上的花在了戏剧上；而为了偿付他们的租金与债务，他们会抱怨，但在戏剧上花费两倍的钱他们也心甘情愿。此外，他们上演这些奇迹是为了将人聚在一起抬高物价，刺激他们的贪饕与夸耀之欲望；还有，为了能有钱花在这些奇迹剧上，有钱和贪饕邪淫的人为了能在演戏的日子欢聚，他们在之前就忙碌起来，更加贪婪地在买卖上欺骗他们的邻人。因此，今天的奇迹剧就是令人发指之贪婪的明证，就是拜偶像。

《威廉·索普审讯录》导读

此文（*The Examination of William Thorpe*）作于1407年，作者索普可能是真实存在的人物，曾是一名神父，也是罗拉德派（Lollardism）信徒。罗拉德派于1381年由威克里夫建立，其主要信仰可被总结为四条：反圣人敬礼（veneration of saints）、反朝圣（pilgrimage）、反圣体实体变化（transubstantiation）、使用英文《圣经》。此文以自述口吻记载了索普于坎特伯雷大主教阿伦德尔（Thomas Arundel，1353—1414）处受审的情形，文中似乎暗示索普最终被判死刑，但并未明确点出。

《威廉·索普审讯录》正文

大主教对我说："我要求你快快向我起誓：你要放弃所有罗拉德派所宣称，以及被指控的那些思想；这样，在你发誓后，不管你是公开的还是私下的看法，都不需要再让我在这里向你重述。你也不会支持任何有此类思想的人，不论男女，不分老幼；不仅如此，你还要按你的知识与能力，在所有你进入的教区，反对这些圣教会的扰乱者（distroubler）；那些不愿放弃错误与罪恶想法的人，你要举报他们，公开他们的身份与名字，将他们汇报给所属教区的主教或是主教的官员们。此外，我还要求你不可再讲道，直到我能凭借可靠证据知晓，你的悔改心口合一，完全反对你迄今为止所宣讲的卑鄙内容。”

听闻此言，我心中暗想：这要求颇为霸道；我要是同意了那就遭神诅咒了。我又想到了苏撒纳（Susanna）的话：“我真是毫无退路!”（Anguish is to me on every side.）[①]由于我静立无言，大主教对我说：“是还是非，回答我！”我说：“阁下，若我同意你对我所言之事，那我就成了举报者（appealer），或每个主教的线人（espy），整个英格兰的告密者（summoner）。因为我要汇报公开男男女女的姓名，如此我就要欺骗许多人士：没错，阁下，很可能我要泯灭良心，送掉许多男女的性命，是的，肉性与灵性的双重死亡。因为，有许多男女如今坚持真理，走在救恩之路上，若我要出于所信仰的知识与理论就把他们举报给主教或他们那些无情的官员，我的经验告诉我，他们会受到迫害或其他方式的骚扰与惩戒，那么我认为，他们很多人宁可放弃真理之道来免遭困苦、屈辱与污蔑，甚至刑罚，这都是主教和他们的官员采用的手段，只是为

① 出自《但以理书》的次经部分（13:22）；可参阅思高版翻译；英文出自拉丁武加大本：*ait angustiae mihi undique*。

了强制这些男女屈从于他们。

“可在《圣经》中我没找到任何根据说，你加给我的任务是基督之教会（Christ’s sect）的司祭或是任何基督徒应当做的事情。因此，这么做对我来说就是在这沉重指控之上又增加令人厌恶的负担。因为我想，我要真的如此行事，这世上众多男女，是的，阁下，因我的昏聩（confusion），他们完全有理由说我背叛神，背叛他们！因为，我心中明白，许多男女对我都如此信任，我不能为了救自己的命而对他们做出此事。因为，我要是这么做，无数的男男女女真的会说，我卑鄙懦弱地抛弃了真理，无耻污蔑了神的圣言！因为，若我采取你的意见，按你意思去做，不论这对我此生是好是坏，我凭良心都认为，我该受神还有其众圣人的诅咒！全能的神啊，求你让我和所有基督子民免于这过失（inconvenience）！为了他的圣名，从今日直至永远！”

大主教便对我说：“哦，你的心坚硬如铁，如法老般心硬；魔鬼已经控制了你，败坏了你！他让你心智昏迷，毫无知晓真理的恩典，你也不知我给你提供了多大的仁慈！因此，按你的愚蠢回复，我看你毫无离弃邪恶的意愿。但我还是对你说，无耻小人！你还是快快听从我的命令，服从我的劝谕，否则，以圣多马①之名，你会自取其辱，步你同侪的后尘前往斯密斯菲尔德！”②

① 多马（Thomas），也译作“多默”。

② 斯密斯菲尔德（Smithfield），位于伦敦西北部，历史上多位叛党、异教徒在此被处死。

听闻此言，我静立无言；但我心中想到，神赐我大的恩典；若他愿意，因他的大仁慈赐我这种结局。在我心中，我对大主教的威胁毫无惧色。当时我看他有两个意思。第一，对于将威廉·索特雷[①]处以不义的火刑他还毫无悔意。在我看来，大主教渴望倾流更多无辜人之血。因此，我脑海中很快决定，我不再将大主教看作长上（Prelate），甚至不是神的司祭；因此，我的内心完全摆脱了大主教，对他毫不惧怕。不过，我实在感到沉痛与哀伤，因为没有任何平信徒[②]在场：但我在内心祈求上主天主安抚我，使我坚强，好能抵抗反对真理（soothfastness）之人。我决定不再对大主教和他的教士们多费口舌。

我为此祈求神的宽仁，赐我总能以温驯和善的精神发言；不论我开口说什么，都能带有《圣经》的权威以及明晰的道理。

随后，他（大主教）气急败坏地对他的一个教士说："快去拿来什鲁斯伯里[③]给我送来的证词（certification），上边有行政官（Bailiff）的印信，证明这个家伙在那里犯下的恶毒罪恶与异端邪说！"那个教士匆忙取出多个卷轴与文书，放在了书案上，这其中有一个小卷，教士将它交给了大主教。大主教缓缓

① 威廉·索特雷（William Sautre），另一位罗拉德派神父，1401年2月12日在斯密斯菲尔德被处以火刑。

② 平信徒（Secular men），即非教士阶层的一般信徒。

③ 什鲁斯伯里（Shrewsbury），英格兰西部城镇，什罗普郡的郡府，位于靠近威尔士边界的塞汶河边，达尔文的出生地。

地读出了卷中的这一句：“主历1407年，复活节后第三主日，威廉·索普来到了什鲁斯伯里镇，借着授予他的讲道许可，他在圣乍得教堂（St Chad’s Church）的讲道中公开说：祭坛圣事（Sacrament of Altar）在祝圣之后依然只是面饼材质（material bread）；[①]圣像绝不可被崇敬；人不可去朝圣；司铎不可领受什一税；不能以任何形式起誓。”

大主教将证词拿在手中凝视片刻，然后对我说：“看，这是对你的指证，是什鲁斯伯里忠实可靠之人所言，说你在那里的圣乍得教堂公开讲道称，圣体圣事在祝圣后还是面饼的材质。你怎么说？你真是这么讲的？”

我说道：“阁下，说实话，在那里我根本没有谈及圣体圣事；我说的是——借神的恩典，我在这里告诉你：当我站在讲道台上，专心宣讲神的诫命时，忽然响起了铃声；接着，大批的人就匆匆忙忙地起身，乱哄哄地从我面前离去。[②]我看到这个便说：‘好教友们！你们最好还是站在这里聆听神的圣言。因为，毫无疑问，由至圣圣体圣事而来的德行与赏报更多取决于你们灵魂内的信德（Belief），要胜于外在的形状。所以，你们最好还是站在这里静静聆听神的话，因为只有通过聆听，它人才能得到真信德。’阁下，除了这些我确定没有提到过其他有关圣体圣事的话。”

---

① 即圣体圣事。否认圣体实质转变是罗拉德派的典型信念之一。

② 在旧礼中，教堂里可能会有不同神父在举行弥撒；在祝圣圣体时，会响铃提示，此时一般人都会转向做弥撒的祭台，恭拜“成圣体”礼仪，因为当时流行的信念是，虔心观望圣体礼可得罪过的赦免。这里描述的就是这种情形。

大主教对我说："我不相信你，不管你说什么，因为告发你的人是非常虔诚的人。可是，既然你否认这么说过，那么现在你又怎么说：祝圣礼后在圣体（host）内的是不是面饼材质？"

我说："阁下，在《圣经》里我从没看到过有'面饼材质'这句话。因此，阁下，我谈论此事时也不会说出面饼材质的话来。"

大主教对我说："那你又如何教导众人相信这一圣事呢？"

我说："阁下，我自己如何信，我也如何教别人。"

他说："直截了当地说明你信什么！"

我庄重的宣称："阁下，我相信就在耶稣基督自愿为人类受苦难的那个早晨的前夜，他将面饼拿在他那神圣而最为尊贵的手中，抬眼望天，向他的天主父献上感谢，祝福了饼，将其掰开，分给他的门徒们，对他们说：'你们都拿去吃吧！这是我的身体！'这就是所有人当信的，马太、马可、路加和保罗都为此作证。阁下，除此外，我不相信，也不会相信，更不会教导其他。因为我相信，在此事上这些已足够。借神的恩典，我冀望在此信仰内生与死，宣认我所信并教导他人相信，圣体圣事就是基督体与血的圣事，以饼与酒为外形。"

大主教对我说："没错，这圣事就是以面饼为形的基督身体。可是你和你的教派却教导说，它的本质还是饼！你觉得这是正确教义吗？"

我说："我也好，你所谴责的教派也好，都不会教诲或相信任何跟我告诉你的那些不一样的东西，据我所知就是如此。不过，阁下，请容忍我请教你。你是否能直截了当地告诉我，你是如何理解圣保罗的这段话的。”他说：“你们当怀有基督耶稣内所怀之心：他虽然具有神的形。”[①]“阁下，保罗在此处说的是神的形（form）呢还是神的质（substance）或是类（kind）？还有，阁下，教会内有关童贞女[②]的《日课》（*Hours*）怎么说的？不是这么写的吗：‘救恩之原！你曾从无玷童贞处取得了我等肉身之形！’[③]请你赐教，这里提及的是我们身体的形还是我们身体的类？”

大主教对我说：“你想让我按你的意思来理解这段经文，就是因为教会已经决定，‘祝圣以后，在圣体圣事内并不存在面饼的性质！’你难道不相信教会的法令吗？”

我说：“阁下，据我理解，承认或相信其中具有面饼的性质是一回事，承认或相信这至尊贵的基督圣体圣事乃‘无主体的依附体’（accident without Subject）又是另一回事。[④]不过，阁下，由于你所询问的远远超越了我的理解能力，所以我既不能否认也不能承认，因为这是学者们的事，对此我是无论如何也弄不明白的：因此，我将*accidenc sine subject*（无主体依附

① 《腓立比书》（2:5—6）。

② 即玛利亚。

③ 英文改写自6世纪拉丁赞歌，被收入圣诞期的日课中：*Salutis auctor, recole/Quod nostri quondam corporis/Ex illibatâ Virgine/Nascendo, formam sumpseris*。

④ 无主体的依附体（Accident without Subject），即下文的*accidens sine subjecto*来自圣多玛斯《神学大全》（*Summa theologiae* III, q. 77）中对圣体圣事中基督的真实临在的讨论。

体）这句术语交给那些酷爱奇特诡谲之事的教士们，因为他们决定的往往都是如此艰涩怪异之事，来来往往乐此不疲，一个又一个地论证，忽而正论忽而反论，直到他们自己也不晓得身处何方！自己也不明白到底怎么回事！然而，可叹的是，这些好辩之士非得将这些东西教给大伙，搞得他们也不明就里，在神面前像可怜虫般。”

大主教对我说：“我无意逼你参与教士们的高深辩论，因为你也没那个本事！但我有心要你遵从圣教会的决议。”

我说：“阁下，凭借公开证据与有力见证的支持，在基督降生成人后一千年，我在你面前所说都是圣教会所接受的，这也足够拯救那些虔心相信且秉持爱德施行的所有人。可是，阁下，对此事的决议是由托马斯会士[①]所引出的魔鬼（fiend）带来的，尤其是它将最为尊贵的基督圣体圣事称作‘无主体依附体’，这个说法我可不敢苟同，因我不知任何天主法律会表赞同；相反，我完全不能接受这位会士的这个说法，还有其他此类说法。天主明鉴！”

大主教对我说：“好吧，好吧！我还不能放过你，你还有事情交代！”

然后他对我说：“这第三点对你的指控——在什鲁斯伯里公开宣讲朝圣是非法的——你有什么说的？此外还有，对那些

① 托马斯会士（Friar Thomas），即托马斯·阿奎那，他是多明我会的会士，所以，虽然身为教会神父，但一般以“Frair”（弟兄、会士）来谦称。

去坎特伯雷、贝弗利、卡灵顿、沃尔辛汉姆，以及其他此类地方朝圣的男男女女，你说他们都是该诅咒的，愚蠢地浪费了他们的钱财。”

我说：“阁下，根据这项指控，有人向你控诉我曾讲道说朝圣是非法的。可我从未如此说过。因为我知道，还是存在真正的、合法的、取悦神的朝圣，因此，阁下，不论我的对头曾如何向你指控我，我在什鲁斯伯里讲的是两种不同的朝圣。”

大主教对我说：“你认为谁是真正的朝圣者？”

我说：“阁下，我庄重宣称，那些走向天堂荣福（bliss of heaven）者是真朝圣者，他们（按神召叫他们的状态、地位与品级）的确尽力全心全意应用他们的才智，了解并忠信遵守神的命令，憎恶并躲避所有七宗罪[①]，以及它们的各种分支，以美德战胜它们，且如前所说，以所有才智暗中自愿且喜乐地做各种善工，身体与灵性的善工，全按圣灵的恩赐全力施行，在灵魂内也准备好接受并保持基督给予的美好祝福。他们竭力了解并保持七美德，[②]这样便能借此接受由神而来的恩典，用于各种善行；他们在圣善的天主圣灵（Spirit of God）感动下，勤勉不断地检视自己的良心，从不会明知故犯地违背任何信德的条款；他们恒久（因为软弱会捣乱）在一切事上敬畏躲避对神的冒犯，爱他的旨意胜于一切，永远按其旨意施行。

① 七宗罪（Seven dealy sins），天主教称七罪宗，或称七大罪或七原罪，是对人类恶行的分类。按照阿奎那的版本，七宗罪一般指傲慢、贪婪、色欲、嫉妒、暴食、愤怒及怠惰。

② 七美德（Seven principal virtues），与七宗罪针锋相对的美德：谦卑、宽容、忍耐、勤勉、慷慨、节制、贞洁。

“关于这种朝圣者，我曾说过，他们总有善念，总讲善言，总行善工。每个此类的思、言、行都被神算作走近他、走近天堂的一步。前边所说的这些神的朝圣者，每当听到圣人以及有德行的男男女女的行为时都欢欣不已，就是听到他们如何自愿放弃此世的荣华，如何抵抗魔鬼的诱惑，如何克制肉性的欲望，如何悄悄地作补赎，如何忍受各种逆境，如何明智劝告一众男女，鼓舞他们憎恨逃避罪恶，为罪感到大羞耻，钟爱一切美德并为之吸引，如何思想基督及其门徒，（以其为榜样）如何承受羞辱与污蔑，如何耐心承受恶官不义的威胁，如何高贵并服务穷困，按其能力与智力，在身体与灵魂上帮扶他们，又如何虔心祈祷，如何渴望天乡，如何不参与视觉与听觉上虚荣的表演，如何长期阻止并击败所有邪恶，如何辛苦且喜乐地播撒并种植美德。这就是朝圣者拥有的或是努力追求的天上品行，他们的朝圣才是神所悦纳的。

“我还说过：今天大部分朝圣的男男女女，从他们的行为可看出，他们并没有上述品行，也无心忠信谋求它们。因为（我很熟悉，因为我自己经常尝试）随便找二十个这种朝圣者来检查下就能发现，其中不会超过三个知晓天主的一条诫命，或是会诵念*Pater noster*（天主经/主祷文）或*Ave Maria*（圣母经）！也不会诵念*Credo*（信经），不论哪种语言，哪种版本。据我所知，也是从这些朝圣者的经验所了解的，这么些男男女女为了朝圣往来奔波，更多是为了身体的得救，而不是灵魂的得救！更多是为了拥有此世的财富与荣华，而不是为了让灵魂借美德而富有！更多是为了俗世与肉性的帮助，而不是为了天主和其天上圣人的帮助。因为，要想得到天主或是某个圣人的帮助，就必须遵循天主的诫命。

“如今我庄重宣称，一如我曾在什鲁斯伯里所说：他们带着肉性的欲望，花费大量金钱寻找拜求他们以为是这位或那位圣人的骨头或图像。这种朝圣旅程不可称赞，也不是对天主，或是对天主的某个圣人感恩，因为，事实上，这些朝圣者是在羞辱天主和他的一切诫命与圣人。因为，天主的诫命他们既不了解也不遵守，更不会按基督和其圣人们的榜样去过德行的生活。

“阁下，我公开宣讲教诲的就是为这些，而且我希望一生为此，借助神的助佑发言：这种蠢人在他们无用的朝圣上无端浪费天主的钱财，将钱财花在了邪恶店东（hostelar）的身上——往往是不干不净的女人；至少他们应该用钱财来做善工，按天主的命令给予有需要的穷困之人。

“这些可怜虫的金钱与财产，让到处瞎跑的人都给了有钱的祭司们——他们的钱可多得花不完！这样，他们违反了天主的命令，自愿将钱财错花在外乡人身上；他们本该按天主的意愿，用它们来帮助家乡有需要的穷邻居。没错，不止这么愚蠢，这些到处瞎跑的男男女女中，有些往往还要为了朝圣而借贷他人的钱财（甚至为此而偷盗他人钱财），而且永不归还。

“还有，阁下，当不同的男男女女凭自己的意思找到一个朝圣地时，他们还会提前为自己准备，带上会咏唱庸俗歌曲的男女。其他的朝圣者则会带上风笛，结果他们穿过的每个城镇都充斥着喧唱声、风笛声、坎特伯雷铃铛[①]的叮当声，还有紧跟其后的狗叫声，他们的喧嚣胜过国王出行时他所有的号角与歌手带来的动静。若是这些男男女女出门朝圣一个月，那半年后他们很多人都会变成优秀大嘴巴（jangler）、编故事能手、大骗子。”

大主教对我说：“无耻小人！在这件事上你的目光实在短浅！你根本没有考虑到朝圣者的辛劳；因此，你对该称赞的事却贬损有加！我跟你说，他们做得很好；朝圣者就该带着歌者与笛手；若有人赤足走在石头上刺痛脚掌，甚至流血，同伴开始吟唱或从怀中取出风笛奏响，只因为妙音能带走同伴的疼痛，这实在是很棒。因为，借着这样的安慰，朝圣者才能轻松愉快，忘掉辛劳与疲累。”

① 坎特伯雷铃铛（Canterbury bell），这是一种去坎特伯雷的朝圣者在马匹上悬挂的铃铛。

第五部分　故事

《贝林的故事及序》

导读

《贝林的故事及序》（*The Prologue and Tale of Beryn*）是15世纪时的一部匿名伪作，旨在为乔叟未能完成的《坎特伯雷故事集》添上结局，即朝圣者们在回归途中所讲的故事。它唯一存留的版本记载于Northumberland MS 445d的书叶180a—235a上。该手稿被认为完成于1450—1470年间。该故事的情节基本上是对一部14世纪中期法国小说《贝林努斯》（*Berinus*）的改编，不论从文学价值还是从写作技艺上都不能与乔叟的原作媲美。不过，故事的细节还是为我们留下了15世纪英格兰人生活的原貌，由此而意义非凡。

《贝林的故事及序》

（1—308行）

当所有这些新交接的朋友们都到了坎特伯雷后……他们找到了自己的旅馆，上午时便住进了“胡普的棋盘”旅店（the Chessboard of the Hoop），很多人都知道这地方。他们的那位萨瑟克（Southwark）[①]的店主，正如你已经听过的那样，也跟着一起来了，而且还是他们的头头，不论地位高低，都由他统管。在他们去教堂之前，他为大家点好了饭菜，都是些手边能找到的食物，并没有专门叫什么吃的。宽恕者（Pardoner）[②]看着这乱哄哄的景象，看到有地位的人先得到了服务，而他自己却被置之不理；又看到店主被人召呼不停穿梭，于是他手中拿着长杖（staff）到了酒吧女那里。

“欢迎，我的亲兄弟。”她满脸殷勤，已经准备好接吻；而他仿佛对此早已心知肚明，拦腰抱住了她，就好像熟识已久。她领他进了酒吧间，她的床就放在那里。“看，我光着身子整夜躺这儿，”她说，“没一个男人陪我，因为我的爱人死了——就是詹金·哈珀（Jenkin Harper），不知你记不记得。要我说，从头到脚，没人跳舞像他那么活泼。”

说到这儿，她作势要哭泣，撩起那洗得雪白漂亮的围裙，轻轻擦拭流出的眼泪。磨盘大小的眼泪喷涌而出，都是因为她如此爱的心上人。她号啕哭泣，双手扭在一起，闹出好大动

① 伦敦中心区地名。

② 专职售卖赎罪券者的俗称。

静，只有爱得深才会如此悲痛。她抽泣，叹息，摇头发出悲伤哀鸣。

“天主祝福！”[①]宽恕者说着，便伸手紧紧拥住了她的脖颈，“你这么伤心，好像快丢了性命。”

“这也不奇怪。”她说，接着便开始打喷嚏。

“阿哈！这就都好了！”宽恕者说道，“你的悲痛快过去了。”

“天主开恩，要不是多少减轻了些，”她说，“要是时间再长，我可就活不下去了，你知道的。”

“那现在，感谢天主给你减轻、康复、治愈！”宽恕者立刻说，又捏住她的下巴，跟她说了这番话，“可惜，那种爱是罪过！你是多么善良的爱人，多么真心！因为，我凭良心说，我还在替你痛心，看来还要延续一个月之久，就为你突然的不幸。你爱过的人实在幸运，他一直让你钟情！我敢按着《圣经》发誓，他会看到你的真心，因为他都死了这么久，可在你心中还如此重要。你刚才让我急坏了；我担心你都要死了。”

“感谢，可敬的先生！”她说道，“可你还没得到招待！你是个高贵的人，愿你受祝福！请坐，你喝点东西。”

“不，不，”他说道，“我还在守我的斋戒，对此我很上心！”[②]

“还没结束斋戒，可惜！”她说，“为了这个，我有个好方子。”她赶到了镇里，带回一只滚烫的馅饼，放在了宽恕

---

① 天主祝福（*Benedicite*），是一句拉丁文祷文的开头。

② 朝圣者们在到达圣地之前一般都要守斋戒，基本都是戒酒、肉、娱乐。

者面前。“詹金，对吗？请海涵，我记不清了，但这是你的名字吗？”

“当然了，我的亲姐妹；收养我的人也是这么告诉我的。你叫什么？”

“就叫吉特（Kit），我妈就这么叫我。”

“天主祝福你，吉特！好好享用你的名字！”他偷偷地抬起眼皮，色眯眯地盯着她的脸看了个饱，然后轻轻叹息，好让她能听到，又开始哼唱了一句：“如今，爱啊，请对我公平！”

“吃吧，开心吧，”她说，“为什么你不开斋呢？等那些同伴不过是浪费时间。你为什么伤心叹息？是为家中的爱人吗？”

“不，说真的，我的心只是为了你！”

“为我？哎呀，你说什么？这可是不智之举！”

“可是真的，”宽恕者说，“我句句不假。”

“吃吧，开心吧；我们回头再聊这事。‘燎过的猫儿怕火苗’。（Burned cat dreas fire.）还是一个人好。因为，以怀抱耶稣的圣母玛利亚之名，我不能再爱，它带给我是伤害，我永远付出过分的爱。”

“那么，基督祝福你，”宽恕者说，“就随你心思走下去！看，上天是如何安排每个人找到另一半！因为，说真的，良善的基督徒呀，我也是一直这样，而且好多年了；我不能再重复下去。因为大自然不管人怎么决定，也会向相反方向推动。”

说着，他痛苦地起身，扔下了一枚格罗特。[①]

“好先生，你这是干什么？不，先生，我宁可卖了裙子也不能让你付一个便士，而且这么快就离去。”

宽恕者更加诅咒发愿，不会支付比这少的钱。

“先生，这真是太多了。可既然这是你的意愿，我就把它装进钱袋了，我可不想拒绝你的礼遇，惹你不高兴。”她说着便躬身行礼。

“说真的，”宽恕者说，“你的礼节值得赞誉；因为，要是你严格按照价钱来，不相信我，我很可能会以为你不够善良与真心，会很快把我忘记。可既然你愿意保管我的钱，我们会常常见面。”

“当然，你说得太对了，”女招待说，“天主作证，我愿意你也给我解解梦，是我昨天刚做的：我正在教堂里，本来一直在祈祷念经，直到弥撒完了还在继续，那个神父和教士粗鲁地赶我离开，怒气冲冲将我赶出了教堂。”

“愿圣但以理，”[②]宽恕者说道，“让你美梦成真！我尽我所能来告诉你它在预言什么，你要牢牢记在心里；因为一般而言，人们都发现这些梦的反面会发生。你一直痴迷爱情却无甚幸福。可如今，你当开怀高兴；因为你要有个丈夫娶你为妻，他会爱你如自己的性命。那个把你从教堂赶出来的神父会带你回去，全心全力帮你安排婚礼。这就是你梦境的所有重要意义。吉特，你喜欢这解释吗？”

---

① 格罗特（groat），中世纪一种四便士的银币。

② 圣但以理（St. Daniel），《但以理书》中的解梦大师。

“我发誓，这太好了！愿你受祝福！”

随后他暂时道别，回到了伙伴那里……

当骑士和一众人等都按照各自品级，找到合适的住处安顿好后，就去教堂献上银胸针和戒指了——这都是他们敬拜的方式。之后，在教堂门口，排队顺序又成了问题。骑士深谙此道，他站出来，将神职人员（clergymen）排在了最前边，也就是本堂（parson）①和随从，还有隐修士（monk）——他拿起洒圣水壶，②按照习俗，猛烈地洒在人们头顶，一个接着一个，上层人士一个都不放过。那位会士（friar）③按他的脾性绝不可在这圣地放过这个差事，他机智地拿过了洒水壶去给剩下的几位洒水，神圣良心的深处迫切地想要看到修女的脸蛋。

骑士和他的同伴们进了圣所（holy shrine）去完成午餐前的计划。宽恕者、磨坊主，还有其他粗俗蠢人进了教堂里，像几只傻羊，上上下下打量着彩色玻璃窗，模仿着绅士们的举止，阅读那些徽章（coat of arms）④，兴奋地辨识那些画作，研究里边的故事，他们的解读跟公羊的解读不相上下。

“他手持的是铁头棒，”⑤一个说，“要不就是个耙子把儿。”

---

① 是指负责堂区的神职人员，今日叫作“堂区主任”。

② 这是教堂内的一种常见仪式，用专用的圣水壶把祝圣的水洒在头顶，有取洁、圣化的意义。

③ 该词专指托钵修会的成员，一般专指奥古斯丁会、多明我会、方济各会、加尔默罗会的修士。

④ 贵族的族徽或主教的徽章。在大教堂里会安葬这些人，而主教的徽章也会悬挂教堂里。

⑤ 铁头棒（quarter-staff），一种旧时武器，长6—8英尺。

“你可错了，”磨坊主说，“你脑子不够使呀。这是柄长矛，你要是能看清，它顶上有个尖儿，把敌人捅翻在地，刺透肩膀。”

“静静！”萨瑟克的店主说道，“别管那些彩窗了！上去做你们的奉献去！你们看着晕乎乎的！你们可是与体面上等人在一起，学学他们，这次可不能由着你们性子来。这是我的最佳建议，因为会借鉴同伴榜样的，能活得更安宁。”

于是他们都乱哄哄地走开，不停地左右观瞧，在圣所前跪下，各尽所能向圣托马斯献上了祷告。[①]然后，每个人都口亲了一个个圣髑[②]，而边上有一位隐修士为他们讲解这些圣髑。然后他们去其他的圣所，做了他们的敬礼，直到所有都完成；接着他们就准备去用餐，因为就快到中午了。在路上，他们也按习俗买了些纪念品……每个人都为喜欢的东西付了钱。与此同时，磨坊主在怀里揣满了坎特伯雷的胸针。此后，那位叫作休（Hugh）的宽恕者和他偷偷地将胸针放入了各自的钱袋，这样无人能够察觉——除了那个传唤员[③]，他看到了些异样就跟他们私下耳语：“行行好，分一半！”

“闭嘴，安静！”磨坊主说，“你没看见那个会士兜帽下

① 圣托马斯（Thomas à Becket，1118—1170），坎特伯雷总主教（archbishop），因为反对国王亨利二世对教会权力的干涉被受国王鼓动的四个骑士谋杀，死后其坟墓立即成为众信徒心目中的圣地。最终，亨利二世不得不屈从民意，到坟前忏悔认罪。其坟墓在中世纪是英格兰最流行的朝圣地之一，直到1538年被亨利八世摧毁。

② 圣髑（Holy relics），一般是指装在匣子或其他容器中圣人的遗留物，这里的圣髑大概是属多位圣人的。

③ 传唤员（summoner），指专门发送法庭传票之人。

边狗眼的凶光吗？得保守秘密，避开他的眼光。他对什么把戏都明白，圣母让他吃点苦头！”

“阿门，”传唤员说，“早晚各给他来一次！他说了我那么可咒的坏话，愿地狱魔鬼把他相助！我要是不原样回报，连我也相助！回去的路上，要是我们还像来的时候，每个人再讲故事，就算我们全都坐在大厅，我也要全力让他尝尝苦头，碰碰他那件披风，不让他好受！”

他们将纪念物别在头上，或是帽子上，就去用餐了。每个人都按顺序洗濯过，又找到了椅子坐下，就如同他们在晚餐与其他各餐时那样，然后是一阵沉默——直到人人的腰带都开始紧绷。不过，如老人们所说，人性就是如此：血脉膨胀后，精神就抬头了，而且甜点也会造就快感，何况这也不是他们消沉的时刻。每个人都以自己的方式开心起来，给同伴讲起路上的趣事与笑话，如同所有朝圣者的习俗，多年来一贯如此。那个店主，你们知道，就是萨瑟克的那个，他边听边感谢所有的人，从高等到低等，因为他们都很好地遵守了在萨瑟克立下的约定，就是每个人在路上要给同伴讲一个故事，以缩短这漫漫长路。“每个人都干得很好。现在，我宣布，在回家路上每个人都得再讲一个。我们都同意了，我必须做你们的舵手，用公平的判断指引你们的行为。”

“不错，东家，”会士说道，“大家都同意了，而且还有其他，让我来补充下。您还开恩许诺，我们所有人应当在晚上和您一同进餐。我相信，实情如此；骑士阁下，您说呢？”

“没有必要，”店主说道，“再征询证人。您的记忆足够好；承蒙不弃，我再请求您，以圣托马斯圣所之名，若您信守你的承诺，我也必定信守我的。”

“不错，东家，”骑士说，“您说得非常好，就我而言，我完全赞成，我想我们都是一样。先生们，你们怎么说？”隐修士与商人，还有一众人等都说“好”。

“那么今天整个下午，”店主说道，“我看就是我们放松的最好时刻，每个人都随意，此后提前用晚餐，然后就休息。这样，我们能早起踏上白天的行程。”

于是，骑士便起身去换了身干净外袍，他儿子也穿了一件，为了能进城去；其他人也一样换了衣服。他们个个兴高采烈，按兴趣结伴而行，就如同他们路上那样。骑士理所应当地和随员们去看城墙和城防，用心地讲述周围的坚固之处，给他儿子指出，城防工事有哪些地方怕弓、弩和火铳的攻击，还有那些抵御用的防卫，他都按自己的理解一一解释。他儿子听懂了每个细节，他本就受过艰苦军事技能训练，身材也很合适。他天生就适合各种任务。但就他的行为而言，他的心里似乎更在乎他最爱的女性，本该睡觉的时候却被她们闹得无法安眠。

牛津学生（clerk of Oxford）对传唤员说：“我看你好像没什么文化，因为你指责那位会士，说他只了解谎言、邪恶与偷盗。不过我以为，真正了解那些该责骂的事情也是有益且有用的，因为有这些知识的人就会躲避它们，否则会稀里糊涂地堕入其中。尽管会士讲的是一个骗子传唤员，你也不该为此而觉得丢脸，因为每个职业和等级都不完美，有些真是很不知礼。”

“看，”骑士说，“当个学者真是可敬！我们里头有些人就是搞不清这点。我称赞他的智慧与学养，因为他为双方都挣回了脸面。”

那位隐修士拉住了灰袍会士（the gray friar），很谦恭地请他与自己同行：“在这里我有个熟人，过去三年一直写信求我来看他。不论是从衣着还是从资质而言，你都是我的弟兄。今天我来了，我想应该试探他一下，看他如何让我和你快乐，我的朋友。”他们一起离开，谈论着神圣的事情；不过，你们都清楚，他们脑海里想的可不是在会面时喝些清水就罢了，因为他们可是品尝过最好的；快乐开心，这是自然；也还要有好菜与好酒——加斯科涅和莱茵的。[①]

巴特夫人（wife of Bath）如此疲倦，不想再走路。她拉住了女修道院长（prioress）的手。“夫人，您愿不愿悄悄到花园里看看药草，然后和我们店主的妻子在她会客厅休息休息？我会给你们点酒，您也如此回敬我，因为到晚餐之前我们无事可做了。”

女修道院长端起出生上层的贵妇模样，同意了她的计划，她们于是走开，静静地到了药草园中，那里种着许多熬汤或手术用的药草；所有的小径都有美丽护栏，鼠尾草和神香草都被规划保护起来，还有刚刚平整出的一块块土地，是旅店客人养眼宝地。商人、办粮员（manciple）、磨坊主、地方官（reeve）和牛津学生，还有其他人几乎都回了城里，只有宽恕者看到大

① 加斯科涅和莱茵的（Gascon and Rhenish），前者产红酒，后者产白葡萄酒。

家都离开后，偷偷溜进了酒吧间。因为他不惜一切代价想搞定他的交易，就是确定当晚要和酒吧侍女睡在一起；他满脑子就只这一件事。不过，机会与命运，还有星宿运行明显不利于他，因为，如你们后来要听到的，那晚在日出之前，他还不如整夜都睡在湖里。因为这就是他的运气，想喝酒却没带酒杯！不过，对此事他还毫不知觉，我们也无人有这等高超智慧能明白，未来到底备下了什么东西。

《罗马人行实》

导读

本书《罗马人行实》（*Gesta Romanorum*）原流传于欧洲，本是拉丁文写成的一系列小故事，大概完成于13、14世纪之交，是当时最流行的书籍之一，其中的故事更直接或间接影响了乔叟、薄伽丘、莎士比亚、席勒、罗塞蒂等人的作品，比如我们在其中可以找到《李尔王》故事的原型。原书的作者已不可考，而其产生地也一直有争议，英、法、德三国都有可能，英国的可能性似乎更大些。

该书的题目多少有些误导读者，因为除了希腊－罗马源头的故事外，也包括了来自其他欧洲民族，甚至亚洲的故事。这些故事唯一共同之处就是都有一个“道德意义”（morality）评述，这显然是当时神职人员讲道所用的，因此学者推断，其作者很可能就是一位神职人员。由于这些小故事松散的特征，所以中世纪出现了多种不同版本，其中甚至有后人加入的本地故事。如今，学者们将不同版本区分为英语、法语、德语三个群组，且各组之间多有不同。

15世纪时曾出现了三种英文译本，其中较晚的一个于1510年由Wynkyn de Worde’s印刷出版，其唯一幸存版本如今保留在剑桥的圣约翰学院，其中包括了四十三个故事，而这个版本成为后来多个英语版本的基础。18、19世纪之后又陆续出现了从拉丁文重新翻译的英语版本，比如今日较有影响的，1844年的斯旺（Charles Swan）译本。此处选取的故事来自早期中世纪英语版本，由Luara Hibbard Loomis转为现代英语。

男人与树上的蜂蜜[①]

有个皇帝曾在罗马城统治，所有事情中他最喜欢的是打猎。某次，他在树林里骑行时看见一个男人在他前方使尽了浑身力气奔跑，身后有一只独角兽正在追他。那个男人惊恐万分，因此慌乱中掉进了一个大沟里。不过，他抓住了一棵树爬了上去。随后，那人往下一看，只见树根处有个可怖的坑，里边趴着一条可怕的大龙，它正破坏这树，张着大嘴等着他掉下来。龙的身旁还有两只兽，一白一黑，它们正在拼命地啃咬树根，想把它弄倒，那劲儿可真大，那人已觉得树在晃动了。在沟的两边还有四只蛙在跳来跳去，口里喷出的毒气弥漫在整条沟里。他抬头往上看，看见一道蜂蜜在树枝上滴淌。他的心全

① 据学者研究，故事出自早期佛教寓言，经由波斯语、阿拉伯语、格鲁吉亚语、希腊语流转，最终进入了拉丁语。

被蜂蜜的香甜吸引住了，忘记了其他的危险。碰巧他的一个朋友路过那里，因为看到他那么危险，就给他搬来了一架梯子，让他能平安地下来。可是他完全被那香甜迷住而不愿下来，吃着蜂蜜如此开心，忘记了所有危险。过了没多久，他就掉进了龙的嘴里；龙钻回了坑底，把他吞了下去。

道德意义

亲爱的朋友们，这位皇帝应被看作为耶稣基督，他最喜欢捕猎灵魂；在捕猎中他会看人，也就是说，看到心中的隐秘。那逃跑的人就是罪人；独角兽是死亡，永远跟随那人，要杀死他。常言道：*Omnes morimur*——我们都要死。[①]那条沟就是世界，沟里的树就是人在世的生命，而这命有一黑一白两只兽，就是两种时间——黑夜与白天，它们在消耗这树。四只蛙出来的地方就是人的身体，从那里出来四种不同的体液（humor），若它们因放纵紊乱，身体的形象就会消解。[②]龙就是魔鬼，坑就是地狱。那香甜是罪的愉悦，它让人失明，从而无法看到自己的凶险境地。那位摆好梯子的朋友就是基督——那梯子就是补赎。如果人推迟接受那梯子，只因不想放弃世间常有的愉悦，那他就会突然掉入魔鬼口中；也就是说，坠入地狱的权势，在那里魔鬼将他吞噬。被吞下后便再没有希望逃脱，正如一首诗所说："*Spes impiorum peribit.*"就是说："恶人的希望或指望将会消逝。"[③]

① 《撒母耳记下》（14:14）。

② 中世纪生理学认为，人是由四种不同体液按一定比例组成的，不同比例造就不同性格；比例失调就会影响健康。

③ 参见《箴言》（10:28）。

一个穷人如何与皇帝之女赛跑[①]

庞培（Pompeius）是位明智的皇帝，在罗马施行统治，他有个美丽的女儿叫作阿格莱斯（Aglaes），她有两个长处超越其他少女。第一个是她因貌美而倍受男人青睐；第二个即是跑得飞快，没有男人能跟上她几步，总是在她已到终点时还远远落在后面。当皇帝看到女儿的这两大长处后非常欢喜，全心高兴。他在全国宣布：如果有人与他女儿赛跑能先到终点，他就可以娶她，且得到无数赏赐；要是有人提出与她赛跑却赢不了她，那就要掉脑袋。于是，大封建主们、公爵、男爵、骑士们蜂拥而至，来与她赛跑，可是没人能够跟得上她。因此，每个输家都丢了脑袋，全按照规则进行。

那时在城里有个穷人，他暗想："我这么穷，又出身卑微。现在有个告示说，任何男人有本事或办法跑赢皇帝的女儿，他就能娶她，一夜登天。这么说来，一个像我这样的穷人要是靠诡计赢了她，那我和我家族可就高升长脸了，这可就真是转运了。"

于是他出去找到了三样要奸的道具：第一个是漂亮的玫瑰花环，颇具皇家排场；第二个道具是丝绸腰带，制作精美，女孩们定会喜欢这些花样；第三个是精致的丝绸袋子，镶嵌珍贵的宝石，袋子里装了一只三色球，上边还写了一行字说："*Qui mecum ludit, nunquam de meo ludo satiabitur.*"意思就是："和

---

① 希腊神话中阿塔兰特（Atalanta）的故事。

我玩的人永远玩不够。”他把这三样玩具藏在怀中便来到了宫殿大门口，高喊说：“来吧，美丽的姑娘，我已准备好与你赛跑，完全遵守所有规则。”

皇上听到了这些话就让他女儿跟他跑跑。那女孩往窗外观瞧想看看他；一看见他就打心眼里瞧不起，她想道：“哎呀，我都赢了那么多贵族男性，该与你这个贱民子弟赛跑吗？可不论如何，我得服从我父的意愿。”

她就去做好准备与他赛跑，然后来到他身边，二人站成一排准备开跑。刚跑了一会儿，少女就超了他一大截。见此情状，他就把那个花环抛到了她前面。她一见眼前这漂亮的花环就把它捡起，戴在了自己的头上，心里非常开心。这样他就跑到她前头去了。她发现了就伤心哭泣，狠狠地把花环扔到一边，奔跑去超越他。她一到他身边便抬手在他脸上扇了一个巴掌说：“无知的蠢货，你主子的儿子和我成亲还差不多！”她又超出去了一截。

见此情状，他就拿出了那条腰带，照样扔到了她前面。她一看见就躬身拾起来，系在了身上。她是如此开心，完全停止了奔跑，而此时他就超过了一大截。她抬头看到他就大哭起来，气恼地拿起腰带，用牙撕成了三段儿。然后她全力奔跑赶上了他，给了他一个大大的耳光，又跑到他前面说：“你个恶棍，你以为能赢得了我吗？”

另外那个非常狡猾，他一直不肯丢出那个袋子，直到终点附近才扔了出去，就像他之前做的那样。而她又停下拾起来，打开拿出了那个球，看到上边的话：“和我玩的人永远玩不够。”然后她就拿球玩了很久，而那个耍奸的人比她先到了终点。此后，她大哭了一场；而他就娶了她，得到很多财宝，全依照规则所定。

道德意义

亲爱的朋友们，那皇帝就是耶稣基督；美丽的女儿就是人的灵魂，按他的样子创造，经过洗礼而洗净了原罪；它跑得飞快，这是在说善工：灵魂在纯真时是如此飞快，没有大罪能够战胜她，于是他们（追求者）都丢了脑袋，这是在说他们的能力，无法战胜她。那个想出那些诡计的穷人就是魔鬼，日夜在琢磨如何战胜纯真，因此他为自己准备了三件道具，而第一个就是花环。那个花环我们可理解为骄傲，因为花环不是戴在手臂上的，也不是其他身体部位上，它被戴在头上，是为了让人看见。同样，骄傲的人会被人如此观看，以展示他的流苏。[①]因此，奥古斯丁说：“*Cum superbum videris, filium diaboli esse non dubites*.”（当你看到骄傲的人，不必怀疑，你看到的就是魔鬼的子孙。）因此，当魔鬼将这骄傲的花环扔到你眼前时，哭吧，就像那个女孩一样。处理掉这个骄傲的花环，将它扔到悔过的沟里，这样你就能给魔鬼一个耳光而战胜他。然后，当魔鬼看到自己被打败了，就会诱惑人犯另一个罪，将淫秽的腰带扔到他面前。关于这种腰带，圣额我略说：*Cingite lumbos vestros in castitate*。这或可理解为：“用贞洁来系上你的腰。”因为，谁要系上淫秽的腰带，他必定无法在良善生命中

---

① 暗指《圣经》中耶稣对法利赛人与经师（文士）的指责，参见《马太福音》（23:5）。

奔跑，反而被魔鬼战胜。正如那使徒说，[①]*Nullum opus bonum sine castitate*；就是说：没有爱便没有善工。因此，要像女孩那样，把腰带撕成三截儿，就是靠祷告、禁食与施舍，这样你就肯定会战胜魔鬼。此后，那个穷人——就是魔鬼——扔出了一个袋子，里边装着球。这是什么呢？你们很清楚，袋子都是上边开口，下边要扎紧，这代表了人心应当向属天的事物打开，向属地的事物紧闭。那用来开合袋子的两根绳子象征对天主和对邻人的爱；那只色彩斑斓的圆球象征贪婪的恶习，老少皆不能免。因此，上边写的那句话太对了：“*Qui mecum ludit, numquam satiabitur.*”[②]因为贪心的人永不知足。因此，让我们小心不可像她那样，与贪婪之球游戏，因为如果我们抛弃了天主，把我们自己交给易逝之物与虚弱，那我们永不会抵达永生的光荣。

年轻骑士与三友人

图密善（Domician）是一位在罗马统治的明智皇帝，在他的帝国有一位贵族骑士，非常爱他的独生子。有一次，儿子到他跟前说：“父亲，我是个年轻人了；真的，要是你愿意，我想去拜访不同的城堡与王国，为我自己赢得些朋友，这样，在您离世之时，我已获得知识。”

“是的，”父亲说，“我很喜欢，这样你回来时就能告诉

① 那使徒，就是指保罗。

② 这句是上句的缩减，可直译为：谁跟我玩，从不知足。

我，你结交了些什么朋友。”

他回答说：“是的，父亲，你的这点要求定会得到满足。”

年轻人游历了一些王国、国家与城市，三年期满，他回到父亲家里。父亲看他回来非常欢喜，说：“儿啊，你怎么说？你交到朋友了吗？”

“是的，阁下（sir），”他说，“我离开后找到了三个朋友，而我爱第一个胜过我自己，所以为了爱他我情愿流血，如果有此必要；第二个我爱他如同自己；但与这两个比起来，我不太爱第三个。”

父亲就说：“儿啊，你考验过这三个朋友吗？”

“没有，阁下。”他说道。

父亲就说：“按我的建议去做，你会喜欢的。去，杀一头猪，把它放在袋子里。到夜半时分，到你第一个朋友那里跟他说：‘亲爱的朋友，请帮助我的急难，因为我无意间杀了人，他就在我背上的袋子里。’然后你就会看到，你的朋友会对你说什么。然后，再去第二个朋友那里，最后去第三个那里，将他们的回答都刻写在你心里。”

儿子便照父亲告诉他的去了。夜半时，他到了第一个朋友——他爱他胜过自己——的门口，敲响了他的门。他的朋友立刻听到了他的敲门声，便起来让他进去，然后说：“朋友，欢迎你。”

“啊，朋友，”另一方说，“我是在急难中投奔你，因为我爱你的身体胜过我自己，所以救我脱离这不幸吧，因为我无意间杀了一个人，他就在我背上的袋子里。因此，我求你，把他藏起来，将这个死人的身体藏在你家里的隐秘之处，因为若人发现我带着这身体，我肯定就会为他被绞死。”

“老实说，”另一方说，“即便你是我父亲，我也不会为你干这事，因为既然你杀了人，那就该当为他受审。不过，鉴于我们之间如此长久的友情，我会给你两厄尔①的亚麻布，等你绞死后用它来包裹或遮盖你的身体。”

然后，那个年轻人便去了那个他爱如自己的朋友处，敲响他的门。他立刻听到了敲门声，便起来开了门，还吻了他，隆重地欢迎他。然后年轻人说：“啊！好朋友，请在我迄今经历的最紧急困难中帮助我吧。我不幸杀了一个人，他就在我这袋子里，因此，看在你我之间友情的份上，把他放在你家里某个隐秘地方吧，因为要是他被发现在我这里，我就死定了。”

“不！”另一方说，“你可不能逼我做这个。把他搬走，你和他去寻开心吧。你为什么要杀他？不过，朋友，我要告诉你，我将不会与你再有瓜葛。但鉴于你我之间的深厚友情，我会陪你到绞架前；此后我会再交一个朋友。”

年轻人听到这话非常沉痛，他又去了看另一个朋友，就是他爱得不多的那位，敲响了他的门。那朋友起来，一听到他的声音就让他进去，吻了他说：“朋友，你是我的另一半灵魂，欢迎你来我这里！”

另一方说：“老实说，我不好意思和你开口，因为我这一

① 厄尔（Ell），测量织物的长度单位，一个单位等于6手宽，长度因地而异，在英格兰约等于45英寸，即1.15米。

生给你做的太少了，其实什么也没做过；因此，我是很羞愧地告诉你我的事情。”

“当然，”另一方说，“你什么都可以告诉我。”

“真的，”另一方说，“我很不幸地杀了个人，我背上背的就是他的身体，因此我求你，救我于这个急难。如果你能把这身体藏在家里，这就是给我最大的帮助了，因为要是他被发现在我这里，我就死定了。”

“不！”另一方说，“我不会藏匿这身体，但明天我会替你死在绞架上。因此，我求你，我死后不要爱你的朋友胜过爱我，除非他也和我一样替你死。”

当年轻人听到他这么说，就跪在了当地，请求他宽恕他，因为过去他爱另外两个如此之多，爱他却如此之少，甚至等于零。“因此，从今往后，我爱我自己也不会胜过爱你。”

那另一位搂着脖子亲吻了他。他回到家里，告诉了他的父亲，这三个朋友那里发生了什么。

道德意义

亲爱诸位，这皇帝就是天父；那位骑士可理解为圣教会的教长（prelate）们；那儿子可理解为每个基督徒。我们大家也都有朋友，但他们在我们需要时却令我们失望。为此，智者说：*Est amicus meus, et non permanebit in tempore necessitatis*；意思是：“在餐桌前，或在肉案前总有一位朋友，但他不会或不愿在急难时停留。”[①]第一位朋友你爱他胜过自己，这就是

① 拉丁原文直译：是我的朋友，在需要时却不留。

世界，因为我们每天都看到，人们为得到世界或世间事物，宁可让自己冒海上风险、战争与定罪的风险。因此，这已经很好地证明，他们爱世界胜过自己，但在需要时，就是死亡之时，灵魂按照天主的意愿离开身体时，身体就会被交给虫豸，你曾如此深爱的世界也会辜负你。那会如此悲惨，若你能有两厄尔的亚麻布包裹身体，那就很不错了。第二个朋友，你爱他如同你自己，就是你的妻子与孩子；你死的时候，他们会和你一同走到坟墓那里，为你哭上一鼻子，然后你就进入土中，他们则回家去考虑，让谁来代替你。第三个朋友，你爱得那么少，那就是我们的主耶稣基督，因为在你需要时，若怀着洁净的心到他跟前，他定不会辜负你。因此，常言道：*In quacumque hora peccator ingemuerit, salvus erit*；意思是："罪人一旦哭泣，或为他的罪后悔时，他就得救了。"因此，罪人按他的邪恶本应得到永远的死亡，天主子基督却前来，在十字架上带走了他的死亡。因此，先生们，让我们屈膝求他的怜悯，因为我们爱那两位如此之多，爱他却如此少之；他才是永不变心的朋友、尊贵的朋友、大能的朋友。现在，让我们恳切祈求他做我们的朋友，他的友情永不辜负。*Qui cum patre et spiritu sancto omnia regit secula*[①]。阿门。

① 拉丁文直译："他和父及圣灵统御万有，直到永远。"这是祈祷词常用的结束语。

三只匣子

安瑟尔谟（Ancelmus）是在罗马统治的皇帝，他娶了耶路撒冷王的女儿做妻子，这是个美丽的女性，二人成婚已久。可是，她从未怀孕，没有子嗣，因此主子们都很伤心难过。有一天晚上，皇帝晚饭后在美丽的花园里散步，想着整个世界的事，尤其是无子嗣这件事；想着那不勒斯的国王如何每年都招惹他。因此，晚上他上床睡觉时便梦到了此事。他看见天空无比晴朗，晴朗得异常。月亮也更加灰白，上边某个地方有只小鸟色泽漂亮，她身边却站着两只兽，用它们的热量与气息抚养这鸟儿。此后又来了各种兽，飞来了许多鸟儿，它们的歌声如此动听，把皇帝从梦中惊醒。

第二天，皇帝对此梦惊奇不已，便召来了他的术士们（diviner）以及整个帝国的贵族们，对他们说："亲爱的朋友们，告诉我，我的梦当如何解，我会赏赐你们；你们要做不到，就都得死。"

他们便说："陛下，告诉我们你的梦，我们会告诉你他的意思。"

于是皇帝便如此这般，从头到尾告诉了他们。他们便都高兴起来，欢欣鼓舞地跟他说："主啊，这是个好梦呀。你所看到的那晴朗天空就是这帝国，从此后它将兴盛；灰白的月亮就是皇后，她已经怀孕，因为怀孕所以才失色；小鸟就是皇后到时候要生下的漂亮儿子；那两只兽是富人与智者，他们会服从你的孩子；其他的兽是指从未朝觐过你的民族，如今他们要臣服于你子；动听歌唱的鸟儿们就是罗马帝国，它会为你儿子的出生欢喜。陛下，这就是你梦的解释。”

当皇后听闻此事就非常开心，不久后她就生了一个漂亮的儿子，为此大大庆祝了一番。当那不勒斯的国王听闻后就想道：“我很久以来就一直与皇帝打仗，或许他儿子长大以后有人会告诉他，我是如何跟他父亲争斗了一辈子。对了，”他想，“他还是个孩子，我最好能和解，以后到他最强而我最弱的时候，就能够安然休息。”

于是，他致信给皇帝求和。皇帝看到他这么做是出于怕而不是爱就回信说，他会保证他平安，但条件是他要臣服于他，并且一生当中每年都要来效忠。国王随后召集他的谋士们，询问他们最佳良策。他王国的主子们说，最好顺从皇帝的意愿。“您要先向他求和平的保证。为此事我们说：‘你有个女儿，而他有个儿子，那就让他们成婚，这样就会有牢靠的保证。而且，向他效忠，给他进贡也是件好事。’”

于是国王致信给皇帝说，他会完全满足他的愿望，并且把自己的女儿给他儿子做妻子，如果他也愿意的话。这个回复令皇帝很高兴，但他又回信说，除非他女儿自出生就一直保持了贞洁，否则他不会同意成婚的。听闻此，国王非常高兴，因为他女儿正是个洁净贞女。于是这一盟约就写成了信件，而他又定了一艘船，要带他女儿还有一些骑士和贵妇去皇帝那里，与他的儿子成亲。

他们已经上了船，离开大陆也很远了，忽然起了一阵可怕的风暴，淹死了船上几乎所有的人，只有那个少女幸存。那少女就把希望都放在了神的身上。终于，风暴停歇了，一头巨鲸却跟上来要吞下那少女。见此，少女非常害怕。到了夜间，少女担心鲸鱼会吞下整艘船，就击石取火，点燃了好大的火。只要火还燃着，那鲸鱼就不敢靠近。快到鸡鸣时，由于与风暴的搏斗让她疲倦，少女就睡着了。就在睡觉时，火也熄灭了。火一熄灭，那鲸鱼就过来吞下了船和那少女。

当少女感觉到自己进了鲸鱼的肚子，就击打并点燃了大火，还用一把小刀狠狠地割伤了那鲸鱼。鲸鱼便游到了陆地上死了，因为这就是他的本性，死的时候要到陆地上去。此时有个叫作比利乌斯（Pirius）的伯爵正在海边散步，忽在前方看到了鲸鱼到了陆上。他召集了许多人力，用多种不同的器具击打鲸鱼的每个部位。那女孩听到了击打声，就高声喊道："尊贵的先生们，可怜可怜我，因我是国王的女儿，从生下来到今天一直是贞女。"

伯爵听到后非常吃惊，他打开了鲸鱼，取出了女孩。那少女前前后后讲述了她，国王之女，如何在海上损失了一切，如何应当与皇帝之子成亲。伯爵听到这些话就很高兴，让少女在他那里停留了很久，直到她得到足够的安慰。然后，他派人将恢复健康的她送到皇帝那里。皇帝看到她来了，又听了她在海上的遭遇，对她非常同情，对她说："好女孩，你为了我儿遭了很大的罪。不过，你是否配得上拥有他，我这就来试试。"

皇帝让人做了三个匣子，第一个由纯金打造，外边镶满宝石，里边却装满了死人骨头，上边还有一行字：选择我者会在我内发现应得之物。第二个匣子用纯银打造，镶满宝石，外边写着这句：选择我者会在我内发现其本性与性情之渴望。第三个匣子是铅制的，里边装满了宝石，外边刻着这行字：选择我的人会在我内找到神存放的东西。皇帝拿来这三个匣子给少女看，并说："看，亲爱女孩，这儿有三只贵重的匣子，如果你选中里边最贵重的那只，也是应选的那只，那你就能拥有我儿做丈夫；如果你选的对你和对他人都没有价值，那你实在不能拥有他。"

那少女听到这些，看到这三个匣子，她抬眼向神说："上主，你知晓一切，在这需要之时请赐我恩典，那就是让我做的选择能令我享有皇帝之子，让他成为我的丈夫。"

随后，她看那金子打造的第一个匣子，又读了题词。她就想："我怎么和这么珍贵的匣子般配，它外表实在华美无比，但我可不知那里头如何肮脏。"于是，她跟皇帝说，绝不会选这一个。然后她去看第二个银质的匣子，读了题词，然后说："我的本性与性情想要的还不是肉身？没错，陛下，"她说，"我拒绝这个。"然后她看铅制的第三个，读了那题词，然后说："当然，神绝不会存放邪恶。没错，神存放的东西就是我的选择。"

皇帝见此就说："好女孩，打开那匣子看你能找到什么。"匣子打开，里边满是黄金宝石。然后，皇帝又对她说："女孩，你做出了明智选择，你已赢得我儿做你的丈夫。"

于是就确定了他们大婚的日子，并大大庆祝了一番。父亲安然离世，他死后，儿子开始统治。*Ad quos nos perducat!*[①]阿门。

道德意义（略）

① 拉丁直译："引导我们到他那里"，即到"基督"处。这是一种祷词的结尾。

图书在版编目（CIP）数据

国王之书 / 沈小龙，牛稚雄编译. -- 杭州：浙江大学出版社，2021.6
ISBN 978-7-308-21396-7

Ⅰ.①国… Ⅱ.①沈… ②牛… Ⅲ.①中世纪文学－文学研究－世界 Ⅳ.①I109.3

中国版本图书馆CIP数据核字（2021）第094943号

国王之书
沈小龙　牛稚雄　编译

责任编辑　谢　焕
责任校对　陈　欣
封面设计　云水文化
出版发行　浙江大学出版社
（杭州天目山路148号　邮政编码：310007）
（网址：http://www.zjupress.com）
排　　版　浙江时代出版服务有限公司
印　　刷　浙江省邮电印刷股份有限公司
开　　本　880mm × 1230mm　1/32
印　　张　17.5
字　　数　347千
版 印 次　2021年7月第1版　2021年7月第1次印刷
书　　号　ISBN 978-7-308-21396-7
定　　价　78.00元

浙江大学出版社市场运营中心联系方式：（0571）88925591；http://zjdxcbs.tmall.com